Sibylle Weischenberg
Das Geheimnis der Erbin

TINTE
&
FEDER

Das Buch

V.I.P.-Betreuerin im vornehmsten Hotel von St. Moritz! Begeistert tritt Karen ihre neue Stelle an. Doch warum darf sie nur bestimmte Areale des Hotels betreten? Neugierig geworden, bricht sie das Verbot und begegnet Isobel Forster, einer alten Dame aus einer prominenten Familie, die sich seit Jahrzehnten vor der Öffentlichkeit versteckt. Stück für Stück entwickelt sich eine besondere Verbindung und es gelingt Karen, die alte Dame zum Erzählen zu bewegen. Sie erfährt deren tragische Familiengeschichte und Isobel bittet sie, ihre Erbin zu finden. Da Karen Isobel aus ihrer Einsamkeit heraushelfen möchte, reist sie nach England, nicht ahnend, dass auch auf sie dort das Glück wartet.

Die Autorin

Sibylle Weischenberg ist Millionen Fernsehzuschauern als renommierte Society-Expertin bekannt. Sie stand für verschiedene TV-Promi-Magazine vor der Kamera. Darüber hinaus war sie Redakteurin bei »Der Spiegel«, Ressortleiterin bei »Bunte« und arbeitete als Korrespondentin der Nachrichtenagentur Reuters. Sie veröffentlichte bislang drei Romane, darunter den Spiegel-Bestseller »Ich hasse den Sommer«.

SIBYLLE WEISCHENBERG

Das Geheimnis der *Erbin*

Roman

Deutsche Erstveröffentlichung bei
Tinte & Feder, Amazon Media E.U. S.à r.l.
38, avenue John F. Kennedy, L-1855 Luxembourg
März 2023
Copyright © der Originalausgabe 2023
By Sibylle Weischenberg
All rights reserved.

Umschlaggestaltung: zero-media.net, München
Umschlagmotiv: © NataSnow/Shutterstock; © Anna Mutwil /ArcAngel
1. Lektorat: Ute Köhler
2. Lektorat: Cathérine Fischer
Korrektorat: Manuela Tiller/DRSVS
Gedruckt durch:
Amazon Distribution GmbH, Amazonstraße 1, 04347 Leipzig /
Canon Deutschland Business Services GmbH, Ferdinand-Jühlke-Straße 7,
99095 Erfurt /
CPI books GmbH, Birkstraße 10, 25917 Leck

ISBN: 978-2-49671-335-0
e-ISBN: 978-2-49671-334-3

www.tinte-feder.de

Für meine Tochter Laura

ERSTER TEIL

St. Moritz, 2022

Noch einmal überprüft Karen den akkuraten Sitz ihres Trenchcoats und zurrt zum x-ten Mal den eng geschnürten Gürtel zurecht.

Sie will tadellos aussehen. In der rechten Hand hält sie ihren Koffer, die neue Tasche baumelt von ihrer linken Schulter herab.

Bewundernd schaut sie hoch auf die Front des beeindruckenden Gebäudes vor ihr. Die Sonne an diesem strahlend schönen Frühlingstag blendet sie so sehr, dass sie danach erst einmal einen kurzen Moment der Orientierung braucht, ehe sie die mit einem roten Teppich belegten Stufen mit sicherem Gang hinaufschreitet.

Ein Boy in seiner roten Pagenuniform stürzt auf sie zu, reißt die schwere golden verzierte Tür auf und sagt mit einer tiefen Verbeugung: »Herzlich willkommen, gnädige Frau!«

Noch ehe sie ihn auf seinen Irrtum aufmerksam machen kann, tritt sie wie magisch angezogen über die Schwelle und taucht in eine neue überwältigende Welt ein.

Die riesige Halle unter einer bombastischen Kuppel spiegelt den schillernden Glanz von Luxus und unermesslichem Reichtum. Üppige Blumenarrangements schmücken den Empire-Tisch zu ihrer Rechten, vor ihr umrahmen voluminöse Sessel und wuchtige Sofas runde und eckige Tische, die mit kleinteiligen Mosaiken verziert sind. Der helle Marmorboden reflektiert das Licht der kristallenen Kronleuchter, leise Pianomusik durchflutet die Halle, elegant gekleidete Menschen unterhalten sich in gedämpftem Ton, nur ganz vereinzelt schaut jemand auf und nimmt angelegentlich flüchtige Notiz von ihr.

Ein weiterer Page eilt herbei und versucht, ihr den Koffer abzunehmen.

»Nein, nein! Den behalte ich!«

Doch der junge Mann lässt sich nicht beirren. »Aber gnädige Frau, wir können doch das Gepäck ganz einfach unterstellen!« Und schon ist er mit dem Koffer verschwunden.

Und jetzt ist es Realität:

Karen steht in einem der weltweit berühmtesten Luxushotels der Superior-Klasse, im The Golden Mountain im Nobelort St. Moritz.

Und heute ist ihr erster Arbeitstag.

Mittlerweile hat sie die Aufmerksamkeit mehrerer Menschen hinter der Rezeption auf sich gezogen. Ein alerter mittelgroßer Mann im perfekt sitzenden schwarzen Cut kommt auf sie zu.

Sie muss dringend einen fatalen Irrtum aufklären, denn sie hat sich in eine unmögliche Situation gebracht. Ihr wird siedend heiß, als er mit breitem Lächeln vor ihr steht.

Die schwarzen dichten Locken und die dunklen Augen verleihen ihm ein südländisches Aussehen, ein exakt getrimmter kleiner Schnurrbart passt zu diesem Eindruck, doch er spricht sie mit Schweizer Akzent an: »Gnädige Frau, herzlich willkommen! Kommen Sie mit mir zur Rezeption! Dann erledigen wir alles ganz quick!«

Noch ehe Karen widersprechen kann, führt er sie an entspannt flanierenden Gästen vorbei. Mittendrin wartet eine ganz offensichtlich amerikanische Reisegruppe in kurzen Hosen und bunten Hemden auf ihren Guide für den Start einer Sightseeing-Tour. Oder eines Golfturniers, denkt Karen.

Als sie vor dem ausladenden Desk ankommt, bemüht sie sich, endlich Herrin der Situation zu werden.

»Das ist ein Irrtum«, beginnt sie, doch Chef-Concierge Eberhard Mansell, wie sein goldenes Namensschild verrät, ist schon abgelenkt und hört ihr gar nicht richtig zu.

Gerade schnippt er mit den Fingern nach einem weiteren Pagen, dessen Käppi schräg auf dem Kopf sitzt, und trägt ihm auf, eine ältere Frau zum Aufzug zu begleiten. Dann wendet er sich blitzschnell zu einer elegant gekleideten Dame mit einem großen, breitrandigen Hut, die vor der Rezeption auftaucht: »Frau von Belser, darf ich Sie um ein Minütchen Geduld bitten?«

Karen spürt, wie ihr die Röte ins Gesicht steigt, und sie mischt sich schnell ein: »Nein, nein.« Sie hofft, sich aus der Affäre ziehen zu können. »Ich kann warten.«

Die Dame scheint nichts anderes erwartet zu haben, denn sie bedankt sich nicht, sondern verlangt sofort: »Vite, Vite, Eberhard, ich habe keine Zeit! Ich brauche zwei Tickets für die Abendshow im Trocadero. Ich kann mich auf Sie verlassen!«

Karen kennt diese Art von Gästen sehr genau. Es war keine Frage, sondern eine Feststellung. Sie hat auch keine Antwort erwartet und sich schon in gravitätischer Manier in Richtung Ausgang gewandt. Inklusive einer servilen Verbeugung bekommt sie die Reaktion, die sie von jedem Top-Concierge auf der Welt erwarten würde.

»Selbstverständlich«, beteuert er hinter ihr her. »Betrachten Sie es schon als erledigt!«

Und Karen kennt auch die verstohlene Handbewegung, mit der er einen Geldschein in seiner Tasche verschwinden lässt.

Noch ehe Karen sich endlich erklären kann, zuckt sie zusammen. Eine kalte Hundeschnauze schnüffelt an ihrer Wade.

»Bobo, komm«, hört sie ein halblautes Kommando, und als sie sich umdreht, entdeckt sie einen Hotel-Angestellten im schwarzen Anzug, der nicht nur einen, sondern sechs Hunde unterschiedlichster Rassen an diversen Leinen mit sich führt. Darunter einen gutmütig wirkenden Golden Retriever, einen edlen hochgewachsenen Windhund, zwei aufgeregt hechelnde Pekinesen und eine schnaufende Bulldogge.

Der junge Mann sagt mit einem breiten Grinsen auf dem Gesicht »Sorry!« in Karens Richtung und nickt ihr entschuldigend zu.

Ganz offensichtlich ist er von der Direktion abgestellt worden, um die Hundehalter vom lästigen Gassigehen zu befreien. Karen kennt diese Aufgabe, denn während ihrer Ausbildung zur Hotelfachfrau war sie häufig dazu abkommandiert worden und erinnert sich mit Schaudern an die zum Teil äußerst nervösen Exemplare, die nicht selten zu Beißereien neigten, ganz zu schweigen von der ständigen Kalamität, die miteinander verhedderten Leinen wieder lösen zu müssen.

Eberhard Mansell scheint Sorge zu haben, dass sie sich verletzt haben könnte, denn er fragt in besorgtem Ton: »Hat Sie ein Hund etwa …?«

Karen hebt abwehrend die Hand und beteuert: »Nein, nein, und ich muss …«

Doch der Concierge ist schon wieder abgelenkt, denn ein Ehepaar mittleren Alters in Tenniskleidung ist neben Karen getreten und fordert seine ganze Aufmerksamkeit.

Routiniert winkt er deshalb nach einem im Hintergrund telefonierenden älteren Kollegen, der sofort den Hörer auflegt und unmittelbar darauf vor Karen steht, um mit einem professionellen Lächeln den Standardsatz eines jeden Hotelangestellten zu formulieren: »Was kann ich für Sie tun?«

Endlich kann Karen den Irrtum aufklären. Sie ist kein Gast, sondern die neue VIP-Betreuerin des Luxushauses. »Ich heiße Karen Hauser und ich arbeite ab heute bei Ihnen.«

Diesen Satz hat Eberhard Mansell aufgeschnappt, obwohl er gleichzeitig in tadellosem Französisch dem sportbegeisterten Ehepaar erklärt, auf welchem der zahlreichen Tennisplätze des Hotels er ein Match für sie gebucht hat.

Karen kann an seinem erschrockenen Blick ablesen, dass sie nach seinem Verständnis einen unverzeihlichen Fehler begangen hat. Mit einer verstohlenen gebieterischen Handbewegung fordert er seinen Kollegen zum schnellen Handeln auf.

Dieser öffnet sofort einen halbhohen Klapp-Durchgang in der beeindruckenden Konstruktion des wuchtigen Empfangstresens und tritt neben Karen.

»Walter Börnle, Empfang«, liest sie auf seinem Namensschild.

Er zieht sie ein Stück mit sich. Bemüht, wenig Aufmerksamkeit zu erregen, flüstert er: »Aber Sie sind hier ganz falsch! Sie müssen doch wissen, dass Sie den Personaleingang benutzen müssen!«

Doch im Gegensatz zum Chefconcierge, der ihr wütende Blicke zuwirft, schaut er sie freundlich an und scheint sie nicht wegen ihres Fauxpas in Grund und Boden zu verdammen.

»Ich weiß«, beteuert Karen. »Aber ich habe ihn nicht gefunden. Und dann …« Sie weiß, dass sie jetzt ehrlich sein muss, auch wenn es ihr peinlich ist: »Wollte ich … ein Gefühl für dieses legendäre Haus bekommen. Einmal fühlen, wie es für die Gäste ist, wenn sie hier eintreten.«

Dem nachsichtigen Lächeln nach, das sie auf seinem Gesicht entdeckt, scheint er sie verstehen zu können. »Als was sind Sie denn eingestellt worden?«, will er wissen und Karen klärt ihn nicht ohne Stolz auf: »Ich bin VIP-Betreuerin.«

»Oh«, macht er und verzieht sein Gesicht.

Karen kann die Reaktion nicht richtig einordnen. Aber sie kennt die Animositäten zwischen den diversen Hotelangestellten in jedem Haus. Alle sind stolz auf ihren Umgang mit Celebrities und reagieren eifersüchtig, wenn Kollegen besondere Aufgaben zugewiesen werden.

Doch in diesem Fall scheint sie Walter Börnle falsch eingeschätzt zu haben. Denn er sagt: »Dann aber mal wirklich herzlich willkommen im Team. Und …« Er stockt und scheint von jemandem abgelenkt zu sein, der wie aus dem Nichts hinter Karen aufgetaucht ist.

»Dann überlasse ich Sie jetzt Ihrer Chefin«, vollendet er den begonnenen Satz. »Frau Renate Klassen.«

Seinen Tonfall dabei kann Karen nicht sofort deuten. Ist er neutral oder schwingt ein wenig Sarkasmus darin?

Als sie seiner Handbewegung folgt und sich umdreht, sieht sie eine Frau mittleren Alters vor sich, gekleidet in ein graues Kostüm und eine weiße Schluppenbluse, mit einem Gesichtsausdruck, der nur mäßig ihren Zorn verbergen kann. Sie ist erkennbar wütend über den Gang der Geschehnisse, der in einem Luxus-Ambiente dieser Klasse geräuschlos vonstattenzugehen hat.

Warum gerade sie so aufgebracht ist, kann Karen sich sofort denken, als Börnle mit besonderer Betonung hinzufügt: »Die Direktrice des Hauses.«

Karen atmet tief durch. Jetzt erwartet sie die fällige Gardinenpredigt ihrer neuen Vorgesetzten.

Als sich Börnle entfernt, fühlt sich Karen fast ein wenig verlassen und sie strafft ihre Schultern, um nicht den Eindruck von Unsicherheit zu erwecken.

Renate Klassen hat sich im Griff. Mit undurchdringlichem Gesichtsausdruck fragt sie kühl nach Karens Gepäck und als sie erfährt, dass ein Teil noch in einem Schließfach im Bahnhof ist, reagiert sie professionell, indem sie ankündigt, einen Fahrer des hauseigenen Limousinenparks zu beauftragen, es zu holen.

Gleichzeitig erhöht sie den Druck auf Karen, als sie fast beiläufig bemerkt: »Wir erwarten viel von Ihnen! Vor allem fehlerloses Auftreten. Ihre Zeugnisse klangen vielversprechend. Wo waren Sie noch mal bisher?«

Jetzt fühlt sich Karen ein wenig sicherer, als sie ihren Lebenslauf herunterrattert.

Abitur, davor bereits als Schülerin Ferien-Praktika in einem familiengeführten kleinen Hotel in Frankfurt, anschließend dort eine Ausbildung zur Hotelfachkraft, diverse absolvierte Lehrgänge im Bereich des Butler-Services, die sie jeweils mit Bestnoten abgeschlossen hat, nach zwei Jahren der Wechsel nach Berlin, wo sie zunächst weitere Erfahrungen in einem Drei-Sterne-Haus gesammelt hat, um dann in ein Vier-Sterne-Superior-Hotel zu wechseln.

Während ihrer Aufzählung hat sie Mühe, mit der Direktrice Schritt zu halten, die energisch die Halle durchquert.

»Was führt Sie zu uns?« Der Ton klingt äußerst maliziös.

Karen hat jetzt die Qual der Wahl. Soll sie die gestanzten Business-Floskeln von sich geben: »Ich suche eine Herausforderung!«, »Ich will mit einer neuen Aufgabe wachsen!«? Doch sie entscheidet sich, die Wahrheit zu sagen: »Eine Beziehung ist auseinandergegangen. Ich wollte dringend weg.«

Zu ihrer Überraschung kommentiert Renate Klassen diese private Tatsache nicht und verkündet: »Erledigen wir den Rundgang!« Doch einen Zusatz verkneift sie sich nicht: »Fangen wir mit dem Personaleingang an!«

Der angekündigte Rundgang entpuppt sich als eine Tour de Force, eine Art Stresstest, wie schnell sie aus einer unangenehmen Situation in die Rolle einer bestens geschulten Fachkraft wechseln kann. Renate Klassen stellt sie auf die Probe und registriert unbarmherzig jede Nuance in Karens Auftreten.

Karen muss sich diverse Codes merken, um in der Begleitung wichtiger Gäste in alle Bereiche gelangen zu können. Allein der Spa besitzt lauter verwinkelte Gänge und ist, das hat Karen sofort bemerkt, mit Überwachungskameras ausgestattet. Wahrscheinlich, so vermutet Karen, würde sich die Direktrice später die Aufnahmen vorführen lassen, um die Performance von Karen noch einmal aus der Distanz zu bewerten.

Karen muss bewundernd zugeben, dass »La Klassen«, wie sie sie sofort insgeheim getauft hat, eine Ikone ihres Berufsstandes ist, der nichts und niemand entgeht.

Nicht zuletzt deshalb wird der Kennenlern-Rundgang zu einem vierstündigen Marathon, bei dem Karen einen ersten Eindruck von der Größe und der Top-Qualität dieses legendären Hauses bekommt.

Exklusivität ist das Zauberwort, mit dem jedes einzelne Segment des Hauses bewertet werden muss.

Karen wird im Schnelldurchgang den Chefs der drei Drei-Sterne-Restaurants des Hotels vorgestellt, lernt die Geschäftsführerinnen der unzähligen Luxus-Boutiquen kennen, die den Rundgang im Erdgeschoss säumen, schaut sich die zwei Nightclubs an, das Theater für Musical- und Kabarett-Vorstellungen und das Kino in der ersten Etage. Sie beginnt, die Größe und Ausstattung der unterschiedlichen Suiten und Zimmer einzuschätzen, bekommt von »La Klassen« eine schriftliche Übersicht über die Preise der jeweiligen Kategorien ausgehändigt, um sie auswendig zu lernen, dazu ein großformatiges Buch zur Historie des Hotels. Außerdem erhält sie einen Überblick über die zum Haus gehörenden zwölf Tennisplätze, die sich zum größten Teil versteckt hinter schattenspendenden Bäumen und Hecken befinden.

Sie fühlt sich fast etwas erleichtert, als sie wieder zurückkehren zur Terrasse, die das gesamte Gebäude umschließt, mit ihren riesigen Sonnenschirmen und Pergolen. Froh ist sie auch, dass ihr die vollständige Besichtigung des 18-Loch-Golfgeländes fürs Erste erspart bleibt.

Dafür tritt sie den Gang an durch die verborgene Welt des Personals mit den unzähligen Küchen, Kühlräumen, der Kantine, dem beeindruckenden Weinkeller, Büros, der Schneiderei, dem Limousinen-Fahrdienst, den Aufenthaltsräumen mit seinen Spinden und schließlich der Gärtnerei mit den Kollegen, die ununterbrochen frische Blumengestecke zur Dekoration der Suiten, Zimmer, der Kommoden in den Gängen und auf jedem sichtbaren Möbelstück und sämtlichen Tischen zaubern.

Während die Direktrice die Flut von Informationen auf Karen niederprasseln lässt, begrüßt sie jeden Gast, der ihren Weg kreuzt, mit Namen, fragt etwa: »Madame Gregori, ist das Abendkleid pünktlich geliefert worden?«, »Mister Pentworth, war die Daily Mail heute bei Ihren Zeitungen an der Tür? Und der Guardian auch?«, wechselt bei Bedarf mühelos ins Englische, Französische oder Italienische in perfekter Ausführung, fährt eine Mitarbeiterin der hauseigenen Wäscherei an: »Was haben Sie in diesem Teil des Hauses zu suchen? Schnell, verschwinden Sie ins Treppenhaus!«, weist einer Dame, die unter dem Hotel-Bademantel ihren Badeanzug verbirgt, den Weg zu dem Lift, der ausschließlich den Gästen des Spa vorbehalten ist, und fügt gleich hinzu, ob sie nicht auch einmal den großen beheizten Außenpool nutzen möchte.

Bei einer englischen Aristokratin bleibt sie etwas länger stehen und versichert ihr, dass alles für deren geplanten Empfang zur originalgetreuen Teatime mit Sandwiches, Scones und Cream, begleitet von fünf verschiedenen Teesorten, vorbereitet sei. Als diese erwidert, dass nicht vierzehn, sondern zweiundzwanzig ihrer Freundinnen kommen würden, behauptet die

Direktrice ohne mit der Wimper zu zucken: »Kein Problem! Wir kümmern uns um alles!«, um im Anschluss sofort via ihr Haus-Handy detaillierte Anweisungen an eine der Küchen zu geben, dass größere Mengen vorbereitet werden müssen. Sie ist eine wandelnde Kommandostation, und obwohl sie immer wieder von Anrufen unterbrochen wird, zeigt sie nicht den leisesten Anflug von Stress oder Müdigkeit.

Schließlich weist sie Karen den Weg zu den zahlreichen Chalets auf dem großen Hotelgelände, die von vielen Gästen wegen ihrer Abgeschiedenheit geschätzt werden, denn sie genießen dort den Hotelservice und die exklusive Nutzung ihres eigenen kleinen Pools.

Es ist bereits Abend geworden, als ein von »La Klassen« beauftragtes wortkarges Zimmermädchen Karen zu ihrer kleinen Wohnung in einem der Personalgebäude begleitet, die äußerlich dem Stil der Chalets angepasst sind.

Erleichtert sieht Karen, dass die beiden Räume inklusive einer bescheidenen Küche vollständig mit hübschen Möbeln ausgestattet sind, und will nichts anderes, als nach einer raschen Dusche sofort im Bett zu verschwinden.

Doch sie wird von einem Klopfen an der Tür gestört. Zu ihrer Überraschung steht der junge Mann vor ihr, dem sie am Mittag mit der Hundemeute begegnet ist.

»Ich heiße Kevin, Kevin Haller«, stellt er sich vor. »Und das …«, er zeigt mit einem Finger neben sich, »sind Ihre beiden Koffer vom Bahnhof, mit denen Sie offensichtlich Steine transportieren.«

Karen nimmt sich vor, ihn irgendwann einmal über den Inhalt ihrer immer viel zu schweren Koffer aufzuklären, doch nicht jetzt. Mit einem »Sorry, aber ich muss ganz dringend telefonieren« gelingt es ihr, ihn loszuwerden, springt unter die Dusche und schlüpft endlich in ihr Bett, dessen gestärkte Leinenwäsche ein zartes Fliederaroma verströmt.

Obwohl sich in ihrem Kopf ein Kaleidoskop aus den immens vielen Informationen des Tages dreht, dauert es nur wenige Minuten, ehe sie einschläft. Doch dann schreckt sie hoch, knipst die Nachttischlampe wieder an und setzt sich aufrecht.

Ein Verbot von der Direktrice hat sich in Karens Bewusstsein gebohrt, sie schließlich aus ihrem Schlummer geholt. »Sie können alle Suiten, Zimmer und Facilitys des Hauses aufsuchen, die Ihnen zugewiesen werden. Alle anderen Bereiche sind für Sie tabu!«

In den folgenden Wochen hat sich Karen akklimatisiert und nach und nach legt sich ihre Befangenheit. Sie weiß, dass sie keinen groben Schnitzer begangen hat und von den vielen Mitarbeitern akzeptiert wird.

Allerdings schwirrt ihr immer noch die merkwürdige Anweisung von »La Klassen« im Kopf herum. Gilt die strikte Anweisung für alle Kolleginnen, sich nur dort zu bewegen, wo sich die VIPs aufhalten, deren Betreuung sie übernommen haben? Oder gilt es nur für neue Mitarbeiter, so wie sie eine ist?

Karen hat schon mehrere Anläufe unternommen, um bei ihren Kolleginnen zu erfahren, ob auch sie diesen Beschränkungen unterliegen.

Doch sie hat nur verständnisloses Kopfschütteln geerntet. Ellen, ebenfalls eine VIP-Betreuerin, die ihr besonders sympathisch ist, hat sogar geantwortet: »Um Gottes willen, ich muss nicht wissen, ob es hier noch irgendwelche geheimen Zonen gibt. Ich hab schon genug damit zu tun, immer die richtigen Gänge für meine Gäste zu erwischen.«

Auch Kevin Haller entwickelt sich langsam zu einem festen Bestandteil ihres Lebens im The Golden Mountain. Sie mag ihn, die Unterhaltungen mit ihm sind immer lustig. Da er bei ihren Zusammentreffen jedoch das ein oder andere Mal eindeutig mit ihr geflirtet hat, fürchtet sie, er könnte ernsthaft an ihr interessiert sein. Für sie kann er nur ein guter Freund sein und sie hofft, dass er dies akzeptiert. Sie freut sich jedes Mal sehr, wenn er ihr in der Kantine Gesellschaft leistet. Er bringt sie ununterbrochen zum Lachen und hat sich schon Beziehungen innerhalb der Belegschaft aufgebaut. »Einer der Köche ist mein bester Freund und warnt mich immer vor«, hat er ihr gleich bei ihrem ersten gemeinsamen Mittagessen gesteckt. Kevin ist der Sunnyboy unter den Kollegen. Er kann jede Situation mit einem Scherz entkrampfen, und obwohl er sich den Anschein gibt, nichts und niemand wirklich ernst zu nehmen, vermutet Karen, dass er gar nicht so oberflächlich ist.

Gegen Ende ihrer Kaffeepause, die sie sich an dem Tag mehr als verdient hat, setzt sich Kevin zu ihr. Sie fasst sich ein Herz, denn so genau weiß sie trotz der Zeit, die sie schon hier arbeitet, nicht, was eigentlich seine Stellenbeschreibung ist. Er scheint irgendwie überall tätig zu sein.

Lachend erklärt er ihr: »Hört sich vielleicht komisch an, aber ich bin das perfekte Mädchen für alles! Sonst hätte ich nicht mit einer unserer hoteleigenen Limousinen deine kostbaren Koffer vom Bahnhof geholt und du hättest mich nicht beim Gassigehen mit den vielen Hunden getroffen. Eigentlich gehöre ich zum festen Stamm der Security, aber mir macht es überhaupt nichts aus, wenn ich Gäste am Flughafen abhole oder einer Lady dabei helfe, ihren kaputten Verschluss am Koffer zu reparieren.«

Sofort hat Karen nachgefragt: »Darfst du dich überall hier frei bewegen?«

»Wie bitte?«, zieht er sie grinsend auf. »Du bist doch auch nicht angebunden. Was soll denn diese Frage?«

»Die Klassen hat mir erklärt, nur in mir zugewiesenen Bereichen arbeiten zu dürfen.«

Er reagiert ähnlich wie Ellen. »Sei doch froh, dass du nicht auch noch, was weiß ich, für irgendwelche Kellerabteile zuständig bist. Für mich ist es schon ziemlich nervig, dass ich dafür sorgen muss, für jede Etage Ersatzschlüssel zu haben. Wozu die gebraucht werden, ist mir ein Rätsel, denn die Concierges haben einen Extraraum, in dem fein säuberlich Nachschlüssel für Zimmer und Suiten hängen. Du glaubst nicht, wie oft Gäste ihre Schlüssel verlieren. Brutal!«

Karen hat das Gefühl, dass sie sich mit ihren Fragen nach verbotenen Räumlichkeiten verrennt, als er vorschlägt: »Hast du Lust, heute mitzukommen? Ich hab mal wieder meinen Super-Spezialauftrag ergattert. Diesmal habe ich das Vergnügen, fünf Gäste-Lieblinge um die Häuser führen zu dürfen.«

Er sagt das mit einem so breiten Grinsen, dass Karen gar nicht anders kann, als zuzusagen. Sie hat sowieso heute ihren freien Nachmittag und sie vereinbaren, sich an einem der vielen Nebenausgänge zu treffen.

Sie fängt schon an zu lachen, als sie ihn mit der kleinen Meute kommen sieht. Auf jeden Fall wird er mehr gezogen, als dass er den Hunden die Richtung vorgibt.

»Puh«, macht er als Erstes. »Das hier ist die Schlimmste. Wendy, der Name passt zu der astreinen Windhündin. Täusch dich nicht in ihr. Die ist zwar total dünn, hat aber eine Kraft, dass die anderen abgehängt werden. Siehst du? Ihre Leine ist ganz straff vorne weg und die anderen dackeln hinterher.«

Eine Stunde lang umrunden sie einen kleinen Teil des riesigen Hotelkomplexes und Kevin zeigt sich mal von einer anderen Seite. Ganz ernsthaft will er von ihr wissen, was sie eigentlich am liebsten in ihrer Freizeit macht. Karen zögert erst ein wenig, dann gesteht sie: »Lesen!«

»Zeitschriften? Magazine?«

»Nein, eher nicht. Ich liebe Romane.«

»Wow! Wann kommst du denn dazu?«

»In jeder freien Minute. Für mich gibt es nichts Schöneres, als in dem Leben der anderen zu versinken.«

»Aber das tust du doch schon jeden Tag, indem du wildfremden Menschen Probleme abnimmst und ihren Tag verschönerst. Vor allem auch noch die, die sowieso schon berühmt und reich sind. Und manchmal auch noch schön.«

»Aber denen begegne ich mit einer professionellen Distanz und erfahre nicht wirklich etwas aus ihrem Leben. Nein, ich folge in den Büchern den verschlungenen Lebenswegen der Protagonistinnen …«

»Bis zum Happy End«, unterbricht er sie rasch. »Vermute ich mal! Mit ganz viel Love und natürlich einer Hochzeit, oder wenigstens einer Verlobung. Hab ich recht?«

Er schaut sie so treuherzig an, dass Karen ihm nicht widerspricht.

Dann ertönt sein Pieper.

Sofort zieht er sein Handy aus der Anzugtasche. Nach einem kurzen Gespräch wendet er sich zu Karen: »Du, ich muss sofort zurück. Es gibt Ärger. Der Rockstar, der gleich mal drei Suiten gebucht hat, randaliert. Was machen wir jetzt mit Wendy & Co? Könntest du die Hunde zurückbringen?«

»Natürlich«, stimmt Karen zu und er erklärt ihr, wo sie die Besitzer der Hunde findet. Sie notiert die Zimmernummern auf ihrem Handy und beide bewältigen den Rückweg im Laufschritt. Und Kevin behält recht. Windhund Wendy legt ein solch hohes Tempo vor, dass Karen sich schließlich Benny, den Pekinesen, unter den Arm klemmt, da sonst Gefahr bestünde, dass er an der Leine hinterhergeschleift wird.

Karen fühlt sich etwas unwohl, als sie die Hunde zurückbringt, denn sie ist in ihrer Privatkleidung, Jeans, Bluse und Boots, unterwegs. Hoffentlich begegnet sie nicht ausgerechnet jetzt »La Klassen«, die erwartet, dass jeder Mitarbeiter, der sich im Haus bewegt, seine Arbeitsuniform trägt. Sonst hat er im Haus nichts zu suchen. Und bei ihr gibt es keine Ausnahmen von der Regel.

Schließlich ist nur noch Wendy übrig geblieben, die nervös hin und her tippelt.

Karen schaut auf ihr Display und sagt zu der Hündin: »So, jetzt also zu dir! Siebte Etage.« Da sie im zweiten Stock sind, gestattet sich Karen, den Aufzug zu nehmen, in dem sie auf ein Ehepaar trifft, das auf die Weiterfahrt wartet. »Oh«, macht die Dame sofort. »Das ist aber ein hübscher Hund. Wie heißt er denn?«

Karen klärt sie auf und wartet schon auf die mit Sicherheit folgende Nachfrage. Genau das passiert. »Darf ich die Wendy denn mal streicheln?«

»Das würde ich nicht tun«, rät Karen. »Ich kenne den Hund noch nicht lange und weiß nicht, wie er auf Fremde reagiert.«

Sie hört noch das obligatorische »Das ist aber schade!«, als der Aufzug anhält. Da Karen in dem Moment, als sich die Türen öffnen, noch mit der Dame beschäftigt ist, stürmt Wendy schon auf den Hotelflur und rast davon, die Leine hinter sich her schleifend.

Karen ist geschockt. Warum nur hat sie sich ablenken lassen und die Leine nur noch locker in der Hand gehalten? Wo ist die Hündin hingelaufen?

Karen rennt in die Richtung, in der sie verschwunden ist, und entdeckt zu ihrem Erstaunen, dass die Tür zum Treppenhaus sperrangelweit offen steht. »Wenn das ›La Klassen‹ sieht«, schießt es Karen noch durch den Kopf, als sie schon die ersten Stufen hinaufhechtet. Sie weiß, dass sie auf der richtigen Fährte ist, als sie ein Japsen hört. Allerdings scheint das Geräusch von sehr weit weg zu kommen und Karen wundert sich, dass der Hund nicht längst im achten Stock vor einer Wand stehen bleiben musste.

Ihre Verblüffung wird noch größer, als sie merkt, dass im achten Stock tatsächlich nicht Schluss ist. Wie kann das sein?

Jetzt nimmt sie jeweils zwei Stufen auf einmal und endlich sieht sie die Hündin, die vor einer Tür steht und mit einer Pfote an dem Holz kratzt. »Ruhig, Wendy, ganz ruhig«, spricht sie beschwörend auf das Tier ein, und tatsächlich erwischt sie die Schlaufe der Leine am Boden, die sie gleich dreimal um ihre Hand wickelt.

Erst dann wird ihr klar, dass sie auf der Jagd nach der Hündin in einem Stockwerk gelandet ist, das es gar nicht geben dürfte. Sie steht in einer neunten Etage.

Aber offiziell gibt es nur acht. So steht es in allen Broschüren und auch in dem aufwendigen Bildband, den sie von »La Klassen« überreicht bekommen hat. Warum ist Wendy so aufgeregt? Erneut kratzt sie an der Holztäfelung, so als würde sich hinter der massiv wirkenden Tür etwas befinden, das sie neugierig macht.

Vorsichtig drückt Karen die geschwungene Klinke herab. Nichts geschieht. Dann drückt sie gegen die Tür und hat erneut keinen Erfolg. Nun zieht sie daran, immer von Wendy aufgeregt umtänzelt. Wieder nichts.

Schließlich späht Karen durch das Schlüsselloch und schaut nur in Dunkelheit.

Karen richtet sich wieder aus der Hocke auf und hört plötzlich wieder »La Klassen«: »Alle anderen Bereiche sind für Sie tabu!«

Ganz offensichtlich befindet sie sich in einem solchen. In einer neunten Etage, von der wahrscheinlich nur wenige Eingeweihte wissen.

Geistesgegenwärtig macht Karen ein Foto von der Tür mit ihrem Handy. Erst jetzt bemerkt sie die aufwendige Verzierung der Tür mit einem umlaufenden goldenen Streifen. Als sie die

Klinke noch einmal aus der Nähe betrachtet, sieht sie, dass sich zwei dieser Streifen auch dort befinden.

Karen zieht die widerstrebende Wendy hinter sich her und steigt die Treppen mit ihr wieder hinunter.

Es muss einen Schlüssel für diese Tür geben. Was hatte Kevin ihr erzählt? Dass er Schlüssel zu jeder Etage besitzt. Damit können nur die Türen zu den Stockwerken gemeint sein.

Soll sie ihn fragen?

Wendys Besitzer bedankt sich überschwänglich bei ihr, als sie sie zurückbringt. »Das hat aber lange gedauert. Super«, wird sie gelobt. »Wendy braucht mächtig viel Auslauf. Das haben Sie toll gemacht.« Als er auch noch einen Geldschein aus der Tasche zieht, wehrt Karen das Trinkgeld sofort ab.

»Nein danke! Es war ein Vergnügen, mit ihr unterwegs zu sein.« Das entsprach zwar nur einem kleinen Teil der Wahrheit, aber ohne die pfeilschnelle Hündin wäre sie niemals einem Geheimnis auf die Spur gekommen.

Karen kommt sich plötzlich wie eine ihrer Romanheldinnen vor und überlegt, wie sie an den Schlüssel zur neunten Etage kommt. Sie muss Kevin einweihen, aber sie fürchtet, dass er kein Interesse zeigen wird.

Sie behält recht. Als er sie am Abend anruft und wissen will, wie sie mit den Hunden klargekommen ist, fragt sie ihn geradeheraus: »Weißt du von einer neunten Etage?«

»Es gibt doch nur acht. Und die reichen mir total.«

»Aber ich hatte heute das Gefühl«, versucht Karen einen vorsichtigen Hinweis, »dass es da noch weiter rauf geht.«

»Spooky«, meint Kevin. »Falls es noch irgendwas oben geben sollte, weiß ich es auf jeden Fall nicht und auch niemand von unseren Kollegen. Und wenn, sind es bestimmt Abstellräume, in denen Möbel gelagert werden. Wir jedenfalls müssen uns darum nicht kümmern. Es gibt ganze Bereiche, die nur von den Security-Bossen bearbeitet werden.«

Am nächsten Morgen kann es Karen gar nicht erwarten, ihn bei seinem Morgenkaffee plus seinem geliebten Marmeladenbrot in der Kantine zu treffen. Sie hat einen Entschluss gefasst. Sie wird ihn einfach fragen, ob er ihr sein großes Schlüsselsortiment zeigt.

»Da ist aber nichts Aufregendes zu sehen«, warnt er sie. »Ziemlich langweilig. Einfach ein Haufen Schlüssel wie Millionen andere auch.«

Doch Karen beharrt darauf, Einblick zu nehmen, und so nimmt er sie mit zu einem Eisenschrank, der sich am Ende des Raumes befindet, in dem sämtliche Spinde seiner Abteilung stehen. Zu ihrer Erleichterung sieht Karen, dass er gar nicht abgeschlossen ist, und als Kevin die Tür aufzieht, hängen dort Unmengen von Schlüsseln. Alle mit einem Hinweisbändchen versehen.

»Aufregend, oder?«, flachst Kevin, doch Karen sucht schon nach dem einen, den sie braucht. Sie ist davon überzeugt, dass er genau wie die Tür selbst mit einem goldenen Streifen verziert ist. Und so ist es auch. Sie entdeckt ihn am unteren Rand der Schlüsselgalerie und ihr Entschluss steht fest. Sie wird ihn sich ausborgen und versuchen, das Geheimnis hinter der verriegelten Tür in einem Stockwerk zu lösen, das es eigentlich nicht gibt. Die neunte Etage.

Eine Woche später bleibt Karen schwer atmend stehen. Sie ist die unzähligen Stufen im Treppenhaus in rasender Eile hinaufgestiegen. Immer in der Furcht, sie könnte jemandem begegnen. Sie hat sich vorgenommen, sollte dies der Fall sein, würde sie einfach die Story rund um einen Hund vorschieben, der ausgerissen wäre.

Sie lauscht angestrengt, ob Geräusche an ihr Ohr dringen. Doch es herrscht eine gespenstische Stille. Wenn sie noch länger wartet, bekommen ihre Skrupel die Oberhand und sie wird sich eingestehen müssen, dass sie es nicht schafft, über ihren Schatten zu springen.

In ihrer Hand hält sie den Schlüssel mit dem goldenen Streifen fest umklammert. Sie hat ihn heimlich aus dem Schrank genommen und wird ihn sofort im Anschluss wieder zurückbringen. Wenn Kevins Vermutung zutrifft, wird sie sowieso nur einige Minuten brauchen, um hinter der ominösen Tür aufgetürmte Möbel zu entdecken, die ihr den weiteren Zugang versperren werden. Dann ist sie im Nullkommanix wieder unten und hängt den Schlüssel zurück. Niemand wird auf die Idee kommen, dass er kurzfristig verschwunden war.

Jetzt zittern ihre Hände, als sie versucht, den Schlüssel in das Schloss zu stecken. Ihre Aufregung ist so groß, dass sie gleich zweimal scheitert. »Ruhig!«, ermahnt sie sich und erschrickt vor dem Klang ihrer eigenen Stimme.

Unwillkürlich dreht sie sich um, ob ihr vielleicht jemand auf dem Weg nach oben gefolgt sein könnte.

Doch sie hört nur ihre eigenen Atemzüge.

Endlich, der schwere Schlüssel findet Halt im Schloss und lässt sich quietschend umdrehen. Erleichtert stemmt sie sich gegen das Türblatt, doch nichts geschieht. Also versucht sie eine zweite Umdrehung, drückt ihren Körper gegen die Türfüllung und spürt, dass das Monstrum endlich nachgibt. Es lässt sich öffnen.

Sie verstärkt den Druck mit aller Kraft und schafft es, den Spalt so weit zu vergrößern, dass sie glaubt, hindurchschlüpfen zu können. Vorsichtshalber will sie den Schlüssel wieder herausziehen, doch er hat sich verhakt und sie bricht sich beim Zerren einen Teil eines Fingernagels ab und ein Blutfleck erscheint auf der Fingerkuppe. Mit Mühe unterdrückt sie einen Fluch. Den

Schmerz spürt sie kaum, offensichtlich puscht sie der gestiegene Adrenalinspiegel.

Karen verzieht ihr Gesicht zu einer Grimasse. So also fühlt es sich an, wenn man zum ersten Mal im Leben verwegen sein will, wie die Heldinnen in den Romanen, die sie, wann immer sie Zeit findet, verschlingt. Die geraten immer in die eine Situation, in der sie alles aufs Spiel setzen müssen, etwas wagen, um an ihr Ziel zu kommen.

Doch von deren Entschlossenheit fühlt sich Karen unendlich weit entfernt. Die Fantasie-Welten halten im Moment ihrer Realität nicht stand. Sie kommt sich eher unbeholfen vor, die malträtierte Fingerkuppe im Mund, um die Blutung zu stoppen.

Erst jetzt realisiert sie, wo sie sich befindet. Am Beginn eines nur ganz schwach beleuchteten Ganges, und sie beschließt, um nicht ins Stolpern zu geraten, sich mit einer Hand vorsichtig an der Wand entlang vorwärtszutasten.

Doch als sie das Flurende erreicht hat, ist ihre Frustration groß. Ihr ist eine weitere Tür im Weg. Allerdings wirkt die nicht so massiv wie das erste Hindernis. Vorsichtig überprüft sie mit einem Finger die Größe des Schlüssellochs, es ist schmaler als das erste, was ihr jetzt auch nicht weiterhilft, denn sie hat keinen zweiten Schlüssel.

Bedeutet diese Tatsache bereits das Ende ihrer Reise ins Unbekannte?

Doch so einfach will Karen nicht kapitulieren. Sie ist so weit gegangen und hat sich dabei von ihrem normalen Ich einer sechsundzwanzigjährigen, fleißigen, tüchtigen Person entfernt, die niemals über die Stränge schlägt und sich im Zweifelsfall lieber anpasst.

Energisch rüttelt sie an der geschwungenen Klinke und stellt fest, dass die Tür gar nicht verschlossen zu sein scheint. Diesmal bündelt sie all ihre Kräfte, zieht an dem Griff und fällt fast hintenüber, als die Tür ohne erkennbaren Widerstand aufschwingt.

Verblüfft stellt sie fest, dass sie in die Weite eines riesengroßen lichtdurchfluteten Raumes blickt, dessen bodentiefe Fenster den strahlenden Sonnenschein eines herrlichen Tages in St. Moritz hereinlassen.

Entgeistert schaut sie sich um. Die Wände scheinen mit kostbarem golddurchwirktem Damast bespannt zu sein, auf der gegenüberliegenden Seite fesselt sie sofort der Anblick eines großformatigen Ölgemäldes.

Darauf sind zwei junge Frauen in hellen, duftigen Satin-Kleidern abgebildet, ganz offensichtlich sind sie auf einem Ball, denn im Hintergrund sind einige Paare auf einer Tanzfläche zu sehen, die sich im Takt von Musik zu drehen scheinen.

Bei genauerer Betrachtung ist die eine Person erkennbar die Jüngere, das Kindliche in ihrem Gesicht wird noch durch eine große Schleife betont, mit der ihre langen Haare gebändigt werden. Die Ältere, eine Schönheit mit großen tiefblauen Augen im fein geschnittenen Gesicht, steht hinter ihr und hat einen Arm auf die Schultern der Jüngeren gelegt. Doch Karen hat nicht den Eindruck, dass dies eine beschützende Geste ist, sondern sie wirkt eher formalisiert, als hätte der Maler vorgeschlagen, sich so zu präsentieren. Vielleicht ist das Bild aber auch nach einer Fotovorlage entstanden.

Karen schätzt, dass der Schnitt der Roben der Abendmode der Vierziger- oder Fünfzigerjahre des vergangenen Jahrhunderts entspricht. Allerdings sind sie so zeitlos elegant, dass man sie ohne Weiteres auch heute tragen könnte – wenn man die hohen Vintage-Preise bezahlen könnte, wie Karen mit großem Bedauern denkt.

Sie dreht sich um die eigene Achse und nimmt erst jetzt die vielen Sitzmöbel wahr, die an den Wänden entlang postiert wirken, als ob sich jede Minute Gäste, erschöpft vom vielen

Tanzen, darauf niederlassen wollen. Es sind kostbare französische Antiquitäten unterschiedlichster Stilrichtungen, die ohne eine strenge Anordnung nach ihren Entstehungszeiten bunt gemischt sind. Karen fühlt sich an die Sujets ihrer Romane erinnert, in denen die detaillierte Beschreibung solch kostbaren Mobiliars immer als Stilmittel gewählt wird, um den Reichtum der handelnden Personen zu dokumentieren.

Während sie langsam über das glänzende Parkett schlendert, ist sie froh, ihre im Job vorgeschriebenen halbhohen Pumps vor ihrem Ausflug ins Unbekannte mit flachen Schuhen getauscht zu haben. Denn wie beim Betreten eines teuren Fußbodenbelages während einer Schlossbesichtigung wäre ihr das Klackern ihrer Absätze in diesem eleganten Ambiente unpassend vorgekommen. Der Vergleich ist gar nicht so weit hergeholt, denn in ihr keimt der Verdacht auf, dass sie auf nichts anderes gestoßen ist als einen exklusiven Ballsaal einer vergangenen Epoche, der vermutlich nur handverlesenen, sehr gewichtigen Staatsgästen, vor allem royalen Besuchern, für deren Empfänge vorbehalten ist.

Doch warum führt keiner der Hotelaufzüge in die neunte Etage? Sie hat in den vergangenen Wochen alle überprüft und es ist ja wohl ausgeschlossen, dass VIP-Gäste einen ellenlangen Aufmarsch in einem Treppenhaus in Kauf nehmen würden.

Und warum überhaupt hat »La Klassen« so betont, dass sie sich nur in bestimmten Bereichen aufhalten darf? Schließlich kümmert Karen sich nach ihrer Jobbeschreibung genau um die Klientel, für die dieser Raum hier interessant wäre, und wenn es außer dem eleganten Ballsaal im Hotel-Erdgeschoss noch einen zweiten gibt, warum darf sie diesen nicht anpreisen?

Karen ist so bitter enttäuscht, vor allem darüber, dass ihre große Neugier sie dazu gebracht hat, etwas wissen zu wollen, das sie überhaupt nichts angeht.

Dabei hätte es ihr eine Warnung sein können, sich daran zu erinnern, wie viele Weihnachtsfeste sie sich schon als Teenager verdorben hat, da sie die für sie bestimmten Geschenke schon Wochen im Voraus in ihren Verstecken ausfindig gemacht hat. Sie fühlt plötzlich dieselbe tiefe Enttäuschung wie damals, wenn sie entdeckt hat, dass Bücher gekauft worden sind, die sie schon besessen hat, und wie heuchlerisch es sich immer angefühlt hat, wenn sie während der Bescherung Freude hat vortäuschen müssen.

Karen überlegt, wie sie die Sprache auf diesen geheimen Ballsaal bringen kann, ohne »La Klassen« zu verraten, dass sie ihn mit eigenen Augen gesehen hat.

Es ist Zeit, sich einzugestehen, dass sich ihre so spannend vorgestellte Exkursion als eine Riesenpleite entpuppt hat, und sie wendet sich mit einem tiefen Seufzer ab. Doch dann glaubt sie im letzten Moment, eine Unebenheit in einer Wand entdeckt zu haben.

Ihre Neugier erwacht erneut und sie durchquert in Windeseile noch einmal den riesigen Saal, um zu überprüfen, ob es eine geheime Öffnung gibt. Sie hat sich nicht getäuscht. An beiden Ecken der Wand befinden sich kunstvoll eingelassene Türen, deren identisches Dekor mit dem bespannten Damast ihrer Umgebung sie optisch verbergen. Sie will nur noch rasch feststellen, ob dies wirklich getarnte Durchgänge sind.

Allerdings hat sie ihre Erwartungen zurückgeschraubt und vermutet dahinter nur noch verborgene Abstellräume, in denen wahrscheinlich weitere Sitzmöbel aufbewahrt werden. Auf einen leichten Druck hin öffnet sich der vermutete Durchgang mit einem Klacken.

Das, was sie sieht, raubt ihr den Atem.

Sie steht vor einem Raum, dessen Ausmaße mindestens zweimal so groß sind wie die des Wohnzimmers der üppigsten Suite des Hotels, und das Ambiente wirkt, als ob ein Star-Innenarchitekt ganze Arbeit geleistet hat.

Auch hier kostbare Antiquitäten, die von einem exquisiten Geschmack zeugen und dabei gleichzeitig ein Gespür für eine Komposition der Behaglichkeit aufweisen. An den Wänden hängen goldgerahmte Bilder, darunter eine Kreidezeichnung, auf der Karen die ältere Frau auf dem Ölgemälde im Ballsaal zu erkennen glaubt.

Sie will sich mit einem Blick aus der Nähe vergewissern, doch die Beistelltische und ein langer Couchtisch, auf denen unzählige Fotos stehen, sind ihr im Weg.

Wer residiert hier? Und warum hat sie diese Information nicht erhalten? Möglicherweise werden die Personen, die hier leben, von einer ihrer Kolleginnen betreut, die so versessen darauf sind, ihren besonderen Zugang zu den Celebritys nicht zu verlieren, und deshalb nicht auf Karens Versuch reagiert haben, als sie nach ihrer Entdeckung mit der ausgebüxten Hündin nach einer zusätzlichen Etage im Haus geforscht hat.

In Karen steigt das ihr wohlbekannte Gefühl der Unzulänglichkeit hoch. Ist sie doch noch nicht so vertrauenswürdig und angesehen wie die anderen VIP-Betreuerinnen im Nobelhaus? Vielleicht ist sie immer noch zu zurückhaltend, spielt sich zu wenig in den Vordergrund.

Sie hält sich lieber etwas zurück, wirkt vielleicht deshalb sogar schüchtern, ein Manko in ihrem Job, auf das sie während ihrer Ausbildung gelegentlich hingewiesen worden ist.

Dann fällt Karens Blick auf einen Serviertisch auf Rädern neben der Couch. Darauf steht ein Gedeck, dessen Teller mit einer Servierhaube bedeckt ist, aber nicht in der üblichen Ausführung der Hotel-Restaurants, sondern genau in der Version, die Karen vor einiger Zeit auf der Anrichte einer Küche entdeckt hat.

Sie ist mit zwei umlaufenden goldenen Streifen verziert und Karen hat damals neugierig den Koch befragt, für wen diese Bestellung gemacht sei. Doch er hat nur mit den Schultern gezuckt und behauptet, keine Ahnung zu haben. Allerdings ist ihr Interesse nicht unbeobachtet geblieben. Kurz darauf hat Karen gemerkt, dass »La Klassen« mit einer aufgeregt gestikulierenden Frau gesprochen hat, die Karen noch nie im Personaltrakt des Hauses gesehen hat. An dem argwöhnischen Blick, den ihr die Direktrice zugeworfen hat, hat sie ablesen können, dass sie im Mittelpunkt der Diskussion gestanden hat.

Und sie hat recht behalten, denn unmittelbar darauf hat »La Klassen« vor ihr gestanden und ihr ein ungewöhnliches Ultimatum gestellt. »Wenn Sie noch ein einziges Mal Fragen stellen zu Dingen, die Sie nichts angehen und die überhaupt nicht im Zusammenhang mit Ihrer Tätigkeit stehen, werden Sie fristlos entlassen. Ist das klar?«

Während Karen an diese unschöne Konfrontation zurückdenkt, wird sie von einem lauten Knacken aufgeschreckt. Wo kommt das Geräusch her? Erst jetzt spürt sie die Wärme in dem großen Raum, die in starkem Kontrast zum klimatisierten Ballsaal steht. Karen nähert sich dem Bereich, aus dem sie die Ursache des Geräuschs vermutet, und blickt auf ein loderndes Feuer in einem marmorverkleideten Kamin. Darin hat sich ein Holzscheit gelöst und ist krachend zur Seite gekippt. Ein Kaminfeuer an einem Sommertag, die goldverzierte Haube auf dem Gedeck – ist sie also tatsächlich in das geheime Refugium eines Dauergastes eingedrungen?

Karen bricht der Schweiß aus.

Rasch legt sie sich eine Erklärung für diesen Fall zurecht. Schließlich kann sie ja immer noch behaupten, dass sie zur Betreuung besonders wichtiger Gäste eingestellt worden ist, um ihnen jeden Wunsch von den Augen abzulesen. Also warum nicht auch in diesem Fall?

Allerdings scheint es ihr doch ratsamer, sich unsichtbar zu machen und zu verschwinden, bevor sie auf ihrer verbotenen Erkundungstour entdeckt wird.

Sie befindet sich bereits auf dem Rückzug, als sie eine Stimme aus dem hinteren Bereich des Raumes hört: »Wer sind Sie?«

»Ich, äh, ich bin …«, beginnt Karen stotternd, während sie geistesgegenwärtig auf ihre Kleidung deutet, das für ihren Job obligatorische Kostüm aus altrosa Tweed, mit dem Bleistiftrock und Blazer, der weißen Bluse mit dem gestärkten hochstehenden Kragen. Einer plötzlichen Eingebung folgend nimmt sie sogar ihr Namensschild ab, auf dem nicht nur ihr Name, sondern auch der Zusatz »VIP-Service« vermerkt ist, und hält ihn ins Ungefähre.

»What … was wollen Sie hier?«

»Ich …«, beginnt Karen, doch weiter kommt sie nicht, denn in genau diesem Augenblick wird hinter ihrem Rücken eine Tür aufgerissen und mehrere Menschen stürmen herein.

Karen wird am Arm gepackt, und als sie sich umschaut, wer sie so rabiat festhält, blickt sie entsetzt in das Gesicht von »La Klassen«. Hinter ihr werden zwei Männer sichtbar, von denen einer ausgerechnet Kevin Haller ist, der sie fassungslos anstarrt.

»Sorry …«, versucht Karen, die Situation zu entschärfen, doch die Direktrice blickt an ihr vorbei in die Tiefe des Raums.

»Ich bitte Sie vielmals um Entschuldigung! Es ist unverzeihlich, was hier geschehen ist, und Sie können sich darauf verlassen, dass dies schärfste Konsequenzen haben wird.«

* * *

Wie hat das passieren können? Sie hat vor so vielen Jahren dafür gesorgt, dass ihr niemand mehr begegnen würde, den sie nicht selbst in ihr Leben hat lassen wollen. Und da hat es keinen mehr gegeben.

Wer ist die Fremde, die plötzlich in ihrem Refugium gestanden hat? Eine junge Frau in einem altrosa Kostüm, jung, viel zu jung, um zu begreifen, was sie da anrichtet.

Seit dem Augenblick, als sie das Klacken der Tür gehört hat, hat sie am ganzen Körper gezittert. Ein Geräusch, das sie zum letzten Mal vor Jahrzehnten vernommen hat. Gott sei Dank ist sie geistesgegenwärtig genug gewesen, zum ersten Mal den Knopf hinter dem Paravent zu drücken.

Den Panic Button.

Man hat die junge Frau entfernt, doch was hat die alles gesehen?

Mit langsamen, vorsichtigen Schritten auf ihren wackeligen Pantoletten bewegt sie sich in die Richtung, aus der der Eindringling gekommen ist, öffnet die mit goldenem Damast verkleidete Tür, lässt einen Augenblick verstreichen, ehe sie hindurchschreitet.

Der Ballsaal.

Bei seinem Anblick krampft sich ihr Herz zusammen. Soll sie es wagen, zurückzukehren in eine Welt, die längst untergegangen ist?

Wenn sie jetzt die Schalter bedienen würde, die das Licht in den venezianischen Kristalllüstern aufflammen lassen, dann wäre sie, das ahnt sie, wieder zurück in dem Saal, der genauso ausgesehen hat wie dieser.

Sie hat dafür gesorgt, dass jedes Detail wiederauferstehen würde, bis hin zu den Louis-XVI-Fauteuils, die ihre Mutter so geliebt hat.

Unzählige Exemplare stehen vor den Wänden, genauso postiert wie damals, als sich die Gäste, erhitzt vom Tanzen, dankbar darauf niedergelassen haben. Die unzähligen Bediensteten haben sich beeilt, mit ihren beladenen Tabletts voller Gläser, gefüllt mit eiskaltem Champagner, ihnen die dringend benötigte Erfrischung zu servieren. Das Lachen der Damen hat sie noch heute in den Ohren, die Klänge der Musik, das Rascheln der Roben, das Tuscheln von Geheimnissen, und sie erinnert sich auch an die verstohlenen Blicke, die sich einige Paare zugeworfen haben.

Herren in ihren maßgeschneiderten Smokings haben versucht, die Türen zum Garten zu öffnen, ihre Zigaretten und Zigarren angezündet, ihre Gespräche begonnen, in denen es sicher um ihre Geschäfte gegangen ist, vielleicht aber auch, wer die schönste Frau auf dem Ball gewesen ist.

»Aber es ist doch klar, wer dies ist!«, will sie ihnen zurufen.

Doch sie können ihre Rufe nicht hören und ihre Silhouetten lösen sich im Rauch auf, der alles zu vernebeln scheint.

Ihre Augen füllen sich mit Tränen, sie rinnen über ihr Gesicht. Fast gerät sie ins Straucheln, als sie bedächtig über das spiegelglatte Parkett zur Mitte des Saals geht.

Dort angekommen, wischt sie mit einem Schal über ihre Wangen, steht bebend da, bis sie sich einen Ruck gibt, die Arme ausstreckt und sich zu drehen beginnt.

Erst langsam, dann schneller, sie wirbelt herum, bis alles um sie herum verschwimmt und sie ihre eigene Stimme, ihr eigenes verzweifeltes Rufen aus der Vergangenheit hört: »Claire! Claire! Wo bist du?«

New York, Juni 1957

»Schrei nicht so laut, Isobel!«

»Doch, komm schnell! Du musst dir das angucken!«

»Du nervst! Ich muss mich fertig machen!«

»Lass Claire in Ruh, Isobel, für sie ist das heute der wichtigste Ball ihres Lebens.«

Isobel rutscht von dem Fenstersims des mehrstöckigen Hauses herunter. Von hier aus hat sie den besten Blick auf das aufregende Geschehen, doch wenn ihre Mutter in dem Ton spricht, bedeutet das Ärger. Aber noch gibt sie nicht auf und läuft in das Ankleidezimmer ihrer Schwester. »Du musst dir das anschauen. Die Autos stauen sich auf der ganzen Straße. Und außerdem ist dein Lieblingsschauspieler schon angekommen.«

Ihre Schwester steht vor dem Spiegel und Isobel hält unwillkürlich die Luft an. »Du bist so schön«, flüstert sie hingerissen.

Claire dreht sich in einem Traumkleid aus weißem Organza hin und her und überprüft, ob die vielen Brillantsplitter, die auf dem Stoff angenäht worden sind, im Lichtschein so funkeln, wie sie es sich vorgestellt hat.

»Sind es zu wenig, Mummy Darling?«

Ihre Mutter schüttelt den Kopf. »Kind, du siehst fantastisch aus, das Kleid ist das teuerste, das in dieser Saison zu sehen sein wird. Es hat ein Vermögen gekostet und niemand sonst wird etwas Ähnliches anhaben wie du.« Dann wendet sie sich um und fragt: »Isobel, wieso hast du dich noch nicht umgezogen? Wenn du dich nicht beeilst, wirst du oben bleiben müssen!«

Doch Isobel kehrt noch einmal zu dem Fenster ihres Zimmers zurück.

Sie hat aufgeregt die Ankunft der Gäste beobachtet und wenn sie auch nicht alle kennt, weiß sie doch aus den monatelangen Vorbereitungen, dass sich unter den Hunderten eingeladener Menschen internationale Celebritys aus Film und Theater, der Politik, berühmte Schriftsteller, adlige Persönlichkeiten und die gesamte tonangebende Elite der New Yorker Gesellschaft im Vestibül des Palais ihrer Eltern an der noblen Fifth Avenue drängen.

Horden von Fotografen, Hunderte Schaulustige säumen die von Limousinen verstopfte Straße und schieben und schubsen einander vor dem überdachten Eingang, dessen Stufen mit roten Teppichen ausgelegt sind. Ganz offensichtlich sind die Service-Leute, die ihre Eltern angeheuert haben, völlig überfordert, und sie ahnt, dass ihr Vater sich gleich auf den Weg machen wird, um das Chaos zu beseitigen.

Wenn Thomas James Forster III erscheint, der größte Tycoon unter der Millionärselite des Landes, hat alles so zu funktionieren, wie er sich das vorstellt. Niemand würde es wagen, gegen seine Anweisungen zu verstoßen.

Ein Parfumduft hüllt Isobel ein. Ihre Schwester hat es sich von Elizabeth Arden nach ihren eigenen Wünschen zusammenmischen lassen. Für Isobel ist es eine Wolke aus exquisiten Blüten und Ingredienzen, die, das weiß sie, von niemand anderem auf der ganzen Welt benutzt werden kann. Ein Unikat! Wie ihre Schwester.

Sie schaut auf, als sich Claire ein wenig herunterbeugt, um den Trubel auf der Straße in Augenschein zu nehmen.

»Wow!«, macht die nur und lacht hell auf. »Fantastisch! Genauso habe ich das erwartet!«

Isobel betrachtet hingerissen das frisch geschminkte Gesicht ihrer Schwester. Sie ist die schönste Frau, die sie in ihrem bisherigen Leben gesehen hat. Und sie ist sich sicher, dass es niemals eine schönere geben wird.

Das vollkommen geschnittene Gesicht wird von großen blauen Augen beherrscht. Isobel findet, dass die tiefe Tönung der Pupillen jeden Menschen darin versinken lässt. Die perfekte Nase, der wunderschön geschwungene Mund lassen jeden Filmstar dagegen durchschnittlich wirken. Claire ist gertenschlank, ohne mager zu sein, ihre Figur ist perfekt geformt, sie ist hochgewachsen und überragt Isobel um einen ganzen Kopf.

Bisher tröstet sie sich damit, dass sie, sechs Jahre jünger, bestimmt noch wachsen und die Größe ihrer zweiundzwanzigjährigen Schwester erreichen wird. Doch sie wird niemals nicht einmal annähernd so perfekt aussehen wie Claire.

Aber sie neidet ihr die Schönheit nicht. Sie sind beide abgeschirmt in der Welt des unermesslichen Reichtums ihrer Eltern aufgewachsen, umsorgt von Nannys und Gouvernanten, ohne Spielgefährten von außen, und haben sich deswegen lange miteinander beschäftigt.

Bis Claire sich, aufgrund des erheblichen Altersunterschieds, immer mehr von Isobel entfernt hat, um Gleichaltrige zu treffen. Sie ist minutiös auf eine herausragende Rolle innerhalb des gesellschaftlichen Lebens vorbereitet worden. Claire ist das wichtigste Projekt ihrer elitär denkenden Mutter Meredith gewesen, die es sich zur alles beherrschenden Aufgabe gemacht hat, ihre Tochter prestigeträchtig zu verheiraten.

Isobel hat ihr dies nicht übel genommen und dem Moment entgegengefiebert, als ihre schöne Schwester die Debütantin des

Jahres geworden ist, erst in New York und dann in London, wo sie bei der Vorstellung am Hof einen durchschlagenden Erfolg erzielt hat.

Und hier hat Claire auch den Gipfel des Triumphs erfüllt, den Meredith angesteuert hat. Sie hat den Heiratsantrag des begehrtesten Junggesellen Englands erhalten, Stanley Anthony, 8. Duke of Douglas-Drummond, Erbe von Schloss Wolston Manor in Buckinghamshire.

Morgen würden sie sich das Ja-Wort in der St. Thomas Kirche in Manhattan vor tausend geladenen Gästen geben, doch heute sollte der Ball in ihrem Elternhaus so prächtig sein, dass er als das glanzvollste Event nicht nur in den Schlagzeilen der Gazetten, sondern als gesellschaftlicher Höhepunkt des Jahrzehnts in den Annalen der Stadt New York vermerkt würde.

»Ist sie umgezogen?« Meredith erscheint mit zwei Hausmädchen in Isobels Zimmer. Erst jetzt entdeckt sie Claire am Fenster. »Schnell, komm da weg! Wenn dich jemand sieht.«

»Gleich werden mich alle sehen. Deswegen sind sie doch gekommen«, gibt Claire zur Antwort, doch Meredith ist entsetzt. »Aber doch nicht als jemand, der hinunterspäht, um Gottes willen, du bist der Höhepunkt der Saison!«

Rasch flüstert Isobel Claire ins Ohr: »Du lässt mich aber doch nicht allein? Du kommst uns immer besuchen, nicht wahr, auch wenn du eine ganz wichtige Person wirst.«

Claire dreht sich noch einmal um. »Schäfchen, ich kann nicht mehr so einfach nach New York kommen. Ich werde eine Duchess, habe meine gesellschaftlichen Verpflichtungen in England. Aber wenn du heiratest, dann komme ich. Das verspreche ich dir.«

Meredith wird zunehmend hysterisch. »Hört auf zu tratschen! Los, Isobel, zieh dich um. Claire, du wirst erwartet.«

Der Ballsaal ist inzwischen brechend voll, doch noch immer haben es nicht alle Gäste ins Innere des Anwesens geschafft.

Auf Anweisung des Hausherrn hat das Orchester jedoch schon begonnen, die Gäste, die bereits eingetroffen sind, zu unterhalten. Es ist eine von den drei angesagtesten Big Bands, die er engagiert hat, um das Publikum mit Swing und Musicalmelodien bei Laune zu halten.

Doch immer noch strömen juwelenbesetzte Society-Ladys am Arm ihrer jeweiligen Begleiter in den prächtig geschmückten Ballsaal, den größten in ganz New York.

Die Damen werfen sich Kusshändchen zu oder tauschen die üblichen angedeuteten Wangenküsschen aus, nicht ohne einen verstohlenen, abschätzenden Blick auf das Outfit der Hereingekommenen zu werfen.

Währenddessen haben schon viele Gäste ein dreigängiges Menü verzehrt, es werden Stühle nach hinten geschoben, um in den anschließenden Salons Bekannte zu treffen. Einige Männer, denen in ihren maßgeschneiderten Smokings zu warm wird, öffnen die Türen zur Parkanlage, entzünden ihre Zigaretten oder Zigarren, ordern Whiskey und Brandy von der Brigade des Service-Personals. Sie stecken die Köpfe zusammen, um die neuesten Entwicklungen an der Börse zu besprechen.

Doch der ganze Trubel, die lauten Rufe, das Gewusel kommt zum Stillstand, als die Musiker den Song, zu dem sich gerade etliche Paare auf einer der sechs Tanzflächen drehen, abbrechen.

Das Licht aus den vielen Kronleuchtern wird gedimmt und nach und nach verstummen alle Gespräche.

Eine erwartungsvolle Stille setzt ein.

Dann schwenkt ein Scheinwerferlicht über die neugierig emporgereckten Köpfe, sodass einige Gesichter für den Bruchteil einer Sekunde sichtbar werden.

Schließlich kommt das rotierende gleißende Licht an der obersten Stufe der großen Treppe zum Stillstand.

Es ertönt ein lang gezogener Trommelwirbel und Claire erscheint aus dem Dunkel des Hintergrundes vom Licht umhüllt wie eine überirdische Gestalt. Sie scheint den Moment zu genießen, denn sie verharrt regungslos wie ein Hollywood-Star bei seinem größten Auftritt. Das Funkeln ihres bestickten Kleides, das Glitzern der Tiara auf ihrem Kopf, das prachtvolle Halsband an ihrem Hals lässt erst ein Raunen aus der Menge ertönen, das wie bei einem aufkommenden Wind immer stärker wird, bis schließlich tosender Applaus erklingt.

Isobel hält den Atem an, als sie beobachtet, wie ihre Schwester erst jetzt beginnt, langsam die vielen Treppenstufen herunterzuschreiten, mit einer Anmut, einer Sicherheit, einem Selbstbewusstsein, die es ihr erlauben, den Auftritt ohne Halt zu bewältigen. Sie hat nur einen weißen Handschuh angezogen, der bis zum Ellenbogen reicht. Den anderen hält sie in der Hand und Isobel weiß, wer ihr dies verordnet hat.

Ihre Mutter, die noch vor wenigen Minuten im Ankleidezimmer verkündet hat: »Sie sollen alle deinen Verlobungsring sehen. Die Ladys werden grün aussehen vor lauter Neid.«

Und Isobel muss ihr recht geben. Der Ring mit dem großen Diamanten, umrahmt von unzähligen Brillanten, ist so gewaltig, dass Claire sowieso keinen Handschuh hätte darüberstreifen können. Da sie die Hand graziös ein wenig abspreizt, kann niemand im Saal auch nur für einen Moment den Blick von ihm abwenden.

Der prachtvolle Anblick der Preziose würde für viele zum Sinnbild der Vereinigung von Adel und unermesslichem Reichtum werden. Meredith hat es genau so vorhergesagt. Schließlich ist sie es gewesen, die den Ring gekauft hat. Das Familien-Erbstück, das der Bräutigam Claire übergestreift hat, ist in ihren Augen viel zu schlicht gewesen.

Und da sie dafür gesorgt hat, dass ihr Mann seiner geliebten Tochter eine Mitgift von zweihundert Millionen Dollar
mit auf den Weg in die englische Upperclass gibt, hat sie sich
auch im Recht geglaubt, für einen standesgemäßen Auftritt zu
sorgen. Den Mediensturm über den gigantischen Ring in den
Klatschblättern bis hin zur seriösen New York Times hat sie mit
tiefer Genugtuung zur Kenntnis genommen.

Claire ist am Fuß der Treppe angekommen und das
Scheinwerferlicht wird auf die Tanzfläche gerichtet. Als ob sie in
die Choreografie des Augenblicks eingeweiht wären, reagieren
die Menschen sofort und bilden eine Gasse, durch die der hoch-
gewachsene Duke auf seine Braut zugeht.

Er ist mit einem eleganten Frack bekleidet, der Einzige
im Saal, der sich damit deutlich von den zahllosen Smoking-
Trägern unterscheidet.

Er hebt seinen rechten Arm, Claire ergreift seine Hand und
Isobel glaubt, von ihrem Platz am Rand aus für einen winzigen
Moment ein Lächeln auf seinem Gesicht zu erhaschen, das ihr
wie das Zucken eines Triumphs erscheint.

Doch sie verwirft den Gedanken sofort und ist sich sicher,
dass sie noch nie ein perfekteres, so füreinander bestimmtes
Paar gesehen hat, das sich lächelnd in vollkommener Weise zu
den Klängen eines Walzers vereint hat.

St. Moritz, 2022

Die alte Frau dreht sich nicht mehr. Ihr ist schwindlig geworden und sie muss sich an einer Wand abstützen. »Ach, Claire, bleib bei mir!«, flüstert sie in die Stille des Ballsaals.

* * *

Der unerbittliche Griff von »La Klassen« hat sich nicht gelockert, während sie Karen rückwärts in eine mittelgroße, mit Fresken verzierte Empfangshalle bugsiert, in der sie noch einen kurzen Blick auf ein antikes Kinder-Schaukelpferd aus Holz werfen kann, dann wird sie durch eine große Flügeltür geschubst, um verblüfft festzustellen, dass sie in einem völlig anderen Treppenhaus gelandet ist.

Hier öffnet »La Klassen« mit einem Zahlencode eine schmale Aufzugtür und schiebt Karen hinein. »Kevin, André, Sie können jetzt nach unten gehen. Ich habe die Situation im Griff.«

Dann drückt sie auf einen der Aufzugknöpfe und dreht sich zu Karen. »Sind Sie wahnsinnig? Was wollten Sie hier oben? Ich wusste in dem Moment, als ich Sie zum ersten Mal in der Halle des Hotels stehen sah, dass Sie Ärger bedeuten. Das war schon Ihr erster eklatanter Verstoß gegen alle Regeln. Und dann die Behauptung, Sie hätten den Personaleingang nicht gefunden. Pf! Sie sind der geborene Troubleshooter. Nach außen immer ganz bescheiden und nett, aber dahinter … egal, Ihnen ist doch wohl klar, welche Konsequenzen Ihr Handeln nach sich zieht!«

Karen weiß, was ihr bevorsteht, und sie verflucht sich selbst und ihre Neugierde. Doch wenn sie ehrlich ist, nicht dass sie probiert hat, ein Geheimnis zu lüften, sondern dass sie dabei erwischt worden ist.

Nach ihrem missglückten Einstand im legendären The Golden Mountain ist sie in den folgenden Wochen fehlerlos durchgestartet, ihr Job hat ihr neues Selbstbewusstsein verliehen und sie stolz gemacht. Vielleicht ist das gewonnene Selbstvertrauen schuld daran, dass sie plötzlich, fast spielerisch, den Plan gefasst hat, wie die Hauptdarstellerin in einem ihrer Romance-Bücher bei einer Schatzsuche Erste zu werden.

Wie ist ihr »La Klassen« auf die Spur gekommen? Auf ihrem mühsamen Treppenaufstieg hat sie keine verräterischen Überwachungskameras entdecken können.

Auf dem Weg zum Personalbüro im ersten Stock begegnet ihnen zufällig François Otor, ein beliebter französischer Filmschauspieler, der Karen freudig zuwinkt und ruft: »Allo, Carine«, wie er sie getauft hat, »ce soir comme toujours, eh?«

»La Klassen« schaut indigniert, doch Karen gelingt ein Lächeln in seine Richtung und sie nickt.

Sie hat den Star, der wegen aktueller Dreharbeiten für sechs Wochen eine Suite im The Golden Mountain bezogen hat, nach der Landung seines Privatjets in Empfang genommen und ihn seitdem betreut. Zum Dank schickt er ihr jeden Abend einen selbst gemixten Cocktail im leeren Fahrstuhl ins Erdgeschoss, alarmiert sie zuvor via Handy und sie nimmt das Glas in Empfang. Zwar ist es ihr verboten, während ihrer Arbeitszeit Alkohol zu trinken, doch er beharrt auf der charmanten Geste und sie freut sich über das Ritual als Zeichen seiner Anerkennung.

Bei der Erinnerung an ihre erste Begegnung fällt ihr ein, dass sie gemeinsam mit Kevin Haller, der als Security-Beauftragter die Limousine gesteuert hat, zum Flughafen gefahren ist. Kevin Haller. Sie muss unbedingt mit ihm sprechen. Sie ist ihm eine Erklärung schuldig.

Erst einmal jedoch wird ihr die formlose Kündigung ausgesprochen. »Ich hatte Sie ja gleich zu Beginn gewarnt«, hört sie »La Klassen« ausgesprochen selbstgefällig betonen, und noch hinzufügen: »Sie können dagegen klagen, aber glauben Sie mir, in der Zeit, die Sie vielleicht noch herausschinden, werden Sie hier keine Freude mehr haben.«

Als Karen zu bedenken gibt, dass sie am heutigen Tag für vier Anreisen eingeplant ist, ein reicher Geschäftsmann aus Dubai, ein Ehepaar auf Hochzeitsreise, das eine der Honeymoon-Suiten gebucht hat, eine Duchess aus Berkshire und eine Schriftstellerin aus Deutschland, auf die sich Karen ganz besonders gefreut hat, reagiert »La Klassen« mit einem energischen Kopfschütteln.

»Das wird von Aimée und Barbara übernommen. Sie hat hier gar nichts mehr zu interessieren. Ich erwarte, dass Sie noch heute Ihre Koffer packen und ich Sie morgen abreisen sehe. Durch den Personalausgang!«

Anschließend hat Karen das unangenehme Gefühl, dass sie von jedem der Kollegen, dem sie noch im Hotel begegnet, missbilligend angeschaut wird. Vor allem die abschätzigen Blicke, die ihr Eberhard Mansell zuwirft, sprechen Bände. Der Flurfunk scheint mal wieder tadellos zu funktionieren.

Nur Börnle, mit dem sie sich schnell angefreundet hat, winkt ihr verstohlen zu und macht eine aufmunternde Geste, für die sie dankbar ist.

Wie betäubt nach ihrem abrupten Rausschmiss beschließt Karen, sich lieber erst einmal keine Gedanken darüber zu machen, wie wohl ihr Zeugnis ausfallen wird, als sie ihre drei Koffer von den Schränken herunterzerrt.

Als Erstes nimmt sie ihre Bücher aus dem Regal. Sie dekoriert sie immer sofort in einer fremden Umgebung, um sich heimisch zu fühlen. Karen seufzt, als sie sie beiläufig durchblättert. Ihre Liebe zur Lektüre hat sie wohl diesmal in die Irre geführt. Dabei ist es ihr schönster Zeitvertreib und wie eine kleine Flucht aus ihrem vermeintlich eher ereignislosen Leben. Allerdings erschrickt sie jetzt bei dem Gedanken an die ganz besondere Kapriole, die sie ihrem Lebenslauf hinzugefügt hat.

Nur noch ein Exemplar ist auf einer Sprosse zurückgeblieben. Karen greift nach dem Roman ihrer absoluten Lieblingsautorin auf dem Sektor der fiktiven Unterhaltung, der amerikanischen Bestseller-Schriftstellerin Amanda Clark, deren Sujets sie begeistern, da sie detailreich das Leben ihrer Protagonistinnen mit ausgeklügelt psychologischem Tiefgang bereichert. Wie würde sie wohl selbst in einem ihrer Romane beschrieben werden, nachdem sie sich zu Beginn ihrer Tätigkeit im The Golden Mountain in der Atmosphäre des Luxus-Ambientes wie eine fiktive Gestalt gefühlt hat?

Karens Mutter hat in ihren täglichen Telefonaten immer devot von der »Hautevolee« gesprochen, mit der Karen jetzt täglichen Umgang habe.

Karen schiebt den Moment vor sich her, in dem sie ihr beichten muss, was sie angerichtet hat, und dass ihre Rückkehr nach Frankfurt bevorsteht. Sie würde tief enttäuscht sein.

Als sie einen der Koffer beladen hat, hebt sie ihn kurz hoch und verzieht das Gesicht. Viel zu schwer, und diese Tatsache erinnert sie wieder an ihren ersten Tag, als Kevin Haller sie gefragt hatte, ob sie eigentlich Steine transportiert.

Karen greift nach ihrem Handy und beschließt, die Flucht nach vorn zu ergreifen. Statt einer Begrüßung fragt sie Kevin sofort: »Wollen wir heute Abend zum Italiener gehen?«

»Ich kann nicht«, lautet seine Antwort. »Ich habe überraschend Dienst heute Nacht, muss Andy ersetzen. Ich könnte nur vielleicht in einer Pause kurz zu dir kommen.« Hastig spricht er weiter: »Ist es wahr? Musst du gehen?«

Karen bejaht und setzt ihn kurz ins Bild. Aber sie merkt, dass Kevin längst alles erfahren hat und eigentlich etwas anderes wissen will.

Sein Zögern verrät ihr, wie sehr er sich persönlich getroffen fühlt. Schließlich beginnt er: »Hast du …?« Er verstummt und jetzt ist es an Karen, ihn, wie sie selbst merkt, mit einer viel zu hektischen Erklärung davon zu überzeugen, dass sie nicht nur Zeit mit ihm verbracht und seine Freundschaft zugelassen hat, um heimlich nach einem ganz bestimmten Schlüssel zu suchen.

Und sie lügt nicht, als sie ihm versichert: »Kevin, ich mag dich wirklich. Du bist für mich ein sehr wichtiger Freund!«

Er quittiert diese Bemerkung mit einem tiefen Seufzer. »Ich wusste gar nicht, wozu dieser vermaledeite Schlüssel bei den anderen im Schrank hing. Den hatte ich längst total vergessen! Als mich die Klassen auf den angesprochen hat, wusste ich erst gar nicht, was sie meint.«

Karen ist verblüfft. Sie hat vermutet, dass er es gewesen ist, der Alarm geschlagen hat, als er den Verlust bemerkt hat. »Wieso bin ich dann aufgeflogen?«

Jetzt bricht es aus Kevin heraus: »Was wolltest du da oben? Ich hatte keinen Schimmer, dass es eine neunte Etage überhaupt gibt, und ganz ehrlich, es ist mir auch völlig egal. Ich wäre nie auf die Idee gekommen, mich damit zu beschäftigen.«

Anstatt ihn zu besänftigen, bestätigt sie ungewollt seinen Verdacht, dass sie förmlich davon besessen gewesen ist, das Geheimnis zu lüften.

»Und ich«, sagt sie unbedacht, »frage mich, warum mich La ... die Klassen überhaupt darauf aufmerksam gemacht hat, nur zugewiesene Bereiche aufsuchen zu dürfen. Weißt du denn jetzt, wer da oben wohnt?«

»Siehst du, das ist das Einzige, was dich interessiert.«

Seine tiefe Enttäuschung tut ihr weh.

Noch ehe sie etwas erwidern kann, antwortet er ihr: »Ich habe keine Ahnung. Und ich will es auch nicht wissen!«

Sie glaubt schon, dass er jetzt das Gespräch wütend beendet, doch er fügt noch hinzu: »Übrigens habe ich heute ein Paket in der Poststation für dich entgegengenommen.«

»Meine neuen Bücher«, sagt Karen. »Du hast mich doch am Anfang mal gefragt, warum ich so schwere Koffer habe. Ich nehme immer viel zu viele Bücher mit. Die sind für mich unverzichtbar.«

Zunächst glaubt Karen, dass er die Verbindung gekappt hat, doch dann hört sie ihn mit ruhiger Stimme sagen: »Vielleicht liest du einfach zu viele Romane. Mach's gut!«

»Kevin ...«, versucht sie, das Gespräch fortzusetzen, doch er hat aufgelegt.

Sie bedauert das peinvolle Ende ihrer kurzen Freundschaft. Vor allem, dass er nun denkt, sie hätte ihn benutzt, um nach einem ganz bestimmten Etagenschlüssel zu suchen. Dabei wusste sie doch längst von ihm selbst, dass nur das Führungspersonal der Security in sämtliche An- und Umbauten des hundertfünfundzwanzig Jahre alten Luxushotels mit seinen Türmchen und Zinnen, uneinsehbaren Balkons, die manchmal die Hälfte eines Gebäudeabschnitts ausmachten, eingeweiht ist.

Und als sie ihn näher kennengelernt hat, war es ihr zunächst völlig gleichgültig gewesen, welche Aufgaben er hat. Damals, bei ihrem Einstieg, empfand sie die Tatsache, dass keine Key-Cards wie in anderen Luxushotels Zugang zu den Suiten und

Zimmern gewähren, sondern schwere altmodische Schlüssel, als einen großen nostalgischen Charme des The Golden Mountain.

»Unsere Klientel würde einen Aufstand machen, wenn wir das umstellen wollten«, hat ihr einmal Walter Börnle ernsthaft versichert, als er Karen unter seine Fittiche genommen hat, um ihr den Einstieg in die besondere Welt des The Golden Mountain zu erleichtern.

Am späten Abend entdeckt Karen, dass Kevin sich doch noch überwunden hat, das Paket vor ihrer Tür abzulegen. Als sie nach ihm Ausschau hält, findet sie keine Spur mehr von ihm. Ungeduldig reißt sie das Papier auf und hält tatsächlich neben zwei anderen das neueste Buch von Amanda Clark in Händen. Es trifft sie wie ein Schlag.

Auf dem Buchdeckel prangt in goldenen, erhaben aufgedruckten Buchstaben der Titel:

DER GEHEIME SCHLÜSSEL

Als sie am Morgen im Luxushotel aufwacht, brennt noch immer das Licht und auf ihrem Bauch liegt das schwere neue Buch, das ihren Händen entglitten ist. Wie üblich hat sie es nicht erwarten können, darin zu lesen.

Zunächst trödelt sie, als könnte sie den Moment des Abschieds von ihrem beruflichen Traum hinauszögern, doch es führt nur dazu, dass sie sich schließlich beeilen muss. Hastig verstaut sie ihr Frühstücksgeschirr im Hängeschrank ihrer kaum benutzten Küche und betrachtet sich im Spiegel zum ersten Mal nach einer gefühlten Ewigkeit wieder in ihrer Privatkleidung.

Das extra für sie geschneiderte altrosa Kostüm, das Erkennungszeichen der VIP-Ladys, wie sie oft genannt werden, hängt auf einem Bügel vor der Schranktür und wirkt auf Karen wie ein stummer Vorwurf.

Sie hat sich für einen weißen Hosenanzug entschieden, ist in ihre flachen beigen Ballerinas geschlüpft und lässt ein letztes Mal ihre Blicke wehmütig durch die Räume schweifen.

Gerade greift sie nach ihrer Handtasche, als es an der Tür klingelt. Karen checkt kurz die Zeit auf ihrer Armbanduhr. Das muss der Taxifahrer sein, den sie allerdings erst in fünfzehn Minuten erwartet hat. Sie reißt die Tür auf und sagt: »Sie sind viel zu …«

Sie verstummt.

Vor ihr steht eine wohlbekannte Person, mit der sie keinesfalls gerechnet hätte.

»La Klassen.«

Sie ist sicher nicht gekommen, um sich von ihr zu verabschieden. Karen vermutet, dass sie wohl eher ihr extremer Kontrollzwang hierhergeführt hat. Um endlich zum Ende ihres Engagements einmal das letzte Wort zu haben, gestattet sich Karen einen Hauch von Ironie: »Keine Sorge! Ich habe das Taxi zum Personaleingang bestellt. Nur der Fahrer sollte sich hier vor meiner Tür melden.«

Doch wie immer verzieht die Direktrice keine Miene, allerdings überprüft sie mit einer fast unmerklichen Handbewegung den Sitz ihres Blazers, der einwandfrei aussieht.

Ein winziges Zeichen der Verunsicherung an einer immer beherrschten Frau. Sie macht aber keinen Versuch, verbindlich zu wirken, als sie in ihrem üblichen barschen Tonfall drängt: »Lassen Sie mich rein. Ich muss mit Ihnen reden!«

Karen zieht die Tür weiter auf und warnt noch: »Fallen Sie nicht über meine Koffer!«

Die Direktrice weicht der Stolperfalle aus und kann sich dabei einen kurzen Rundumblick nicht verkneifen, als wolle sie überprüfen, dass das hoteleigene Inventar vollständig an seinem Platz ist. Ist sie etwa gekommen, um zu checken, ob sie etwas hat mitgehen lassen?

»Es hat sich eine Änderung ergeben«, beginnt »La Klassen« unvermittelt. »Das Haus hat Ihre Kündigung zurückgezogen.«

Trotz ihrer absoluten Überraschung entgeht Karen nicht, dass sie sich mit dieser Formulierung hinter der Institution Hotel versteckt. »Allerdings sind Sie von Ihren bisherigen Aufgaben entbunden. Ein …«, hier zögert sie eine Sekunde, »… Dauergast hat nach Ihnen verlangt!«

»Monsieur Otor?«, platzt Karen heraus. Sie ist sich sicher, dass der sympathische Filmstar sie gerettet hat, indem er kategorisch darauf bestanden hat, dass sie weiter für ihn da sein kann.

»La Klassen« zieht indigniert eine Augenbraue hoch und meint kühl: »Warten Sie es ab. Sie sind doch offenbar auf der Suche nach Überraschungen.« Ganz offensichtlich ist sie wieder oben auf, denn sie verlangt knapp: »Kommen Sie mit!«

»Aber ich habe ein Taxi bestellt!«

»Das habe ich schon storniert.«

Karen folgt ihr quer über einen Teil des hinteren Hotelgeländes, bis sie an einem hinter Büschen und Sträuchern versteckt liegenden Eingang stehen, dessen Tür »La Klassen«, die kein Wort mehr mit Karen gewechselt hat, mit einem Zahlencode öffnet.

Karen erkennt den Korridor wieder, aus dem sie nach ihrer Entdeckung der neunten Etage hinausbefördert worden ist. Sie beobachtet jetzt, wie die Direktrice eine Zahlenkombination neben der Aufzugtür eintippt und einen Zettel aus ihrer Jackentasche herauszieht. »Hier ist der Code. Passen Sie gut darauf auf!« Sie lässt Karen in den Lift eintreten.

Die Fahrt dauert lange und Karen kann sich schließlich die Frage nicht verkneifen: »Wohin fahren wir?«

Die spöttische Antwort von »La Klassen« bestätigt ihre vage Ahnung: »Sie wollten doch hoch hinaus. Jetzt ist es so weit!«

Karen schließt entnervt die Augen und öffnet sie erst, als ein Ruck signalisiert, dass sie an ihrem Ziel angekommen sind.

Die neunte Etage!

Sofort erkennt Karen die Halle wieder. Drei Gänge scheinen von dort aus Zutritt zu diversen Räumen zu geben.

Als sie neben dem bunt bemalten Schaukelpferd steht, zischt ihr die Direktrice zu: »Ich weiß nicht, warum sie es tut. Aber sie tut es!«

Dann dreht sie sich um, verschwindet im Aufzug und lässt Karen allein.

Sie kämpft mit widerstreitenden Gefühlen. Der Freude darüber, dass sie doch nicht gefeuert ist, dass sie plötzlich sogar für besondere Aufgaben abgestellt wird, steht zu ihrer eigenen Verblüffung plötzlich die Sehnsucht nach der Überschaubarkeit ihres bisherigen Lebens gegenüber. Noch bleibt Karen an der Schwelle des Raums mit der exquisiten Ausstattung stehen und wartet, was auf sie zukommt. Vor allem, wer die Person ist, die sie angefordert hat.

»Wer sind Sie?«

Es ist die Stimme, die sie gestern so erschreckt hat. Und nun hört sie es ganz genau. Es ist die spröde Stimme einer älteren Frau.

»Ich bin's, Karen Hauser. Frau Klassen schickt mich zu Ihnen.«

»Wer?«

Weiß die Dame wirklich nicht, wer sie ist und, vor allem, von wem sie beauftragt wurde?

Karen macht aufs Geratewohl einen Schritt in den opulenten Wohnraum hinein, doch sofort ertönt: »Stop! Right there. Where you are!«

Verunsichert zieht sich Karen wieder zurück.

Ist die geheimnisvolle Frau eine Engländerin? Amerikanerin? Oder ist es nur die Marotte eines reichen Menschen, der englische

Versatzstücke benutzt, um zu zeigen, dass er zu den happy few gehört? Die Unbekannte muss doch von »La Klassen« lückenlos informiert worden sein, wer ihre persönliche Betreuerin wird.

Karen rettet sich in ihr berufliches Korsett, ihr intensives Training, das sie im Umgang mit den unterschiedlichsten und häufig sehr schwierigen Gästen geschult hat.

Immer freundlich! Immer positiv! Immer zuvorkommend!

Ihre neue Auftraggeberin, die sich weiterhin im Hintergrund des Raumes verbirgt, erwartet wohl, dass sie sich ausführlich vorstellt. Also startet Karen einen erneuten Versuch. »Ich heiße Karen Hauser, bin sechsundzwanzig Jahre alt ...«

»Very young!«, unterbricht sie die Stimme.

Karen hat das Gefühl, dass sie sich in einem sehr schwierigen Vorstellungstermin befindet, doch da sie auf jeden Fall weiterbeschäftigt werden will, referiert sie, halb deutsch, halb englisch, ausführlich ihre beruflichen Stationen und vergisst auch nicht, eine ehrlich klingende Entschuldigung über ihr gestriges unerlaubtes Eindringen unterzubringen.

Da darauf keine Reaktion erfolgt, fühlt sich Karen immer unwohler und trippelt nervös auf der Stelle.

Schließlich kann sie die sich hinziehende Stille nicht mehr ertragen und fragt ins Geradewohl: »May I help you?«

Auf diese Formulierung hin glaubt Karen, eine Bewegung wahrzunehmen. Ein Schatten wird an der Wand sichtbar. Jemand bewegt sich sehr vorsichtig.

Karen verbietet sich selbst, auf die Person zuzugehen, denn sie fühlt, dass die nächsten Minuten über ihr weiteres berufliches Fortkommen entscheiden und dass sie auf keinen Fall den Fehler machen darf, Schranken zu überschreiten. Auch keine imaginären.

Schließlich erhascht sie einen Blick auf ein Gesicht, das hinter einem Paravent hervorlugt.

Es ist das Gesicht einer Frau unbestimmbaren Alters. Ihre blonden kinnlangen Haare sind entweder aufwendig blondiert oder aber eine Perücke. Allerdings eine teure aus Echthaar. Als die Dame langsam wie in Zeitlupe hervortritt, erkennt Karen, dass sie in etwas gekleidet ist, das man früher einen schwarzen Hausanzug genannt hat, eine Art Uniform, die bei Damen des gehobenen Standes sehr beliebt gewesen ist.

Karen spürt, dass ein Sonnenstrahl, der durch die halb geschlossenen Vorhänge fällt, ihr Gesicht beleuchtet, und genauso, wie sie die Unbekannte einzuschätzen versucht, wird auch sie von ihr in Augenschein genommen.

Karen ist froh, dass sie sich am Morgen sorgfältig geschminkt hat, ihre schulterlangen Haare mit goldblonden Strähnen noch mithilfe eines Trockenshampoos in Form gebracht und auch den Schräg-Pony mit einem Lockenstab aufgefrischt hat.

Es überkommt sie das Gefühl, dass sie sich wie zwei Boxer gegenüberstehen, die die Stärke des jeweils anderen einzuschätzen versuchen.

Die Dame scheint sich noch nicht sicher zu sein über den Ausgang dieses Duells, während Karen versucht, die Aura dieser Frau zu deuten. Es fühlt sich so an, als suche die nach der Antwort auf eine Frage, die sie jedoch nicht stellen will.

Noch nicht.

Und anscheinend ist sie sich schmerzlich unsicher, ob es richtig ist, jemanden in die Abgeschiedenheit ihres Privatlebens hineinzulassen.

Erleichtert vermutet Karen, dass die minutenlange Musterung zu ihren Gunsten ausgefallen ist, denn die mysteriöse Frau setzt sich in einen Sessel mit breit ausladenden Seitenlehnen, schiebt sich eines der bestickten Kissen hinter den Rücken und gibt mit einer Geste zu verstehen, dass Karen auf einem der beiden Sofas Platz nehmen soll. Aufatmend folgt sie dieser stummen Aufforderung und lässt sich in der äußersten Ecke nieder.

Dabei fällt ihr Blick auf die Pantoletten der Dame. Sie sind rosa mit einem gleichfarbigen Puschel auf dem Steg, Ausführungen dieser Art kennt Karen aus Filmen der Fünfzigerjahre, in denen etwa eine Doris Day darauf durch die Szenerie gelaufen ist. Zu dieser Retro-Farbwahl passt auch der roséfarbene Lippenstift der mysteriösen Fremden, der ein wenig in den unzähligen Fältchen über der Oberlippe ausgelaufen ist.

Mit dunkler Mascara sind die Wimpern betont worden, Karen meint auch, einen schwarzen Lidstrich auf den Lidern zu erkennen. Allerdings wirken die mit einem schwarzen Stift aufgemalten Augenbrauen wie zwei runde Balken. Sie sind viel zu hart auf der durchsichtig gewordenen Haut der Stirn. Auf ihren Wangen hat sie kreisförmige pinke Rougebäckchen aufgestäubt. Vielleicht ist ihre heutige Aufmachung eine Ausnahme von ihrem täglichen ungeschminkten Aussehen. Hat sie sich etwa extra für die Begegnung mit ihr zurechtgemacht?

Karen fällt es schwer, ihr Alter zu schätzen. Die Dame hat etwas Junggebliebenes, obwohl ihre Haut Spuren des Alters aufweist, die jedoch eine Schicht Puder wie mit einem feinen Filter verbirgt.

Fünfundsiebzig? Achtzig? Älter?

Doch Karen wird abgelenkt und muss sich konzentrieren, denn sie wird aufgefordert, detailliertere Auskünfte über sich selbst zu geben.

Gleichzeitig drückt die fremde Frau auf den Knopf eines Schalters, der an einer langen Schnur auf der Lehne ihres Sessels liegt, und kurz darauf erscheint zu Karens totaler Überraschung die Frau, die sie in der Hotelküche im aufgeregten Gespräch mit »La Klassen« beobachtet hat.

Jetzt trägt sie ein Tablett mit einem kostbaren Teeservice herein, auf einem passenden Servierteller liegen Butterkekse einer englischen Marke. Die Blicke, die Karen streifen, sind voller Argwohn. Alles an ihr signalisiert Ablehnung.

»Thanks, Heather«, sagt die Hausherrin, die den Tee selbst einschenkt und Karen währenddessen die Gelegenheit gibt, die kostbaren Ringe an ihren mit blauen Adern durchzogenen Händen und am Gelenk ein Diamantarmband neben einer mit Brillanten eingefassten Uhr zu registrieren. Alles an ihr und dem Ambiente des Raumes verraten selbstverständlichen Luxus.

Karen begreift, dass sie auch den Rest ihrer Befangenheit abstreifen und aus sich herausgehen muss. Denn viel mehr als an ihren beruflichen Stationen scheint die mysteriöse Dame an ihrem privaten Leben interessiert zu sein.

Also berichtet Karen offen – nein, sie hat keine Geschwister, ist ein Einzelkind, das Verhältnis zu ihren Eltern ist manchmal nicht ganz einfach, da vor allem ihre überbesorgte Mutter versucht, immer noch zu viel Einfluss auf sie auszuüben. Dabei fällt Karen spontan ein: »Sie hatte immer Angst, dass aus mir nichts werden würde, da ich mich schon als Kind in die Welt der Bücher verkrochen habe.«

Immer gelöster plaudert Karen über die fiktiven Welten, in die sie sich immer flüchtet, und als sie schließlich verstummt, ist der unberührte Tee in ihrer Tasse längst kalt geworden. Der Blick ihres Gegenübers allerdings ist ein wenig entspannter, nicht mehr ganz so wachsam wie zu Beginn ihres Aufeinandertreffens.

Sie meint sogar, die Spur eines Lächelns zu erkennen, und fürchtet sofort, dass sie sich mit ihren Bekenntnissen lächerlich gemacht haben könnte. Doch das genaue Gegenteil ist der Fall, und als sie urplötzlich gefragt wird, welche Autoren sie schätzt, und aus Karen ihre absolute Vorliebe für die Romane von Amanda Clark herausplatzt, hört sie eine unerwartete Antwort: »Me too!«

Das Eis scheint gebrochen zu sein und Karen versucht, die positive Wendung zu nutzen, um endlich eine Definition

ihres neuen Jobs zu erfahren. Doch mehr als ein unbestimmtes
»Wir werden sehen« hört sie nicht, aber sie nimmt die Worte als
Bestätigung, dass sie einen Job hat, und schlägt vor, als Erstes
in ihre Dienstwohnung zurückzukehren, um ihre Koffer wieder
auszupacken, und will wissen, wann sie am nächsten Morgen
erwartet wird: »Dann natürlich in meinem VIP-Service-Outfit!«

Doch die geheimnisvolle Dame schüttelt den Kopf und
Karen erfährt, dass ihre Koffer längst nach oben gebracht worden sind und sie ein neues Domizil bezieht.

In der neunten Etage.

Nach einigen Tagen bewegt sich Karen wie selbstverständlich
in der Welt ihrer Auftraggeberin. Zwar hat sie noch nicht alle
Räumlichkeiten inspiziert, doch sie begreift zu ihrer absoluten
Verblüffung, dass sie nicht etwa in einem zum Hotel gehörenden Stockwerk eingezogen ist, sondern in ein Anwesen, das sich
völlig unabhängig auf dem Dach des Luxushotels befindet und
gigantische Abmessungen hat.

Ihre eigene Wohnung darin entpuppt sich als eine luxu-
riöse Suite, mit einem Boudoir, einem Arbeitszimmer, das
hier jedoch als Schreibzimmer deklariert ist, einem geräumigen Schlafzimmer mit einem traditionellen Schminktisch,
einem Ankleidezimmer mit rundum verspiegelten raumhohen
Schränken, in denen sich Karens private Garderobe ganz verloren ausnimmt. Das geräumige Bad ist mit goldenen Armaturen
ausgestattet, außerdem stehen dort ganze Sortimente von
Shampoos, Duschmitteln und parfümierten Körperölen einer
extrem teuren Marke nur zu ihrer Verfügung.

Die Ausstattung in den Räumen besteht aus kostspie-
ligsten Antiquitäten, prunkvollen Teppichen, venezianischen
Kristalllüstern und extravaganten Récamieren, bestückt mit
Kissen in Seidenbezügen.

Immer wieder nimmt Karen Anlauf, ihre neue Chefin zu fragen, wann und wie dieser gigantische Aufbau entstanden ist, denn sie ist sich ganz sicher, dass sie in dem Bildband zur Geschichte des The Golden Mountain keinen Hinweis über eine so aufwendig gebaute abgeschottete Welt übersehen hat.

Aber sie begreift schnell, dass man der unbekannten Dame nicht zu viel zumuten darf. Sie allein gibt den Ton an, bestimmt, wann sie zu einem Gespräch bereit ist und wann sie in Ruhe gelassen werden will.

Aber warum residiert die Lady inmitten dieses Überflusses ganz alleine? Umsorgt von lediglich zwei festen Domestiken, darunter Heather, der Haushälterin, die offensichtlich schon viele Jahrzehnte in ihren Diensten steht, sowie einer schweigsamen älteren Vertrauten, die sich geräuschlos in der Nähe der Dame aufhält, nie gerufen werden muss, sodass Karen ihren Namen nicht kennt. Sie kümmert sich um die Kleidung, die Frisur und das gelegentliche Make-up der Hausherrin, weshalb Karen ihr die Bezeichnung »Dresserin« gibt. Es gibt noch einen jungen Mann, Axel, der im Wechsel mit drei Kollegen Besorgungen macht, die alle jedoch nie das Refugium betreten dürfen.

Sie kennen nur den Garteneingang und warten vor der Aufzugtür, bis eine der beiden Bediensteten zu ihnen fährt und die diversen Einkäufe entgegennimmt.

Die Geheimhaltung erstreckt sich auch auf die Aufträge, die Heather an ständig wechselnde Reinigungsunternehmen erteilt. Jedes von ihnen darf immer nur einen Abschnitt der Räumlichkeiten putzen, sodass niemand behaupten kann, genau zu wissen, wie der Zuschnitt des Haus-Aufbaus aussieht.

Karen ist überwältigt, als sie hinter einer der mit Goldstreifen umrandeten Türen eine umfangreiche Bibliothek vorfindet, die bis unter die Decke mit Regalen ausgestattet ist, vollgestopft mit Tausenden von Bildbänden, Kunstbüchern, bebilderten Übersichten über teure Porzellanpuppen, Reisebeschreibungen,

Biografien, vor allem amerikanischer Politiker, Filmstars, Gesellschafts-Tycoons und britischer Society und Royaltys, bis hin zu einer Unmenge von Romanen.

Jetzt ist sie ganz sicher, dass vor allem ihr Geständnis, ein Bücher-Freak zu sein, den Ausschlag für ihre Anstellung gegeben hat.

Und so wartet sie geduldig auf den Moment, in dem sie endlich erfährt, warum sie im Kosmos einer betagten Frau gelandet ist, die wie eine Einsiedlerin der Welt den Rücken kehrt.

Die Angestellten geben nichts preis, im Gegenteil, sie verstummen, sobald Karen in der Küche auftaucht. Dabei ist gerade deren Existenz ein großes Rätsel. Die Dame kann sich doch mit allem, was die Drei-Sterne-Küchen des Hotels zu bieten haben, versorgen lassen. Karen selbst ist angewiesen worden, genau dies zu tun und sich jeden Tag aus den diversen Menüs etwas herauszusuchen. Ihre Bestellungen werden von Heather abgeholt – und gelangen unter den besonderen Hauben mit den goldenen Rändern auf den Tisch.

Karen bemerkt sehr schnell, dass die Essgewohnheiten der alten Dame äußerst eintönig sind. Tagsüber trinkt sie kannenweise schwarzen gesüßten Tee, dazu werden ihr jedes Mal die englischen Biskuits serviert, Punkt achtzehn Uhr erscheint Heather ohne Aufforderung mit einem Glas Gin mit Dubonnet, um am Abend eingelegte Thunfischfilets in Tomatensauce zu servieren.

Karen findet es verstörend, als sie durch Zufall entdeckt, dass dieses eintönige Mahl aus importierten US-Konserven stammt.

Als der Moment kommt, an dem die Dame Karen in Carey umtauft, glaubt sie, dass sie zu nichts anderem als einer Art Gesellschafterin für eine schrullige Amerikanerin geworden ist.

Die zieht sich tagelang in ihr Boudoir zurück. Wenn sie im Wohnzimmer erscheint, trägt sie knöchellange Hausmäntel, die genau wie ihre Hausanzüge dem modischen Stil der Fünfziger- und Sechzigerjahre entsprechen. Es sind rosafarbene oder baby- blaue Steppmäntel, verziert mit unzähligen weißen Schleifchen, farblich dazu passen ihre Pantoletten, mit deren Absätzen sie jedoch häufig in den hochflorigen Teppichen hängen bleibt. Ihre wechselnden Perücken sind mal platinblonde Bobs, dann wieder blond melierte Lockentürme, manchmal auch mit ange- clipten Ponyfransen, die aus einem beigen Turban herausragen.

Für Karen ist sie mittlerweile die Inkarnation einer sehr rei- chen Amerikanerin, die eigentlich ihrem Auftreten entsprechend nach Miami, Malibu, Cape Cod oder Hyannis Port gehört. Als eine überaus vermögende, finanziell abgesicherte Seniorin, die die Tage auf dem Golfplatz verbringt und sich abends mit ihren Freundinnen zum Bridge oder Tarot verabredet.

Was ist in ihrem Leben passiert, dass sie sich ausgerechnet in der Schweiz in einem Haus auf dem Haus verkriecht, keinen Besuch erwartet und in der Eintönigkeit ihrer Einsamkeit ihre Zeit verbringt? Hat sie keine Verwandten? Ist sie Witwe? Hat sie Kinder?

Die einzig wirklich persönliche Äußerung, die sie bisher von ihr gehört hat, ist das vorwurfsvolle Eingeständnis ihrer Furcht bei Karens Eindringen: »You scared the hell out of me! I pressed the Panic Button!«

Dieses Auslösen des Alarms hat also dazu geführt, dass »La Klassen« in Begleitung von zwei Security-Männern fast die Tür zum geheimnisvollen Refugium auf dem Hotel eingetreten hat.

Rasch wiederholt sie die Entschuldigung für den aus- gelösten Eklat und versucht gleichzeitig, den offensichtlich entstandenen Eindruck zu entkräften, sie wäre eine sehr uner- schrockene, wagemutige Person.

»Aber Sie waren mutig, Carey«, beharrt die Dame. »Sie wollten ein Geheimnis lüften. Sie waren … wie sagt man, without ... furchtlos, unerschrocken, haben sich über Regeln hinweggesetzt. You are ... Sie sind wie eine Detektivin.«

»Nein, nein«, widerspricht Karen heftig. »Ich bin eigentlich eher zurückhaltend und halte mich an Regeln. Aber nachdem ich es geschafft habe, in einem Nobelhotel im Traumort St. Moritz einen Job zu bekommen, wollte ich mal raus aus meiner Komfortzone, verstehen Sie?«

Karen weiß nicht, ob es am Inhalt ihrer Worte liegt oder an dem deutschen Vokabular, sie scheint die Dame nicht von ihrer einmal gefassten Meinung abbringen zu können. Also nimmt sie noch einen Anlauf: »Sie lieben doch auch Romane mit ihren Fantasiewelten. Ich wollte einfach versuchen, etwas Verrücktes zu tun. Und wie Sie gemerkt haben, war es eine richtig dumme Idee. Ich habe Sie furchtbar erschreckt.«

Karen wird das Gefühl nicht los, dass die Lady etwas in ihr sieht, was ihr nicht entspricht, und etwas von ihr will, das sie nicht erfüllen kann.

Am selben Abend wird sie von ihr überraschend »auf ein Glas Champagner« ins Wohnzimmer gebeten und aufgefordert, von ihren Erlebnissen als VIP-Betreuerin zu erzählen. Ist dies wieder ein neuer Test?

Karen nimmt die Herausforderung an und gibt einige Anekdoten zum Besten. Dazu gehört die Schilderung der italienischen Principessa, die jeden Tag im Morgenrock, Slippern und elektrischen Heizwicklern auf dem Kopf an der Rezeption im The Golden Mountain erscheint, um ihre Post durchzusehen. Wenn sie Briefe nicht interessieren, gibt sie sie ungeöffnet an den Chefconcierge zurück. Mittlerweile sind schon zwei große Kartons mit ihrer Post gefüllt. Diese Anekdote scheint die Hausherrin zu amüsieren, denn ein Lächeln zerteilt ihr oft so ungerührt wirkendes Gesicht in eine Kaskade tiefer Falten. Sonst ist ihre Mimik ernst, fast traurig, und sie wirkt wie abwesend, als kreisten ihre Gedanken um etwas, das sie quält.

Um sie aufzuheitern, schmückt Karen die nächste Story über einen amerikanischen Filmstar besonders aus, eine wunderschöne, berühmte, nicht mehr junge Frau, die grundsätzlich mit zweiundzwanzig Koffern, einer siamesischen Katze, die sie »Lala« getauft hat, und in Begleitung von zwei Liebhabern jedes Jahr das The Golden Mountain aufsucht.

Sie ist überrascht, als ihre immer noch anonyme Auftraggeberin nickt und erklärt: »Ich kenne sie gut. Jeder Lover glaubt, er sei der einzige.«

Karen fürchtet, sie wäre mit ihrer Indiskretion zu weit gegangen, doch im Gegenteil, die Dame will mehr hören: »Go on!«

So kramt Karen in den Geschichten, die ihr unter anderem ihr väterlicher Freund Walter Börnle, natürlich unter dem Siegel der Verschwiegenheit, mit auf den Weg gegeben hat. Darunter der Schreck, den eine britische Top-Schauspielerin, eine Kettenraucherin, vor Jahren ausgelöst hat. Sie ist mit ihrer Zigarette in einem der Privat-Chalets auf dem Hotelgelände eingeschlafen und hat das Wohnzimmer in Brand gesetzt. Karen bemüht sich, die Geschehnisse in Börnles Worten wiederzugeben, der damals vor Ort gewesen ist, die Fenster mit einem Liegestuhl eingeschlagen hat und ehe die Feuerwehr eingetroffen ist Gießkannen mit Wasser zum Löschen aus dem Privatpool abgeschöpft hat.

»Du hättest mal sehen sollen, wie die keifend auf mich losgegangen ist«, schnaubt er noch in der Erinnerung. »Und was hat sie als Erstes gemacht, als sie triefnass draußen stand? Na, mich nach einer Zigarette gefragt!«

»Und?«, hat Karen lachend wissen wollen.

»Ich habe ihr sofort auf einem silbernen Tablett eine neue Schachtel bringen lassen!«

Die Dame amüsiert sich köstlich und Karen hofft inständig, dass diese Mischung aus Distanz und vorsichtiger Nähe ihr endlich gestattet, der einsamen Frau wirklich nahekommen zu dürfen.

Die in einer Blase ohne Internet und Handy lebt, ein Telefon benutzt, dessen Form Karen aus alten Filmen kennt.

Ein weißer Klotz mit einer runden Wählscheibe darauf, der Griff ist aus Perlmutt und mit Sicherheit so schwer, dass die Nutzerin ihn mit beiden Händen halten muss, sollte sie telefonieren. Karen hat jedoch noch kein einziges Gespräch von ihr mitbekommen.

Briefe schreibt sie mit der Hand und benutzt dazu den Füller einer Nobelmarke, der von Heather aus einem passenden Tintenfässchen aufgefüllt werden muss.

Karen hat allerdings nie beobachtet, dass die Briefe abgeschickt werden, und dieses obskure Verhalten erinnert sie wieder kurz an die Exzentrik der von ihr beschriebenen Principessa und ihrem Spleen, nur die Briefe wahrzunehmen, die ihr gefallen. Natürlich hat sie vor allem auch die Rechnungen negiert, die die Direktion des The Golden Mountain ihr von Chefconcierge Eberhard Mansell immer mit einem nachdrücklichen, aber ergebnislosen Räuspern auf edlem Büttenpapier hat überreichen lassen.

Vielleicht schreibt die einsame Dame in ihrer abgeschotteten Einsamkeit ja eine Art Tagebuch in Form von Briefen, doch warum verschließt sie die in Umschlägen, lässt sie jedoch nicht frankieren? Einmal konnte Karen einen flüchtigen Blick auf ein Exemplar werfen, den Adressaten jedoch nicht ausmachen, nur einen kleinen Teil der Aufschrift: »Wolston Ma…«, dann ist Heather auf der Bildfläche erschienen und Karen hat sich rasch gebückt, als wolle sie ein Holzscheit in das Kaminfeuer werfen.

Als sie wieder aufgeblickt hat, ist der Brief verschwunden gewesen. Niemals wird ihr die Haushälterin ohne Misstrauen begegnen, sie empfindet Karen sichtlich als einen Eindringling und fürchtet wohl um ihre Nähe zu ihrer Chefin.

Die hat das enge Verhältnis betont, als sie einmal kurz erwähnt hat, dass Heather seit vielen Jahrzehnten bei ihr lebt und sie alle drei Monate ausgetauscht wird, im Wechsel mit deren Tochter Annabel. Beide bringen bei ihrer Ankunft jedes Mal eine große Menge an Kosmetika und Parfums aus den Staaten mit, eine Anstrengung, die Karen ratlos macht. Sie kommt sich langsam vor wie in einem Film aus längst vergangenen Zeiten. Wann hat die Dame den Anschluss an die Gegenwart gekappt? Warum werden die gewünschten Produkte nicht einfach im Internet bestellt?

Liefern lässt sich die Dame allerdings, natürlich unter dem Decknamen ihrer Haushälterin, ein Hochglanzmagazin, die Gesellschaftsbibel der oberen Zehntausend und vor allem der Aristokratie in Großbritannien. Es ist offensichtlich, dass sie die Lieferung sehnsüchtig erwartet, allerdings ertappt Karen sie nie bei der Lektüre. Die Ausgaben stapeln sich in rauen Mengen in der Bibliothek, unter der Glasfläche der diversen Couchtische in den Salons.

An einem Nachmittag ist eine der Türen zum Boudoir ihrer immer noch namenlosen Auftraggeberin einen Spalt offen geblieben und Karen hört Fetzen einer Unterhaltung, die immer schriller wird. Doch sosehr sie sich auch bemüht, sie kann den Dialogen nicht folgen, bis sie begreift, dass sich dort niemand unterhält, sondern dass die aufgeregt klingenden Stimmen mit Musik unterlegt sind.

Die Dame sieht eine TV-Folge einer täglich ausgestrahlten US-Soap, und als sich Karen auf Namen, die genannt werden, konzentriert, weiß sie schließlich auch welche. »Bold and Beautiful«, eine seit fast vierzig Jahren laufende Erfolgs-Soap, die sie aus dem deutschen Fernsehen als »Reich und schön« kennt, deren Mittelpunkt das verwirrende Liebesleben einer reichen Modedesigner-Dynastie ist.

Karen zieht sich geräuschlos in die Bibliothek zurück.

Sie hat dort vor einigen Tagen drei Bildbände über das berühmte Hotel »Plaza« in New York entdeckt. Sie interessiert vor allem die Ausgabe der Zeitspanne der Fünfziger- und Sechzigerjahre. Um sie herauszuziehen, muss Karen auf eine mehrstufige Trittleiter steigen, die am oberen Regalrand befestigt ist und sich leicht hin- und herschieben lässt.

Doch der kostbare Band rutscht ihr aus der Hand und fällt am Boden auf die in der Mitte auseinanderklaffenden Seiten.

Sofort fürchtet sie, das Buch beschädigt zu haben. Als sie es aufhebt, bleibt etwas auf dem Fußboden liegen. Voller Panik glaubt sie schon, dass sich eine Seite gelöst hat, und überlegt, wie sie den Unfall beichten und wie sie die Adresse eines Buchbinders ausfindig machen kann. Nur ein Top-Fachmann ist in der Lage, solch einen Schaden an einem Prachtband zu beheben.

Doch zu ihrer großen Erleichterung ist keine Seite abgerissen. Als sie das herausgefallene Schriftstück aufhebt, schaut sie auf eine überaus elegant gestaltete Einladung zu einer Hochzeit im Jahr 1957 in New York. Die Kartonage ist in einem Elfenbeinton eingefärbt, die Namen und Daten darauf sind ganz offensichtlich nicht gedruckt, sondern in kunstvoller Kalligrafie von Hand beschriftet worden.

»Endlich!«, flüstert sie. Dieses Fundstück kann nur bedeuten, dass sie zu guter Letzt der Identität der Frau auf die Spur gekommen ist, die mit allen Mitteln versucht, sich unsichtbar zu machen. Die sich hoch oben weit über der Welt versteckt, um nicht den Erwartungen und Gefühlen anderer Menschen ausgesetzt zu sein, die sie nicht erfüllen kann oder erwidern will.

Karen hält die Kartonage unter den Lichtschein einer Stehlampe und liest die Namen, die darauf verewigt worden sind.

Claire Eliza Forster, Tochter von Thomas James Forster III und seiner Ehefrau Meredith Ann Forster, New York, wird vermählt mit Stanley Anthony, 8. Duke of Douglas-Drummond, Castle Wolston Manor, Buckinghamshire. Das Datum ist der 20. März 1957. Der Ort die St. Thomas Kirche in Manhattan.

Die Namen der Brautleute sind in der Mitte mit dem Symbol zweier ineinander verschlungener Trauringe verbunden, die Kleidung der Gäste ist bei den Damen mit langer Robe gewünscht. Die Herren sollen in Smoking oder Uniform erscheinen.

Karen lässt tief beeindruckt die edle Einladung sinken, die am oberen Rand mit dem Familienwappen der Forster-Familie sowie dem des adligen Bräutigams verziert ist.

Endlich hat sie es geschafft. Es kann nicht anders sein. Sie steht in Diensten einer Top-Adligen aus den allerhöchsten Kreisen, einer Honorable Duchess, einer hoch angesehenen Angehörigen der britischen Top-Aristokratie, einer Frau, die es vermutlich früher gewohnt gewesen ist, bei Hofe ein und aus zu gehen, die bei allen gesellschaftlichen Höhepunkten eingeladen worden ist und es auch heute noch wäre, wenn sie sich nicht von diesen elitären Kreisen abgewendet hätte.

Rasch stellt Karen das Buch ins Regal zurück, versteckt die Einladung unter ihrem Blazer und verschwindet unbemerkt in ihrer Suite, öffnet ihren Laptop und googelt den Namen Forster. Es erscheinen viel zu viele, doch keiner entspricht den Personen, die auf der Einladung stehen.

Schließlich findet sie Hinweise zu einer Familie mit dem Stammsitz in New York, Besitzer zahlreicher Anwesen an genau den Orten, von denen Karen geglaubt hatte, dort wäre ihre Auftraggeberin besser aufgehoben, inklusive den Hamptons.

Außerdem betreiben sie eine Pferdezucht in den Staaten, aus der viele preisgekrönte Rennchampions stammen, eine Privatinsel, Besitztümer an der französischen Riviera, ein Milliarden-Imperium.

Es umfasst Kupferminen, Eisenbahnlinien, ganze Straßenkomplexe in New York und Boston. Karen überfliegt in solch großer Hast die Einträge, dass ganze Zeilen vor ihren Augen verschwimmen. Wer ist denn nun der Forster, der so viel Reichtum angehäuft hat? Der Vater Forster III? Oder der Großvater? Doch wo findet sie Hinweise auf die gesamte Familie? Karen wird immer unsicherer, ob sie die richtigen Forsters gefunden hat.

Wenn sie es nicht besser wüsste, würde sie vermuten, dass der Clan Einfluss auf seine Spuren im Netz hat nehmen können.

Sie versucht eine andere Herangehensweise und sucht nach Informationen zur topadligen Familie des Prestige-Bräutigams, als Heather lautstark an die Tür klopft.

»Hurry up!«, was nichts anderes bedeutet, als dass die Dame nach ihr verlangt.

Karen klappt ihren Laptop zu, verstaut die Einladung im Rockbund und ist wild entschlossen, sie gleich mit ihrem Zufallsfund zu konfrontieren.

Heute erwartet sie die Dame in ein mattgelbes Exemplar ihrer unzähligen Hausmäntel gekleidet, im absoluten Lieblingssessel sitzend und vorsichtig an ihrem Drink nippend.

Als ob es ihr Plan gewesen wäre, wählt Karen genau die äußerste Sofa-Ecke, auf der sie bei der ersten Begegnung gesessen hat.

Sie ist viel zu aufgeregt, um darauf zu achten, in welcher Stimmung die Dame ist.

»Ich weiß, wer Sie sind!«, stößt sie triumphierend hervor. »Sie sind Claire Eliza Forster!«

Mit allem hätte sie gerechnet, wenn sie sich vorher Gedanken über die Aufnahme ihrer Enthüllung gemacht hätte. Doch nie im Leben mit dieser Reaktion.

Die Hand der Dame, mit der sie ihr Glas festhält, fängt an zu zittern, so stark, dass Karen fürchtet, der Inhalt würde sich auf ihrem Schoß ergießen oder das Glas in der Umklammerung zerbrechen.

Ihre Augen füllen sich mit Tränen, und der Mascarabelag an den spärlichen Wimpern des unteren Lidrandes beginnt zu verschmieren.

»Claire«, beginnt sie stockend. »Claire ist meine Schwester. Ich bin nur Isobel!«

Der schmerzvolle Klang ihrer Stimme trifft mitten in Karens Herz. Der Kummer auf dem Gesicht trifft sie fast körperlich und ihr ist schlagartig bewusst, dass es zwischen ihnen nie mehr so sein kann wie vor diesem Abend.

Als wäre eine Wand zwischen ihnen verschwunden, fühlt sie sich der alten Dame mit dem verschmierten Make-up, den Tränen, die ihr über die Wange laufen, so nah, dass sie sie am liebsten in den Arm nehmen und trösten würde.

Die Schultern von Isobel zucken und sie sackt etwas in sich zusammen, bevor sie aufblickt und mit kaum vernehmbarer Stimme enthüllt: »Ich bin Isobel Susan Forster.«

New York, Juli 1957

Bedächtig schneidet Isobel den Zeitungsbericht aus und klebt ihn in das zehnte Album. »Der Duke von Douglas-Drummond mit seiner wunderschönen Ehefrau Claire, Erbin eines US-Milliarden-Imperiums, in Ascot.«

Isobel stützt ihre Ellenbogen auf und verschlingt den Text, der mit vielen Fotos versehen ist.

Auf einem entdeckt sie neben ihrer Schwester ihre Mutter Meredith in einem seidenen Sommerkleid, bedruckt mit einem von ihr so geliebten schreiend bunten Blumenmuster, dazu natürlich ihre unverzichtbare zweireihige Perlenkette. Dem Dresscode entsprechend trägt sie einen breitkrempigen Hut, der mit einer langen Feder geschmückt ist.

Isobels Schwester ist nach der neuesten Mode gekleidet, in einem eleganten weiß-blauen Ensemble, einem Kleid, dessen Krokogürtel ihre schmale Taille betont, darüber ein gleich langer Mantel, dessen Seitenteile in aufwendig genähten Plisseefalten dem Outfit eine besondere Note verleihen.

Rasch springt Isobel auf und kramt in der Schublade ihres Schreibtischs, dessen Inhalt sie achtlos auf den Boden wirft, ehe sie endlich ihre Lupe findet.

Mit deren Hilfe sucht sie akribisch das Foto nach weiteren Einzelheiten in der Aufmachung ihrer Schwester ab.

Sie entdeckt zum ersten Mal eine dreiteilige Perlenkette, deren Reihen eng übereinanderliegend befestigt und mit einem großen Smaragd, umrahmt von Brillanten, unterbrochen sind. Sicher ein Geschenk ihres Ehemanns und Isobel verzieht kurz das Gesicht zu einem Grinsen. »Das passt dir nicht, Mummy, stimmt's?«, sagt sie in die Stille ihres großen Zimmers.

Sosehr Meredith auch darauf bedacht ist, dass ihre Tochter Claire vor aller Welt aufgewertet wird, so sehr ist sie, das weiß Isobel genau, darum bemüht, selbst in den gehobenen Kreisen beachtet zu werden.

Claire lacht strahlend in die Kamera, hat sich mit einem Arm bei ihrem Mann eingehakt, der gerade die Hand des siegreichen Jockeys auf dem Gewinnerpferd schüttelt.

An ihn verschwendet Isobel keinen Blick.

Sie ist viel zu hingerissen von dem perfekten Auftritt ihrer Schwester, als sie Mary, die Chef-Köchin des Hauses, rufen hört: »Isobel, komm zum Lunch. Schnell! Dein Vater ist schon da.«

Hastig klappt Isobel das Buch zusammen, was dazu führt, dass die Seiten zusammenkleben. Für Isobel eine Katastrophe. Sie hat nicht lange genug abgewartet, dass der Klebstoff genügend Zeit zum Trocknen gehabt hätte.

Entsetzt versucht sie, den Schaden zu beheben und den Zeitungsausschnitt zu retten. Doch sie hält nur einen Papierschnipsel in der Hand, auf dem der halbe Kopf ihrer Schwester sichtbar ist.

Isobel schluchzt, als sie die laute Stimme ihres Vaters aufschreckt: »Isobel!«

Sie rappelt sich hoch, wischt sich die Tränen der tiefen Enttäuschung über ihr Missgeschick vom Gesicht, denn ihr Vater mag es nicht, wenn sie verheult im Esszimmer erscheint.

In rasender Geschwindigkeit läuft sie die große Treppe hinunter und eilt an ihren Platz.

Sie sitzt ihrem Vater genau gegenüber, seitdem ihre Mutter Claire auf einem Luxus-Liner in ihre zukünftige Heimat England begleitet hat, um ihr das Einleben in der neuen Umgebung zu erleichtern.

Der polierte Esstisch ist mehrere Meter lang und Isobel freut sich, dass sie heute nur zu zweit essen.

Normalerweise werden leitende Angestellte oder Chefs der Banken, die ihrem Vater gehören, zu den Mahlzeiten eingeladen. Kein Vergnügen für die Auserwählten, die sicher jedes Mal glauben, es wäre eine Auszeichnung für hervorragend geleistete Dienste.

Stattdessen erlebt Isobel jeden Tag, dass sie mit Aufträgen traktiert werden, manchmal diktiert ihr Vater ihnen auch die Dinge, die sie umgehend zu erledigen haben, und oft muss sich Isobel anstrengen, nicht zu kichern, wenn sie sieht, wie die Männer mit einer Hand die Gabel zum Mund führen wollen, während sie mit der anderen auf dem bereitgelegten Block, auf dem in dicken Lettern »Thomas James Forster III« gedruckt steht, Notizen machen.

Neben dem Platz ihres Vaters steht ein Beistelltisch aus Mahagoni, darauf eine fast bedrohlich wirkende Schaltstation, ausgestattet mit Telefonen, einem Fernschreiber, der ununterbrochen Telexe ausspuckt, und unzähligen Knöpfen, die alle mit den wichtigsten Nummern der Mitarbeiter gekennzeichnet sind.

Heute will Isobel ihre Chance nutzen, ihn ganz für sich alleine zu haben.

Um ihn anzusprechen, muss sie die Pause zwischen zwei Telefonaten abpassen, bei denen ihr Vater, wie üblich mit vollem Mund, seine Befehle hineinbellt.

»Daddy«, versucht sie nun auf sich aufmerksam zu machen. »Ich möchte gerne auf ein Internat.«

Ohne aufzuschauen, sagt er: »Auf keinen Fall! Du wirst wie Claire zu Hause unterrichtet. Passen dir die Tutoren nicht?«

»Doch, doch, Daddy, sie sind prima, aber ich würde so gerne mit Gleichaltrigen zusammen sein.«

»Du hast doch deine Freundinnen.«

Wie soll sie ihm nur klarmachen, dass die wenigen gleichaltrigen Mädchen der ausgesuchten Millionärsfamilien, die ihr Vater gelten lässt, längst alleine shoppen gehen, sich in Diners verabreden dürfen, Partys veranstalten, Aktivitäten, von denen sie ausgeschlossen ist.

»Du kannst nicht einfach auf ein Internat gehen, das ist zu gefährlich!«

Immer ist es um ihre Sicherheit gegangen. Ihr Vater hat längst dafür gesorgt, dass alle Anwesen mit den neuesten Sicherheitssystemen ausgestattet worden sind, dass abgestellte Bodyguards seine Frau und Isobel, damals auch noch Claire, ununterbrochen im Auge haben. Ihm ist bewusst, dass sein unermesslicher Reichtum Kriminelle anzieht, die durch Entführungen seiner Familie an Teile seines Vermögens kommen wollen.

Nachdem sein Liebling Claire den weltweit gefeierten Sprung in die allerhöchsten gesellschaftlichen Kreise geschafft hat, ärgert es ihn maßlos, dass nun Isobel in den Fokus der Knall-Presse geraten ist.

»Poor Little Richest Girl« wird sie in den Schlagzeilen genannt, nachdem zuvor Claire und sie als die »Golden Girls« ihrer Generation gefeiert worden sind.

Isobel gibt nicht auf und beginnt: »Ich bin eingeladen ...«, doch eine Handbewegung ihres Vaters lässt sie verstummen.

»Gerald«, brüllt er gerade in den Hörer und übermittelt in den nächsten zehn Minuten seine Anweisungen für eine seiner unzähligen landesweiten Radio-Stationen, die er nach und nach zu TV-Sendern umwandeln will.

Isobel lässt den Kopf sinken. Ihr ist schmerzlich bewusst, dass er so nie mit Claire umgegangen wäre.

Die hat keine Angst vor ihm gehabt, er hat sich immer lachend beklagt: »Meredith, deine Tochter hat überhaupt keinen Respekt vor mir!«, doch in Wahrheit liebt er genau das an ihr. Sie ist furchtlos wie er selbst, hat ihn mit ihren oft sehr frechen Antworten zum Lachen gebracht, um ihn dann wieder geschickt schmeichelnd um den Finger zu wickeln, sodass er ihr jeden Wunsch erfüllt hat.

Isobel ist sich zwar sicher, dass er auch sie liebt, aber eben auf seine oberflächliche Art, mit der er auch seiner Frau begegnet, die dies jedoch nicht stört, solange sie sich alles kaufen kann, was ihr Herz begehrt. Sei es Schmuck, Kleidung, Pelze, Autos samt Chauffeuren, zwei Jachten, Anwesen von unglaublicher Größe, was ihre Freundinnen immer neidvoll beobachten.

Isobel hat gehofft, dass ihre Mutter sich nun, nach der aufsehenerregenden Hochzeit, mit Isobels gesellschaftlichem Debüt in der Society beschäftigen würde, genauso wie für Claire eine Aussteuer besorgen, mit ihr die üblichen Reisen von Debütantinnen nach Europa planen würde, doch Meredith sonnt sich lieber selbst im Erfolgstaumel ihrer Tochter Claire.

Deshalb machen die Schlagzeilen der US-Presse Isobel auch immer ein Stück jünger als ihre fast siebzehn Jahre, einfach, weil sie noch in der Garderobe eines Schulmädchens unterwegs ist. Weiße Söckchen in Loafern, Röcke bis über das Knie, Polohemden, deren Kragen unter den obligatorischen

Pullundern hervorschauen, die ihre immer fraulicher werdende Figur kaschieren.

Als ihr Vater den Hörer auflegt, startet Isobel den nächsten Versuch: »Ich möchte gerne in die Buchhandlung gehen …«

»Was willst du da?« Sein Unverständnis zeigt sich darin, dass er in diesem Moment zum ersten Mal während des Essens zu ihr herüberschaut.

»Bücher kaufen!«

»Was für welche?«

In dem Moment, in dem sie ihm wahrheitsgemäß antwortet: »Romane«, weiß sie auch, dass sie einen Fehler begangen hat.

»Auf keinen Fall! Lies etwas Vernünftiges! Mach all das, was Claire gemacht hat. Du wirst es nicht so leicht haben wie sie, die schon ganz früh Heiratsanträge gesammelt hat. Du musst mit Intelligenz punkten.«

Seine Meinung trifft sie bis ins Mark. Sie weiß selbst, dass sie nicht annähernd so schön ist wie Claire, sie kommt nach ihrem Vater, hat sein kantiges Kinn, die etwas zu breite Nase und den Ton seiner haselnussbraunen Augen geerbt.

Und sie weiß auch, mit wie viel Charme und Anmut ihre große Schwester das Wohlwollen ihrer Nannys und Gouvernanten errungen hat, wie sie die Tutoren, die sie in der Bibliothek unterrichtet haben, dazu gebracht hat, die Stunden abzukürzen und bei den Pflichtfächern Geografie, Geschichte und Mathematik vor allem die Zeit mit den Zahlen auf ein Minimum runterzuschrauben.

Eifrig hat sie sich aber immer bei Kunst, Tanz und Musik gezeigt, spielend die Konversation in Französisch und Italienisch gelernt, bis sie ihre erworbenen Fähigkeiten auf Banketten, bei Tanzbällen, Gartenpartys, Kostümfesten und beim Dinner der amerikanischen Geldaristokratie unter Beweis hat stellen können.

Als der Butler eine Auswahl an französischen Käsesorten bringt, weiß Isobel, dass ihre Zeit knapp wird. Gleich wird sich ihr Vater in sein Arbeitszimmer zurückziehen, wo ihm Kaffee und Brandy serviert wird.

»Daddy, ich bin bei Ethel eingeladen.«

»Wozu?«, nuschelt ihr Vater.

»Auf eine Geburtstagsparty.«

Sie beobachtet, wie er angestrengt eine Antwort überlegt.

Ethel gehört zu einer der Familien, mit denen ihr Vater Geschäfte macht und deren Status er den Vanderbilts und Astors gleichstellt.

Jetzt hat sie ihn in eine Zwickmühle gebracht, dabei ist sie auf eine Erlaubnis gar nicht scharf.

Sie mag Ethel nicht. Sie ist ein arroganter Snob, präsentiert ständig ihre teuren Kleider, macht sich über Isobel grundsätzlich lustig, weil sie immer noch Haarreifen tragen muss, auf denen eine alberne Schleife befestigt ist.

Als ihr Vater sein Okay gibt, allerdings mit dem obligatorischen Zusatz »der Mafioso wird dich begleiten«, macht sie die Aussicht auf die Party nicht froh. Wie immer hält es ihr Vater nicht für nötig, sich die Mühe zu machen, den Namen ihres Begleiters Antonio, genannt Tony, Garbino auszusprechen.

Tony hat vor fünf Jahren als Bodyguard in der Security-Abteilung ihres Vaters angefangen, ehe er zu den festangestellten Chauffeuren gewechselt ist. Isobel mag ihn sehr. Er ist der Einzige, der ihr völlig unverkrampft gegenübertritt, während andere Mitarbeiter ihres Vaters ihr immer viel zu ehrerbietig, fast unterwürfig begegnen, was ihr extrem peinlich ist. Tony dagegen ist unbekümmert und schafft es spielend, sie zum Lachen zu bringen.

Ehe Isobel in ihr Zimmer zurückkehrt, fährt sie im Aufzug, der schon vor vielen Jahren installiert worden ist, in den Keller, in dem die beiden großen Küchen untergebracht sind.

Gerade knallt Mary einen Teig auf den Arbeitstisch, den sie gleich zu frischem Brot aufbacken wird.

»Mary, du musst mir helfen«, sagt Isobel, die sich von der Anrichte eines der Törtchen nimmt, die später am Nachmittag serviert werden sollen.

Mary schaut sie skeptisch an. »Was ist es denn diesmal?«, fragt sie vorsichtig.

Isobel geht zu ihr hin und schlingt die Arme um ihre Schultern. Mary kann sich in diesem Moment nicht wehren, da ihre Hände im Brotteig stecken.

»Bücher«, gesteht Isobel, die weiß, dass ihre Mutter entsetzt wäre über ihre Vertraulichkeit mit einer Hausangestellten.

Mary seufzt und tupft ein bisschen Mehl auf Isobels Nase. »Lämmchen, warum darfst du denn nicht selber gehen? Du bist doch weiß Gott in einem Alter, in dem andere Mädchen tanzen gehen.«

Isobel zuckt mit ihren Schultern. »Du weißt doch, wie Pa ist.«

»Ja, leider«, lautet Marys Antwort, die sich aus Isobels Umklammerung löst. »Du erdrückst mich ja, also gut, schreib mir auf, welche du willst. Ich besorg sie dir.«

Isobel drückt ihr spontan einen Kuss auf die Wange. »Mary, was würde ich ohne dich tun?«

»Das frage ich mich auch«, gibt die zu.

Isobel stibitzt noch ein Törtchen, ehe sie hüpfend die Küche verlässt.

»Ein Jammer«, flüstert Mary, was Isobel jedoch nicht mehr hört. Sie fährt in den zweiten Stock, in dem ihr Zimmer liegt, und wischt die Reste des Kuchenstücks, das sie sich einfach in den Mund gestopft hat, an ihren Händen mit einem Taschentuch ab.

Dann schlägt sie das Album auf und überlegt krampfhaft, wie sie an eine neue Ausgabe der Zeitung kommen kann. Sie muss das Foto noch einmal ausschneiden können, damit es unzerstört ihre wunderschöne Schwester zeigt. Isobel nimmt sich vor, dieses Mal Claires Ehemann und ihre Mutter rigoros abzuschneiden.

Nur Claire sollte zu sehen sein, in ihrem eleganten Ensemble mit der neuen kostbaren Perlenkette.

Nur Claire.

St. Moritz, 2022

»Kommen Sie«, sagt Isobel Forster und Karen folgt ihr durch das Boudoir und den anschließenden Salon. Isobel hält einen Moment inne, ehe sie eine Tür öffnet. Es scheint ihr schwerzufallen, Karen einen weiteren Blick in ihr Leben zu gestatten. Doch dann überwindet sie sich und Karen folgt ihr verdutzt in einen Kinosaal, in dem zwölf Sesselreihen genauso ansteigend angeordnet sind wie in jedem normalen Lichtspielhaus.

»Sit down, Carey«, wird sie von Isobel Forster aufgefordert. Sie klopft mit der Hand auf den Sitz neben sich und so ist Karen ihr so nahe wie noch nie zuvor.

Es berührt sie, als sie zum ersten Mal die Perücke aus der unmittelbaren Nähe betrachtet.

Heute trägt Isobel ein Exemplar mit glatten blonden Haaren, die am unteren Ende in Schulterhöhe eine schwungvolle Außenwelle haben. Auf der Mitte des Kopfes ist ein Haarreif postiert, im selben Blau wie der Hausmantel, auch er passend mit einer winzig kleinen Schleife verziert.

Eine Frisur, die in den Sixties populär war.

Karen wartet geduldig auf das, was jetzt kommt.

Sie spürt, dass das Aufdecken der Identität ihrer Auftraggeberin die Atmosphäre zwischen ihnen entscheidend verändert hat, doch es liegt auch daran, dass sie sich selbst weiterentwickelt hat.

Sie ist nicht mehr dieselbe, die aus Neugierde und gegen jede Vernunft den Schlüssel an sich genommen hat. Die wie besessen davon gewesen ist, ein Abenteuer zu erleben, wie die fiktiven Gestalten ihrer geliebten Romane. Ihr Verhalten kommt ihr angesichts des Anblicks einer zutiefst unglücklichen, ja verzweifelten Frau heute kindisch vor.

Jetzt hallt in ihr die tragische Formulierung nach: »Ich bin *nur* Isobel!«

Diese Frau ist Teil einer Familie, die von der ganzen Welt wegen ihres Einflusses und unermesslichen Wohlstandes beneidet worden ist. Deren Vater das Vermächtnis seines Vorfahren, des Kupferbarons, der Minen, Eisenbahnlinien und ganze Häuserzeilen in verschiedenen Landesteilen der USA in seinen Besitz brachte, in ein gigantisches Imperium verwandelt hat, zu dem TV-Sender, Fluglinien, Besitztümer auf der ganzen Welt zählen.

Was ist mit seiner Tochter passiert?

Karen bemerkt, wie routiniert Isobel eine Fernbedienung handhabt, mit der sie das Licht löscht und einen surrenden Projektor in Gang setzt.

Karen taucht in die vergangene Welt der Isobel Susan Forster ein. Und erneut muss sie feststellen, dass die wieder nur eine Nebenrolle spielt und sich alles um ihre Schwester dreht.

Claire – und immer wieder Claire!

Ohne eine gnädige Pause blickt sie auf die Großaufnahmen des fein geschnittenen Gesichts mit den großen tiefblauen Augen, der perfekt geformten Nase und dem schön geschwungenen Mund, die blonden Haare in unterschiedlichen Frisuren. Szene für Szene erlebt sie die Schönheit, die ihr schon beim verbotenen Betreten des Ballsaals auf dem Gemälde aufgefallen ist, lachend, Grimassen schneidend, dann wieder in Traumkleidern posierend, schaut ihr beim Tanzen mit einem gut aussehenden Partner zu, erlebt sie an einem Renntag in Deauville, wie ein eingeblendeter Text verrät, betrachtet sie beim Skifahren auf schneebedeckten Abhängen herunterkurvend, ehe sie mit einem gekonnten Schwung ihrer Skier das Kameraobjektiv mit dem aufstäubenden Schnee bedeckt.

Die Umgebungen wechseln, aber es gibt immer nur ein Zentrum.

Isobel starrt wie gebannt auf die Leinwand, dann hört Karen: »Das ist Claire! Das ist meine Schwester!«

Damit bestätigt sie nur, was Karen längst weiß. Sie ist unschlüssig, ob dies der Moment ist, in dem sie fragen darf, wo Claire ist.

»Claire ist die schönste Frau der Welt ...«, und eifrig fügt Isobel Forster hinzu: »... und ich zeige Ihnen gleich, wie sie ihre Hochzeit gefeiert hat. Es war das Ereignis des Jahrzehnts.«

Von der entdeckten Hochzeitseinladung kennt Karen den Namen und den Status des Bräutigams, doch jetzt ziehen sie Isobels Filme in den Strudel der Erinnerungen an die Frau, von der sie immer noch nicht weiß, was mit ihr geschehen ist.

Sie sieht sie als Braut, die sich in einem Luxus-Ambiente, das Karen fatal an die nahezu identische Ausstattung in Isobels Aufbau auf dem Hotel erinnert, bereit macht für ihr Ja-Wort, beobachtet ein junges Mädchen mit langen braunen Haaren, das fasziniert vor ihr steht und voller Bewunderung in die Hände klatscht.

»Das bin ich«, flüstert Isobel Forster.

Doch der Schwenk auf die kleine Schwester ist viel zu kurz, als dass sich Karen wirklich einen Eindruck von ihr machen kann.

Stattdessen springt der Film zu der Szenerie der Menschenmassen, die den Eingang zur Kirche säumen. Sie recken die Hälse, halten Fotoapparate in die Höhe, um in einem Schnappschuss den Anblick des Brautpaares festzuhalten.

Dabei sind Dutzende Fotografen vor Ort, die man auf einer extra errichteten Tribüne neben dem Portal untergebracht hat.

Fast zwei Stunden lang befindet sich Karen in Isobels Vergangenheit, in der sich nichts um sie, sondern alles um ihre Schwester dreht.

Längst fragt sie sich ungeduldig, wann sie Aufnahmen von Isobels Hochzeit zu sehen bekommt, von ihrem ersten Ball, von Stationen ihres Lebens, in denen sie der Mittelpunkt ist.

Als Isobel das Licht wieder einschaltet, sieht sie mit Erschrecken, dass Isobel lautlos weint.

Sie möchte nach ihrer Hand greifen, doch sie wagt es nicht und bleibt stumm neben ihr sitzen.

Nach einer gefühlten Ewigkeit sagt Isobel Forster leise: »Thank you, Carey!«

Wofür?, denkt Karen. Dafür, dass sie sich im Leben einer anderen befindet und keinen Ausweg aus der Endlosschleife ihrer Erinnerungen weiß? Dabei würde sie sie am liebsten sofort in das Hier und Jetzt zwingen.

Aber sie ist eine Gefangene im Schmerz einer alten Frau mit einer kindischen platinblonden Perücke auf dem Kopf, deren leblosen Haare mit einem Schleifchen-Reifen geschmückt sind. Und die immer noch nicht aufsteht, um mit ihr das Kino zu verlassen.

Karen ist dazu verdammt, auf das Gesicht einer vollkommenen Schönheit zu blicken, das auf der Leinwand eingefroren ist.

Ein Bild für die Ewigkeit.

New York, Juli 1957

»Darf ich, Mummy?« Isobel hört nur ein Rauschen. »Mummy, Mummy, bist du noch da?«

»Du ... Bordeaux ...«

Dann ist die Leitung tot.

Triumphierend dreht sich Isobel zu Miss Tate um, ihrer Gouvernante, die auf Wunsch ihres Vaters immer noch auf sie aufpasst. »Bist du sicher?«

Isobel verzieht das Gesicht. Natürlich glaubt sie ihr nicht, wie immer. Außerdem ist Miss Tate verärgert, weil Isobel, zu ihrer eigenen Überraschung, ihren Vater davon hat überzeugen können, dass sie unmöglich in der Begleitung ihrer Gouvernante bei einem Teenager-Geburtstag erscheinen kann.

»Pa, man würde mich auslachen. Keines der anderen Mädchen erleidet die Schmach, für ein Baby gehalten zu werden.«

»Sprich mit deiner Mutter!«

Das hatte sie gerade getan, aber in weiser Voraussicht nur danach gefragt, ob sie sich ein Kleid aus Claires zurückgelassenen Kollektionen aussuchen darf.

Zwar war die Antwort ihrer Mutter auf der langen Distanz zwischen Amerika und England zerhackt angekommen, aber Isobel kennt jedes einzelne der Haute-Couture-Outfits in Claires verlassenen überdimensionalen Ankleideräumen.

»Mummy sagt, Sie brauchen mich nicht zu begleiten«, behauptet sie jetzt triumphierend. »Und Sie sollen mir das bordeauxrote Kleid aus Seidenduchesse rausholen.«

»Aber das hat einen Ausschnitt«, protestiert die Gouvernante entrüstet.

»Deshalb soll ich Claires Tiffany-Kette mit den roten Steinen, also mit den Rubinen, dazu tragen, damit der Ausschnitt bedeckt ist.«

Als sie in dieser Aufmachung auf die kiesbestreute Auffahrt tritt, zieht Tony, der neben der Limousine auf sie wartet, überrascht eine Augenbraue hoch und pfeift anerkennend. »Lass das, Tony«, wehrt Isobel lachend ab. Zum ersten Mal trägt sie ihre Haare nicht offen wie ein kleines Mädchen, sondern hat sie mithilfe von Mary hochgesteckt.

»Wow, little Forster-Girl«, sagt Tony, reißt seine Chauffeurs-Mütze vom Kopf, wie er es macht, wenn ihre Eltern oder Claire ins Auto steigen.

Isobel kommt sich wie eine Erwachsene vor, als er sich auch noch vor ihr verbeugt.

Während der Fahrt dreht er die Musik dröhnend laut auf, wie er es immer macht, wenn er Isobel fährt, und sie singen gemeinsam lauthals den Refrain von Pat Boones neuestem Hit mit.

Doch Isobels überschäumende Laune verfliegt, als sie das Gartengelände des riesigen Anwesens von Ethels Eltern betritt.

Und als sie Ethel gegenübersteht, um ihr zu gratulieren und das von Miss Tate ausgesuchte Geschenk zu überreichen, spürt sie deren abschätzige Blicke, mit denen sie taxiert wird wie mit Nadelstichen auf der Haut.

Ihr wird plötzlich überdeutlich bewusst gemacht, dass ihre stämmige Figur die Formen des Kleides, das Claire auf den Leib geschneidert worden war, fast sprengt.

Vor allem ihr Busen wird in das schmale Oberteil mit den kurzen Ärmelchen gepresst und gibt dadurch den Blick auf viel zu viel nackte Haut frei.

»Vielleicht solltest du heute lieber keinen Kuchen essen«, rät ihr Ethel im üblichen herablassenden Tonfall. »Du hast zugenommen! Aber du weißt doch, eine Frau kann niemals dünn genug sein.« Dann wendet sie sich ab und lässt Isobels Präsent achtlos zurück.

Plötzlich schämt sich Isobel ihrer Figur und eine tiefe Röte überzieht ihr Gesicht. Sie hat gedacht, dass dieses vornehme Cocktailkleid, dessen schmal geschnittener Rock eng auf ihren Hüften liegt, ihr etwas von Claires Aura verleihen würde. Dass der Reißverschluss sich nicht schließen lässt, wird von einem Überrock in einer Tulpenform geschickt verdeckt.

Isobel beobachtet, dass Ethel zu einer Traube von Freundinnen geht, mit ihnen tuschelt und lautes Lachen ertönt.

Alle drehen sich nach Isobel um, die immer noch auf demselben Fleck steht.

Sie wendet sich ab und schaut sich suchend nach Tony um. Sie will ihn bitten, sie sofort wieder nach Hause zu bringen. Ihr würde schon etwas einfallen, was sie ihrem Vater, Mary und Miss Tate als Grund für ihre rasche Rückkehr sagen könnte.

Endlich entdeckt sie ihn in einem großen Zelt, das extra abseits der beeindruckenden Villa im Tudorstil für das wartende Begleitpersonal der Gäste errichtet worden ist. Er sitzt plaudernd im Kreis der Chauffeure, die die Millionärstöchter zur Party gefahren haben, und Isobel ist es furchtbar peinlich, dass seine Kollegen jetzt mitbekommen, dass sie unglücklich ist und Tränen in den Augen hat.

Tony reagiert sofort, zieht sie ein wenig abseits: »Poor Little Richest Girl, was ist passiert?«

Isobel schüttelt den Kopf und beißt sich auf die Unterlippe. Obwohl sie stumm bleibt, versteht er sofort. »Hat die blöde Ziege wieder etwas Gemeines zu dir gesagt?«

Isobel nickt und greift dankbar nach dem Taschentuch, das er aus der Seitentasche seiner Chauffeur-Uniform gezogen hat.

»Am besten erzählst du deinem Vater von ihrer Gemeinheit, dann macht er deren Vater im Handumdrehen fertig und die schreckliche Tochter kann sehen, wie sie ihren Lebensunterhalt zusammenkratzt.«

Auf Isobels Gesicht zeichnet sich ein kleines Lächeln ab.

»So ist es gut! Jetzt putz dir brav die Nase und dann amüsierst du dich.«

Sie kennt Tony so lange, er hat sie als Kind schon mit ihrer Schwester herumkutschiert.

Er tippt sich an die Stirn. »Weißt du, was wir jetzt machen? Wir holen uns was von der Geburtstags-Bowle und amüsieren uns.«

Zwei Stunden später sitzen sie beide versteckt hinter Büschen und Isobel trinkt das dritte Glas der Bowle, das Tony geholt hat. Sie hat bisher noch nie Alkohol probieren dürfen und wundert sich, dass ihr plötzlich so warm wird.

»Du bist beschwipst«, hört sie seine Stimme wie durch einen Nebel.

Sie spürt, dass er mit der Hand über ihren Rock streicht, den so raffiniert geschnittenen Überrock, der aussieht wie eine aufgeschnittene Tulpe. Oder ist es gar nicht der Überrock, sondern der viel zu enge darunter, der Falten wirft, weil er für sie zu knapp bemessen ist?

»Das ist unser Geheimnis«, flüstert er an ihrem Ohr. Seine vertraute Stimme klingt heiser und sein heißer Atem kitzelt an ihrem Ohr. Vor ihren Augen dreht sich plötzlich alles und ihr wird ein bisschen übel.

Tony scheint ihr helfen zu wollen, denn er hebt plötzlich den Rock ihres Kleides. Wahrscheinlich will er ihr mit dem Stoff Luft zufächeln, und sie schlingt dankbar die Arme um seinen Hals. So froh, dass er sie festhält. »Fahren wir jetzt?«, murmelt sie.

»Scht, genieß es einfach, Poor Little Richest Girl!«

Dann hört sie seine Stimme nur noch wie aus der Ferne und will ihm eigentlich sagen, dass sie doch seine Heimatsprache gar nicht versteht.

Ganz kurz zuckt es durch ihre wirbelnden Gedanken, dass Claire ihn verstehen könnte. Sie spricht perfekt Italienisch. Ja, Claire kann alles, denkt sie noch.

Dann versinkt sie in einem völlig unbekannten Gefühl, ehe sie ohnmächtig wird.

St. Moritz, 2022

Am nächsten Morgen findet Karen vor ihrer Tür ein Paket, das sie unwillkürlich an die letzte Bücherlieferung erinnert, die Kevin vor ihrer Personalwohnung zurückgelassen hat. Als sie es hochhebt, fällt ihr auf, wie leicht und weich sein Inhalt zu sein scheint.

Als das Papier raschelnd zu Boden fällt, hält sie zwei Hausmäntel in Händen, einer hellblau, der andere rosa.

Sie empfindet dieses Geschenk zwar als eine überaus berührende Geste, aber sie wird ganz sicher nicht wie ein Klon von Isobel Susan Forster durch deren Zufluchtsort laufen.

Im Gegenteil, sie will die neue Intimität zwischen ihnen nutzen, um endlich die Fragen beantwortet zu bekommen, die sie schon lange beschäftigen.

Zunächst erhält sie jedoch keine Gelegenheit dazu, denn Isobel erscheint erst am späten Nachmittag, sie sieht müde und grau im Gesicht aus, sodass Karen sie im Verdacht hat, sich die Filmzusammenschnitte stundenlang in der Wiederholung allein angeschaut zu haben.

»Miss Forster«, beginnt Karen energisch.

»Isobel, please«, wird sie sofort korrigiert.

Die neue Vertraulichkeit bringt Karen aus der Fassung und sie muss sich erst überwinden, ehe sie erneut ansetzt: »Isobel, habe ich das gestern Nacht richtig beobachtet, dass das Interieur dieses Hauses genauso aussieht wie die Möblierung in Ihrem Elternhaus?«

Isobel nickt. »Ja, ich wollte, dass alles genauso ist wie zu Hause.«

»Aber warum leben Sie dann nicht in New York? Und warum ausgerechnet in der Schweiz?«

Isobel Forster schaut auf die vielen Bilderrahmen auf dem Couchtisch, in denen ausschließlich Fotos von Claire stecken, und bleibt eine Antwort schuldig.

»Okay«, versucht Karen eine Variante ihrer Frage. »Warum leben Sie auf dem Dach des Luxushotels The Golden Mountain?«

»Because I own it!«

Jetzt hat sie Karen kalt erwischt, die sich fassungslos gegen die Rückenlehne des Sofas fallen lässt. Hat sie sich eben verhört? »Ihnen gehört das Hotel?«

»Yes«, bestätigt die wunderliche Frau. »And … seit vielen, vielen Jahren, und ich habe mein Haus obendrauf setzen lassen.« Jetzt wird Isobel gesprächiger. Sie scheint sich bei diesem Thema sicherer zu fühlen. »Und ich habe große Teile aus meinem New Yorker Elternhaus …«

»Hierherbringen lassen«, beendet Karen den Satz, doch Isobel wehrt mit einer Handbewegung ab.

»No, ich habe genau die Möbel und viel Zubehör, Kronleuchter, Teppiche, alles, auf der ganzen Welt zusammenkaufen lassen.« Sie ist sichtlich stolz darauf. »Im New Yorker Haus an der Fifth Avenue ist alles noch so, wie ich es verlassen habe. Auch in the other … in den anderen Domizilen in Malibu, Cape Cod, den Hamptons and, and … it's also … ist alles so, wie es zu der Zeit war, als Mummy und ich dort gelebt haben. Mein Personal sorgt dafür, dass nichts verändert wird seit dem Moment, als ich das letzte Mal dort war. I can ... Ich kann morgen wiederkommen und da steht alles unverändert.«

Karen kann sie nach dieser Enthüllung nur noch anstarren. Sie hat im Laufe ihres Umgangs mit Mitgliedern des Jetsets schon so manche Schrulle erlebt, aber dies wird niemals zu toppen sein.

»Warum musste es ausgerechnet auf dem Dach des The Golden Mountain in St. Moritz sein?«

Jetzt scheint sich die Milliardärin wieder wie eine Auster zu verschließen, doch dann überwindet sie sich zu einer Antwort: »Weil Claire das Hotel geliebt hat. She ... Sie haben doch gesehen, wie fantastisch sie Ski fährt. Jedes Jahr für wunderbare Wochen ...«

»Aber sie war doch sicher auch in anderen Hotels auf der ganzen Welt«, insistiert Karen. »In Aspen, zum Beispiel, warum St. Moritz?«, versucht sie, den tieferen Sinn zu ergründen.

Sie glaubt schon, keine Antwort zu bekommen, bis Isobel sich plötzlich vorbeugt und flüstert: »Wegen Max!«

Wer ist Max?

New York, Dezember 1957

»Wie siehst du denn aus?« Meredith Forster starrt Isobel voller
Entsetzen an. »Du bist fett geworden! Thomas, was ist mit dem
Kind passiert? Thomas!«

»Was?«, brüllt ihr Mann aus seinem Arbeitszimmer zurück.
»Ich bin in einer Besprechung.«

Wütend dreht sich Meredith um und stapft in seine
Richtung. Gleich wird sie ihrem Mann eine Szene machen, die
bis in den dritten Stock des Forster-Palais hallen wird.

Isobel lässt sich tief enttäuscht auf die zweite Stufe der
Treppe fallen.

»Vorsicht!«, wird sie von einem der vier Angestellten gewarnt,
die Merediths unzählige Koffer aus den Begleitfahrzeugen ihrer
Limousine ins Haus tragen und an ihr vorbeimüssen. Einer von
ihnen stolpert dabei über den Zobelmantel, den Meredith achtlos auf die Marmorfliesen hat fallen lassen.

Isobel schlingt die Arme um ihren Körper. Sie friert, denn
das große Eingangsportal steht immer noch offen.

Sie hat geahnt, dass ihre Mutter so reagieren würde. Die
ganze vergangene Woche schwankte ihre Stimmung zwischen

Vorfreude und Furcht vor dem Wiedersehen mit ihrer Mutter nach so vielen Monaten, die sie im Schloss ihres Schwiegersohns verbracht hat.

Jetzt flüstert Isobel in den um sie herrschenden Trubel hinein: »Ich hab dich auch vermisst, Mummy!« Erst vor wenigen Stunden hat sie auf dem breiten Sims ihres Fensters in das dichte Schneetreiben geblickt und sich ausgemalt, wie sie ihrer Mutter entgegenlaufen würde, wenn sie ins Vestibül tritt. Doch gleichzeitig hat sie geahnt, was ihr bevorsteht, wenn ihre Mutter sie als Erstes von Kopf bis Fuß begutachtet.

Isobel weiß selbst, dass sie furchtbar zugenommen hat. Ein Zustand, den ihre Mutter niemals verzeihen würde. Meredith selbst unterwirft sich einer fortwährenden brutalen Diät, bestellt sich bei ihren regelmäßigen Treffen mit ihren Freundinnen in jedem Luxus-Restaurant nur fünf Stangen Spargel, von denen sie grundsätzlich eine Stange auf dem Teller zurücklässt.

Claire hat sich dem unerbittlichen Diktat ihrer Mutter unterworfen und ist ihrem Vorbild gefolgt. Von allem, was auf den Tisch kommt, isst sie nur zwei Löffel voll, dann hat sie sich angewöhnt, die Speisen mit Messer und Gabel hin und her zu schieben, um den Eindruck zu hinterlassen, sie würde essen.

Isobel seufzt. Sie kann doch nichts für den Heißhunger, der sie seit einiger Zeit quält.

Sie hat auch erst gar nicht verstanden, wovor Mary sie kürzlich gewarnt hat: »Lämmchen, das wird Ärger geben!« Bis sie gemerkt hat, dass Mary immer weniger Kuchen gebacken hat, bis schließlich ihr Vater einen Tobsuchtsanfall bekommen hat: »Verdammt, wo bleiben die Schokotörtchen?«

Natürlich hat Mary daraufhin wieder die übliche Menge an Köstlichkeiten herbeigezaubert, doch sie scheint alle süßen Backwaren und Torten zu verstecken, rechnet aber nicht mit Isobels Talent, sie aufzuspüren und sich heimlich zu bedienen.

Mittlerweile tobt Meredith wie eine Furie durchs Haus, wie sie es immer tut, wenn sie von einer Reise zurückkehrt. Jetzt ist Miss Tate an der Reihe: »Wieso haben Sie das Kind so gemästet? Haben Sie keine Augen im Kopf? Kein Verantwortungsgefühl? Was soll jetzt aus ihr werden?«

Wie eingeschüchtert Miss Tate ist, hört Isobel an ihrem ungelenken Versuch, sich zu rechtfertigen: »Sie isst halt gerne Kuchen.«

»Und? Warum haben Sie sie nicht daran gehindert?«

Isobel weiß, dass ihre Gouvernante gleich anfangen wird, nach dem verborgenen Taschentuch in ihrem Ärmel zu tasten. Sie ist nah am Wasser gebaut und zuckt jedes Mal zusammen, wenn Isobels Mutter den Raum betritt.

Wenn doch nur Claire hier wäre! Sie ist die Einzige, die es schafft, Meredith zu beruhigen und ihr den Wind aus den Segeln zu nehmen. Ja, Claire würde sich auch jetzt vor sie stellen und darauf hinweisen, dass ihr Vater immer Unmengen von Kuchen verdrückt und dass es klar ist, dass Isobel seinem Beispiel nacheifert.

Bei diesem Gedanken zuckt ein kleines Lächeln über Isobels Gesicht.

Sie rappelt sich auf und nimmt die Dienstbotentreppe in die Küche.

Doch das ist eine schlechte Idee, denn mittlerweile hat sich ihre Mutter vor Mary aufgebaut und befiehlt in eisigem Ton: »Merken Sie sich eins, ab jetzt bekommt Isobel nur noch bei jedem Essen eine halbe Portion, ach was, ein Viertel! Und nichts Süßes mehr, haben Sie verstanden?«

Isobel tut es weh, als sie die leise, unterwürfige Bestätigung ihrer Vertrauten hört: »Ja, selbstverständlich, gnädige Frau.«

In diesem Moment registriert Meredith Isobels Anwesenheit.

»Du kommst jetzt mit! Hopphopp! Ich will wissen, was sonst noch alles schiefgegangen ist!«

Jetzt muss Isobel ihre Mutter bei der generalstabsmäßigen Überprüfung fast aller Schränke begleiten, was sie immer tut, um nachzuforschen, ob das Personal während ihrer Abwesenheit etwas gestohlen haben könnte.

»Ich habe gleich Klavierunterricht«, versucht Isobel, sich dem peinlichen Vorgang zu entziehen, doch sie hat nicht mit der Fähigkeit ihrer Mutter gerechnet, wie ein wandelnder Terminplaner alle Aktivitäten im Kopf speichern zu können.

»Nein, hast du nicht«, widerspricht sie heftig. »Den hattest du gestern und wie mir Mister de Fontain berichtet hat, machst du überhaupt keine Fortschritte. Wieso übst du nicht häufiger?«

Sie wartet nicht auf eine Antwort, sondern ist schon auf dem Weg zu Claires Ankleideräumen, in denen deren Outfits in durchsichtigen Kleidersäcken archiviert sind.

Bevor sie jedes Teil in Augenschein nimmt, öffnet sie den größten Safe und begutachtet den Inhalt.

Isobel schließt kurz die Augen und hofft, dass ihre Mutter nicht so genau hinschauen wird. Dabei weiß sie, dass dies noch nie der Fall gewesen ist.

»Was ist … dachte ich mir's doch, wer war das?« Meredith starrt ungläubig auf die zerrissene Rubinkette. »Wer …?«

»Ich muss …«, überwindet sich Isobel, doch ihre Mutter hört gar nicht hin und stürmt aus dem Raum. Isobel bemüht sich, mit ihr Schritt zu halten. Doch sie schafft es nicht, ihre Mutter einzuholen und sich zu erklären. Schon reißt Meredith mit Schwung die Tür zum Arbeitszimmer ihres Mannes auf.

Isobel weiß, dass ihr Vater es hasst, gestört zu werden. Nur bei Claire hat er immer eine Ausnahme gemacht und sogar ein wunderschön bemaltes Schaukelpferd aus Holz in dem riesigen Raum aufstellen lassen, auf dem sie hat sitzen dürfen, auch wenn wichtige Geschäftspartner rund um den Besprechungstisch aus glänzendem Mahagoni gesessen haben.

»Komm nur, Prinzessin«, hat er ihre Störungen zugelassen, sie hochgehoben und dem Holzpferd einen Schubs gegeben, damit es vor- und zurückgeschaukelt ist. Ganz selten hat Isobel mit ihr gemeinsam darauf sitzen dürfen, aber es sind kostbare Ausnahmen gewesen, die er nur gestattet hat, wenn Claire ihn gelegentlich darum gebeten hat.

Isobel sieht, dass zwanzig Mitarbeiter ihres Vaters die Köpfe heben und die hereingestürmte Meredith anstarren. Darunter sind Vorstandsmitglieder der Banken, die ihr Vater besitzt, der Radio-Stationen und der neuen erfolgreichen TV-Sender, die ihr Vater gegründet hat. Einige Männer versuchen, sich bei Merediths Eindringen höflichkeitshalber zu erheben, doch auf einen scharfen Wink ihres Vaters hin setzen sie sich sofort wieder.

Meredith nimmt in ihrer Aufregung weder das eine noch das andere wahr, hält mit theatralischer Geste die zerrissene Rubinkette vor sich und klagt mit bebender Stimme: »Das ist Claires Rubinkette. Sie ist zerrissen!«

»Kauf ihr eine neue«, lautet die ungerührte Antwort von Isobels Vater. »Oder nein, noch besser, mein hochwohlgeborener Schwiegersohn soll ihr eine besorgen von meinen Millionen, für die er sich noch nicht einmal bedankt hat. Und jetzt verschwinde, wir müssen arbeiten.«

»Nein«, weigert sie sich. »Ich bin noch nicht fertig!«

Isobel will das unwürdige Schauspiel unbedingt beenden. »Mummy, ich hab die Kette kaputt gemacht ...« Jetzt sind die Augen aller Anwesenden auf sie gerichtet und sie geniert sich furchtbar, ungewollt Mittelpunkt des Interesses zu sein.

»Ich habe sie bei Ethels Geburtstag getragen.«

Wieder wendet Meredith sich ihrem Mann zu, der am Kopfende des Tisches präsidiert.

»Wieso hast du ihr erlaubt, Claires Kette bei Ethels Geburtstag zu tragen?«

Isobel sieht ihrem Vater an, dass er vergeblich versucht, den Namen einzuordnen, doch da er sie niemals ohne Begleitung aus dem Haus lässt, ist er sich in einem sicher: »Der Italiener hat auf sie aufgepasst!«

Meredith wirbelt herum. »Wo ist der? Er hat mich nicht vom Flughafen abgeholt. Ich habe mich schon gewundert, wo er ist.«

»Hat gekündigt, der undankbare Bastard. Und jetzt ist Schluss! Raus hier! Gerald, schließen Sie hinter meiner Frau die Tür!«

Erst jetzt scheint Meredith zu begreifen, wer alles ihren hysterischen Auftritt miterlebt hat, und sie rafft sich zu einem knappen »Sorry« auf.

Kaum vor der Tür dreht sie sich zu Isobel um: »Warum hast du nicht besser auf Claires Kette aufgepasst? Wieso ist die zerrissen?«

»Ich weiß es nicht, Mummy, ehrlich!«

Isobel kann sich tatsächlich nicht daran erinnern, wann ihr das Malheur mit der Rubinkette passiert ist. Sie weiß nur noch, dass sie am späten Abend von Ethels Geburtstag in ihrem Bett aufgewacht ist. Neben ihr auf dem Kopfkissen hat die beschädigte Kette gelegen. Sie hat überhaupt keine Erinnerung daran, wie die Rückfahrt gewesen und wie sie in ihr Zimmer gelangt ist. Aber sie ist sich sicher, dass es Tony, ihr Beschützer, gewesen sein muss, der sie die Treppe hinaufgetragen hat.

Als sie ihm am nächsten Tag hat danken wollen, hat sie ihn nirgendwo entdecken können und vermutet, dass er wie üblich diverse Aufträge ihres Vaters hat erledigen müssen.

Als sie nach einer Woche immer noch keine Spur von ihm gefunden hat, hat sie schließlich Mary gefragt, die sie nicht angesehen hat, als sie geantwortet hat: »Der hat gekündigt! Musste zu seinen Eltern nach Sizilien. Irgendein Trauerfall oder so.«

Fast wäre Isobel in Tränen ausgebrochen. In diesem Moment hat sie sich ganz allein gefühlt. Erst ist Claire aus ihrem Leben verschwunden, dann der einzige Freund, dem sie vertraut hat.

Warum hat er sich nicht von ihr verabschiedet, keine Zeile für sie hinterlassen?

Von diesem Schlag hat sie sich bis heute nicht erholt, hat sich wochenlang in ihr Zimmer eingeschlossen und mit der Lektüre ihrer verbotenen Liebesromane getröstet, die Mary in ihrem riesigen Einkaufskorb, verborgen unter Delikatessen, ins Haus schmuggelt.

Dass ihr Vater dies bemerken würde, brauchte sie nicht zu fürchten. Er ist mal wieder mit einem seiner Flugzeuge auf dem Weg in verschiedene Länder gewesen, um sich um seine Geschäfte zu kümmern.

Isobel spürt die aufgebrachten Blicke ihrer Mutter und begreift, dass deren Wut nicht verraucht ist.

Sie schreit durch die Eingangshalle: »Miss Tate! Sofort!«

Die bemüht sich, Haltung zu bewahren, als sie langsam über die Fliesen schleicht. Viel zu langsam für Meredith, die mit einem Fuß aufstampft: »Etwas schneller, wenn ich bitten darf! Wieso hat Isobel Claires Rubinkette bei Ethels Geburtstag getragen?«

Jetzt strafft sich die Gouvernante, sie scheint ihre Fassung wiederzufinden, denn sie sagt: »Das haben Sie doch selbst erlaubt!«

Meredith ist ihre Verblüffung anzusehen: »Ich?«

»Aber ja, Isobel hat in meinem Beisein mit Ihnen telefoniert.«

»Wann?«

»Am Geburtstag von Ethel. Sie wollten, dass sie das bordeauxrote Couture-Kleid von Ihrer Tocht… von der Duchess trägt«, korrigiert sich Miss Tate sofort. »Und weil der Ausschnitt so tief ist, sollte sie die Kette dazu umlegen.«

»Ich habe nie … Isobel, was hast du zu Miss Tate gesagt? Lüg nicht!«

Isobel versucht es mit einer Notlüge: »Ich hatte das so verstanden. Aber das Gespräch war ein bisschen gestört. Du warst nicht so gut zu verstehen, Mummy.«

Meredith fasst sich an die Stirn: »Jetzt erinnere ich mich. Ich habe dir gesagt, dass deine Schwester und ich nach Bordeaux fahren werden und ich mich lange Zeit nicht melden werde. Das habe ich gesagt.«

Isobel spürt, dass sie rot wird.

»Du hast gelogen«, stellt ihre Mutter unbarmherzig fest.

Mit einem tiefen Atemzug dreht sie sich um und verkündet: »Und Sie, Miss Tate, holen sich Ihre Papiere ab. Wir benötigen Ihre Dienste nicht mehr.«

Isobel hat keine Zeit, sich darüber zu freuen, dass die ständige Gegenwart einer Gouvernante Vergangenheit für sie sein wird, denn Meredith teilt ihr mit: »Ich werde mich der Sache annehmen. Geh auf dein Zimmer!«

Als sich Isobel am Abend fertig machen will, um ins Bett zu gehen, hofft sie inständig, dass ihre Mutter sich endlich beruhigt hat. Doch bevor sie ins Bad geht, tastet sie noch unter ihrem Bett nach dem Teller mit den vier dicken Scheiben, die sie am Morgen von Marys Schokoladenkuchen mit der üppigen Glasur abgeschnitten hat. Sie hat den Kuchen erst nach längerem Suchen hinter den bauchigen Gläsern mit eingelegten Gurken in Marys Vorratskammer entdeckt.

Jetzt muss sie sich furchtbar beeilen, sie zu essen, denn ihre Mutter wird kommen, um zu kontrollieren, dass sie nicht heimlich liest, ihre Haare auf Lockenwickler gedreht und eine Plastikhaube darübergezogen hat. Viel wichtiger ist aber jetzt, dass sie schnell ihre Zähne putzt und mit Mundwasser nachspült, damit keine Kuchenreste zu sehen sind. Meredith prüft immer den Zustand ihrer Zähne.

Deshalb hastet Isobel ins Bad. Als sie fertig ist und das Licht löschen will, fällt ihr auf, dass das Hausmädchen ihr Nachthemd nicht wie sonst auf einem Bügel an den üblichen Haken gehängt hat.

Von der Badezimmertür aus entdeckt sie, dass sie es an der Schranktür befestigt hat. Als sie danach greifen will, öffnet ihre Mutter bereits die Zimmertür.

Als sie aufblickt, steht Isobel nackt vor ihr.

Meredith taumelt und reißt vor Entsetzen ihre Augen weit auf: »Du bist ... du erwartest ... Isobel, sag die Wahrheit, oh Gott, wie konnte das passieren?«

St. Moritz, 2022

Es herrscht tiefe Stille im Raum, nachdem Isobel Forster verstummt ist. Karen hat den monotonen Tonfall nur schwer ertragen können, in dem Isobel von dem entsetzlichen Tag in ihrem Leben, dem Tag der Rückkehr ihrer Mutter aus England, erzählt hat. Während ihrer Schilderung hat sie nach einem Kissen gegriffen, ihre Arme darum geschlungen, als wäre das bestickte Utensil eine Rüstung.

Oder als wäre sie wieder in dem Zustand, in dem ihre Mutter sie vor so vielen Jahren ertappt hat.

Schließlich hält es Karen nicht mehr aus, auf den gesenkten Kopf von Isobel zu schauen. Ihr Gesicht hat sie in dem weichen Material versteckt.

»Isobel, bitte sehen Sie mich an!«

Es dauert eine Weile, ehe Isobel ihren Kopf hebt und sie aus rot geränderten Augen anblickt.

»Isobel, Sie sind schwanger gewesen?« Eigentlich braucht es diese Bestätigung nicht, denn Isobels Wiedergabe der Reaktion ihrer Mutter ist eindeutig genug.

Doch Karen will die Gewissheit und Isobel gibt sie ihr, als sie nickt.

»Aber ... von wem?«

»Ich weiß es nicht«, platzt es aus der alten Frau heraus. »Ich ... ich ... ähm, I didn't ... ich wusste doch gar nicht, dass ich ... ich war doch noch ein Kind. Niemand hat mit mir über ...«, nur flüsternd spricht sie das Wort aus, »... Sex gesprochen. Das war damals so. Ich wusste nur, dass ich niemals mit einem Jungen allein sein durfte. Ich sollte mich nicht anfassen lassen. Und Mummy hat mir immer eingeschärft, lass dich niemals küssen, das führt zu einer Katastrophe. Ich hab mich nicht küssen lassen. Ich konnte es beschwören, aber Mummy wollte mir erst gar nicht mehr zuhören.«

Karen schüttelt entgeistert den Kopf. »Aber wie ... wer ...? Isobel, Sie müssen doch wissen, mit wem Sie Geschlechtsverkehr hatten!«

Bei diesem Begriff zuckt Isobel zusammen, als hätte sie einen Schlag erlitten.

Karen ist schon bewusst, dass die verklemmten Moralvorstellungen in den Fünfzigerjahren enormen Einfluss vor allem auf die Entwicklung heranwachsender Mädchen gehabt hat, aber sie fragt sich, wie sie die Wahrheit über Isobels Schicksal jemals erfahren soll. Sie hat doch nicht mehr glauben können, dass ein Kuss gleich zu einer Schwangerschaft führt.

Karen entschließt sich zu einer Konfrontation: »Isobel, sind Sie vergewaltigt worden?«

»No«, beteuert die alte Frau.

»Aber ...«

Als Karen in Isobels Augen schaut und darin den ratlosen Blick erkennt, verstummt sie.

St. Moritz, März 1958

Isobel sitzt aufgeregt auf einem mit Chintz bezogenen Sessel ihrer Klinik-Suite und kontrolliert zum gefühlt zwanzigsten Mal die Zeit auf ihrer Armbanduhr.

Jetzt dauert es nicht mehr lange. Gleich wird es so weit sein und sie kann endlich Claire wieder in die Arme schließen. Wie wird sie aussehen? Welche Frisur trägt sie zurzeit? Von welchem Modeschöpfer wird ihr Outfit stammen?

Wird sie in Begleitung ihres Ehemanns sein?

Hoffentlich nicht, denkt Isobel sofort.

Sie will nach den vielen Monaten Claire ganz für sich alleine haben. Sie hat so viel auf dem Herzen und ihre Schwester wird diejenige sein, die sie versteht, die ihr zuhören und sie mit liebevollen Worten trösten wird.

Wenn Isobel jetzt die zurückliegenden Monate Revue passieren lässt, erschaudert sie.

Ihre Mutter hat kaum ein paar Worte mit ihr gewechselt, nachdem sie eine Art Verhör mit ihr durchexerziert hat.

»Wer ist es?«, hat sie zunächst immer wieder kategorisch gefragt, bis sie begriff, dass sie von Isobel keine Antwort zu erwarten hatte.

Schließlich ist sie dazu übergegangen, sämtliche Bekannte der Familie beiläufig zu befragen, wen Isobel in der letzten Zeit gesehen habe, mit wem sie unterwegs gewesen sei, um von allen nur ein Kopfschütteln zu ernten. Niemand hat Isobel bei einem Date beobachtet. »Sie war nirgendwo, zumindest soweit ich weiß«, lauteten unisono die Antworten, nachdem alle von Meredith gesellschaftlich akzeptierten Mütter ihre Teenager-Töchter unter Druck gesetzt haben.

Meredith ist außer sich gewesen. Hat sich plötzlich geärgert, dass Isobel ganz offensichtlich eine Außenseiterin, noch schlimmer, ein Mauerblümchen innerhalb der Millionärs-Elite gewesen ist.

Umso härter ist sie mit Isobel selbst umgesprungen.

»Ich habe dich gewarnt! Wir haben alles getan, damit du vernünftig verheiratet werden kannst. Und glaube mir, Isobel, das war nicht leicht. Aber wir haben uns Mühe gegeben, aus dir etwas zu machen. Und was tust du? Ist das dein Dank für alles?«

Es schüttelt Isobel, wenn sie nur daran denkt, wie sie wegen ihres Zustands verurteilt worden ist.

Sie selbst hat sich hilflos gefühlt. Sie hat keinen Jungen geküsst. Ist immer unter Bewachung gewesen, niemals allein unterwegs, hat nicht auf Partys gedurft oder auf Bällen tanzen gehen.

Sosehr sie sich auch anstrengt, sie kann das Rätsel selbst nicht lösen und gewöhnt sich schließlich daran, alle Gedanken, die um das Wie und Wer kreisen, einfach auszublenden. Sie hätte sonst nicht mit der Schande leben können, die sie, wie ihre Mutter schimpft, über die Familie gebracht hat.

Um sie zu verbergen, hat Meredith ihr verboten, sich in der Öffentlichkeit zu zeigen, in der sie geschickt das Gerücht streut, Isobel sei an der schrecklichen Tuberkulose erkrankt und werde bald in die Schweiz reisen müssen, um dort in einer Privatklinik behandelt zu werden.

Als ihr zu Ohren gekommen ist, dass Ethel boshaften Klatsch verbreitet: »Ich habe noch nie eine so dicke Schwindsüchtige erlebt«, hat sie sofort zum Gegenschlag ausgeholt, kategorisch von ihrem Mann verlangt, die Geschäftsbeziehungen zu Ethels Familie infrage zu stellen, und in der Folge unendlich viel Zuspruch geerntet.

Die Mitglieder der gesellschaftlichen Upperclass, und nur die sind für Meredith relevant gewesen, sind alle bei ihr aufgetaucht, haben sie bemitleidet und sie gelobt für die unglaubliche Kraft, die sie besitzt, um diesen Schicksalsschlag zu verkraften. Ja, sie ist schließlich auch in den Gazetten als »Helden-Mum« gefeiert worden, da sie den Reportern unter Tränen verraten hat, Isobel selbstverständlich zu begleiten und dafür zu ihrem tiefen Schmerz ihren Gatten monatelang allein lassen zu müssen.

Mary ist der einzige Mensch gewesen, der Isobel während der quälend langsam verrinnenden Zeit getröstet hat, die sie ausschließlich in ihrem Zimmer hat verbringen müssen, damit auch keiner der vielen Dienstboten sie sieht. Mary hat Isobel ein letztes Mal vor ihrer Abreise in die Schweiz ganz fest in den Arm genommen. »Lämmchen, hab keine Angst. Ich bin in Gedanken immer bei dir. Schreib mir und ich versuche, dir zu antworten. Vielleicht«, hat sie angekündigt, während sie Isobels Tränen mit einer Serviette getrocknet hat, »vielleicht schicke ich dir deine Lieblings-Schokoladentorte, hm, was hältst du davon?«

»Lieber Romane«, hat Isobel gewispert. »Bitte, bitte Romane!«

»Alles«, hat Mary versichert. »Alles, was du willst, Lämmchen.«

Isobel hört das Geräusch von Pfennigabsätzen auf dem Linoleum im Klinikflur, bevor die Tür in ihrem Rücken geöffnet wird und eine Stimme sagt: »Aber ja, Mummy Darling, natürlich, genauso machen wir es!« Eine Stimme, die Isobel unter Millionen erkennen würde.

Sie stemmt sich mit aller Kraft von ihrem Sessel hoch und macht ein paar unbeholfene Schritte in die Mitte des Zimmers. »Claire! Claire! Endlich bist du da!«

Sie will auf sie zulaufen und sie in die Arme schließen, doch ihre Schwester bleibt auf der Schwelle stehen und mustert sie mit einem Blick, den sie nicht recht deuten kann.

Isobel ist bewusst, dass ihre Figur unförmig geworden ist, ihr Bauch ist so schwer, dass sie automatisch ein Hohlkreuz im Rücken macht, um die Last auszugleichen. Ihr Gesicht ist aufgedunsen, was die Ärzte in der Schweizer Privatklinik auf typische Wassereinlagerungen zurückführen, die auch dafür sorgen, dass ihre Knöchel dick geschwollen sind.

»Claire, oh, endlich sehe ich dich wieder!«, jubelt sie und breitet die Arme aus.

Doch Claire geht an ihr vorbei, tätschelt nur kurz ihren Arm und legt ihre teure Krokohandtasche auf dem Sessel ab, auf dem Isobel auf sie gewartet hat.

»Ich könnte dich jetzt gar nicht umarmen«, befindet sie kühl, während sie ihre beigefarbenen Glattlederhandschuhe abstreift. »Ich komme nicht um dich herum.«

Isobel weiß nicht recht, was sie von dieser Begrüßung halten soll, aber sie entschließt sich, die letzte Bemerkung als einen Scherz aufzufassen und grinst. »Lass dich anschauen«, bittet sie. »Du siehst fantastisch aus.«

Claire dreht sich spielerisch im Kreis, damit Isobel sie von allen Seiten betrachten kann.

»Das ist von Dior und das …«

Claire hat sich überhaupt nicht verändert. Isobel kommt es so vor, als wäre sie einem Hochglanzmagazin entsprungen. Ihre blonden Haare werden von einem bunt bedruckten zusammengefalteten Tuch aus dem Gesicht herausgehalten, sie fallen an den Seiten seidig bis zu den Ohrläppchen, die mit von Brillanten umrahmten dicken Perlenclips geschmückt sind. Sie trägt einen körperbetonten Pullover aus feiner Kaschmirwolle mit einem schmalen hochstehenden Kragen und einen gerade geschnittenen Tweedrock mit einer breiten, vorne aufspringenden Falte, der den kleinen Bauch ihrer ansonsten unveränderten Schwester verbirgt.

Isobel hat erst gar nicht begriffen, was die wunderbare Nachricht ist, von der ihre Mutter am Telefon gegenüber ihren Freundinnen aufgeregt berichtet hatte. »Jaaa«, hat sie die Bestätigung in die Länge gezogen. »Der Duke, mein Schwiegersohn, ist überglücklich. Er erwartet seinen Erben. Und meine Tochter Claire, die Duchess, ist froh, seinen Wunsch zu erfüllen. Sie ist in guter Hoffnung.«

Als Isobels Blick jetzt auf Claires Beine fällt, entdeckt sie nur hauchzarte Nylonstrümpfe über den zarten Fußknöcheln, die kein bisschen geschwollen sind.

Ihre Schwester durchquert absolut sicher auf ihren hochhackigen Pumps den Raum bis zur Couch, setzt sich auf die Seitenlehne und schlägt die Beine lässig übereinander.

Isobel traut sich nicht, ihr zu folgen. Ihr Gang ist seit Längerem zu einem Watscheln geworden, ein Anblick, den sie ihrer Schwester nicht zumuten möchte.

Einen Moment ist sie abgelenkt, als sie hört, wie sich Meredith auf dem Flur vor ihrer Tür mit dem Arzt unterhält. Wie immer in ihrem üblichen Befehlston, doch der Mediziner antwortet ihr zurückhaltend, bis schließlich beide nur noch flüstern.

Claire fingert aus ihrer Tasche ein mit Perlmutt verziertes Etui heraus und Isobel glaubt, dass sie sich die Nase pudern will. Doch als ihre Schwester es aufklappt, zieht sie eine Zigarette daraus hervor: »Hast du Feuer?«

»Seit wann rauchst du?«, will Isobel überrascht wissen.

»Lange«, behauptet ihre Schwester.

»Habe ich nicht«, bedauert Isobel, fügt aber eifrig hinzu: »Ich kann die Schwestern fragen.«

Doch Claire winkt ab, lässt die Zigarette einfach in ihre Handtasche fallen und fragt: »Wie geht es Daddy Darling?«

Isobel kann ihr keine konkrete Antwort geben, denn, so gibt sie zu, ihr Vater hat sich bereits vor vielen Wochen auf eine seiner Geschäftsreisen begeben.

»Ich dachte, er schippert auf unserer Jacht durchs Mittelmeer«, entgegnet Claire.

Isobel versetzt diese Nachricht einen Stich, denn ihr Vater hat sich nicht von ihr verabschiedet, sondern über Mary ausrichten lassen, er sei zu beschäftigt, um sie vor ihrer Abreise in die Schweiz noch einmal zu sehen.

Doch rasch verdrängt sie die schmerzliche Erinnerung, denn sie ist viel zu glücklich, ihrer Schwester endlich Fragen stellen zu können, wie ihr neues Leben aussieht, was sie getan hat, wohin sie gereist ist, und fängt mit dem Naheliegendsten an: »Wo wohnst du?«

»Ich habe eine Etage im The Golden Mountain Hotel gebucht.«

»Aber … du … wie wirst du dann …?« Immer noch kann Isobel sich nicht überwinden, davon zu sprechen, dass jemand ein Kind erwartet. In ihr hat sich eine Sperre aufgebaut, die sie nicht niederreißen kann.

Es ist, als wolle sie mit aller Kraft in ihr altes Ich zurück und wie ein kleines Kind, das vor einem Problem die Augen verschließt und glaubt, wenn es sie wieder öffnet, wäre es verschwunden, versucht sie, die Realität auszublenden.

Claire antwortet nicht, sondern greift erneut nach ihrer Tasche und macht Anstalten, sich schon wieder von ihr zu verabschieden.

»Nicht, Claire, bitte geh nicht! Lass mich nicht schon wieder allein«, bettelt Isobel.

Mit einem Seufzer stellt Claire ihre Tasche zurück.

»Bitte erzähl mir doch, wie ist es in deinem Schloss? Was machst du den ganzen Tag? Du hast mir nur einmal eine Karte aus Deauville geschickt. Du musst viel reisen, nicht wahr? Und du hast sicher so viele adlige Verpflichtungen, dass du gar nicht dazu kommst, Briefe zu schreiben. Ich verstehe das vollkommen«, versucht sie, Claire eine goldene Brücke zu bauen. Niemals würde sie ihre Schwester in Verlegenheit bringen oder ihr gar Vorwürfe machen.

Claire weicht ihrem Blick aus und schaut schweigend aus dem Fenster in den Garten der exklusiven Privatklinik. Erst jetzt bemerkt Isobel, dass Claire ernster wirkt als früher, und für einen Augenblick streift sie der Gedanke, ihre Schwester wäre aus dem strahlenden Scheinwerferlicht, in dem sie sich immer gesonnt hat, geflohen und suche im Schatten Zuflucht.

Sie wirkt abwesend und Isobel vermisst das Flair, das sie früher als »Zauberstaub« bezeichnet hat. Isobel ist überzeugt gewesen, dass eine gütige Fee ihre Schwester damit eingehüllt hat. Es hat sie leuchten lassen, sobald man sie erblickt hat, und Isobel hat als kleines Mädchen immer heimlich ihre Kleidung berührt, um zu sehen, ob ein wenig von der Magie an ihren Fingern kleben bleiben würde.

Wo ist der Zauber geblieben? Hat sie ihn verloren?

Isobel hält den Atem an und wartet angespannt, ob sich der Glanz wieder zeigen würde.

Erleichtert macht sie einen tiefen Atemzug, als sich Claire endlich umdreht.

Jetzt ist Isobel wieder ganz sicher: Nichts hat sich verändert, Claire ist die schönste Frau auf der Welt.

Als Isobel hört: »Ich muss jetzt gehen. Ich habe Verabredungen«, überlegt sie krampfhaft, wie sie ihre Schwester festhalten kann.

Rasch sagt sie: »Claire, erinnerst du dich noch daran, wie wir beide auf dem Schaukelpferd in Pas Arbeitszimmer gesessen und Reiten gespielt haben?«

Claire greift nach ihrer Krokotasche, hängt sie sich in die Armbeuge, während sie sorgfältig ihre Handschuhe überstreift, ehe sie zur Tür geht.

Als sie die Klinke schon heruntergedrückt, dreht sie sich noch einmal um, schaut Isobel zum ersten Mal wirklich in die Augen und sagt: »Isobel, es gibt kein Spiel mehr. Wir haben beide unsere Unschuld verloren!«

St. Moritz, 2022

Karen hat seit zwei Tagen nichts von Isobel gehört. Sie nutzt die Zeit, um im Internet nach Krankheitsbildern zu suchen, die dem Verhalten Isobels entsprechen.

Als sie bei traumatischen Erlebnissen ankommt, wähnt sie sich auf der richtigen Spur.

Nach den Versatzstücken, die Isobel offenbart hat, ist Karen überzeugt, dass sie Opfer einer Vergewaltigung geworden ist, die so dramatisch gewesen ist, dass sie sämtliche Erinnerungen daran ausgeblendet hat.

Und was Karen als ebenso schlimm empfindet, ist die Erkenntnis, dass Isobel ihre daraus resultierende Schwangerschaft völlig negiert hat. Karen forscht weiter und stößt auf erschreckend viele Fälle, in denen Frauen bis zum Moment der Geburt eines Kindes geglaubt haben, einfach zugenommen zu haben.

Immer wieder beschäftigt Karen Isobels Aussage, sie habe sich »wegen Max« dazu entschlossen, ihr Leben in der Schweiz zu verbringen.

Wer ist Max?

Ist er der Liebhaber gewesen? Oder gar ihr Ehemann? Ist er ein Freund gewesen in New York? Ist er etwa der Mann, der Isobels Trauma verursacht hat?

Frustriert fährt Karen ihren Laptop herunter, als sie ein leises Klopfen an ihrer Tür hört.

»Heather, ich komme gleich«, ruft sie sofort, doch sie erhält keine Antwort.

Sie beeilt sich und reißt die Tür auf, ehe das Klopfen zum üblichen ungeduldigen Trommeln wird.

Isobel steht vor ihr.

Dieses Mal in einer ganz ungewohnten Aufmachung. Sie ist in eine Art Kaftan gehüllt, dessen runder Halsausschnitt mit einer Reihe angenähter winziger Perlen verziert ist. Auf dem Kopf die obligatorischen unechten Haare. Diesmal ist es eine hellblonde Langhaarperücke, die sie über der Stirn mit einem zusammengefalteten Seidenschal umwickelt hat.

Karen beschleicht absurderweise das unangenehme Gefühl, sie wäre bei etwas Verbotenem ertappt worden, obwohl Isobel noch nicht einmal weiß, dass sie einen Laptop besitzt, geschweige denn, zu welchen Recherchen sie ihn gerade benutzt hat.

Eine Weile stehen sie sich stumm gegenüber, doch noch bevor Karen eine unverbindliche Bemerkung zu Isobels überraschendem Erscheinen einfällt, sagt Isobel: »Let's talk!«

Es liegt so viel Überzeugung in ihrer Stimme, dass Karen sicher ist, dass diese Aufforderung bedeutet, dass Isobel endlich wirklich reden will, Licht in das Dunkel bringen möchte, das der Auslöser für ihr verstecktes Leben in großer Einsamkeit ist.

Und wird sie ihr jetzt auch endlich verraten, was das Schicksal für Claire bereitgehalten hat? Karen muss sich zusammenreißen, nicht gleich mit der Tür ins Haus zu fallen.

Isobel allein bestimmt, wann und wie viel sie jetzt von ihrem Leben preisgeben will.

Als Isobel nach drei Stunden verstummt, sitzt Karen ihr in unbeweglicher Haltung auf dem Sofa im Wohnzimmer gegenüber. Sie hat nicht gewagt, sich zu rühren, um Isobels Gesprächsfluss nicht zu unterbrechen.

Sie ist zutiefst erschüttert. Nicht nur über das, was Isobel enthüllt hat, sondern auch über die Erkenntnis, dass die über Achtzigjährige emotional auf dem Stand der Siebzehnjährigen ist, die sich vor so vielen Jahrzehnten mit schier übermenschlicher Kraft gegen das gestemmt hat, was mit ihr geschehen ist.

Sie ist damals ein unreifer Teenager gewesen, deren rasend ehrgeizige Mutter nur eins im Sinn gehabt hat: vor der Welt zu verbergen, dass ihre junge Tochter schwanger ist. Und die dieses Vorhaben so perfekt umgesetzt hat, dass Isobel selbst daran geglaubt hat.

Zunächst schildert Isobel Karen, wie sie Gespräche ihrer Mutter belauscht habe, die herausposaunte, ihre Tochter Claire sei »guter Hoffnung«.

»Was für eine verklemmte Sprache«, hat Karen spontan gedacht und sich gleichzeitig zu erinnern versucht, wie es eigentlich in den Filmen der Fünfzigerjahre gewesen ist. Es ist eine ihrer schönsten Erinnerungen an ihre Kindheit, während der Weihnachtsfeiertage gemeinsam mit ihrer Mutter, in warme Decken eingewickelt, auf dem Sofa kuschelnd alle Kitschstreifen im TV anzuschauen. Da sind die Hauptdarstellerinnen auch immer »guter Hoffnung« oder in »anderen Umständen« gewesen, ehe sie wieder, frisch frisiert und aufwendig geschminkt, im Bett sitzend gezeigt wurden, auf ihrem Arm ein mit Häubchen und spitzenbesetzter Kleidung ausgestattetes hübsches Baby, auf das sie glücklich lächelnd herabschauten. Wie verlogen das gewesen ist, denkt sie, als sie Isobel zuhört, die etwas wiederzugeben versucht, was sie selbst nicht begreifen durfte.

St. Moritz, Mai 1958

Isobel öffnet langsam die Augen. Wo ist sie? Was ist geschehen? Hat sie geschlafen? Wie lange?

Isobel schaut sich um. Sie liegt in dem vertrauten Bett ihrer Suite in der Schweizer Privatklinik, in der sie die letzten Wochen verbracht hat.

Als sie sich aufrichtet und zum Fenster wendet, bemerkt sie den strömenden Regen, der gegen das Glas peitscht. Es ist doch so ein wunderschönes Frühlingswetter gewesen, als sie das letzte Mal die Blumenbeete im Garten bewundert hat, schießt es ihr durch den Kopf.

Isobel tastet nach der Schnur mit dem Alarmknopf. Als sie ihn endlich gefunden hat, drückt sie lange darauf, doch erst nach dreimaligem Versuch kommt Gloria endlich herein.

»Gloria, wie lange habe ich geschlafen?«

Die junge Schwesterschülerin weicht ihrem Blick aus, als sie an Isobels Bett tritt, ihr den Alarmknopf aus der Hand nimmt und beginnt, die Kissen aufzuschütteln.

Warum antwortet sie nicht? Isobel hat sich in den letzten Wochen mit ihr angefreundet. Sie sind beide gleich alt und Gloria liebt genau wie Isobel die Stars und Sternchen in Hollywood und vom Broadway. Mit ihr kann Isobel ungeniert Klatsch austauschen, sie kichern gemeinsam über die neuesten Skandale der Schönen und Reichen, und obwohl Isobel selbst zu diesem Kreis gehört, behandelt Gloria sie unverkrampft wie eine ganz normale Freundin.

Eine große Attraktion sind für Gloria, deren Vater als Oberarzt in der Privatklinik arbeitet, vor allem die vielen Star-Magazine, die Meredith bei ihren kurzen Stippvisiten in Isobels Zimmer zurücklässt. Isobel hat sich sehr über diese unerwartete Großzügigkeit gewundert, denn zu Hause ist ihr die Lektüre dieser »Schundblätter«, wie Meredith sie verdammt, streng verboten worden.

»Gloria, was ist? Warum habe ich so lange geschlafen?«

»Die Medikamente ...«, beginnt Gloria, ehe sie wieder verstummt.

Jetzt kann sich Isobel vage an die letzte Spritze erinnern, die ihr verabreicht worden ist, ehe ihr Gedächtnis aussetzte. In diesem Moment erscheint Glorias Vater, gefolgt von der Stationsschwester, die eine Schale in Händen hält, darin eine Ampulle neben einer Spritze.

»Doktor Martinez, wie lange habe ich geschlafen?«

Gloria ist sofort in die Ecke neben dem Schreibtisch geflüchtet, als ihr Vater auftaucht.

»Gar nicht so lange«, behauptet Doktor Martinez. »Es hat Ihnen gutgetan, Miss Forster. Und damit Sie wieder zu Kräften kommen, geben wir Ihnen noch etwas zur Beruhigung.«

Isobel fragt noch: »Wo ist Mummy?«

Doktor Martinez und die Stationsschwester tauschen einen hektischen Blick aus. »Ich denke, sie wird bald die Zeit haben, Sie zu besuchen.«

Beruhigt schließt Isobel die Augen, als der Arzt die Spritze ansetzt. Sie schaut nicht gerne zu, wenn die Nadel in ihre Haut eindringt.

»Erholen Sie sich«, sagt Doktor Martinez, der seiner Tochter einen Wink zu geben scheint, ehe er mit der Stationsschwester das Zimmer verlässt.

Isobel spürt noch, dass ihr Gloria unbeholfen über das Haar streicht, ehe sie mit tränenerstickter Stimme flüstert: »Isobel, es tut mir so leid …«

Warum weint sie?, möchte Isobel wissen, doch noch ehe sie fragen kann, schluchzt Gloria auf: »Es ist ein Junge, aber …«, dann wendet sie sich abrupt ab und rennt aus dem Zimmer.

Welcher Junge?, denkt Isobel noch, ehe sie wieder in einem gnädigen Dämmerschlaf versinkt.

St. Moritz, 2022

»Isobel«, versucht Karen die alte Frau aus ihrer plötzlich einsetzenden Lethargie zu reißen. »Isobel, wenn ich begreifen soll, was geschehen ist, müssen Sie mich weiter einweihen.«

Isobel zuckt zusammen.

Es scheint, als koste es Isobel eine große Überwindung, als sie beginnt: »Ein Junge ...«

Karen ist zu ungeduldig, als sie das einsetzende Schweigen durchbricht und fortfährt: »Den Sie auf die Welt gebracht haben, richtig?« Gleichzeitig hofft sie, dass die direkte Wortwahl Isobel nicht wieder so verschreckt, dass sie sich in ihr Schneckenhaus zurückzieht.

Doch diesmal nickt sie zustimmend.

Jetzt wagt sich Karen weiter vor: »Und was ist mit ihm geschehen?«

»Max ist tot!«

»Welcher Max?«

»Der Junge ...«, wieder verstummt sie und Karen ergänzt: »Den haben Sie Max genannt. Isobel, was ist mit Ihrem Sohn geschehen?«

»Er ist tot!«

War er bei einem tragischen Unfall ums Leben gekommen?

»Wann ist er gestorben, Isobel?«

»Sofort.«

»Bei der Geburt?«, fragt Karen entsetzt nach.

Wieder bestätigt ein Nicken das Geschehene.

Karen holt tief Luft. »Und Sie haben ihm noch den Namen Max gegeben?«

Diesmal schüttelt Isobel den Kopf. »Ich habe ihn nie gesehen. Ich war immer betäubt, habe viel geschlafen. Als Gloria mir sagte, dass … habe ich ihn heimlich Max genannt. Nur für mich. Es war der Name einer Hauptfigur in meinem Lieblingsbuch.« Sie schaut Karen mit einem Blick an, der darum bettelt, dass sie dies verstehen kann, doch Karen ist viel zu sehr damit beschäftigt, das ganze Ausmaß der traumatischen Erlebnisse der Isobel Susan Forster zu verarbeiten.

Der alten Frau, deren Gesichtshälfte in diesem Moment von langen Strähnen einer platinblonden Perücke verdeckt ist, die, da ist Karen sicher, vor der Geburt ihres Sohnes mit Chloroform betäubt, damals eine beliebte Schmerzvermeidung vor allem in den gehobenen Kreisen der Superreichen, und anschließend mit Beruhigungsmitteln sediert worden ist.

Isobel hat nie die Möglichkeit gehabt, bei klarem Bewusstsein zu realisieren, was geschehen ist, hat niemals ein Neugeborenes in den Armen gehalten, um die große Veränderung in ihrem Leben im Unterbewusstsein zu verarbeiten.

Karen beschließt, ihr einen Moment der Entspannung zu gönnen, und versucht, sie mit der Frage nach Claires Schicksal abzulenken.

Tatsächlich funktioniert die Strategie und Isobel wird wie immer sofort gesprächiger, als die Frage nach ihrer geliebten Schwester gestellt wird.

»Ich habe sie gar nicht wieder gesehen«, klagt sie bekümmert und nimmt sofort die Schuld daran auf sich. »Sie war bestimmt oft in meinem Zimmer, aber ich habe ja nur geschlafen und so konnte sie nicht mit mir sprechen. Sie müssen das verstehen, Claire kann als eine wichtige Person des englischen Adels nicht einfach zu lange in der Schweiz bleiben. Sie hat so viele Verpflichtungen zu erfüllen, allein die Charity-Veranstaltungen, um Geld zu sammeln für die Kinder der armen Arbeiterklasse, da muss sie sich doch sofort wieder zeigen und bei wichtigen Ereignissen fotografiert werden. Sie glauben nicht, wie schick sie damals …«

Karen kann diese Form der selbstzerstörerischen Verehrung nicht mehr ertragen und unterbricht Isobels hingebungsvolle Schilderung: »Sie ist also mit ihrem Kind sofort nach England zurückgekehrt, richtig?«

Isobel nickt mit Nachdruck.

»Ja, sofort, und Mummy konnte mich auch nicht mehr besuchen. Sie hat natürlich Claire begleitet, um sie zu unterstützen.«

Karen hat in diesem Moment nur noch den Nerv, sarkastisch hinzuzufügen: »Um bei der Betreuung des ach so wichtigen Erben zu helfen. Ein Sohn für einen Schlossherrn!«

»Nein«, erwidert Isobel zu ihrer absoluten Verblüffung. »Es war ein Mädchen. Sie hat es Margaret genannt.«

* * *

Als Karen an diesem Abend in ihre Suite zurückkehrt, lässt sie sich erschöpft auf ihr Bett fallen. Sie hat das Gefühl, an einem Scheideweg angekommen zu sein. Bisher hat sie sich nur wenig Gedanken über ihre Rolle im Leben einer unfassbar reichen alten Frau gemacht, hat geglaubt, dass sie engagiert worden ist, um sich mit ihr über Bücherwelten auszutauschen.

Doch jetzt, nach den Geständnissen, die sie gehört hat, fühlt sie sich völlig überfordert. Eigentlich müsste an ihrer statt eine Therapeutin oder Psychiaterin der alten Frau gegenübersitzen.

Aber wenn sie länger darüber nachdenkt, ist sie sogar unsicher, ob es einer Fachkraft gelingen würde, deren Wahrnehmungen zu korrigieren, in den richtigen Kontext zu setzen, um ihr einen Ausweg aus der so präsenten Erinnerung an die unglücklichen Wendungen ihres Lebens zu verschaffen. Karen wünscht sich nichts mehr, als dass jemand Isobel den inneren Frieden geben kann, den sie so dringend braucht. Und den sie verdient.

Sie könnte natürlich auch deren Leidensgeschichte als die eines typischen, von Konventionen eingeschnürten Mitglieds der Upperclass abtun, doch sie hat die Frau mit den peinlichen, ständig wechselnden Blondhaar-Perücken längst in ihr Herz geschlossen.

Wegen dieser Nähe schafft sie es auch nicht, die Lebens- und Leidensgeschichte der Isobel Susan Forster einfach als mögliche Irrungen und Wirrungen in einem ihrer geliebten Romane einzuordnen. Wo bliebe das Happy End?

Karen bemerkt erst jetzt, dass sie starke Kopfschmerzen hat, und sucht in einem ihrer Koffer nach einer Tablette. Sie ist sicher, dort noch einen Vorrat verstaut zu haben.

Während sie danach sucht, fällt ihr das neueste Buch von Amanda Clark »Der geheime Schlüssel« in die Hände, in dem sie seit dem Einzug in die abgeschiedene Welt auf dem Dach eines Luxushotels gar nicht mehr gelesen hat. Und sie wundert sich auch, dass sie es nicht auf dem Nachttisch deponiert hat.

Während sie vor dem Schrank auf dem Boden hockt, schlägt sie die Seite auf, über der sie in der letzten Nacht in ihrer Dienstwohnung des Hotels eingeschlafen ist.

Ihr kommt es vor, als lägen Jahre zwischen diesem Moment und jetzt.

Wie war das noch? Worum geht es in dem neuen Werk?

Karen blättert an den Anfang und liest: »Das kleine Mädchen hat Angst. Sie weiß genau, dass sie etwas Verbotenes tut, und wenn ihre Mutter davon erfährt, wird sie hart bestraft werden. Aber sie muss es tun, um ihrer großen Schwester zu helfen.«

Handelt das Buch von zwei Schwestern? Rasch liest sie noch einmal den Klappentext, um sich zu erinnern, worum es in dem Roman geht. Als sie den ersten Satz liest: »Zwei Schwestern, die eine wunderschön, die jüngere immer in ihrem Schatten …«, lässt Karen das Buch entnervt sinken.

Spielen ihr jetzt die überreizten Nerven einen Streich?

Sie hat noch nie in einem ihrer Romane in der Mitte weitergelesen, um zu schauen, wie sich die Geschichte entwickelt, weil ihr das jegliche Spannung raubt. Doch in diesem Fall schlägt sie eine x-beliebige Seite auf und bleibt an dem Satz hängen: »… der Lord war längst zu seiner Geliebten zurückgekehrt …«

Fünfzehn Seiten weiter: »… ihre Mutter hatte Angst, die Gesellschaft würde über sie herziehen …«

Karen schüttelt den Kopf. Jetzt fühlt sie sich schon in allem an die schmerzlichen Lebensumstände von Isobel erinnert. Sie schlägt das Buch zu.

Es wird Zeit, ihrem Instinkt zu folgen.

Sie muss dem Ganzen ein Ende bereiten. Am besten gleich.

Entschlossen überquert Karen den Gang, um nachzusehen, ob Isobel noch im Wohnzimmer ist.

Tatsächlich serviert ihr Heather gerade ihre übliche eintönige Mahlzeit. Die Hausangestellte blickt sich aufgebracht zu Karen um. Ihre Missbilligung über die Störung sieht Karen ihr deutlich an, beschließt jedoch, sie wie immer zu ignorieren.

Ohne dass sie dazu aufgefordert wird, setzt sie sich wieder auf den Platz, den sie erst vor Kurzem verlassen hat, und beginnt ohne Umschweife: »Isobel, ich muss mit Ihnen reden.«

Heather zieht entrüstet die Augenbrauen hoch. Sie hat bisher noch nicht mitbekommen, dass sich die Umgangsformen zwischen Karen und ihrer Chefin geändert haben.

Unwillkürlich macht sie einen Schritt auf das Sofa zu, als wolle sie Karen gleich von der Kante stoßen. Isobel scheint zu spüren, dass sich die Situation zuspitzt, und hält Heather am Arm fest.

»Es ist gut. Everything is okay«, lässt sie Heather wissen. »Du kannst mich allein lassen.«

Als Heather die Tür hinter sich geschlossen hat, blickt Isobel Karen fragend an.

Sie holt tief Luft und sagt: »Isobel, Ihr Vertrauen ehrt mich, aber sagen Sie mir bitte endlich, was ist meine Aufgabe? Warum wollten Sie, dass ich als VIP-Betreuerin für Sie arbeite?«

Isobels Unterlippe bebt, als sie fragt: »Carey, wollen Sie mich verlassen?«

Karen fühlt, dass sie zu direkt vorgegangen ist, und schwächt ab: »Nein, Isobel, aber ich frage mich, wie ich Ihnen helfen kann. Ich möchte Sie gerne unterstützen, aber ...«

»It's too ... es ist zu viel, nicht wahr!« Isobel hat keine Frage gestellt, sondern genau den Zustand bestätigt, in dem sich Karen gefangen fühlt.

Deshalb nickt sie einfach.

Doch Isobel scheint sie vom Gegenteil überzeugen zu wollen.

Dazu steht sie plötzlich überraschend flink auf, gibt Karen ein Zeichen, auf sie zu warten.

Sie verschwindet in ihrem ganz privaten Refugium, während Karen auf den Teller mit den in Tomatensauce eingelegten Thunfischfilets blickt. Ein Sinnbild, aber wofür? Während sie noch nach einer Antwort sucht, kehrt Isobel schon zurück, in ihren Händen ein Berg von Briefen.

Verdutzt nimmt Karen den Stapel entgegen und entdeckt auf einem der Absender das Logo einer Rechtsanwaltskanzlei mit einer Adresse in Manhattan.

Hat Isobel rechtliche Probleme?

»Lesen Sie!«, fordert Isobel sie auf.

Karen nimmt das Schriftstück aus dem Umschlag und überfliegt den Inhalt. Verständnislos schaut sie auf. »Sind das Ihre Anwälte?«

»Ja«, bestätigt Isobel.

»Warum bedrängen sie Sie? Es ist doch Ihre Entscheidung, was Sie mit Ihrem Vermögen machen wollen.«

Irritiert schaut sie noch auf weitere Schreiben. Sie sind von zwei anderen Kanzleien, die dasselbe Anliegen vorbringen. Isobel soll endlich ihr Testament verfassen.

»Das sind Daddys Kanzleien«, klärt Isobel Karen auf. »Sie sind alle meine Vermögensverwalter.«

»Und Sie trauen denen?«

»Aber ja, Daddy hat alles vor seinem Tod geregelt. Ich brauchte mich nie um etwas zu kümmern.«

Es hätte ihr aber vielleicht ganz gutgetan, sich mit handfesten Dingen zu beschäftigen, denkt Karen, doch sie schluckt diese Bemerkung runter.

Während sie rund zwanzig Schreiben, die alle den gleichen Inhalt haben, durchliest, nutzt sie die Gunst der Stunde und fragt unvermittelt: »Isobel, warum essen Sie jeden Tag das Gleiche? Und warum ausgerechnet Thunfischfilets in Tomatensauce?«

Die Antwort kommt prompt: »Weil ich es als Kind nicht essen durfte. Mummy hat es mir verboten, aber ich bekam es immer von Mary, wenn ich in die Küche kam.«

Bevor Isobel wieder gedanklich in ihrer alten Welt versinkt, stellt Karen rasch noch eine Frage: »Was haben die Briefe mit meiner Anwesenheit hier zu tun?«

»Finden Sie meine Nichte! Finden Sie Margaret!«

New York, Plaza Hotel, 1975

Claire zündet sich eine Zigarette an. Es ist die zwanzigste an diesem Nachmittag. Sie ist nervös. Warum hat sie nur zugestimmt, dass Meredith, auch noch gemeinsam mit Isobel, sie besuchen darf? Sie weiß jetzt schon, dass es viel zu anstrengend werden wird.

Und sie weiß auch, dass sie die vielen Fragen ihrer Schwester nerven werden. So wie immer.

»Sie stellt immer die falschen«, ärgert sie sich schon im Voraus. Ohne hinzuschauen, zerdrückt sie die gerade angerauchte Zigarette nachlässig im Aschenbecher, der von unzähligen Stummeln überquillt.

Mit einem Seufzer tritt sie vor den Ganzkörperspiegel. Sie weiß, dass sie das, was sie jetzt sieht, nicht mag. Sie ist hager geworden. Mit einer Hand streicht sie über ihre Figur. Die Taille ist noch so schmal wie früher, ihre Beine können sich sehen lassen auf dem Tennisplatz, obwohl ihre Unterschenkel zu dünn sind.

Am Hals angekommen, ärgert sie, dass die letzte OP von dem neuen Schönheitschirurgen, der ihr so dringend empfohlen worden ist, nicht den Effekt gebracht hat, den sie erwartet hat. Er ist nicht mehr so vollkommen geformt wie früher. »Swaney«, hat ihr Vater immer zu ihr gesagt, wenn er nicht nach ihr in der üblichen Koseform »Princess« gerufen hat. »Du hast einen Schwanenhals, Darling«, hört sie noch heute in der Erinnerung seine Stimme.

Claire beißt sich auf die Unterlippe, um nicht sentimental zu werden. Ihr Vater fehlt ihr so sehr. Er hat ihr immer das Gefühl gegeben, sie wäre der wichtigste Mensch auf der ganzen Welt. Sie wäre der Mittelpunkt bei allem, was er getan, was er geplant hat.

»Ich tu das alles nur für dich«, hat er ihr mal ins Ohr geflüstert. »Du wirst das größte Vermögen erben, das es jemals gegeben hat.«

Doch was er nicht geahnt hat, ist, dass er sich bei der Arbeitswut, die er an den Tag gelegt hat, so sehr übernommen hat, dass er mit dreiundsechzig Jahren einen Herzinfarkt nicht überlebt hat.

»Daddy, Daddy, ich wäre auch mit viel weniger Geld zufrieden gewesen«, flüstert sie jetzt ihrem Spiegelbild zu. »Du warst wichtig! Dich hätte ich viel länger in meinem Leben gebraucht!«

Stattdessen hat sie viel zu oft auf ihre Mutter gehört. »Daran warst du schuld, Daddy.«

»Gehorche deiner Mutter! Die weiß, was sie tut. Sie will nur das Beste für dich. Sei brav«, sind die Ermahnungen gewesen, die er ihr jedes Mal gegeben hat, wenn er wieder zu einer seiner zahllosen Geschäftsreisen aufgebrochen ist.

»Vorbei!«, ermahnt sie sich jetzt. Sie weiß sehr genau, dass es keinen Sinn ergibt, sich in der Vergangenheit zu verlieren, und setzt die gnadenlose Inspektion ihres Spiegelbildes fort. Deshalb tritt sie einen Schritt näher und lässt ihren kritischen Blick über ihr Gesicht gleiten.

Die Falten, die sich in ihrem Gesicht eingegraben hatten, sind tatsächlich verschwunden. Ihre Augen sind wieder groß, doch sie merkt selbst, dass der Blick darin müde ist, so müde, wie sie sich selbst fühlt.

Der Mund? Erschrocken vergleicht sie die beiden Schwünge ihrer Oberlippe. Sind die etwa schief?

Entsetzt zuckt sie zurück, versucht ihren Mund zu verziehen und atmet erleichtert auf. Nein, den hat der Chirurg perfekt geformt.

Das Telefon klingelt. Sie weiß, dass dies der Anruf des Doormans ist, der ihr die Ankunft von Meredith und Isobel ankündigen wird.

Ohne sich zu bedanken, legt sie den Hörer danach auf die Gabel, überprüft mit einem letzten Blick den Sitz ihres Couturekleides, ehe sie zur Tür geht. Ausgerechnet heute hat ihr Hausmädchen seinen freien Tag, sodass sie dies selbst tun muss, was sie hasst.

Als sie die Tür öffnet, sieht sie zunächst auf den Kragen des Managers vom Prestige-Hotel, der sich tief vor ihr verbeugt und feierlich erklärt: »Ma'am, Ihre Frau Mutter und Ihre Frau Schwester sind angekommen«, ehe er beiseitetritt und die beiden durchlässt.

Claire schickt ihm einen kühlen Blick, den er von ihr gewohnt ist, und mit einer erneuten tiefen Verbeugung zieht er sich zurück.

»Mum«, sagt sie zur Begrüßung und lässt sich von ihr auf beide Wangen küssen. Mit einer Handbewegung deutet sie an, dass sich die beiden setzen sollen, und entgeht dadurch den ausgebreiteten Armen ihrer Schwester, die wie immer enttäuscht reagiert.

Es wird sich niemals etwas ändern, denkt Claire genervt, ehe sie den Rock ihres schmalen Kleides glatt streicht, bevor sie sich setzt.

Meredith sieht wie immer makellos gekleidet aus und Claire vermutet für einen kurzen Moment, sie hätte ihre letzte Gesichtsstraffung bei genau demselben Arzt wie sie selbst machen lassen.

Irgendwann sehen sie aus wie Zwillinge, fürchtet sie in Gedanken.

Nur Isobel hat sich verändert. Sie ist zwar noch genauso pummelig wie als Kind, aber sie trägt jetzt wenigstens das passende Outfit ihres Standes.

Ein mattweißes Chanel-Kostüm, dessen Rock jedoch wie immer an ihren Hüften spannt, die dazu passenden halbhohen Pumps mit der typischen schwarzen Einfärbung an der Spitze, sicher haben ihre Nylons wieder eine Laufmasche, vermutet Claire und streift mit einem Blick Isobels erwartungsvolles Gesicht.

Sie erschrickt.

Sie sieht aus wie Daddy, befindet sie insgeheim. Sie hat Isobel seit Jahren nicht mehr gesehen und nicht gewusst, dass sie ihrem Vater immer ähnlicher wird.

Die braunen Augen hat Isobel mit Wimperntusche betont, auf den schmalen Lippen hat sie einen roséfarbenen Lippenstift aufgetragen, eine falsche Wahl, denn er betont die Blässe ihres Gesichts.

»Seit wann trägst du Chanel?«, fragt sie ihre Schwester, doch wie immer antwortet stattdessen Meredith. »Ich habe es gekauft. Der Schnitt von Cocos Sachen schmeichelt ihren breiten Hüften. Was hast du in der letzten Zeit gemacht?«

Was wohl?, denkt Claire und antwortet: »Dasselbe wie du, Mum, shoppen und Geld ausgeben.«

Sie greift nach ihrem goldenen Etui und nimmt eine Zigarette heraus. Noch ehe sie zu dem mit Diamanten verzierten Feuerzeug greifen kann, kommt schon genau der Spruch, den sie immer hört, wenn ihre Mutter im Raum ist.

»Du rauchst zu viel!«

Und Claire antwortet ihr, wie sie es jedes Mal tut: »Und?«

Die Stimmung ist angespannt. Auch das wie immer.

Um sie zu durchbrechen, wendet sich Claire ihrer Schwester zu: »Wart ihr wieder auf Möbelsuche in den Antiquitätenläden?«

»Ja«, bestätigt Isobel eifrig. »Wir sind heute Morgen ganz früh aufgestanden und haben zusammen mit einer von Mummys Freundinnen ein ganz versteckt liegendes Möbellager besucht. In einer Gegend, Claire, da darf man nicht ohne Bodyguard auftauchen. Aber wir hatten zwei dabei. Und es hat sich gelohnt. Der Händler hatte die schönsten Tische und Sessel, genau die, die Mummy sammelt, und wir haben eine ganze Einrichtung für Miami gekauft.«

»Zieht ihr immer noch von einem Besitz zum anderen?«, fragt Claire gelangweilt, ohne an einer Antwort interessiert zu sein.

Meredith schickt ihr dafür einen Blick, in dem all das liegt, was sie nicht sagen wird. Und Claire erwidert ihn mit demselben Ausdruck.

Und diesmal ist es Meredith, die als Erste den Blick senkt, was Claire als Sieg verbucht.

Sie fragt nicht, ob beide etwas trinken oder essen möchten, um deutlich zu machen, dass ihre Visite nicht lange dauern wird.

Noch ehe sie verkünden kann, dass sie leider wieder gehen müssen, da sie eine nicht aufschiebbare Verabredung hat, schafft es Isobel, die Frage zu stellen, die sie unbedingt vermeiden will.

»Was macht deine Tochter? Wo ist Margaret?«

Claire überlegt einen Moment, ob sie die Wahrheit sagen soll oder nicht. Sie entscheidet sich, dass lügen viel zu anstrengend ist, und erklärt knapp: »Sie ist weg!«

»Was heißt das?«, will ihre Mutter sofort wissen.

»Genau das, was ich sage.«

Isobel sieht aus, als wolle sie wie üblich in Tränen ausbrechen. »Wo ist sie denn hingegangen?«, erkundigt sie sich sofort.

»Kalifornien?«, mutmaßt Claire.

»Claire«, beginnt das übliche Verhör ihrer Mutter. »Du musst doch wissen, wohin sie gezogen ist. Was war's denn diesmal? Hast du dich wieder mit ihr verkracht? Claire, du hast dich ja nie wirklich um sie gekümmert.«

»Wozu auch?«, lautet Claires Gegenfrage. »Was soll ich mit einer Tochter? Sie war einfach zu gar nichts nütze. Ich hab alles für sie getan. Ich habe ihr die besten Nannys und Gouvernanten besorgt, die es auf dem Markt gibt. Aber sie war ja immer viel zu eigenbrötlerisch …«

»Sie hat doch so wunderbar Klavier gespielt«, wird sie von Isobel unterbrochen. »Und sie ist überhaupt so künstlerisch begabt. Mummy, denkst du auch daran, wie sie schon als ganz kleines Mädchen sofort die Songs nachsingen konnte, wenn sie sie nur einmal im Radio gehört hat?«

Meredith hört ihr gar nicht zu. Sie stellt ihre Handtasche auf den Teppich der Suite und nimmt ihre Tochter ins Visier: »Ich habe gehört, dass du die ganze Etage hier im Plaza gemietet hast. Und das schon seit einem halben Jahr. Also, lügst du? Und Margaret ist hier irgendwo untergebracht?«

»Wie üblich weißt du alles besser«, erwidert Claire, drückt ihre Zigarette aus, wobei die vorhandenen Stummel aus dem Aschenbecher fallen.

Sofort steht Isobel auf und leert ihn in den Papierkorb. Dann geht sie ins Bad, um ihn auszuwaschen.

Meredith nutzt die kurze Zeit von Isobels Abwesenheit und sagt leise: »Übertreib es nicht! Du gehst zu weit!«

»So wie du es immer getan hast«, erwidert Claire, geht zum Sideboard und schenkt sich einen großzügig bemessenen Whiskey ein.

»Lass das!«, verlangt Meredith.

»Du kannst nichts mehr anordnen«, verkündet Claire nach einem tiefen Schluck aus ihrem Glas. »Ich habe viel zu oft auf dich gehört. Es war nicht immer …«

»Was ist ›nicht immer‹?«, will Isobel wissen, die, ohne dass es Claire oder Meredith bemerkt haben, zurückgekehrt ist.

»Nichts!«, sagen Claire und ihre Mutter wie aus einem Mund.

St. Moritz, 2022

»Und das war das letzte Mal, dass ich sie gesehen habe«, bedauert Isobel mit leiser Stimme.

»Was ist denn mit ihr geschehen?«, will Karen wissen.

Isobel braucht eine Weile, ehe sie aufsteht, sich neben den Couchtisch beugt und mit sicherer Hand eine Ausgabe ihres geliebten Hochglanzmagazins herauszieht.

»Lesen Sie. Seite zweiunddreißig. Ich sehe Sie morgen wieder.«

Als sie in Richtung ihrer Privaträume geht, scheint sie gebückter als sonst, als trüge sie eine schwere unsichtbare Last.

Karen öffnet neugierig die Ausgabe von 1978. Rasch blättert sie die Seiten um, bis zu der genannten Seitenzahl. Als sie die aufschlägt, hält sie unwillkürlich den Atem an.

Sie blickt auf das doppelseitige Foto, das ein beeindruckendes Schloss zeigt, daneben ist Claire abgebildet in einem Traumkleid mit bodenlangem ausgestelltem Rock, ein Kleid zum Repräsentieren.

Ein Eindruck, der noch durch die schräg über ihren Oberkörper verlaufende lila Schärpe verstärkt wird, ein adliges

Hoheitszeichen, welches von einem Orden am Oberteil befestigt ist.

Auf dem Dekolleté, das aus der Korsage herausragt, schmiegt sich eine glamouröse Kette mit vollkommenen Saphiren, von Brillanten umrahmt, an ihre nackte Haut, die Ohrgehänge sind passend dazu gearbeitet. Über einem Handschuh, der bis über den Oberarm reicht, trägt sie zwei breite funkelnde Armreifen, die allein sicher ein unfassbares Vermögen wert sind.

Auf ihrem Kopf ein Diadem, dessen Diamantenzacken hoch über der Mitte ihres Scheitels hinausragen. So beeindruckend ihre Aufmachung auch ist, Karen ist viel faszinierter von dem Ausdruck ihrer großen tiefblauen Augen, der Blick ist überheblich und ja: trotzig.

Erst jetzt liest sie die Überschrift:

DIE DUCHESS, DIE IHREN LIEBHABER ERSCHOSS

Karen ist wie vor den Kopf gestoßen. Und kann kaum erwarten, sich in den Aufmacher mit der reißerischen Überschrift zu vertiefen. Doch bevor sie beginnt, den Artikel zu lesen, überfliegt sie die Textzeilen zu den vielen Fotos.

Das also ist Wolston Manor, das Schloss in Buckinghamshire, in das Meredith ihre Tochter nach der glanzvollen Hochzeit begleitet hat. Es wird in dem Text als ein großartiges viktorianisches Bauwerk, eine Perle Englands, beschrieben. Unter dem großen Foto von Claire steht, dass sie 1957 als Claire Eliza Forster, ein »Golden Child« ihrer Generation, die Erbin der reichsten Industriellen-Familie in den Staaten ist, die viel beneidete Ehefrau von Stanley Anthony, 8. Duke of Douglas-Drummond, beim glanzvollsten Event des Jahrzehnts wurde, die Ehe jedoch zwei Jahre später bereits geschieden wurde.

»Was?«, ruft Karen in den leeren Salon. Geschieden? Nach nur zwei Jahren? Aufgeregt blättert sie in dem vier Seiten umfassenden Artikel weiter.

Wer ist der Liebhaber, den sie erschossen hat?

Die Buchstaben verschwimmen fast vor ihren Augen, so rasch will sie die ganze Story lesen. Zunächst wird noch einmal von der reichsten Erbin erzählt, Karen überschlägt die nächsten Abschnitte. Die Bilder der Hochzeit hat sie bereits bei der nächtlichen Filmvorführung gesehen, auch die Beschreibung von Claires Schönheit kann sie sich sparen, die hat sie zur Genüge von deren schwärmerischen jüngeren Schwester hymnisch beschrieben bekommen.

Warum aber die schnelle Scheidung? Das Magazin spekuliert, dass sie untreu gewesen sei, denn mit diesem Argument ist der Duke seinerzeit vor Gericht gezogen. Somit sei Margaret auch nicht seine Tochter. Seine Vorwürfe reichten damals als Scheidungsgrund für den Richter, aber für die Duchess Claire sei es ein überaus demütigendes Verfahren gewesen.

Dieser Abschnitt des Berichts ist mit einem Foto von Claire dokumentiert, als sie gerade aus dem Gerichtsgebäude tritt, eingehüllt in einen pompösen Pelzmantel und krampfhaft versuchend, dessen breiten Kragen als Schutzschild gegen die aufflammenden Blitzlichter der Fotografen zu benutzen. Auf dem Kopf hat sie einen breitkrempigen weichen Filzhut tief ins Gesicht gezogen und wohl gehofft, nicht zu erkennen zu sein. Doch die Fotografen haben ganze Arbeit geleistet und den Fokus auf ihre tränengefüllten Augen gerichtet.

Ein Bild des Jammers.

Mittlerweile verschlingt Karen atemlos den akribisch recherchierten Artikel, der das weitere Leben der »gefallenen Duchess«, wie sie in der Skandalpresse tituliert worden ist, aufdeckt.

Claire wollte sich nicht mit dem Ende ihrer Ehe abfinden und verklagte den Duke auf Herausgabe von Schmuckstücken, die ihr Vater ihr geschenkt hatte, persönlichen Dokumenten, auf Teile der gigantischen Mitgift von zweihundert Millionen Dollar, doch der Ehevertrag, den die Anwälte des Dukes vorlegten, ließen sie leer ausgehen. Claire wurde eine tragische Figur auf den unzähligen Partys, zu denen sie nach ihrer Rückkehr in die Staaten eingeladen wurde.

Die adlige Gesellschaft Englands hatte sie dagegen aus ihren Kreisen kategorisch ausgeschlossen, niemand wollte mehr etwas mit ihr zu tun haben.

Umso wichtiger wurde für sie, so das Magazin, das Aufsehen auf den internationalen Glamour-Events, bei denen sie auf die Nennung ihres Titels pochte, den ihr der Duke aberkannt hatte. Sie beharrte jedoch auf der Anrede »Ma'am«, außerdem durfte sie nicht angesprochen werden, bis sie selbst das Wort an jemanden richtete.

Doch im Laufe der Jahre, berichtet das Magazin gnadenlos, musste sie erfahren, dass sie nicht mehr die Sensation auf den Partys, Bällen, Pferderennen und Oscarverleihungen in Hollywood war. Dass sie immer noch erzwingen wollte, jeder im Raum müsste sich, der aristokratischen Etikette folgend, ehrerbietig erheben, wenn sie erschien, ließ sie endgültig zu einer bizarren Figur werden.

In den folgenden Jahren wurde sie nie ohne ein Whiskey-Glas in der einen und einer Zigarette in der anderen Hand gesehen, Nacht für Nacht tanzte sie hemmungslos in den Nachtclubs, die sie mit wechselnden Begleitern besuchte, um gegen Morgen an ein Klavier gelehnt Songs aus Musicals zum Besten zu geben. »Nicht immer mit der richtigen Intonation«, wie ein Insider dem Magazin verriet.

Und dann kam die Nacht im August 1976, als sie Frank Tubbs, einen Barpianisten, erschoss.

Die ehemalige Duchess habe den Sommer auf dem Anwesen ihrer Familie mit ihrem Liebhaber verbracht, sei nachts von einem Geräusch aufgewacht, habe die Schrotflinte gegriffen, sei durch das dunkle Haus geschlichen und habe im Schein der Außenlaterne eine Gestalt erblickt, der sie ins Gesicht geschossen habe.

Frank Tubbs sei sofort tot gewesen. Claire habe ausgesagt, dass der Schuss sich ohne ihr Zutun gelöst habe, da sie so voller Angst gezittert habe, denn in den vergangenen Wochen sei in vielen Villen der Umgebung eingebrochen worden.

Die Polizei habe ihr jedoch nicht geglaubt, denn Bekannte des Paares hätten angegeben, dass sich das Paar pausenlos gestritten habe und sich der sechzehn Jahre jüngere Geliebte von ihr habe trennen wollen.

Karen blättert gespannt um.

Als der zuständige Staatsanwalt sich vorbereitete, Anklage zu erheben, hatte die Mutter der Ex-Duchess fünf der besten Anwälte Amerikas angeheuert, die es tatsächlich bei der Anhörung schafften, Zweifel an ihrer Schuld zu säen, einmal sogar behaupteten, der Mann sei kokainsüchtig gewesen und habe sich selbst umgebracht.

Karen schaut sich das Foto von Claire bei der Anhörung vor Gericht an. Dort kann sie ihr Gesicht nicht verbergen. Sie sieht erschöpft aus, ist hagerer als auf früheren Aufnahmen, aber ihr Blick, so empfindet es Karen, ist immer noch voller Arroganz und Trotz.

Der Richter entschied schließlich zu ihren Gunsten, das Ganze sei ein tragischer Unfall gewesen.

Danach, so heißt es weiter, reiste Claire Forster rastlos durch die Welt, kaufte überall wahllos große Anwesen, um sofort wieder abzureisen. Lebte, wenn sie in den Staaten war, nur noch in Luxushotels, am längsten residierte sie im New Yorker »Plaza«.

Jetzt erst stößt Karen im letzten Absatz auf den Grund für die Berichterstattung. Dort liest sie: »Die Frau, die alles im Leben zu haben schien, Schönheit, Anmut, als Erbin des weltweit größten Vermögens unermesslichen Reichtum, starb am 1. August einsam in ihrer Suite im Hotel Plaza im Alter von zweiundvierzig Jahren. Die Polizei schließt ein Fremdverschulden aus.«

Nach einer unruhig verbrachten Nacht klemmt sich Karen das Hochglanzmagazin unter den Arm und kann den ersten starken Kaffee im Esszimmer kaum erwarten. Überrascht stellt sie fest, dass Isobel, ganz gegen ihre Gewohnheit, sie bereits dort erwartet.

Als Heather das Hochglanzmagazin auf dem Tisch sieht, schaut sie kurz zu ihrer Herrin. Ganz sicher ist sie nicht einverstanden, dass Karen nun in das Schicksal von Claire eingeweiht ist.

Doch Isobels Aufmerksamkeit ist nur auf Karen gerichtet, die dankbar den ersten Schluck des heißen Getränks die Kehle herunterlaufen lässt.

Erst dann nimmt sie Augenkontakt zu Isobel auf und registriert sofort, dass sie diesmal eine platinblonde Kurzhaarperücke gewählt hat, die mit unzähligen Löckchen und Wellen wie aufgeplustert wirkt. Für Karen die typische Frisurenexplosion der Achtzigerjahre.

Vor Isobel steht ein Teller des kostbaren chinesischen Porzellans auf dem Esstisch, darauf ein angebissenes Croissant. Die Abkehr von ihrem normalen Verhalten ist wie ein Symbol für die völlig veränderte Situation zwischen ihnen beiden, die Karen als eine Art Gleichstand wertet. Sogar die Tatsache, dass Isobel heute Morgen den schwarzen Hausanzug trägt, in dem Karen sie kennengelernt hat, scheint wie ein Beweis für einen

Neustart in ihrer Beziehung. Und für Karen die Möglichkeit, Fragen zu stellen, die der Artikel nicht beantwortet hat: »Isobel, hat sich Claire umgebracht?«

Die alte Frau schüttelt so energisch den Kopf, dass die Löckchen der Perücke hin und her wackeln. »Nein, sie hat sich in der Dosierung ihrer Schlaftabletten vertan. Es war ein Unfall.«

Schon wieder einer, denkt Karen sarkastisch, wie der Schuss auf den Liebhaber.

Doch sie wird Isobel nicht von dieser Schutzbehauptung abbringen, dessen ist sie sich sicher, deshalb will sie wissen: »Warum wird ihre Tochter Margaret in dem Artikel nicht erwähnt?«

»Mummy hat vor der Veröffentlichung mit dem Herausgeber telefoniert. Eigentlich wollte sie unbedingt das Erscheinen verhindern. Und unsere Anwälte haben alles in ihrer Macht Stehende versucht, aber Claire war aufgrund ihres herausragenden Lebens eine, wie hieß es noch, eine Person des öffentlichen Lebens ...«

Sie war die Skandalfrau des Jetsets, korrigiert Karen in Gedanken.

»Aber Mummy hat wenigstens erreicht, dass Margaret nicht erwähnt wird.«

»Wissen Sie denn, was mit ihr passiert ist?«

»Nein, und deshalb brauche ich Sie, Carey. Finden Sie Margaret. Ich habe längst beschlossen, meine Nichte soll mein ganzes Vermögen erben.«

Karen wedelt so heftig mit ihren Händen, dass sie beinahe ihre Tasse umwirft. »Nein, nein, Isobel, das ist ausgeschlossen. Das kann ich nicht ...«

»Doch«, beharrt Isobel. »Deshalb sind Sie doch hier. Sie haben es geschafft, trotz aller Verbote zu mir zu kommen.«

Oh Gott, schießt es Karen durch den Kopf, nicht wieder dieses Argument. Wäre sie doch bloß nie auf die Suche nach dieser blöden neunten Etage gegangen.

»Isobel«, drängt sie in beschwörendem Ton. »Beauftragen Sie die besten Privatdetektive in allen möglichen Ländern. Die können so was, sind dafür ausgebildet und haben Möglichkeiten, die ich nie hätte ...«

»Carey, lassen Sie mich nicht im Stich. Ich will auf keinen Fall, dass Fremde eingeweiht werden und sich mit all dem beschäftigen. Mir reichen schon die Anwälte, die zu viel von unserer Familie wissen. Wie sollte ich einen Wildfremden oder mehrere damit beauftragen? Die Gefahr wäre viel zu groß, dass es publik wird und sich plötzlich die Medien auf die Suche nach Margaret machen. Zu Ihnen habe ich Vertrauen und, please, listen, ich zahle Ihnen, was Sie wollen!«

Entsetzt weist Karen dieses Angebot zurück. Sie will auf keinen Fall Kapital aus dem unglücklichen Leben einer alten Frau schlagen, Milliardärin hin, Milliardärin her.

Sie ist mit dem Gehalt, das im Vertrag mit The Golden Mountain vereinbart worden ist und das weiterhin fließt, hochzufrieden.

Aber Isobel gibt nicht auf. Sie insistiert: »Carey, Claire und ich wurden von klein auf von der Öffentlichkeit verfolgt. Wir waren die ›Golden Girls‹, die jeder beneidete. Wir konnten nie einen Schritt unternehmen, ohne dass die Presse uns verfolgt hat. Und auch später waren Mummy und ich immer auf der Flucht vor den Paparazzi, die unvorteilhafte Fotos von uns schießen wollten. Es war ein Spießrutenlauf. Ich will nicht wieder leiden. Helfen Sie mir!«

Karen ringt mit sich, dann stellt sie die Frage, die ihr schon lange auf den Nägeln brennt: »Haben Sie all die Jahre wirklich immer mit Ihrer Mutter zusammengelebt? Warum? Sie haben mir doch erzählt, wie unerbittlich hart sie zu Ihnen war.«

»Ich hatte nur sie. Sie war meine Mummy!«

»Hat sie Ihnen denn geholfen ... wegen ... Max?«

Isobel lässt den Kopf sinken. »Das war nicht möglich. Wenn ich den Namen aussprach, verließ Mummy immer den Raum.«

Später weiß Karen nicht mehr ganz genau, ob es diese Schilderung gewesen ist, die sie dazu gebracht hat, dem Wunsch einer Frau nachzugeben, die selbst noch im hohen Alter Angst davor hat, dass Details aus dem Leben einer dysfunktionalen Milliardärsfamilie wieder publik gemacht werden könnten.

Meredith Ann Forster hat ganze Arbeit geleistet.

ZWEITER TEIL

Buckinghamshire, 2022

Die Fahrt scheint endlos lang zu dauern. Beim Blick aus dem Fenster ihres Taxis wechseln Dörfer und Landschaften in stetigem Wechsel. Jetzt bedauert Karen, dass sie auf dem Flug nach London Heathrow nicht doch ein Sandwich gegessen hat. Ihr Magen knurrt.

Seufzend nimmt sie noch einmal die mitgebrachten Unterlagen aus ihrer geräumigen Handtasche und überfliegt die Informationen.

»Wolston Manor, eines der schönsten Schlösser Englands. Immer noch im Privatbesitz, in den Fünfzigerjahren aufwendig restauriert, die maroden Seitenflügel von Grund auf renoviert … das gesamte Gebäude mit modernen Heiz- und Elektrizitätsanlagen ausgestattet … die bunten Glasfenster wurden von … die Liebe der Douglas-Drummonds zu ihren Hunden symbolisieren deren Büsten auf den handgedrechselten Geländern … Wolston Manor besitzt mehr als einhundertachtzig Zimmer und vier mit spektakulären Tapisserien geschmückte Ballsäle … der 9. Duke of Douglas-Drummond lebt überwiegend in seinem Stadtpalais in London. Ein großer

Teil des Schlosses ist seit den Siebzigerjahren der Öffentlichkeit zugänglich gemacht worden. Die Prachträume können für Hochzeiten, große Events oder Tagungen gemietet werden, außerdem finden regelmäßig Dreharbeiten für Filme und TV-Serien statt. Die Führungen durch das Schloss sind äußerst begehrt. Wolston Manor ist längst zu einem der beliebtesten Ausflugsziele Englands geworden. Inzwischen ist ein Teil des Schlosses, das als eine Perle unter den Prachtbauten des Landes gilt, als Hotelbetrieb eröffnet worden. Zur Zimmerbuchung gehört eine private Führung, ein Vier-Gänge-Dinner, Frühstück in einem der edel dekorierten Kaminzimmer.«

Karen schaut hoch. Auf dem Dorfschild, das sie passieren, liest sie »Intwich« und der Taxifahrer ruft ihr gleichzeitig zu, dass sie kurz vor ihrem Ziel sind.

Gerade hat Karen noch einmal gelesen, dass Intwich zum Schlossbesitz gehört. Aufgeregt versucht sie, durch die Trennscheibe vom Fahrer zu schauen, sie möchte den Moment nicht verpassen, an dem sie zum ersten Mal den Besitz erblickt, auf dem einmal so viel Hoffnungen gelegen haben, die zu Kummer und Leid geworden sind.

Doch sie sieht nur sanfte Hügel und Grasflächen mit dem satten tiefgrünen Farbton, der für England typisch ist.

Erst als sie sich wieder gegen die Rückenlehne fallen lässt, taucht plötzlich der Turm mit seiner runden Uhr auf, deren rundum verlaufende Goldstreifen in der Sonne glänzen.

Als ob eine unsichtbare Kraft sie nach vorne zieht, richtet sich Karen wieder auf und erkennt Dächer mit einem gezackten Steinrand. Jetzt nimmt sie Fensterreihen wahr, dann die hohen Rundbögen, die von mehrsprossigem Glas zerteilt sind, erkennt die beiden Seitenflügel des mächtigen Schlossbaus, die ebenfalls von spitzgiebligen Türmen gekrönt werden, dann erspäht sie den wie ein Baldachin gemauerten Eingang.

Schloss Wolston Manor.

Karen ist angekommen.

Das Taxi hält vor den zwei Eisenflügeln des Haupteingangs, dem sich eine breite, gewundene kiesbedeckte Auffahrt anschließt.

Obwohl das massive Eisentor offen steht, wartet der Fahrer ab.

Erst als ein Bediensteter in einer Uniform, bestehend aus einer schwarzen Hose, einem weißen Hemd und einer Weste, bedruckt mit goldenen und schwarzen Streifen, aus einem Nebeneingang tritt und das Zeichen zur Vorfahrt des Taxis gibt, setzt sich das Auto in Bewegung.

Karen schaut immer noch auf den Diener, auf dessen Weste das Emblem des Hauses prangt. Karen hat es schon im Internetauftritt des Schlosses gesehen: zwei hoch aufgerichtete Doggen, die gegen eine Ritterrüstung lehnen, die mit unterschiedlichen Abbildungen von Fahnen und Hoheitszeichen geschmückt ist.

Während das Fahrzeug langsam am Schlossportal vorbei zu einem Nebeneingang rollt, beugt sich Karen vor und schaut an dem Gebäude hoch. Als sie hinter einem der Fenster einen Schatten zu erkennen glaubt, läuft ihr ein Schauder über den Rücken. Sie stellt sich vor, es wäre Claire, die den Vorhang beiseiteschiebt und nachschaut, wer vorfährt.

Der Fahrer unterbricht ihre Vision: »Wir sind da!«

Karen zuckt zusammen, schaut rasch auf das Taxometer, bezahlt und bittet den Fahrer um eine Quittung. Sie hat mit Isobel vereinbart, dass sie alle Spesen, die bei ihrer Suche nach Margaret anfallen, sammelt und ihr eine akribisch aufgelistete Rechnung vorlegen wird.

Trotz Isobels heftigem Protest hat Karen auf diesem Prozedere bestanden und Isobels Vorschlag, ihr einfach eine Top-Kreditkarte mit unbegrenztem Limit einzurichten, kategorisch abgelehnt.

Der livrierte Diener steht längst neben der Taxitür und scheint sich zu wundern, warum sie so lange braucht.

Rasch gibt sie ihm zu verstehen, dass er die Tür öffnen kann, und steigt aus. Er verbeugt sich vor ihr, nimmt dem Fahrer ihr Gepäck ab und bittet sie, ihm zu folgen.

Karen tritt durch die offen stehende Eingangstür und für einen ganz kurzen Moment erinnert sie sich wieder an den ersten Tag im The Golden Mountain, der ihr Leben auf den Kopf gestellt hat.

Doch sie wird abgelenkt, denn in diesem Augenblick kommt ihr der Chef-Concierge des vielfach ausgezeichneten Hoteltraktes im Schloss Wolston Manor entgegen. Überaus freundlich führt er sie zur Rezeption, die aus einem breiten, kunstvoll geschnitzten Holzbrocken besteht, der sicher früher eine andere Verwendung hatte.

»Sie sind Miss Hauser, richtig?«

Karen bejaht.

»Sie wollen drei Tage bleiben.«

»Ja, ich weiß noch nicht so genau, wie lange es dauert.«

»Was dauert, wenn ich fragen darf?«

»Mein Urlaub«, behauptet Karen. »Gäbe es denn die Möglichkeit, dass ich bei Bedarf verlängere?«

Der Concierge wiegt seinen Kopf hin und her. »Das wird schwierig. Wir sind ausgebucht.«

»Das habe ich nicht bedacht«, gibt Karen kleinlaut zu, denn sie ist viel zu eingespannt in ihre ersten Recherchen nach Margarets Verbleib gewesen, weshalb sie überhastet gebucht hat.

Der Concierge scheint ihre Enttäuschung zu spüren, denn er tröstet sie: »Aber es kommt immer mal wieder vor, dass ein Gast kurzfristig absagt. Und dann werde ich Sie sofort informieren.«

Mit einem Lächeln will sich Karen gerade bei ihm bedanken, als sie plötzlich etwas Kaltes an ihrer Wade spürt.

Jetzt ist das Déjà-vu vollkommen. Sie wirbelt herum und glaubt für den Bruchteil einer Sekunde wirklich, sie wäre zurückgeschleudert ins The Golden Mountain, doch sie erblickt diesmal keinen Kevin Haller mit sechs Hunden vor sich, sondern einen groß gewachsenen Mann, der im selben Moment ruft: »Ella! Nicht!« Er schaut Karen entschuldigend an: »Sorry!«

Ella ist ein schwarzer Labrador, der sofort auf das Kommando reagiert und zu seinem Besitzer läuft. Der geht auf Karen zu und streckt seine Hand aus: »Ella ist einfach zu neugierig. Und ich bin es auch. Ich darf Sie im Hotel von Wolston Manor sehr herzlich begrüßen. Ich hoffe, Sie werden Ihren Aufenthalt hier genießen.«

Karen stellt sich vor: »Ich bin Karen Hauser.«

»Ah, die Dame aus der Schweiz.« Sein Lächeln erreicht seine Augen. »Was führt Sie zu uns?«

Jetzt will Karen erst einmal wissen, mit wem sie es zu tun hat. Ist er der Direktor des Hotels?

»Und Sie sind …«, beginnt sie und ihre Hand bleibt in der Luft hängen, als sie hört: »George Douglas-Drummond.«

»Sie sind … ähm, der Duke? Sind Sie der Schlossherr?«

»Nein!«

Karen stellt fest, dass sich neben seinen Mundwinkeln jeweils eine Falte bildet, wenn er so offen wie jetzt lacht.

»Nein, ich bin nur der Bruder. Und eigentlich habe ich auch mit unserem Hotel nichts zu tun, aber gelegentlich helfe ich aus.«

Karen empfindet seine Präsenz als wunderbar unaufgeregt ohne eine Spur von Arroganz oder Dünkel. Sein dichter schwarzer Haarschopf ist lässig zurückgekämmt, sein schmales Gesicht weckt Vertrauen, sein Outfit aus einer schwarzen Stoffhose, einem gelben Pullover, aus dem der weiße

Hemdkragen herausragt, und den Sneakern ohne Strümpfe verströmt das Flair von aristokratischem Stil, ohne den Hauch von Manierismen zu zeigen.

Zu Karens Entsetzen ist in der entstandenen Stille das Knurren ihres Magens so laut und deutlich zu hören, dass Ella aufmerksam den Kopf zur Seite neigt.

»Oje«, versucht sich Karen aus der peinlichen Situation zu retten. »Das ist mir jetzt aber sehr unangenehm. Aber ich habe heute noch nichts wirklich gegessen.«

»Dann müssen wir aber sofort Abhilfe schaffen.«

»Vielleicht könnte ich ja Ihre Wildpastete genießen, die so angepriesen wird«, schlägt Karen vor und hofft tatsächlich, gleich in den Genuss der Spezialität zu kommen.

Wieder zeigt Georges Gesicht ein breites Lächeln. »Die Wildpastete wäre da jetzt auf jeden Fall die richtige Wahl«, befindet er, doch Karen bemerkt, dass der Concierge zu ihrer Linken versucht, mit Handzeichen auf sich aufmerksam zu machen.

»Fitzpatrick, was ist?«

Der windet sich jetzt. »Das tut mir sehr leid. Aber die Dame hat unsere Spezialität nicht für den Tag ihrer Anreise gebucht.«

Das Lächeln auf Georges Gesicht verschwindet, doch seine verbindliche Art bleibt. »Da werden wir schon eine Lösung finden …«

»Nein, nein«, unterbricht ihn Karen. »Ich bin selbst im Hotelgewerbe tätig. Und ich weiß sehr genau, wie es den Betrieb stören kann, wenn jemand mit Extrawünschen daherkommt. Lassen Sie nur!«

George hat während ihrer Erklärung interessiert eine Augenbraue gehoben. »Sie sind vom Fach?«

»Ja«, bestätigt Karen. »Aber im Moment mache ich … aber ja, ich bin …« Sie wundert sich selbst über ihre Auskunftsfreudigkeit, doch der Blick, den George auf sie richtet, umhüllt sie wie ein warmer Umhang. Warum soll sie sich nicht stolz zu ihrem Job bekennen?

»Ich bin VIP-Betreuerin im The Golden Mountain in …«

»St. Moritz«, ergänzt er beeindruckt. »Das ist ja fantastisch. Ein wunderschönes Hotel, ein Prachthaus.«

Immer noch stehen sie sich gegenüber und Ella blickt aufmerksam von einem zum anderen.

Fitzpatrick, der Concierge, bemüht sich angestrengt, den Eindruck zu erwecken, als ordne er beiläufig Unterlagen, aber Karen ist sicher, dass er das Gespräch aufmerksam verfolgt.

Jetzt richtet George das Wort an ihn: »Fitzpatrick, wir sind ein nobles Fünf-Sterne-Hotel und haben hier eine Dame, die mit noch noblerem Surrounding vertraut ist, da werden wir uns doch wohl eine Extraportion Mühe machen, um unserer typisch britischen Gastfreundschaft zu entsprechen. Und wenn ich die Wildpastete selbst zubereiten muss, Miss …«

»Karen Hauser«, hilft sie ihm aus der Verlegenheit, ihren Namen nicht mehr präsent zu haben.

»Miss Karen bekommt jetzt genau das, worauf sie Appetit hat. Folgen Sie mir bitte!«

Mit einer eleganten Handbewegung weist er Karen den Weg zu einem Kaminzimmer und Karen hört am Trippeln von Ellas Pfotennägeln, dass sie sich anschließt. Sie lässt ihren Herrn nicht eine Minute aus den Augen.

Nach anderthalb Stunden sitzen George und Karen immer noch zusammen. Wie durch ein Wunder hatte er es geschafft, dass die Spezialität doch serviert wurde, und Karen ist heißhungrig über die Köstlichkeit hergefallen. Oft hat sie ganz ungeniert mit vollem Mund gesprochen und es tut ihr gut, dass sie völlig unbeschwert von sich und ihren Erfahrungen im Hotelgewerbe erzählen kann. Immer wieder tauchen die beiden Falten neben den Mundwinkeln auf, denn er hört ihr amüsiert zu.

Und einmal tippt er mit dem Finger an den Mund, was sie schließlich als diskreten Hinweis darauf versteht, dass ein kleiner Rest von Pastete an ihren Lippen klebt. Mit einem verlegenen Lächeln hat sie ihn mit der Serviette abgewischt und sich ermahnt, nicht ganz so gierig zu essen.

Sie fühlt sich so befreit wie seit Langem nicht mehr und realisiert, dass ihre Rolle als Zuhörerin von Geschehnissen aus dem Leben ihrer Auftraggeberin sie viel Kraft gekostet hat und vor allem die Dunkelheit der Gedanken Isobels auch ihre Stimmung beeinträchtigt hat. Eigentlich ist sie ein positiv denkender Mensch. Tragik und Trauer hat sie lieber aus der sicheren Entfernung von den Schicksalen anderer in ihren Büchern wohldosiert an sich herangelassen.

Schließlich fühlt sie sich so wohl, dass sie George nach Claire und Margaret fragen will, doch als sie sich zurechtlegt, wie sie es formulieren soll, wird George vom Concierge gebeten, sich eines Problems anzunehmen, das keinen Aufschub duldet.

George entschuldigt sich förmlich, und als er geht, heftet sich Ella sofort an seine Fersen, doch bevor sie aus Karens Blickwinkel verschwindet, wendet sie noch einmal kurz ihren hübschen Kopf zu Karen.

Sie weiß selbst nicht, warum, aber sie winkt der Hündin kurz zu und hofft, dass niemand ihre spontane Geste beobachtet hat.

Sie bleibt noch dreißig Minuten an Ort und Stelle, in der Hoffnung, dass beide, George und Ella, zurückkehren, doch sie bleiben verschwunden und Karen fühlt eine unerwartete Enttäuschung in sich aufsteigen.

Am nächsten Morgen erschrickt Karen, als es an ihrer Tür klopft, die kurz darauf von einem Hausmädchen geöffnet wird, das Karen begrüßt, während es diskret wegschaut. Sie stellt das Tablett mit dem frisch aufgebrühten Tee auf den Nachttisch, geht zum Fenster und öffnet die Vorhänge, ehe sie wortlos wieder verschwindet.

Karen kommt sich vor wie eine Adlige, die von unsichtbaren guten Geistern rund um die Uhr bedient wird.

Als sie den Tee probiert, ist sie sicher, noch nie eine so aromatisch schmeckende Sorte getrunken zu haben, und nimmt sich vor, auch in Zukunft von ihrem üblichen Morgenkaffee-Ritual hin und wieder abzurücken.

Während sie die Tasse leert, schaut sie sich noch einmal in dem Zimmer um, in das sie gestern Abend geführt worden ist.

Die Wände, die über dem Fenster einen Vorsprung bilden, sind mit einer beigen Tapete bedeckt, auf denen ein hellblaues Dekor eine anheimelnde Atmosphäre verströmt. Die Raffvorhänge sind aus einem identisch bedruckten Stoff, ein Sekretär mit vier schmalen Schubladen steht ihrem Bett gegenüber, eine zweisitzige stoffbezogene Bank lädt davor zum Sitzen ein. Der Sessel in einer Ecke hat eine hohe gepolsterte Lehne und man merkt dem Interieur an, dass es luxuriös, aber mit dem Sinn für Behaglichkeit ausgesucht worden ist.

Karen richtet sich in dem bequemen Bett auf und schaut in den Spiegel, der über dem Sekretär hängt. Sofort beschließt sie, sich die Haare zu waschen, und geht in das anschließende Badezimmer, in dem eine frei stehende antike Kupferbadewanne steht, zwei Waschbecken aus roséfarbener Keramik an den Wänden hängen und eine Dusche eingebaut worden ist, die mit einem üppigen, an der Decke befestigten Vorhang abgetrennt ist.

Ein Badezimmer für eine Lady.

Karen ist froh, dass sie einen Kleidersack mitgenommen hat, in dem unter anderem ein blauer Hosenanzug steckt, der so auf der Reise nicht zerknittert worden ist.

Sie zieht ein weißes Top darunter an, föhnt ihre nassen Haare, beschränkt ihr Make-up auf das Nötigste und legt ihre goldenen Kreolen an, die sie in einem Schälchen auf dem Nachttisch deponiert hat.

Noch einmal überprüft sie kurz ihr Äußeres, und während sie das tut, ermahnt sie sich streng, dass sie nicht zum Urlaubmachen nach Buckinghamshire gereist ist, sondern um den Wunsch einer alten Frau zu erfüllen.

Als sie die Treppe herabschreitet, fällt ihr Blick auf die Hundebüsten auf den Absätzen der gedrechselten Geländer, die wirklich von der außergewöhnlichen Liebe früherer Hausherren zu ihren Tieren zeugen. Das Treppenhaus ist rot getüncht und die Kronleuchter tauchen das Ambiente in einen warmen Glanz, der noch von den Sonnenstrahlen, die durch die hohen Fenster fallen, unterstützt wird.

Ein Hausdiener in Livree nimmt sie sofort in Empfang und weist ihr den Weg zu einem anderen Kaminzimmer, in dem sie an einem separaten Tisch ein Frühstück serviert bekommt. Zu ihrer eigenen Überraschung ordert sie erneut einen Tee und nicht Kaffee. Sie hat sich schnell angepasst. Und noch etwas empfindet sie als sehr angenehm: Sie lebt nun schon seit längerer Zeit in einem Anwesen voll ausgesuchtem Luxus, doch merkwürdigerweise empfindet sie die Räumlichkeiten dieses Schloss-Hotels als angenehm unaufdringlich.

Sie schaut auf ihre Uhr und merkt, dass sie sich beeilen muss. Sie hat eine Privat-Tour durch das Schloss gebucht und ist gespannt, wie es auf sie wirken wird.

Als sie an der Rezeption ankommt, fragt sie die freundliche Empfangsdame, ob die Buchung geklappt hat.

»Aber natürlich, in …«, die junge Frau schaut auf das Ziffernblatt der Standuhr an der Wand, »… in genau fünf Minuten geht es los.«

Karen geniert sich ein bisschen, dass sie den Eindruck erweckt, sie wäre in Eile, denn sie bemerkt, dass ihre Armbanduhr tatsächlich fünf Minuten zu früh anzeigt.

In diesem Moment hört sie das Kratzen von Tierpfoten auf den Marmorfliesen und ihr Herz beginnt ein wenig schneller zu schlagen.

Als sie sich umdreht, kommt ihr Ella schwanzwedelnd entgegen, gefolgt von George.

Jetzt verflucht sie die Hektik, die sie gerade verbreitet hat, und wünscht sich, sie hätte ihre Ungeduld nicht so offen gezeigt. In diesem Moment möchte sie nichts lieber, als mit George plaudern.

Ohne dass sie darüber nachdenkt, zeigt sie ihm das auch sehr deutlich, indem sie sagt: »Ich habe eine Privatführung durch das Schloss gebucht. Und habe gar keine Zeit.«

»Ich weiß«, antwortet er lächelnd. »Und ich bin Ihr Guide.«

Karen spürt, wie die Röte ihr Gesicht überzieht, und wendet sich ab.

Doch George hilft ihr aus der Verlegenheit, indem er sich angelegentlich zu Ella herunterbeugt und hinter dem Ohr krault.

George verlässt mit ihr den Hoteltrakt und sie spürt den knirschenden Kiesbelag unter ihren Ballerinas, als sie zum Haupteingang gehen. Obwohl sie selbst mit einer Körpergröße von einem Meter siebzig nicht gerade klein ist, muss sie zu ihrem Begleiter emporschauen, er ist mindestens anderthalb Köpfe größer. Deshalb neigt er sich immer wieder zu ihr herab und sie nimmt einen angenehmen Duft wahr, der entweder auf sein herbes Parfum oder ein gut riechendes Aftershave schließen lässt.

»Wir fangen am besten mit einem der vielen Esszimmer an«, kündigt er an. »Ich habe mir eine kleine Tour ausgedacht, denn wenn wir einhundertachtzig Zimmer besichtigen wollten, wären wir Minimum eine Woche unterwegs.«

Ella läuft schon die vielen breiten Treppenstufen zum Haupteingang hoch, als wüsste sie sehr genau, was ihr Herrchen geplant hat.

Als sie die gigantische Empfangshalle betreten, fragt er: »Wollen Sie als Erstes die Gemäldegalerie mit den Reynolds oder Gainsborough-Werken sehen oder die Orangerie mit den Kunstwerken und Skulpturen, oder wollen wir mehrere der unzähligen Treppen des Hauses hochsteigen, damit Sie einen Blick über die Landschaftsgärten, den See und den Park bekommen, in dem Besucher ihre Picknicks abhalten dürfen?«

Karen schaut verdutzt zu ihm auf.

Mit einem schiefen Lächeln im Gesicht gesteht er: »Ich weiß gar nicht, was mit mir los ist. Normalerweise ziehe ich die Führungen professionell durch, aber Sie verwirren mich.«

»Aber ich habe doch gar nichts gesagt«, protestiert Karen lachend.

»Das ist es wahrscheinlich«, vermutet er. »Normalerweise bestürmen mich die Gäste mit Hunderten von Fragen.«

»Ich habe auch welche«, gesteht sie sofort.

»Dann fangen wir mit der ganz kleinen Tour an«, entscheidet George. »Und dann können wir in der schlosseigenen Destillerie einen Gin probieren, einverstanden?«

Karen nickt und George beginnt mit dem »Elizabeth Room«, einem unglaublich riesigen ausgeschmückten Raum, den sie eher als Saal bezeichnen würde, mit hohen mit Blindglas versiegelten Fenstern und golden verschnörkelten Wandteilern, an denen kostbare Leuchten befestigt sind.

Die gesamte Decke ist mit Fresken bemalt, dazwischen weiße Holzleisten, die das Goldmuster der Wände wiederholen. Die Möbel sind mit kostbarem Stoff bespannt, der sich auch auf den Sofas wiederfindet, die meterhohe Bibliothek mit unzähligen Buchausgaben ist auch an der Decke mit Holz getäfelt und raubt Karen schier den Atem.

Als George sie in eines der pompösen Schlafgemächer führt, die früher König oder Königin bei ihren Visiten im Schloss vorbehalten waren, erklärt er: »Dieses hier wurde als Drehort für einen Film genutzt.«

Die Abmessungen aller Innenräume sind so gigantisch, dass Karen schließlich ratlos fragt: »Wie lebt es sich in einem Schloss? Ich würde mich hier ganz verloren fühlen.«

»Wenn Sie hier aufgewachsen wären, würden Sie das anders empfinden. Wir waren nichts anderes gewohnt, bis wir in die Internate geschickt wurden. Da merkten wir dann schon, welche Welt wir bewohnten.«

»Haben Sie dann auch immer auf den riesig langen Gängen Verstecken gespielt?«

»Wenn mein Vater nicht da war, ja. Mit ihm gab es Ärger, wenn man nur in den Räumen rannte, statt zu gehen.«

Unterdessen sind sie in einem der Esszimmer angelangt, dessen unglaubliche Abmessungen an einen der Restaurantsäle im The Golden Mountain erinnert.

Fassungslos schaut sie auf den meterlangen Tisch in der Mitte des Raumes. »Wenn man sich hier gegenübersitzt, muss man ja schreien«, vermutet sie.

Und ist ganz verblüfft, als sie ihn sagen hört: »Das kann nicht passieren, denn man spricht nicht beim Essen in Anwesenheit von Dukes und Duchesses.« Es schwingt ein wenig Bitterkeit in seiner Bemerkung, aber das Lächeln, mit dem er sie dabei anschaut, mildert den Eindruck.

»Wissen Sie was?«, beginnt er jetzt. »Wir brechen hier ab, ich zeige Ihnen noch die Pferdeställe, in denen früher hundert Exemplare standen, die Gebäude, die wir bald zu Cottages umbauen. Ich will Sie ein wenig neugierig machen, was wir alles vorhaben. Vielleicht …« Hier unterbricht er sich und fährt dann mit etwas fort, was er wohl ursprünglich nicht geplant hatte: »Aber wir haben ja noch zwei weitere Tage, die Sie hier verbringen wollen, da werde ich Ihnen jeden Tag ein bisschen mehr vom Schloss präsentieren. Einverstanden?«

Karen nickt. Sie ist froh, dass sie Zeit hat, die Eindrücke zu verarbeiten. Es sind einfach zu viele und sie beneidet ihn um die Sicherheit, mit der er von Kindesbeinen an mit der unfassbaren Welt der Top-Aristokratie Englands vertraut ist.

Sie selbst fühlt sich förmlich erschlagen von Glanz und Glitter, von unfassbarem Reichtum und schier überbordender Opulenz.

Der Gang über Teile des Rasens, an Blumenrabatten vorbei, durch den wunderschönen Rosengarten, dem kunstvoll angelegten Labyrinth aus steinernen Ecken, Hecken und Rundbögen, zu den verlassenen Ställen bis zur Destillerie, wo George jeden Arbeiter mit Handschlag begrüßt, dauert mehr als eine Stunde, und als George ihr ein Glas mit eisgekühltem Gin kredenzt, ist sie so dankbar, dass sie das Getränk in einem Schluck hinunterstürzt.

»Hoppla«, sagt George lachend. »Sie wissen schon, dass das kein Wasser war.«

Karen versucht gerade, mühsam ihren Schluckauf zu unterdrücken, und gibt zu: »Das war nötig. Ich bin völlig beeindruckt von dem wie Sie meinen ›bisschen‹ Schloss, das Sie mir gezeigt haben, darauf musste ich einen kippen.«

George scheint hingerissen von ihrem unbefangenen Geständnis, füllt noch einmal ihr Glas. »Stopp, danke, das muss reichen! Sonst bekomme ich einen Schwips.«

Ella liegt entspannt auf dem Boden und döst nach dem langen Spaziergang, bei dem sie Fasane aufgescheucht hat und beinahe zwischen den Rabatten verschwunden wäre, wenn nicht George sie sofort mit einem verhaltenen Pfiff zurückbeordert hätte.

Jetzt dreht er sein Glas in den Händen und schaut Karen erst gar nicht an, als er gesteht: »Sie haben sich vielleicht gewundert, warum ich Ihnen die leeren Ställe gezeigt habe ...« Er lässt einen Moment verstreichen, ehe er den Grund enthüllt: »Was würden Sie davon halten, bei uns auf Wolston Manor zu leben?«

Jetzt zieht Karen verständnislos eine Augenbraue hoch, was ihn veranlasst, sofort abzuschwächen: »Also ich meine, ähm, zu arbeiten. In das Hotel-Team einzusteigen. Sie gehören zum VIP-Service in dem wohl glamourösesten Hotel der Welt. So ein Talent würde uns gut zu Gesicht stehen. Sie wären ein absoluter Gewinn.«

Karen schnappt nach Luft und weiß nicht, ob sein Jobangebot daran schuld ist oder der Gin, der immer noch ein wenig in ihrem Rachen brennt.

»Wollen wir uns in Ihrer Muttersprache unterhalten?«, spricht er plötzlich auf Deutsch weiter und erspart ihr so, ihm gleich auf sein unerwartetes Angebot antworten zu müssen. »Wenn wir das tun, könnten wir auch direkt zum Du übergehen – diesen so viel angenehmeren Unterschied zwischen Du und Sie gibt es im Englischen ja gar nicht.«

Karen kann ihre Überraschung nicht verbergen. Spontan stimmt sie zu und will gleichzeitig wissen, warum er so gut Deutsch spricht.

»Internate, Internate.« Er grinst. »Ich freue mich immer, wenn ich mich mit Gästen in ihrer Heimatsprache austauschen kann. Eine gute Übung!«

Karen ist ein wenig abgelenkt, denn sie weiß nicht, wie sie auf sein Angebot reagieren soll. Es schmeichelt ihr, doch sie ist vorsichtig, so einfach sieht ihr Leben im Moment nicht aus, als dass sie wirklich ihren persönlichen Wünschen nachgehen kann.

Deshalb ist sie in diesem Moment doppelt froh über seinen Vorschlag, sich auf Deutsch zu artikulieren, als sie ihn aufklärt. »George, ich bin nicht so frei, als dass ich ein solches Angebot einfach so annehmen könnte.«

Völlig überrascht fragt er dazwischen: »Du bist verheiratet?«

Die Sorge, die in seiner Stimme mitschwingt, macht sie komischerweise glücklich. »Nein, nein!«, entkräftet sie sofort seine Befürchtung. »Aber ich bin trotzdem nicht frei in meinen Entschlüssen.«

»Ein Freund?«, insistiert er. »Ein Fiancé?«

»Auch kein Verlobter.« Karen schüttelt so vehement den Kopf, dass ihr ein klein wenig schwindlig wird, was allerdings auch am hochprozentigen Alkohol liegen kann.

Schließlich fragt sie sich, warum sie ihn nicht einweiht. Er ist vielleicht ein Schlüssel zur Lösung ihrer Aufgabe, die sie übernommen hat.

Ein Schlüssel, immer ein Schlüssel, schießt es ihr durch den Kopf.

Doch sie schüttelt den Gedanken ab und berichtet ihm so kompakt wie nur irgend möglich von Isobel, deren unfassbarem Vertrauen in sie, die nun versuchen muss, das Unmögliche zu schaffen.

Als sie am Ende ihres Berichts angekommen ist, sitzt er ihr angespannt gegenüber. »Damit habe ich nicht gerechnet«, gibt er zu. »Ich dachte, du bist einfach ein Gast ...« Nachdenklich schaut er in sein leeres Glas. »Ich glaube, darauf muss ich noch einen Schluck trinken. Willst du auch?«

Karen schüttelt den Kopf und zeigt auf ihr halb volles Glas. »Ich habe noch.«

George nutzt offenbar den Augenblick, sich etwas Gin nach-zuschenken, um über das, was er gehört hat, nachzudenken.

Schließlich rettet er sich in einen Scherz. »Du bist also ein ›Private Eye‹. Ein, wie heißt es bei dir, ein Privatdetektiv?«

»Eben nicht«, bedauert Karen. »Wenn ich das wäre, wüsste ich, wie ich weiterkomme.«

»Aber warum bist du dann hierhergereist, zu uns?«

»Weil ich gehofft habe, hier eine Spur von Margaret zu fin-den. Vielleicht war sie ja mal hier.«

George blickt sie verständnislos an. »Warum sollte sie?«

»Um sich anzusehen, woher sie stammt.«

George schaut sie skeptisch an. »Wenn es stimmt, was du erzählt hast, war sie das Produkt eines Seitensprungs ihrer Mutter. So hat ja wohl mein Vater argumentiert. Dann wird sie doch nicht auf die Idee kommen, Wolston Manor zu besuchen.«

»Weißt du denn etwas von einer Margaret?«

»Nein! Und ich denke die ganze Zeit über etwas nach und weiß gar nicht, wie ich es dir sagen soll. In unserem Hausarchiv hat es in den Sechzigern gebrannt und ich weiß sehr genau – weil ich der Einzige in unserer Familie bin, der sich für die Historie des Geschlechts Douglas-Drummond interessiert –, dass der Jahrgang 1958 vom Feuer vernichtet wurde.«

Carmel-by-the-Sea/Kalifornien, 2020

Als der Summton der Türklingel ertönt, will Margaret nicht reagieren. Sie ist viel zu beschäftigt, als dass sie wissen möchte, wer vor ihrer Haustür steht. Derjenige wird ja wohl merken, dass ihn niemand hereinlassen wird.

Doch das nervige Summen hallt erneut. Als zum dritten Mal auf die Türklingel gedrückt wird, schiebt sie die vielen Papiere, die sie um sich gestapelt hat, beiseite und ärgert sich maßlos, als ein großer Teil davon auf den Fußboden segelt.

»Oh nein«, jammert sie und versucht noch, mit einer Hand nach Unterlagen zu greifen, doch sie gleiten zwischen ihren Fingern hindurch. Der Laut ertönt erneut und Margaret stapft wütend aus ihrem Zimmer und schaut durch das Guckloch der Haustür.

Vor sich sieht sie zwei Männer in Overalls, die jeweils einen Pappbehälter in der Form eines Umzugskartons tragen.

Margaret löst das Vorhängeschloss und öffnet die Tür einen Spalt.

»Madam, wir sind von dem Entrümpler-Service, den Sie beauftragt haben, Ihr Storage-Lager leer zu räumen.«

»Ja, und? Was wollen Sie dann bei mir?« Normalerweise ist Margaret nicht so unfreundlich zu Fremden, aber sie steckt bis zum Hals in Arbeit und kann sich keine lange Ablenkung leisten.

»Wir haben alles entsorgt, wie Sie es gewünscht haben, bis auf das hier«, meint der ältere der beiden Arbeiter.

»Was ist das?«, will Margaret wissen.

Der Mann deutet mit seinem Kopf auf die Anschrift, die auf dem Karton zu lesen ist.

Der Inhalt dieses Pakets scheint nicht zu schwer zu sein, denn er hält ihn immer noch in Händen.

Mit einem tiefen Seufzer erweitert Margaret widerwillig den Türspalt und beugt sich über den Deckel.

Sie liest ihren Namen und Adresse, aber erst als sie den Absender »Meredith Ann Forster, Palm Beach« wahrnimmt, dämmert ihr kurz, was sie vor sich sieht. Sie kann sich dunkel erinnern, dass die Post vor so vielen Jahren Wochen gebraucht hat, um sie ausfindig zu machen.

»Ist das von demselben Absender?«, fragt sie den zweiten Mann, der ebenfalls ein Paket hält und mittlerweile ganz verschüchtert zu Boden schaut.

Dass er zustimmend nickt, erkennt sie nur an der Auf-und-ab-Bewegung seines Käppis.

»Dann entsorgen Sie es einfach«, verlangt sie und will die Tür schon wieder verschließen. Doch der ältere Mann hindert sie daran, indem er eine Ecke des Pakets in die Türöffnung hält.

»Madam, wir haben ja alles entsorgt«, wiederholt er sich. »Aber diese Pakete wirken doch sehr persönlich. Wollen Sie sie nicht lieber aufbewahren?«

Nein, will sie nicht. Die Pakete sind vor mehr als dreißig Jahren bei ihr angekommen. Die Post hat damals sogar die Behörden eingeschaltet, um ihren Aufenthaltsort zu verifizieren. Natürlich, hat sie gedacht, wenn eine Meredith Ann Forster etwas verschickt, dann hat es anzukommen. Ihr langer Arm hat wirklich weit gereicht.

»Madam?«

Sie ist so in Gedanken versunken gewesen, dass sie die beiden Männer ganz vergessen hat. Jetzt tun sie ihr leid. Sie besinnt sich auf ihre Umgangsformen und sieht jetzt keinen anderen Ausweg, als die Pakete anzunehmen. Irgendwie ist es ja auch rührend, dass sich die beiden so viele Gedanken gemacht und dabei eklatant gegen die Erledigung ihres Auftrags verstoßen haben.

»Also gut, stellen Sie sie in den Flur hier.«

Die Erleichterung ist ihnen ins Gesicht geschrieben, als sie die Pakete endlich abstellen können. Der Kleinere der beiden geht noch mal heraus, um einen dritten Karton zu holen.

»Warten Sie«, fordert Margaret sie auf und greift nach ihrer Handtasche, die an einem Haken hängt.

»Nein, nein«, wehrt der Ältere ab. »Sie brauchen uns kein Trinkgeld zu geben. Wir haben das gern gemacht.«

Margaret steht noch einige Minuten sprachlos in der geöffneten Tür.

Sie hat noch nie erlebt, dass bei einer Lieferung kein Tipp erwartet worden ist.

Margaret hat diese Pakete längst vergessen. Und jetzt dämmert ihr, dass sie weiter hätte insistieren müssen, damit sie aus ihrem Leben verschwinden. Denn nun muss sie sich selbst darum kümmern, sie loszuwerden.

Wie ist es eigentlich noch mal dazu gekommen, dass sie sich überhaupt mit dem Inhalt des vor so langer Zeit angemieteten Lagerraums hat beschäftigen müssen?

Sie erinnert sich noch vage an den Anruf vor etlichen Wochen. »Sie wollen was?«, hat sie nachgefragt.

Der Manager des Storage-Unternehmens hat seine Nachricht geduldig wiederholt: »Ich kann nur um Nachsicht bitten, aber wir müssen alle Lager räumen. Wir haben in einem Teil des Komplexes einen Wasserschaden und müssen viele Räume trockenlegen, ehe wir renovieren können. Und Ihr Storage-Abteil liegt in unmittelbarer Nähe des Schadens, deshalb müssen wir Sie bitten, den Inhalt zu räumen. Selbstverständlich werden wir Sie für diese Zumutung entschädigen und wir werden, sollten Sie uns gewogen bleiben, Ihnen im Anschluss auf jeden Fall ein doppelt so großes Lager vermieten, zum alten Preis.«

Ohne groß nachzudenken, hat Margaret die Order gegeben: »Entsorgen Sie den Krempel!«

»Alles?«

»Alles!«

»Sind Sie da sicher?«

»Yep!« Danach hat sie aufgelegt und den Vorgang vergessen.

Und nun hat sie zugelassen, dass die drei großen Kartons in ihrem Flur stehen und wie ein stummer Vorwurf aus längst vergangenen Zeiten wirken.

Eingetroffen sind sie vor Jahrzehnten, unmittelbar nach dem Tod ihrer Großmutter, von dem sie durch die Nachrufe in den Medien erfahren hat, und Margaret hat sie umgehend in dem Lager-Store verschwinden lassen. Sie hat nichts erben wollen, nichts sehen, was aus dem Haushalt ihrer Großmutter gestammt hat.

Margaret hat sie immer gehasst.

Meredith Ann Forster, eine eitle, exzentrische Person, die geglaubt hat, sie könnte mit jedem so umspringen wie mit ihren knapp dreihundert Angestellten, die sie auf den Besitztümern in aller Herren Länder kujoniert hat. Und die nur deshalb bei ihr geblieben sind, weil ihr nichts anderes übrig geblieben ist, als den zwei- bis dreifachen Lohn zu zahlen. Nicht zuletzt daraus hat ihre feste Überzeugung resultiert, sie könnte alles und jeden kaufen.

Und sie hat ja auch recht behalten. Bis zu ihrem Lebensende hat sie sich stoisch an den Nimbus geklammert, die steinreiche Witwe des legendären Tycoons Thomas James Forster III zu sein. Wie ein Mantra hat sie das bei allen Gelegenheiten betont, nachdem der Glanz ihrer Tochter Claire verblasst war.

Zuvor hat sie in keinem Gespräch darauf verzichten können, von deren unfassbar großartigem Aufstieg zur Duchess of Douglas-Drummond zu berichten.

Dabei ist sie es selbst gewesen, ihre grausame, überehrgeizige Großmutter, die Claire zerstört hat.

Die Erinnerung an ihre Mutter schnürt Margaret wie immer die Kehle zu. Was ist aus dieser einst so wunderschönen Frau geworden? Die Antwort hat auf der Hand gelegen. Ein Schatten ihrer selbst, weil sie sich nicht rechtzeitig vor ihrer Mutter in Sicherheit gebracht hat.

Erst hat diese Claire angetrieben, einen Adligen zu heiraten, aber natürlich nur einen aus der Top-Riege, den sie mit den Millionen ihres Mannes gekauft hat.

Als sie nicht mehr hat übersehen können, dass die Ehe ein Desaster gewesen ist, hat sie nicht den Schmerz ihrer Tochter gelindert, die sich leider in den Duke verliebt hat, sondern sie noch dazu gezwungen, einen sinnlosen Prozess anzustrengen, um Teile der Mitgift zurückzuerhalten. Ein demütigendes Feilschen wie auf einem Basar.

Geld! Immer wieder ging es ums Geld!

Das war ihr Antrieb und ließ Claire in den Abgrund taumeln. Ihre Mutter, gezeichnet von Medikamentenmissbrauch und viel zu viel Alkohol, ist schließlich ein Abbild von Meredith geworden, hart, unerbittlich, gepeinigt von dem Drama, nicht mehr wichtig und der Einsamkeit preisgegeben zu sein.

Das alles mitzuerleben, ist so schrecklich für Margaret gewesen, dass sie vor Claire geflohen ist, obwohl sie sie so sehr geliebt hat. Sie hat den Teufelskreis durchbrechen müssen, um nicht selbst in den Strudel zu geraten. Claire hat sie immer auf Abstand gehalten. Sie hat eine unsichtbare Mauer um sich hochgezogen, als wolle sie niemanden, vor allem nicht ihre Tochter, an sich herankommen lassen.

Wann immer Margaret versucht hat, sie zu umarmen, ist ihre Mutter zusammengezuckt.

»Nicht!« ist ein Wort gewesen, mit dem Margaret aufgewachsen ist.

Sie macht einen Bogen um die drei Pakete auf dem Flurboden und versucht, deren Existenz in ihrem persönlichen Zufluchtsort erst mal zu verdrängen.

Doch als wäre etwas Vergiftetes in ihre vier Wände eingedrungen, wälzt sie sich in der Nacht schlaflos hin und her, bis sie schließlich kapituliert, aufsteht und sich einen starken Kaffee aufbrüht.

Missmutig schiebt sie mit dem Fuß eines der Pakete in den Wohnraum, öffnet mit einem Messer, das sie aus der Küche mitgebracht hat, den Verpackungsstreifen und reißt ihn auseinander.

Dabei ratscht sie mit ihrer Hand an der scharfen Kante des Kartons entlang und ein Tropfen Blut fällt auf den Deckel. »Ein Sinnbild«, befindet sie fluchend und wischt die Wunde an ihrem Nachthemd ab.

Dann öffnet sie den Deckel und schaut ungläubig auf den Inhalt.

Wild durcheinandergewürfelt liegen darin bis zum Rand gefüllt Briefe, Zeitungsausschnitte, Unmengen von Fotos, Tagebücher, mit Jahreszahlen nummeriert.

»Was soll das?«, murmelt sie. Das Vermächtnis eines Monsters. Warum soll sie sich damit belasten?

Ihr erster Impuls ist, alles in einem Kamin zu verbrennen. Oder in einer Eisentonne im Freien, sodass der Rauch bis in den Himmel steigen wird.

Das wäre das richtige Ende für die Intrigen, die Manipulationen, denen ihre Mutter ausgesetzt gewesen ist.

Doch dann fällt ihr Blick auf die Adressatin eines dicken Briefs. Rasch dreht sie ihn um und liest den Absender:

Claire, Duchess of Douglas-Drummond,
Wolston Manor
Buckinghamshire

Ein Brief ihrer Mutter an Meredith. Ihre Neugierde ist geweckt. Es ist das Vermächtnis von Gedanken ihrer Mutter, die sie nicht einfach ignorieren kann.

Als am Morgen die Sonne aufgeht, sitzt Margaret immer noch auf demselben Fleck und begreift, dass alles anders ist, als sie geglaubt hat, dass alle Gewissheiten ausgelöscht sind, dass das Gerüst eines Lebens eingestürzt ist.

Buckinghamshire, 2022

»Du trinkst Tee? Ich dachte immer, Deutsche bevorzugen Kaffee«, stellt George fest, als er sich an Karens Frühstückstisch setzt. Wie immer gefolgt von Ella, die sich unter seinen Stuhl legt. Es wird zur festen Gewohnheit, dass beide, eigentlich ja alle drei, wie Karen kurz denkt, den Tag gemeinsam beginnen.

Sie hat dieses kleine Ritual schon lieb gewonnen und ist unendlich dankbar, dass George sie kurzerhand in einem der familieneigenen Gästezimmer im Schloss untergebracht hat, denn im Hotel ist leider kein Zimmer und keine Suite mehr frei geworden.

Aus ihrem ursprünglich geplanten Drei-Tage-Aufenthalt ist schon mehr als eine Woche geworden. Mittlerweile hat sich Karen etwas in dem riesigen Schlosskomplex eingelebt, nachdem George ihr tatsächlich an jedem Tag ihres Aufenthalts einen weiteren Teil zugänglich gemacht hat. Und dabei auch gestanden hat, dass er seit Jahren keine Führungen mehr durch das Schloss gemacht hat und nur bei ihr eine Ausnahme macht.

Inzwischen weiß sie, dass er dreiunddreißig Jahre alt und ungebunden ist, als Anwalt in einer der familieneigenen

Kanzleien arbeitet und nur in seiner Freizeit Aufgaben im Hotel übernimmt, weil es ihm Spaß macht. »Ich bin«, so hat er ihr während eines Rundgangs mit einem Augenzwinkern gestanden, »der Nachkömmling aus der vierten Ehe meines Vaters, der jüngste von fünf Sprösslingen, drei Jungen und zwei Mädchen.«

Sie ist so unendlich erleichtert, dass sie in ihm einen Ansprechpartner gefunden hat, der sich mittlerweile mit ihrem Auftrag so intensiv beschäftigt, als wäre es sein eigener.

Die Prognose, dass sich im Schloss-Archiv keine Unterlagen zu einer Lady Margaret of Douglas-Drummond befinden, hat sich zu Karens Kummer leider bewahrheitet.

»Es gibt nichts über die Nichte deiner Isobel«, bestätigt er gerade voller Bedauern, während Karen ihr Frühstücksbesteck auf dem Teller ablegt.

»Aber«, hier hellt sich seine Miene auf, »ich habe etwas anderes für dich, wenn du denn willst.«

Karen schaut ihn erwartungsvoll an.

»Ich hatte vage in Erinnerung, dass man mir als Kind erzählt hat, dass die Gemächer, in denen die erste Frau meines Vaters residierte, auf seinen Wunsch hin verschlossen wurden. Wir Kinder fanden das immer gruselig, denn wir haben uns vorgestellt, sie sei darin verhungert und würde uns als Gespenst nachts heimsuchen.«

»Wie im Roman«, stimmt Karen zu. »Da würde so was bestimmt passieren. Aber warum hat er das gemacht?«

»Das ist ein bisschen tricky«, gibt er zu. »Es sagt allerdings viel über ihn aus. Er hat, um genügend Munition für die geplante Scheidung zu erhalten, während eines auswärtigen Termins von Claire die Schubladen ihres Schreibsekretärs aufbrechen lassen, um an ihr Tagebuch zu kommen. Das ist ihm auch gelungen, denn er fand darin wohl Beweise, die er dem Richter zugänglich gemacht hat, der sie allerdings nicht veröffentlichte.

Und dann hat mein Vater Claire in das Victorian Cottage auf dem Schlossgelände einquartiert, also besser gesagt, aus dem Schloss ausquartiert, wohin man ihr nur wenig Kleidung und persönliche Utensilien brachte. Damit hatte er das Aufbrechen der Schublade aber wunderbar kaschiert.«

»Aber ihre Kleidung ...«

»Sie ist auf seine Rechnung nach Paris geflogen, hat sich dort mit Bergen von Couture-Kleidung, selbstverständlich mit sämtlichen Accessoires inklusive Handtaschen, eingedeckt, die er jedoch niemals bezahlt hat.«

»Und wer hat dann die Unsummen beglichen?«, fragt Karen, obwohl die Antwort auf der Hand liegt.

»Ihr Vater natürlich, Thomas James Forster III, der darauf drängte, dass sie sofort nach New York zurückkehrt.«

»Woher weißt du das?«, fragt Karen tief beeindruckt.

»Aus Artikeln in der Klatschpresse«, gibt er grinsend zu. »Ich wusste gar nicht, dass unser staubtrockenes Archiv doch so einige Schmonzetten gehortet hat.«

Karen klatscht begeistert Beifall, was einige der übrigen Gäste veranlasst, vorwurfsvoll zu ihrem Tisch herüberzuschauen.

George stören deren Blicke kein bisschen, vielmehr macht er die schwungvolle Andeutung einer Verbeugung. »Bist du fertig?«, will er wissen. »Ich habe mich nämlich auf die Suche nach einem Schlüssel gemacht ...«

Jetzt zuckt Karen zusammen. Warum verfolgt sie der Begriff?

George hat die Bewegung beobachtet und fragt besorgt: »Ist dir kalt?«

»Nein«, erwidert Karen. »Es ist nur wirklich verrückt. Alles hat mit meiner blöden Suche nach einem Schlüssel für eine verborgene Etage angefangen, dann fiel mir das Buch meiner Lieblingsautorin Amanda Clark mit dem Titel ›Der geheime

Schlüssel‹ in die Hände, in dem ich übrigens immer noch nicht weitergelesen habe, und jetzt erwähnst du auch noch einen …«

»Du liebst Romane?«, fragt er ungläubig. »Dein Leben ist doch aufregend genug, findest du nicht?«

»Allerdings«, bestätigt Karen mit einem Seufzen. »Und zum Lesen komme ich auch nicht mehr. Immer wenn ich anfange, fallen mir die Augen zu.«

»Das kommt von der gesunden Luft, die wir hier auf dem Land haben.«

Karen erwidert sein Lächeln und wieder ist sie ganz fasziniert von den beiden Falten um seinen Mund. Am liebsten würde sie mit einem Finger darüberstreichen, wird aber bei dem Gedanken ganz verlegen.

Er schaut sie mit schief gelegtem Kopf an. »Jetzt komm mal zurück in das Hier und Jetzt.«

Mit dieser Bemerkung sorgt er dafür, dass sie sich noch unsicherer fühlt.

Sein Lächeln scheint ihr zu verraten, dass er sehr genau weiß, was sie gerade denkt.

»Also«, versucht sie, sich aus ihrer Befangenheit zu lösen. »Wozu brauchst du den Schlüssel, den du sicher lange suchen musstest?«

»Zu gar nichts«, lautet seine unerwartete Antwort. »Aber du, du kannst viel mit ihm anfangen.«

Verständnislos schaut sie ihn an, ehe sie wie elektrisiert reagiert, als er verkündet: »Es ist der Schlüssel zur Etage, in der Claire während ihrer kurzen Ehe mit meinem Vater gelebt hat. Und du kannst dich gleich darin umsehen.«

Spontan springt Karen auf, was Ella so erschreckt, dass sie ganz gegen ihre übliche gelassene Gewohnheit mit einem kurzen Bellen reagiert.

George hat geistesgegenwärtig sofort nach dem Tisch gegriffen, um zu verhindern, dass sie ihn mit Schwung umreißt.

»Oh, Pardon«, entschuldigt sich Karen in die Richtung der Gäste, die sie nun schon zum zweiten Mal in ihren Gesprächen gestört hat. »Sorry!«

»Du brauchst dich nicht zu entschuldigen«, meint dagegen George, der sich sichtbar diebisch darüber freut, dass seine Überraschung gelungen ist.

»Ich muss mich aber entschuldigen, denn ich kann dich heute nicht begleiten. Victor, einer unserer Butler, wird dich zu dem Eingang ihres Appartements bringen und er weiß schon Bescheid, dass du dich dort sicher eine Zeit lang aufhalten wirst.«

»Du kommst nicht mit?« Karen kann ihre Enttäuschung nicht verbergen.

»Leider nein, aber wenn du willst, lasse ich dir Ella als Begleitschutz hier.«

»Nein«, wehrt Karen ab. »Herrn und Hund sollte man niemals trennen. Ella wäre entsetzt, wenn du sie nicht mitnimmst.«

Dass sie völlig recht hat, beweist, wie selbstverständlich Ella in den Range Rover von George springt, als er aufbricht.

Nachdem der Butler Karen viele der sich immer wieder teilenden Treppen hinaufbegleitet hat, bleibt er vor einer Flügeltür stehen, die er mit dem Schlüssel öffnet. Dann drückt er für sie die rechte Hälfte auf und lässt sie durchgehen, ehe er sich mit einer Verbeugung verabschiedet.

Karen fühlt sich befangen, als sie um sich blickt. Sie hat schon erwartet, dass die Gemächer sehr groß sein würden, aber mit diesen Ausmaßen hat sie nicht gerechnet. Der Salon liegt fast völlig im Dunkeln und Karen durchquert ihn mit schnellen Schritten, um an einem der raumhohen Fenster die schweren Samtvorhänge zu öffnen.

Sie zieht an den goldenen Schnüren, um die schwerfällige Mechanik zu bewegen, als im selben Moment der Staub aus dem Gewebe rieselt, was bei ihr zu einem heftigen Niesanfall führt.

Dankbar spürt sie, dass warmes Sonnenlicht durch die blind gewordenen Glasscheiben fällt, ein tröstlicher Beweis dafür, dass es draußen Leben gibt, während hier die Zeit stehen geblieben ist.

Zunächst will sie sich einen Überblick über das ganz persönliche Reich der Frau verschaffen, die mittlerweile in ihrem Leben eine so große Rolle spielt.

Sie kann sich nicht freimachen von dem Gefühl, dass sie noch deren Präsenz spürt, Jahrzehnte, nachdem sie aus diesen Räumlichkeiten verbannt worden war. Vielleicht liegt es an dem Parfumduft, der immer noch in der Luft hängt, und ihr fällt der Moment ein, in dem Isobel ihr andächtig berichtet hat, dass Claire sich einen nur auf sie abgestimmten, ganz persönlichen Duft bei Elizabeth Arden hat anmischen lassen. »Den gibt es nur einmal auf der Welt«, hört sie Isobels Stimme.

Jetzt hängt er abgestanden in den Räumen, dennoch ist er da, sodass Karen meint, er hülle sie wie ein hauchdünner Chiffonschal ein. Die hochflorigen Teppiche schlucken jeden ihrer Schritte, als sie die Zimmerflucht besichtigt. Im Schlafzimmer fühlt sie sich fast erschlagen bei dem Anblick des wuchtigen Himmelbetts mit den vier zusammengerafften Stoffbahnen, die an den Pfosten und am Baldachin befestigt sind. Das Bett ist gemacht, Zierkissen liegen auf der gesteppten Decke über den Laken, eine Chaiselongue am Bettende ist sicherlich genutzt worden, um die Kleidung nach dem Ausziehen abzulegen.

Auf ihr sind allerdings Nackenrollen und dickbauchige Kissen so drapiert, dass man sich auch vorstellen könnte, jemand legt sich darauf, um mit der Duchess im Bett ein wenig zu plaudern.

Doch eins steht fest, es ist sicher nicht der Duke gewesen, der ihr das Leben so angenehm wie möglich hat machen wollen. Riesige Spiegel mit rundum geschwungenen Verzierungen hängen an den Wänden, davor befinden sich Marmortische, auf denen gusseiserne Büsten wahllos zusammengestellte Bücher stützen.

Sie entdeckt auf einer Vitrine mit zierlichen Füßen silberne Kerzenhalter, Spielkarten, kleine Klammern, die zum Befestigen von Menükarten und Namensschildchen gebraucht werden, mit glitzernden Steinen verzierte Pillendöschen, verschnörkelte Rahmen, in denen allerdings kein einziges Foto steckt, dazwischen hinterlassene Broschen, Ohrclips, ein Armreif und eine Armbanduhr, die achtlos auf dem mit Juwelen geschmückten Zifferblatt liegt. Karen kann sich kaum von diesem Anblick lösen, es wirkt wie eine Momentaufnahme aus dem Leben einer Frau, die gezwungen worden ist, überhastet ihr persönliches Reich zu verlassen.

Im sich anschließenden Ankleidezimmer hat ein antiker Frisiertisch aus dem 18. Jahrhundert seinen Platz, auf dem Unmengen von Tiegeln und Töpfen, offen stehende Puderdosen, aus denen die Quasten hervorschauen, Kämme, Haarnadeln und Bürsten liegen, ein goldgerahmter Handspiegel schräg auf dem verzierten Tisch zurückgelassen worden ist, neben einer ganzen Batterie von Lippenstiften. Wie hat der Duke sie nur so brutal aus ihrer Umgebung verbannen können, ohne all die Utensilien, die seine Frau für den täglichen Gebrauch benötigt hat?

Karen öffnet Schränke und blickt auf Kleider, die jeden Kurator einer Sammlung der Mode aus den Fünfzigerjahren des vergangenen Jahrhunderts überglücklich machen würden. Pelze, Abendkleider, alles sind Statement-Outfits von sämtlichen Couturiers des Jahrzehnts, in dem Claire hoffnungsfroh als Braut in das Schloss einzogen ist.

Sie sind alle in durchsichtigen Hüllen verwahrt worden, eine Vorsichtsmaßnahme, die schon in ihrem Elternhaus in New York praktiziert worden ist, wie Isobel ihr erzählt hat. An jedem der Kleidersäcke hängt ein Foto, auf dem Claire in dem Outfit fotografiert worden ist. Darauf sind auch die jeweils zum Outfit gehörenden Accessoires festgehalten, damit sie im Falle eines neuen Gebrauchs nicht lange hat überlegen müssen, was zusammenpasst.

Karen nimmt ein Foto von dem Bügel und ist begeistert von dem, was sie sieht. Claire, deren Haare im Nacken zu einem Knoten zurückgekämmt worden sind, darauf ein Haarreif, verziert mit kleinen Perlen, der Schnitt ihres Outfits Diors berühmte »Blütenkelchlinie«, ein weit schwingender Plisseerock, eine taillierte Jacke, die mit einem schmalen Gürtel ihre zierliche Figur betont, Handschuhe aus feinem Leder, die im Dreiviertelarm des Oberteils enden.

Karen kann nicht widerstehen, öffnet den Sack ein wenig und lässt die feinen Falten des Rocks durch ihre Finger gleiten. Auf dem Revers der Jacke entdeckt sie eine Brosche mit grünen und violetten Amethysten, eine hinreißende Ergänzung zu dem so eleganten Outfit.

Claire ist modisch wirklich ein Role-Model gewesen, das kann Karen nur bestätigen. Sie sah von Kopf bis Fuß makellos aus und hat einen ausgeprägten Sinn für Mode gehabt. Mit Bedacht zieht Karen vorsichtig den Reißverschluss der Schutzhülle wieder hoch und streift das Foto über den Bügel zurück an seinen Platz.

Als sie das traumhaft schöne Ensemble in die vorherige Position schiebt, fällt ihr ein Stoffbeutel auf, der an der hinteren Seite hängt. Neugierig zieht sie die Schnüre auseinander und entdeckt ein mit Brillanten besetztes Etui, daneben einen länglichen Gegenstand.

Als sie den Behälter öffnet, blickt sie auf vier Zigaretten. Jetzt begreift sie, dass der schmale längliche Gegenstand eine Zigarettenspitze aus Elfenbein ist. Also hat Claire hier als ganz junge Frau mit dem Zigarettenkonsum begonnen, natürlich verbunden mit einem stylischen Accessoire.

Karen schnuppert an den Zigaretten, und ihr steigt ein süßlicher aromatischer Geruch in die Nase, der die Jahrzehnte überdauert hat.

Karen blickt rasch auf ihre Armbanduhr. Sie ist schon fünfundvierzig Minuten in der Welt einer Toten und hat doch erst einen Bruchteil ihrer Lebensumstände als Duchess of Douglas-Drummond gesehen.

Um voranzukommen, öffnet sie eine Seitentür zwischen den Gemächern, steht verblüfft in einem schlicht eingerichteten Zimmer mit anschließendem Bad und begreift erst nach einigen Minuten, dass es sicher von der persönlichen Zofe der Duchess bewohnt worden ist. Da sie keinen Hinweis auf ein Kinderbettchen vorfindet, erinnert sie sich an eine der Besichtigungstouren mit George, in dessen Verlauf er ihr einen großen Trakt gezeigt hat, der für die Kinder mit ihren Säuglingsschwestern, Nannys, schließlich Gouvernanten reserviert gewesen ist. »Immer schön weit weg vom Leben der Eltern«, hat er mit einem sarkastischen Unterton erläutert.

Jetzt versucht Karen, sich zu orientieren, wo das Boudoir zu finden ist. Sie durchquert einen Flur, an dessen Wänden Porträts aufgehängt sind, und vermutet, dass sie die Ahnen des Adelsgeschlechts zeigen. Allerdings kann sie sich gut vorstellen, dass Claire eine Gänsehaut bekommen hat, wenn sie auf deren strenge Mienen geschaut hat, die auf sie niedergeblickt haben.

Als sie endlich das Boudoir gefunden hat, fühlt sich Karen von dem Sekretär, der auf Anordnung des Dukes aufgebrochen worden ist, wie magisch angezogen. Sie entdeckt die Spuren roher Gewalt, Schrammen zeugen von den unterschiedlichen

Werkzeugen, die der Bedienstete benutzt hat. Mit einem Finger fährt Karen über die dicke Staubschicht, die auf dem ramponierten Möbel-Schmuckstück liegt.

Um ein Gespür für die vergangene Anwesenheit von Isobels Schwester zu bekommen, setzt sie sich auf einen Stuhl, der vor dem Schreibtisch steht, den Claire wohl immer genutzt hat, um ihre Korrespondenz zu erledigen.

Ohne darüber nachzudenken, zieht sie an der offen stehenden Schublade, und will sie aus einem Impuls heraus wieder schließen, als wolle sie das begangene Unrecht wiedergutmachen. Dabei stößt sie jedoch auf einen erheblichen Widerstand, bewegt sie vor und zurück, um schließlich nach dem Grund zu forschen, warum die leer geräumte Lade klemmt.

Sie schiebt ihre Hand in die Öffnung und tastet an den Wänden entlang. Ihre Finger bleiben an etwas hängen, von dem sie glaubt, dass es ein Papier ist.

Rasch läuft sie zu dem Schminktisch und greift nach einem Stielkamm, mit dem sie das Hindernis herausfischen will. Es ist mühsam, aber Karen will auf keinen Fall aufgeben und wird schließlich belohnt, als sie es endlich schafft, den Gegenstand zu lockern und ihn herauszuziehen. Verblüfft schaut sie auf einen Brief, der nie abgeschickt worden ist, aber dem Diebstahl entgangen ist.

Mit äußerster Vorsicht nimmt Karen die hauchdünnen Blätter aus dem Umschlag und beginnt zu lesen.

Mummy Darling,
es ist furchtbar. Er macht mir das Leben zur Hölle. Du bist schon so lange weg und seitdem ist alles noch viel schlimmer geworden. Er spricht kaum mit mir. Nur noch, wenn wir auf offizielle Veranstaltungen gehen, die er nicht absagen kann, treten wir gemeinsam auf.

Ich tue alles, was du mir gesagt hast. Ich bin immer gut gelaunt, wenn er da ist, aber er schaut durch mich hindurch an dem furchtbar langen Esstisch. Er hat immer die Zeitung neben seinem Teller liegen und bevor er aufsteht, fragt er, ob ich guter Hoffnung sei.

Immer nur geht es um den kostbaren Erben, nie um mich. Mummy Darling, ich denke immer an deine Anordnung, wie ich mich in der Öffentlichkeit bewegen soll, und ich halte mich daran, versprochen! Wann immer Fotografen anwesend sind, lächle ich, versuche, strahlend auszusehen, versuche, mich bei ihm einzuhaken, was er meistens verhindert und mich mit einem strafenden Blick anschaut. Ich weiß ja mittlerweile, was der heißt.

Ich soll mich wie eine Duchess benehmen und nicht wie eine hergelaufene Millionärstochter. Die Diener im Schloss schneiden mich. Wann immer ich etwas anordne, kann ich sicher sein, dass es nicht erledigt wird.

Mummy Darling, warum hast du nicht mehr Zeit hier verbracht? Vielleicht wäre dann alles anders gekommen. Ich mache dir keinen Vorwurf. Ich kann ja verstehen, dass du dich mit allen Adelsfamilien bekannt machen wolltest und deshalb im ganzen Land umhergereist bist …

Karen lässt das Blatt sinken. Dann ist Claires Mutter all die Monate gar nicht im Schloss gewesen, um ihrer Tochter die Eingewöhnung zu erleichtern, wie sie Isobel Glauben gemacht hat. Sie selbst hat sich im Glanz der Eheschließung ihrer älteren

Tochter sonnen wollen und sich den aristokratischen Familien aufgedrängt, die es nicht gewagt haben, der Mutter der neuen Duchess of Douglas-Drummond die Tür zu weisen.

Für Karen fühlt es sich bei der Lektüre an, als höre sie eine klagende Stimme aus der Vergangenheit.

... aber ich fühle mich so schrecklich allein. Und du glaubst nicht, was ich herausgefunden habe. Jetzt habe ich die Gewissheit, die ich dir mitteilen muss.

Du hast doch Emma, Duchess of Glayton-Sinclair, kennengelernt, die mir Stanley vorgestellt hat, damit sie mir beibringt, wie ich mich in seinen Kreisen zu benehmen habe. Du hast doch noch gesagt, dass du das ganz vorbildlich von ihm findest.

Für vorgestern hat Stanley zu einem großen Bankett mit zweihundert Gästen einladen lassen, ohne mir etwas davon zu sagen. Erst als Emma mich fragte, was ich denn bei diesem wichtigen Anlass tragen werde, habe ich das erfahren.

Und dann sagte sie mir, dass bei solch einem herausragenden Event das Erbstück der Familie Douglas-Drummond, das berühmte rosa Diadem mit den brasilianischen Diamanten, getragen wird. »Das tut immer die Favoritin des Dukes.«

Ich musste meine Haare selbst frisieren, alle Coiffeure waren längst von den anderen Ladys gebucht worden. Mein Mädchen hat dann versucht, meine Haare so zu stecken, damit ich das Familien-Diadem tragen kann. Als ich den Schmuckverwalter des Hauses kommen ließ, sagte

der mir, dass das kostbare Stück zur Reinigung
beim Juwelier sei, und brachte mir stattdessen ein
Diadem, das mit Perlen verziert ist.

Aber ich konnte es ja nicht ändern, also
bin ich am Abend die breite Eichentreppe
zur Empfangshalle heruntergeschritten, ganz
hoheitsvoll, wie du mir aufgetragen hast, glaub
mir, Mummy Darling, in dem schulterfreien
Abendkleid mit der Schärpe, in dem ich auch
fotografiert worden bin.

Und weißt du, was dann passiert ist?

Emma kam mir entgegen, auf ihrem Kopf
das rosa Familiendiadem mit den brasilianischen
Diamanten.

Sie ist die Favoritin meines Ehemanns! Sie ist
seine Geliebte, und du hättest den triumphalen
Blick von ihr sehen sollen. Ich war so entsetzt,
dass ich in Tränen ausgebrochen und aus der
Halle geflohen bin, hinter mir die gesamte Elite
des Landes, die sich natürlich jetzt die Mäuler
zerreißt.

Ich habe am nächsten Morgen versucht,
mit Stanley zu reden, und weißt du, was er mir
gesagt hat? Ich solle mich nicht so anstellen. Ob
mir denn niemand gesagt hätte, dass es üblich
ist, dass ein Duke, ein Prinz, jeder Noble eine
Geliebte hat.

»Und ich bin sicher nicht der Erste, der
darauf verzichtet.«

Das hat er mir ins Gesicht gesagt. Und dann
noch, bevor er mich im Salon allein ließ, dass er
seit Jahren mit ihr ein Verhältnis hat und sofort

nach unserer Ankunft in Wolston Manor zu ihr
gefahren ist.
Mummy Darling, ich bin am Boden
zerstört …

Hier bricht das Schreiben ab. Es ist undatiert und wirkt so, als wäre Claire gestört worden, hätte den Brief hastig in ihren Sekretär gestopft und dann vergessen.

Karen legt das Schriftstück behutsam auf die Oberfläche des Sekretärs und wischt dabei gedankenverloren auch noch den letzten Rest Staub von ihm ab. In ihr kämpfen widerstreitende Gefühle. Durch die Lektüre des Artikels in dem Hochglanzmagazin hat sie einen tiefen Einblick in das verstörende, desaströse Leben einer exaltiert auftretenden Society-Frau bekommen, die nur um sich selbst kreiste, ganz offensichtlich auf Kosten der sie unmittelbar umgebenden Menschen. Unter denen vor allem ihre Schwester Isobel war, die von Claire an den Rand gedrückt wurde. Ihr galt bisher Karens Mitleid und nicht der verwöhnten Glamourfigur Claire.

Doch der Kummer, den Claire als ganz junge Frau, enttäuscht, zutiefst gedemütigt, hier zum Ausdruck bringt, wirft ein anderes Schlaglicht auf ihre Entwicklung. Es muss schrecklich sein festzustellen, dass man in einem fremden Land in ein Schlangennest geraten ist und man niemandem mehr trauen kann.

Auf jeden Fall ist der Inhalt des Briefes ein einziger Hilfeschrei an ihre Mutter, der sie jedoch nie erreicht hat. Karen ist aber sicher, dass die gesamte Korrespondenz zwischen den beiden voller schrecklicher Beschreibungen gewesen ist und Claire sich sicher auch bei Telefonaten ausgeweint hat.

Karen versucht sich vorzustellen, wie Claires Leben im Schloss sich weiter gestaltet hat, wie der Verlauf der so unbarmherzig eingeforderten Schwangerschaft verlaufen ist, sodass schließlich der Entschluss gefasst worden ist, in die Schweiz zu reisen, um in Ruhe das Kind auf die Welt zu bringen, dann sogar wieder in der Gesellschaft ihrer Mutter. Und der Schwester, wie sie in Gedanken hinzufügt.

Plötzlich sieht Karen aus den Augenwinkeln, dass sich der Vorhang bewegt, und sie muss sich ermahnen, nicht nervös zu reagieren.

Es gibt keine Geister, die aus der Vergangenheit auftauchen, um den ungebetenen Eindringling in die persönlichen Gemächer zu vertreiben.

Doch sie ist plötzlich ganz sicher, nicht allein zu sein.

Sie lauscht angespannt, hört aber kein Geräusch. Allerdings ist sie vorhin genauso lautlos eingetreten, da der Teppich ihre Schritte verschluckt hat.

Langsam erhebt sie sich und dreht sich um die eigene Achse, um zu sehen, wer sich ihr nähert.

Als sie im Dämmerlicht des Salons tatsächlich eine Bewegung auszumachen glaubt, kneift sie kurz die Augen zusammen, dann – springt Ella ihr entgegen und sie ist so erleichtert, dass sie auf die Knie sinkt und der Hündin einen Kuss auf den Fellkopf drückt.

»Hey«, hört sie George rufen. »Wenn ich gewusst hätte, dass es eine solche Begrüßung gibt, hätte ich Ella überholt.«

Karen steht auf und geht ihm entgegen.

Spontan will sie ihn umarmen, doch sie zögert in der letzten Sekunde. Auch George hat ihr seine Arme entgegengestreckt, aber wie auf ein unhörbares Kommando bleiben sie regungslos voreinander stehen und schauen sich an.

Schließlich ergreift George die Initiative, beugt sich herab und küsst sie flüchtig auf beide Wangen, ehe er fragt: »Was ist passiert? Du sahst eben aus, als hättest du einen Geist gesehen.«

»Daran bist du nicht ganz unschuldig, fürchte ich«, erwidert sie. »Deine Story von der armen Duchess, die hier verhungert sein soll ...«

»Stopp.« Er lacht. »Da war ich noch klein und hatte eine Schwäche für Gruselmärchen.«

»Aber du hast ganz recht«, stimmt sie ihm zu und zeigt auf die Briefseiten.

George schaut sie überrascht an, nimmt die Blätter hoch und beginnt zu lesen, dann bricht er ab und sagt: »Komm, lass uns nach unten gehen, du erzählst mir, was du da gefunden hast, ich werde lesen und wir lassen die erste Duchess of Douglas-Drummond wieder allein. Einverstanden?«

Karen nickt dankbar.

Als sie sich an der Tür noch einmal umdreht, meint sie, ein Seufzen zu hören. Doch sie hat sich bestimmt getäuscht und es ist nur ein Schleifen des Samtvorhangs auf dem Boden gewesen.

Nach einem ausgiebigen Abendessen sitzen sie in der Hotelbar und nippen an ihrem Gin Tonic. George hat den gesamten Abend über seinen Vater berichtet, einen notorischen Womanizer, wie er ihn nennt. »Geheiratet hat er nur Geld«, lautet sein Fazit. »Darin war er nicht zu schlagen. Er sah sehr gut aus, war charmant, hatte exzellente Umgangsformen, aber ...« George zögert. »Er war ein Bully, der sich völlig ohne Skrupel auslebte. Wir Kinder haben unter ihm gelitten, obwohl ich noch Glück hatte, denn meine Mutter, seine letzte Ehefrau, hatte ihn recht gut im Griff. Übrigens hat sie auch einen von ihren, nicht seinen Anwälten ausgeklügelten Ehevertrag unterschrieben, mit dem sie ihm bei einer möglichen Scheidung einen Batzen Geld entlockt hätte.«

»Was ist mit deiner Mutter?«, fragt sie behutsam.

Ein schmerzlicher Ausdruck huscht über sein Gesicht: »Sie ist tot. Dabei war sie so viel jünger als er. Sie war sehr krank.«

Nach einer Pause fügt er hinzu: »Da hat er doch tatsächlich bei ihrer Beerdigung einen Hauch von Gefühl gezeigt.«

Karen greift spontan nach seiner Hand, die er ihr nicht entzieht.

»Was sagst du zu dem Brief von Claire?«, fragt sie, um ihn abzulenken.

»Sie war ein naives, verwöhntes Millionärs-, ach, ich muss mich korrigieren, Milliardärstöchterchen, dem nie gesagt wurde, was auf es zukommt. Glaub mir, keine der vielen reichen Girls, die von ihren aufstiegsorientierten Eltern an den britischen Hochadel verschachert wurden, sind glücklich geworden. Die Gentlemen brauchten die Vermögen, um ihre maroden Schlösser zu sanieren, und kümmerten sich sofort wieder um ihr Privatleben.«

»Also war diese Emma, von der Claire berichtet, tatsächlich seine Geliebte?«

»Natürlich.«

»Und er hat sie nach der Scheidung von Claire geheiratet? War sie seine zweite Ehefrau?«

»Aber nein«, sagt er mit einem unfrohen Lachen. »Wo denkst du hin? Sie war doch verheiratet, eine waschechte Duchess. Den Skandal wollte er sich nicht leisten.«

»Das heißt, alle Adligen haben Geliebte?«

»Es wird Ausnahmen geben. Schau mich an«, antwortet er. »Aber ansonsten gehört's zum Lifestyle dazu. Denk doch mal an eine gewisse Princess of Wales, die auch nicht akzeptieren wollte, dass sie eine etwas überfüllte Ehe zu dritt führen musste.«

Karen nimmt einen tiefen Schluck. »Sag mal, lebt diese Emma noch? Sie muss doch Margaret, das Kind ihres Geliebten, kennengelernt haben.«

»Sie lebt nicht mehr.«

»Bist du sicher?«, bohrt Karen nach.

»Allerdings, ich war auf ihrer Beisetzung.«

In diesem Augenblick tritt der Concierge zu ihnen. »Tut mir leid, dass ich störe, aber eine Dame verlangt kategorisch, Sie am Telefon zu sprechen. Sofort. Sie lässt sich nicht abweisen.«

Karen blickt George verdutzt an. Niemand weiß, wo sie ist. Aber dann dämmert ihr, wer sie sprechen will.

Isobel Susan Forster, von der sie nie geglaubt hätte, dass sie jemals zum Telefonhörer greifen würde.

»Ich warte«, versichert George. »Ich geh nur kurz mit Ella raus.«

Karen folgt dem Concierge und stellt fest, dass Isobels Anruf an der Rezeption des Hotels gelandet ist.

»Gibt es keine Möglichkeit, woanders zu sprechen?«, fragt sie rasch.

Doch dann ist ihr selbst klar, dass es zu lange dauern würde, in ihr Gästezimmer im Schloss zu laufen, und nimmt den Hörer entgegen.

»Ja!«, meldet sie sich, was mit einem lang gezogenen »Haallloooo!« beantwortet wird.

Unwillkürlich hält sie den Hörer ein Stück von ihrem Ohr entfernt, ehe sie einen neuen Versuch der Verständigung startet. »Isobel, Sie brauchen nicht zu schreien. Die Verbindung ist ausgezeichnet.«

Es folgt ein Schweigen am anderen Ende der Leitung, ehe sie hört: »Wirklich? Sind Sie das, Carey?«

»Ja. Und ich rufe Sie gleich von meinem Handy aus an.«

»Nein!«, schreit Isobel. »Das möchte ich nicht. Ich telefoniere lieber mit einem richtigen Telefon.«

»Isobel, da gibt es keinen Unterschied.«

»Doch, doch«, beharrt Isobel und Karen gibt auf.

In diesem Moment kehrt George, gefolgt von Ella, schon wieder zurück. Offenbar hat ihr der lange Spaziergang am frühen Abend, den sie beide mit ihr gemacht haben, gereicht.

George bemerkt sofort, in welcher vertrackten Situation sie steckt, und gibt dem Concierge ein verstohlenes Zeichen, sie allein zu lassen.

Aufatmend lehnt sich Karen an den Tresen und fragt: »Isobel, schön, dass wir uns sprechen. Ich habe nämlich eine Frage. Wussten Sie, wie unglücklich Ihre Schwester hier war?«

»Sie hat nie mit mir darüber gesprochen«, lautet Isobels Antwort.

»Haben Sie eigentlich die Briefe Ihrer Schwester an Ihre Mutter und die, die sie zurückgeschickt hat?«

»Nein, Mummy hat gesagt, dass sie alle Briefe, ihre ganzen Tagebücher verbrannt hat. Auch die vielen Fotos, auf denen sie unvorteilhaft ausgesehen habe, und das müssen viele gewesen sein, denn sie war nie zufrieden.«

Karen lässt nicht locker. »Und Claire hat Ihnen nie, wenn Sie sich getroffen haben, erzählt, wie sie im Schloss behandelt wurde?«

»Ich habe sie doch kaum gesehen. Claire wollte nie, dass wir kommen.«

Plötzlich fällt Karen eine Frage ein, die sie schon längst hat stellen wollen: »Wie sind Sie eigentlich aus der Schweizer Privatklinik abgereist? Meredith war doch mit Claire und dem neugeborenen Kind nach England zurückgekehrt.«

»Pa hat mich abgeholt. Mit seinem Flugzeug. Das hatte er innen umbauen lassen, zu einem Büroraum und einem abgetrennten Abteil, in dem er übernachten konnte. Da habe ich geschlafen.«

Bevor sie weiterfragen kann, will nun Isobel wissen: »Sind Sie schon weitergekommen? Wissen Sie, wo Margaret lebt?«

»Nein«, gesteht Karen mit einem tiefen Seufzer. »Und ich glaube auch nicht, dass ich es jemals herausfinden werde.«

»Sie schaffen das!«, beteuert Isobel im Brustton der Überzeugung, der Karen unwillkürlich ein Lächeln entlockt.

»Wo hat Ihre Schwester eigentlich mit ihrem Kind gelebt?«

»Überall, sie ist ununterbrochen gereist. Immer mit Nannys. Einmal haben wir sie übrigens im Chateau Marmont, diesem entzückenden Hotel in Hollywood, getroffen, da habe ich Margaret das letzte Mal gesehen. Ein bezauberndes Mädchen, das so gar nichts von Claire hatte, sondern dem Vater ähnlich sah, der ein echtes Charaktergesicht hatte. Deshalb war es ja auch so infam, dass er behauptete, Claire habe ihn betrogen. Sie war sein Ebenbild.«

Buckinghamshire, 1958

Die schweren Samtvorhänge lassen kein Licht durch. Claire hört, wie ihre Mutter rabiat versucht, an den goldenen Schnüren zu ziehen, um sie zu öffnen. »Was ist das für ein verstaubtes Utensil«, schäumt sie wütend. »Genauso wie alles in den Räumen, in die mich mein hochwohlgeborener Schwiegersohn abgeschoben hat. Dort gibt es keine Heizung, kein warmes Wasser, wie im Mittelalter. Und außerdem stehen überall Gerüste im Weg, über die man stolpern kann. Ich habe aber Druck gemacht, das kannst du mir glauben, bis einer der Angestellten schließlich mit der Wahrheit rausgerückt ist und mir gebeichtet hat, dass die Seitenflügel, in die ich verfrachtet wurde, umgebaut werden. Und weißt du auch, womit?«

Claire weiß, dass dies eine rhetorische Frage ist, und sie kennt auch schon die Antwort, die sie prompt hört.

»Mit dem Geld von deinem Vater. Und da schämt er sich nicht, mich so schnöde zu behandeln. Aber er unterschätzt mich und hat offensichtlich überhaupt keinen Schimmer, mit wem er sich da anlegt. Ich werde mich bei ihm, dem Mister Duke, revanchieren.«

Claire vergräbt ihr Gesicht in den Kissen. Es ist besser, wenn ihre Mutter nicht sieht, wie verquollen und aufgedunsen es vom vielen Weinen ist.

Jetzt hat Meredith es endlich geschafft, die Vorhänge aufzuziehen, und grelles Licht fällt in das abgedunkelte Schlafzimmer.

Sie spürt den Luftzug, der ihr das Näherkommen ihrer Mutter ankündigt. Claire kennt ihn seit ihrer Kindheit und hat schließlich begriffen, dass das Energielevel ihrer Mutter viel höher ist als das anderer Menschen.

»Sieh mich an!«, verlangt sie jetzt, doch Claire hält ihre Hand schützend vor die Augen, um nicht geblendet zu werden. »Claire, mach kein Theater, steh endlich auf!«

»Mir ist so übel.«

»Das ist bei jeder Schwangerschaft so«, lautet die unbarmherzige Antwort.

Mit einem entschlossenen Ruck zieht Meredith die Bettdecke von Claires Körper, sodass sie sich aufrichten muss.

»Wie siehst du denn aus?«, schimpft Meredith. »Los, wasch dir dein Gesicht und dann schmink dich. Du musst dich in der Öffentlichkeit zeigen.«

»Aber, Mummy Darling, er will mich doch gar nicht sehen …«

In diesem Moment wird an die Tür zu ihren Gemächern geklopft.

Sofort zieht Claire wieder die Bettdecke über ihren Körper, was Meredith mit einem verärgerten Kopfschütteln quittiert.

Sie ist schneller als Stella, Claires persönliche Zofe, reißt die Tür sperrangelweit auf und gibt gleich ihre Instruktionen an die Dienerschaft: »Die ganzen Pakete hierhin, die Kleiderstangen, so passen Sie doch auf, hier vor die Schränke. Die Hutschachteln stapeln Sie hier, hopphopp, ein bisschen schneller, wenn ich bitten darf.«

Claire zieht ein Laken vor ihren Kopf.

Sie kennt den Ton ihrer Mutter, aber das Schlosspersonal wird im ganzen Personaltrakt von dem Auftritt ihrer Mutter berichten und sie sieht schon die Reaktionen der Butler, der Lakaien, der Köche, der Dienstmädchen, des gesamten Stabes vor sich. Und es wird wieder auf sie zurückfallen, denn ihr Mann hat ihr erst vor Kurzem eine furchtbare Predigt gehalten, dass sie selbst endlich andere Gepflogenheiten gegenüber dem Personal zu erlernen hat. »Es sind keine gekauften Leibeigene. Man sagt Bitte und Danke, hast du das bei deiner Erziehung nie gehört?«

Jetzt macht Meredith alles noch viel schlimmer. Sie gibt den Palastdienern einen Wink und veranlasst sie, sich nebeneinander aufzureihen, greift nach ihrer Handtasche, zieht ein Bündel Geldscheine heraus, schimpft auf die schlechte Qualität der englischen Währung und beginnt, den peinlich berührten Männern Trinkgeld in die Hand zu drücken.

»Mummy …«, versucht sie noch, sie zu stoppen, doch sie erntet nur ein gereiztes »Was?«.

Claire wagt nicht, in die Gesichter der Diener zu blicken. Sie kann sich deren Mienen vorstellen.

Jetzt vergrößert Meredith noch den Schaden, als sie lautstark verkündet: »Hopphopp, Sie können verschwinden! Alle!«

»Mummy Darling«, versucht Claire ihrer Mutter zu sagen, was sie alles falsch gemacht hat, doch sie verstummt sofort, als sich Meredith neben ihrem Bett aufbaut und die Fäuste energisch in ihrer typischen Haltung in ihre Taille stemmt.

Sie trägt ein auf Figur geschneidertes Tweedkostüm, von dem sie glaubt, die Ladys der englischen Upperclass würden sich so kleiden.

Um den Hals wie immer ihre zweireihige Perlenkette, an den Ohren die passenden Clips mit Brillanteinfassung, das Gesicht faltenfrei, perfekt geschminkt, sogar um die Augen herum mit einem Lidstrich betont, der rote Lippenstift lenkt den Blick auf ihren Mund, den sie im Moment aufgebracht zusammenpresst.

Ihre Mimik verspricht nichts Gutes. Jetzt fährt sie sich mit einer Hand durch die blond gefärbten Locken, die sie jede Woche vom angesagtesten Friseur einer jeden Stadt, in der sie sich aufhält, ondulieren lässt. Sie zelebriert dort ihre Auftritte und verrät dem jeweiligen Star-Coiffeur Klatsch, von dem derjenige glaubt, er wäre nur für ihn bestimmt. Doch die Taktik ihrer Mutter sieht ganz anders aus und geht immer auf. Sie streut gezielt Behauptungen und angebliche Geheimnisse, um sicherzugehen, dass sie auf jeden Fall in Umlauf geraten werden.

»Mummy Darling«, beginnt sie müde. »Was soll das Ganze? Ich habe doch genügend neue Kleider.«

»Aber keine für werdende Mütter, und die habe ich dir besorgt. Du bist schwanger, vergiss das nicht! Ab jetzt ziehst du sie an, verstanden?«

»Aber Mum …«, versucht Claire, sie zu stoppen.

»Papperlapapp«, wird sie rüde abgewürgt. »Du zeigst dich ab jetzt bis zu deiner Abreise, ist das klar?«

Claire nickt. Sie weiß, dass alles, was sie jetzt sagen will, auf taube Ohren stoßen wird.

Meredith öffnet mehrere Tüten mit den Logos der feinsten Modehäuser, in denen sie geordert hat.

»Hier, hier hast du eine von den Bags, die sich die Fürstin von Monaco immer vor den Bauch gehalten hat. Und das tust du ab heute auch. Steh auf, ich will wissen, wie das bei dir wirkt.«

Claire schlägt die Bettdecke zurück und geht im verschwitzten Nachthemd auf bloßen Füßen über den weichen Teppich.

»Jetzt nimm schon«, drängt ihre Mutter und Claire lässt sich von ihr vor einen der deckenhohen Spiegel schieben, wo sie versucht, die Haltung einzunehmen, die ihre Mutter vorgibt.

Sie wird korrigiert: »Nein, höher, aber nicht so angestrengt. Das muss ganz lässig aussehen, so, als denkst du dir nichts dabei. Und um den Henkel wirst du immer ein zu deiner Kleidung passendes Seidentuch wickeln.« Mit zwei Schritten ist Meredith schon bei einer anderen Tüte angelangt, zieht ein gutes Dutzend Seidentücher heraus und zeigt Claire, wie das Tuch geschlungen und mit zwei Knoten am Henkel befestigt werden muss.

Als sie endlich zufriedengestellt ist, verlangt sie eine Anziehprobe diverser Umstandskleider.

»Mummy, nein …«

Meredith schaut sie mit einer hochgezogenen Augenbraue warnend an und Claire verstummt.

»Was hat Doktor Humphrey gesagt?«, will sie jetzt wissen.

»Er hat gesagt, dass so alles in Ordnung ist. Er hat mir versichert, dass er Stanley von der Notwendigkeit überzeugen wird, dass ich bei meiner Konstitution auf jeden Fall in eine Spezialklinik gehen muss, sonst könne er für nichts garantieren.«

Meredith quittiert dies mit einem zufriedenen Kopfnicken. Da sich ihre Stimmung gebessert zu haben scheint, stellt Claire die Frage: »Wie geht es Isobel?«

Doch als Meredith mit ihrer gereizten Tirade beginnt, verwünscht sie sich, überhaupt gefragt zu haben.

»Wie soll es ihr schon gehen? Sie wird immer dicker und will nichts sagen. Egal, wie oft ich schon auf das Kind eingeredet habe, sie behauptet steif und fest, von nichts zu wissen. Sie lügt doch. Was bezweckt sie damit? Man muss denjenigen mit Geld ruhigstellen, der dafür verantwortlich ist. Niemals darf jemand erfahren, was Isobel passiert ist. Und jetzt muss ich mich hier auch noch kümmern. Womit ich das verdient habe, frage ich mich jeden Tag. Ich habe alles getan, damit es euch an nichts fehlt. Für euch gab es nur das Beste. Und jetzt sehe ich Isobel an und mir wird schlecht. Und du heulst nur rum, weil du glaubst, dein Mann würde dich nicht mögen. Wer hat denn jemals von Liebe gesprochen? Hat er etwa so etwas zu dir gesagt, hat er dir das vorgemacht …?«

Claire schüttelt den Kopf.

»Siehst du. Aber du bist natürlich so naiv, dass du dich in den gut aussehenden Mister Perfect verguckst, rumjammerst, dass er dich doch auch ein bisschen in sein Herz lässt. Da ist keins, kapier das doch endlich! Ich wollte für dich, dass du adlig verheiratet wirst, in der Gesellschaft nicht nur die reichste Erbin bist, sondern einen Titel hast, mit dem du andere Leute springen lassen kannst.« Für einen Moment unterbricht sie sich und schnappt nach Luft, während sie ihre Arme verschränkt.

Claire sagt leise: »Aber Pa und du, ihr liebt euch doch …«

Den Blick, den ihr Meredith zuwirft, kann sie nicht deuten.

Doch ihr fällt plötzlich eine Unterhaltung von Merediths früh verstorbener Schwester und deren engster Freundin ein, die sie ungewollt belauscht hat.

»Dafür, dass unsere Meredith früher in verschiedenen Etablissements getanzt hat …«

»Na, doch viel eher halb nackt diverse Gäste aufs Beste unterhalten hat …«, der Rest ist im Gekicher der beiden untergegangen, bis sie noch verstanden hat: »Ihr Bestes, ja, ihr Bestes hat sie immer hergegeben!« Beide sind verstummt und haben Claire schuldbewusst entgegengesehen, nachdem sie sich mit einem Räuspern bemerkbar gemacht hat.

Plötzlich tut ihre Mutter ihr leid. Sie erkennt hinter deren glattem, perfekt geschminktem Gesicht plötzlich die Anstrengung, mit eiserner Disziplin alle Probleme aus dem Weg zu räumen, Lösungen für Entwicklungen zu kreieren, für die sie selbst nichts kann, die panische Angst, dabei zu versagen und von einem Skandal ungeheuren Ausmaßes zerstört zu werden und alles zu verlieren.

Claire fühlt eine Welle des Mitgefühls in sich aufsteigen, als sie mit schonungsloser Klarheit hinter der Fassade des von Chirurgenhänden verschönerten Äußeren die Panik vor dem Untergang, vor Armut und Bedeutungslosigkeit erkennt.

Sie ist so betroffen, dass ihr unwillkürlich Tränen in die Augen schießen, und will ihre Mutter spontan in die Arme schließen, doch Meredith schiebt sie weg und Claire hört: »Nicht!«

Buckinghamshire, 2022

Karen hat den Fahrersitz des Range Rovers weit nach vorne geschoben. Das Linksfahrgebot in England nötigt ihr tiefen Respekt ab und sie lenkt das Fahrzeug hoch konzentriert. Ella, die hinter ihr sitzt, scheint ihre Unsicherheit zu spüren, denn sie hat sich nicht wie sonst auf dem Rücksitz breitgemacht, sondern bleibt in der Aufrechtposition und scheint über ihre Schulter aufmerksam auf die Fahrbahn zu schauen.

Karen ist dankbar für ihre Anwesenheit, womit George mal wieder recht behält, denn er hat beschlossen: »Ella wird dich begleiten. Sie hat eine ungeheuer ausgeprägte Fähigkeit, Ruhe auszustrahlen. Das wird dir bei deiner Nervosität guttun.«

Karen ist total überrascht gewesen, dass Ella tatsächlich in das Auto gesprungen ist, nachdem ihr George etwas ins Ohr geflüstert hat.

»Sie kennt den Weg«, hat er augenzwinkernd behauptet und ihr noch einmal auf der Karte gezeigt, wie sie zu Schloss Glayton Sinclair gelangen würde.

»Dort erwartet dich Pamela, Emmas älteste Tochter. Du wirst sie lieben.«

Er hat für die Fahrt zwanzig Minuten veranschlagt, doch Karen ist aufgrund ihrer übervorsichtigen Fahrweise bereits mehr als eine halbe Stunde unterwegs.

Ihr ist es unangenehm, Pamela, Dowager Duchess of Rotherfan, im Nachbarschloss Glayton Sinclair warten zu lassen, aber sie will auf keinen Fall einen Unfall verursachen.

Als sie sich endlich dem Besitz nähert, ist sie fasziniert vom Anblick der zu Skulpturen kunstvoll zurechtgeschnittenen Sträucher, die die breite Kiesauffahrt säumen.

Noch überraschter ist sie aber, als eine äußerst sportlich wirkende Dame aus dem Eingang tritt, um sie zu begrüßen. Sie hat nicht mit einem so herzlichen Willkommen gerechnet, als sie von George aufgeklärt worden ist: »Sie lebt jetzt auf dem Schloss ihrer Kindheit: Glayton Sinclair.«

»Und was ist eine Dowager Duchess?«, hat Karen verständnislos nachgefragt.

»Eine Herzoginwitwe, aber diese ist eine ganz besondere. Du wirst schon sehen!«

Die Dame ist erstaunlich groß gewachsen, trägt einen karierten Rock, dazu ein beiges Twinset, hat um den Hals das unvermeidliche bunt bedruckte Seidentuch geschlungen, darunter die obligatorische Perlenkette, flache Lederschnürschuhe, und breitet, kaum hat Karen das Fahrzeug zum Halten gebracht, die Arme weit aus.

Doch noch bevor Karen aussteigen kann, um auf sie zuzugehen, springt Ella schon an ihr vorbei aus der Tür und rennt schwanzwedelnd auf Pamela zu. Die Hündin wackelt vor Freude mit dem ganzen Körper und die Duchess begrüßt Ella mit vielem Tätscheln, lässt sich sogar die Nase abschlecken und strahlt dabei über das ganze Gesicht.

»Wie schön, Karen«, sagt sie herzlich, »dass Sie mir Ella mitgebracht haben. Sie ist ein Schatz.«

Jetzt steht Karen vor ihr und Ella umrundet die beiden ganz aufgeregt.

»Lassen Sie sich anschauen, Kind«, verlangt Pamela und mustert sie von Kopf bis Fuß.

Karen hat sich mittlerweile an die Kleiderordnung der britischen Aristokratie so weit angepasst, dass sie zu ihrer Jeans eine weiße Bluse unter einem schwarzen Blazer trägt. Um den Hals ein kleines Tuch, das sie im Souvenirladen des Dorfes Intwich erstanden hat.

Was die Duchess sieht, scheint ihr zu gefallen, denn sie legt ihren Arm um Karens Schulter und zieht sie energisch durch den geschwungenen Haupteingang.

»So, jetzt biete ich Ihnen erst einmal etwas an, das die Nerven beruhigt. Keinen Tee, sondern einen Sherry«, eröffnet sie die Unterhaltung, führt Karen durch die schwarz-weiß gefliese Empfangshalle in den Salon, der mit grün gemusterten Sofas, Sesseln, Sideboards voller Bücher, Geschirrschränken, den obligatorischen Wandleuchten und diversen Tischlampen mit blauem Porzellanfuß auf jedem Beistelltisch überbordend eingerichtet ist.

»Sie sind zum ersten Mal selbst gefahren, richtig?«, vermutet die Duchess, die Karen auffordert, auf einem der Sofas Platz zu nehmen. Ella lässt sich zu ihrer Überraschung sofort zu Karens Füßen nieder. Die Duchess zieht eine Augenbraue hoch und befindet: »Beachtlich! Ella schenkt nicht jedem ihre Zuneigung.«

Karen entdeckt auf dem Sofatisch, der zwischen ihnen steht, entgegen der Ankündigung von Pamela, wie sie sie sofort insgeheim nennt, eine große Auswahl von Kuchenstücken, Keksen, ein blau-weißes Teeservice, eine offensichtlich gefüllte Teekanne auf einem Stövchen, alles perfekt vorbereitet für ihr Zusammentreffen. Doch die Duchess macht ihre Ankündigung wahr, greift neben sich und füllt zwei kleine Gläser mit Sherry aus einer bis oben hin gefüllten Kristallglas-Karaffe.

Beide heben ihr Glas, Karen nimmt einen Schluck und stellt fest, dass ihr das Getränk tatsächlich guttut. Es läuft warm ihre Kehle herab und ihre Nervosität legt sich ein wenig.

»So«, beginnt Pamela. »Sie sind also die Karen, die auf der Suche nach einer Tochter vom alten Stanley ist, von der niemand weiß, ob sie noch lebt.«

Gerade will Karen zustimmend nicken, erleichtert darüber, dass die Duchess das Gespräch so unkompliziert beginnt, als die nächste Bemerkung sie aus der Fassung bringt.

»Und Sie sind die junge Frau, die bald unsere Nachbarin wird.«

Karen scheint so verdutzt auszusehen, dass Pamela in lautes Gelächter ausbricht.

»Aber ich bitte Sie, dass George über beide Ohren verliebt in Sie ist, kann doch niemand abstreiten. Und Sie schon gar nicht.«

»Ich … ähm … nein, das sehen Sie falsch. Wir kennen uns ja kaum, deshalb …«

»Nein, mein Kind, ich sehe das ganz richtig. Und Sie haben einen guten Fang gemacht. George ist das genaue Gegenteil seines Vaters. Wenn bei ihm erst einmal der Blitz einschlägt, dann ist es für immer. Er ist ein bezaubernder Junge.«

Karen muss schlucken angesichts dieser unerwarteten Enthüllung, nimmt aber doch noch amüsiert wahr, dass die Dowager von einem dreiunddreißigjährigen Mann als Jungen spricht.

Pamela bemerkt ihre Verlegenheit und Karen ist froh, dass sie das sehr persönliche Thema erst einmal ruhen lässt. Und vor allem, dass sie ohne Umschweife auf ihr Anliegen zu sprechen kommt.

»George hat mir gesagt, dass Sie sich bei der Suche nach Stanleys Tochter Margaret auch intensiv mit der Person Claire beschäftigen.«

Karin beugt sich dankbar vor und beginnt: »Sie hatte es wohl nicht leicht im Schloss …«

»Claire war eingeschüchtert von dem Leben in einem der wichtigsten Häuser in England, vielleicht sogar dem wichtigsten damals. Man hat mir später erzählt, dass vor allem ihre Mutter ihr eingetrichtert hatte, sich blasiert und abgeklärt zu zeigen, was sie wohl zunächst gar nicht war. Allerdings hat diese Dame etwas verwechselt und war eine schlechte Ratgeberin für ihre Tochter.« Pamela nimmt einen tiefen Schluck, behält das damit schon fast leere Gläschen in der Hand und fährt fort: »Es mag ja sein, dass wir arrogant wirken, aber wir sind es nicht. Vor allem im Umgang mit Domestiken würden wir niemals von oben auf sie herabblicken. Wir wissen, was wir ihnen verdanken. Ohne sie wären wir lebensunfähige Hüllen, die durch langsam verfallende Mauern irren und sicher eines Hungerstodes sterben würden. Kein Koch, kein Butler, keine Stubenmädchen, keine Diener, keine Gärtner – was für eine Horrorvorstellung. Es wäre unser Untergang!«

George hatte mit seiner Prognose natürlich absolut recht. Karen ist tief beeindruckt von der Frau mit der ungewöhnlich tiefen Stimme. Ihr gefallen die Offenheit und die große Portion Selbstironie, die der adligen Dame einen umwerfenden Charme verleihen.

Welch ein Unterschied zu einer Isobel Susan Forster, die nicht nur vergangenen Zeiten nachtrauert, sondern auch noch den sinnlosen Versuch unternommen hat, sie zurückzuholen und wieder lebendig zu machen. Pamela, Dowager Duchess of Rotherfan, dagegen ruht in sich, ist sich ihrer Aufgabe bewusst, Traditionen aufrechtzuerhalten, aber nur die, die mit der Gegenwart kompatibel sind.

Längst hat Karen den kleinen Heizstrahler im Innern des imposanten Marmorkamins entdeckt, der statt eines Feuers für Wärme sorgen soll und nicht ständig von Bediensteten mit Holzscheiten gefüttert werden muss, wie das in Isobels hermetisch abgeriegeltem Refugium der Fall ist.

Karen nimmt den Gesprächsfaden wieder auf. »Also hat Claire die Dienstboten falsch behandelt. Wie ich gehört habe, sollen die Angestellten sie nicht sonderlich gemocht haben«, verpackt sie ihr Wissen aus Claires Beschwerdebrief an ihre Mutter.

»Das ist etwas ganz anderes, meine Liebe«, lautet die überraschende Einschätzung der Dowager. »Die Courtiers, das ist eine ganz besondere Spezies. Sie sind so etwas wie Hofbeamte und tragen die Nase höher als wir, das können Sie mir glauben. Die kennen jede noch so unsinnige Regel, die irgendwann einmal erfunden wurde, und pochen gnadenlos auf deren Einhaltung, ob wir wollen oder nicht. Die kommen dann mit ›Ihr Herr Vater hat aber …‹ oder ›die Dowager Duchess hat es aber immer so gemacht‹ – es braucht Kraft, sie in die Schranken zu weisen.

Dass die Claire nicht gemocht haben, glaube ich gern, nein, ich spreche von den dienstbaren Geistern, die uns von morgens, ach was, die uns rund um die Uhr betreuen, die sind für uns Familie, Familie in einer anderen Form. Haben Sie mal versucht, ein Diadem in Ihrem Haar so zu befestigen, dass es nicht bei einer Staatsvisite am Hof in die Suppe fällt?«

Karen verneint lachend.

»Probieren Sie's auch gar nicht erst, wenn Sie dran sind.«

Der erneute kaum versteckte Hinweis darauf, dass sie in der Zukunft an der Seite von George ein Leben in der Hocharistokratie führen würde, lässt Karens altes Problem aufflammen. Sie wird bis über beide Ohren rot.

Um von sich abzulenken, sucht Karen krampfhaft nach der richtigen Anrede der Dowager, die ihr George mit auf den Weg gegeben hat, doch als sie ansetzt, wird sie freundlich korrigiert: »Pamela, oder noch besser, sagen Sie einfach Pam zu mir.«

Karen schluckt, dann versucht sie, dem Wunsch zu entsprechen: »Pam...ela, wie haben denn die anderen Adligen Claire als Hausherrin wahrgenommen?«

»Gar nicht«, lautet die ungerührte Antwort. »Sie war es ja auch nicht. Sie war ein unerfahrenes junges Mädchen, das wusste, wie man sich anzieht, und wurde, das habe ich immer wieder gehört, als Stilikone in den Medien gefeiert. Aber Couture von morgens bis abends kann man in unserem englischen Landleben überhaupt nicht gebrauchen. Da sind praktische Outfits und vor allem die richtigen Gummistiefel gefragt. Nein, sie war nicht die Herrin des Hauses Douglas-Drummond. Das war meine Mutter.«

Die Offenheit von Pamela überfordert Karen geradezu. Sie weiß noch zu wenig vom Umgang in den feinen Kreisen und hätte nie gedacht, dass der so unverkrampft sein kann.

»Aber ...«, beginnt sie und Pamela hört ihr aufmerksam zu. »Aber sie war doch verheiratet.«

»Ja, und? Man hat sich arrangiert. Sie teilte ihre Zeit zwischen meinem Vater Randolph und ihrem Geliebten Stanley auf, den wir immer, wenn er uns besuchte, Onkel Stan nannten. Übrigens, bin ich nicht sicher, ob er nicht mein leiblicher Vater ist.«

Nach einem Moment, in dem Karen vergeblich um ihre Fassung ringt, weist sie schließlich darauf hin: »Aber heute könnte doch ein DNA-Vergleich Gewissheit bringen.«

»Kindchen, Sie gucken zu viel True Crime im TV, tue ich übrigens auch. Ich liebe es! Aber wozu denn dieser Aufwand? Das sind Sachen aus der Vergangenheit. Und da sollen sie bitte auch bleiben.«

Karen beginnt etwas umständlich: »Aber wenn es solche, ich will mal sagen, Großzügigkeit in den adligen Familien gibt,

warum hat dann Ihr … Onkel … also der Duke, einen so furchtbaren Prozess angestrengt und vor der gesamten Öffentlichkeit
behauptet, seine Frau habe ihn betrogen und Margaret sei nicht
sein Kind?«

Pamela lässt sich etwas Zeit mit ihrer Antwort, indem sie
erst einmal die beiden Sherrygläser wieder auffüllt. »Er hat in
ihren persönlichen Unterlagen, ach was, nennen wir's doch
beim Namen, in ihrem Tagebuch, das er hat klauen lassen,
etwas gefunden, was ihn darauf gebracht hat, dass sie ihn betrogen hat. Und das nimmt ein Gentleman nicht hin. Was er darf,
darf seine Ehefrau noch lange nicht!«

Karen greift nach einem Strohhalm. »Und wer der Geliebte
von Claire war, weiß man das?«

»Nein, da hat niemand gewagt, mit dem Finger drauf zu
zeigen. Vielleicht ein Rittmeister? Ein Verwalter der Pferdezucht
des Dukes? Ein Stallmeister? Oder sagen wir mal, ein alter
Freund aus den Staaten, der zu Besuch war? Wer weiß?«

Karens Enttäuschung darüber, dass sie nicht weiterkommt
in ihrem Versuch, Isobels Nichte zu finden, ist so groß, dass sie
ihr Glas auf Ex kippt.

»Bravo«, wird sie dafür von Pamela gelobt, die gleich noch
mal nachschenkt.

Ella schnarcht leise.

Und Karen spürt langsam, wie ihr der Alkohol zu Kopf
steigt, und fragt sich, wie sie die Rückfahrt schaffen soll. Aber,
so amüsiert sie sich heimlich, vielleicht gelingt es ihr sogar in
diesem Zustand viel besser als auf der Hinfahrt.

Um aber dennoch einen klaren Kopf zu behalten, schaut
sie sich in dem großen Raum um und findet: »Sie haben es sehr
gemütlich hier.«

»Ja, wie in einem Museum, nicht wahr?«, lautet die fröh-
liche Antwort von Pamela. »Ihnen muss es so vorkommen,
als wären Sie auf einer unaufhörlichen Führung. Die gibt

es bei uns übrigens auch und wir sind dankbar dafür. Auch, dass es so furchtbar viele Filme und TV-Serien gibt, in denen die Schauspieler durch originale Räume schlendern und sich in unseren Prachtbetten wälzen. Gott sei Dank waren wir da genauso schlau wie die Douglas-Drummonds, die uns vorgemacht haben, wie man uns am gescheitesten vermarktet. Bei den Führungen ist es natürlich so, als würde man uns wie die Affen im Zoo besichtigen, aber wir lieben es! Da klingelt die Kasse und wir können das hundertzwanzigste Loch in unseren Dächern reparieren lassen. Aber ganz besonders schlau war von unseren Nachbarn natürlich die Eröffnung eines Hotelbetriebs in einem Trakt des Schlosses. Fabelhaft! So weit sind meine Kinder noch nicht. Leider!«

Karen fühlt sich von der tiefen Stimme Pamelas wohlig eingelullt und zieht das Fazit: »Schade, dass Sie Margaret nie gesehen haben.«

Die Erwiderung trifft sie völlig unvorbereitet: »Doch, sie war einmal hier. Meine Mutter hatte Mitleid, denn Stanley weigerte sich, sie zu empfangen. Sie war sehr hübsch. Sie hatte große dunkle Augen und eine dicke dunkle Haarmähne.«

Karen rührt sich nicht vom Fleck, um die Erinnerung von Pamela nicht zu stören.

Denn die schaut nachdenklich in ihr leeres Glas, ehe sie wissen will: »Kennen Sie Katharine Ross? Ich habe damals so für sie geschwärmt. Sie hat die Tochter Elaine Robinson in dem fantastischen Film ›Die Reifeprüfung‹ gespielt. Ich habe Margaret nur kurz getroffen, aber ich fand, sie war ein Double von der Schauspielerin. Und was mir bei ihr sofort aufgefallen ist, ist, dass sie dem Duke so wahnsinnig ähnlich sah. Die Haare hatten den gleichen Farbton, die gleiche Dichte. Dann noch das leicht kantige Kinn. Deshalb fand ich es abscheulich, dass Onkel Stan die Vaterschaft abstritt.«

Buckinghamshire, 1979

Ihre Mutter hatte nie über die Zeit in England gesprochen. Margaret kennt keine einzige Anekdote, keine Namen von Menschen, mit denen Claire zu tun gehabt hatte. Erinnerungen an die Zeit als Duchess schienen aus ihrem Gedächtnis wie wegradiert und Margaret machte keine Versuche, mehr über ihren Vater zu erfahren.

Margaret war bereits vor ihrem ersten Geburtstag in die USA gebracht worden, wo in ihrem Umfeld jeder so tat, als hätte es die Hochzeit von Claire mit einem Top-Adeligen nie gegeben.

Bei dem Versuch, ihren Vater jetzt auf dessen Schloss Wolston Manor anzutreffen, scheitert sie kläglich am unerbittlichen Butler, der ihr entschlossen mit seiner beachtlichen Präsenz den Zugang durch das wuchtige Portal versperrt und ihr unmissverständlich mitteilt: »Der Duke ist nicht zu sprechen.«

Als sie ihm erklärt, wer sie ist, antwortet er ungerührt: »Sie sind vergebens angereist.«

Sie ist froh, dass sie einem Impuls folgend den Taxifahrer gebeten hat, noch einen Moment zu warten. Margaret wendet sich enttäuscht ab, um die lange kiesbestreute Auffahrt, über die sie gekommen ist, gleich wieder herabzugehen. Der ortskundige Fahrer hat nicht gewagt, sie durch das offen stehende Eisentor vor den Eingang zu fahren, der von einem steinernen Baldachin bedeckt ist.

Als sie nach ihrem schmählichen Rückzug die Tür des Taxis öffnet, steigt überraschend der Fahrer aus und deutet mit seinem Zeigefinger auf den Eingang.

Zu ihrer großen Verblüffung ist der Butler, der sie eben noch so vehement abgewiesen hat, zurückgekehrt und steht regungslos auf der Schwelle des Eingangs.

Sie freut sich in diesem Moment über seinen Anblick, denn es kann nichts anderes heißen, als dass ihr Vater sie doch sehen will.

Und zum Fahrer sagt sie erleichtert: »Sie können jetzt fahren. Was bin ich Ihnen für das Warten noch schuldig?«

Doch der Mann empfiehlt: »Warten Sie ab!«

Er scheint seherische Fähigkeiten zu haben, denn tatsächlich nähert sich der Butler gemessenen Schrittes mit einem Papier in der Hand.

Margaret geht ihm ungeduldig ein Stück entgegen, und als sie sich auf der Mitte der Auffahrt treffen, übergibt er ihr das mitgebrachte Schreiben und verkündet: »Sie werden von der Duchess of Glayton-Sinclair erwartet. Der Fahrer kennt den Weg.« Ohne ihre Reaktion abzuwarten, dreht er sich um und kehrt zum Schloss zurück.

Margaret starrt fassungslos auf das Papier, auf dem ein Name und eine Adresse stehen, und schaut erst auf, als der Fahrer drängt: »Also, wohin jetzt?«

Am liebsten würde sie antworten: Nach London, doch sie ist trotz der tiefen Enttäuschung neugierig, wer diese Duchess ist, deren Name auf dem Papier steht, und was sie mit ihr zu tun hat.

Margaret weiß überhaupt nicht, was sie erwartet, und wenn sie ehrlich ist, weiß sie auch nicht, was sie hier soll.

Zögernd steigt Lady Margaret of Douglas-Drummond aus dem Taxi, nachdem der Fahrer ihr noch einmal versichert hat, dass dies das Schloss Glayton-Sinclair ist. Sie hängt sich ihre Handtasche um und benutzt dabei den schrägen Gurt, sodass die eckige Kastenform vor ihrem Körper hängt. Ihr ist bewusst, dass die Ledertasche dadurch wie das Zubehör einer Rüstung wirkt, hinter der sie sich verschanzen will.

Jetzt gibt sich Margaret nach der Fahrt, die nur kurz gedauert hat, einen Ruck und geht auf das beeindruckende Anwesen zu, als sie den Fahrer fragen hört: »Hey, und was ist mit mir?«

Margaret überlegt einen Moment, dann entscheidet sie: »Bitte noch einmal warten!«, denn die bittere Erfahrung der Abfuhr am Eingang zu Wolston Manor hat sie gelehrt, auf alle Eventualitäten vorbereitet zu sein.

»Mir soll's recht sein«, antwortet er. »Die Uhr läuft!«

Margaret nickt und setzt ihren Weg fort, während sie die Fassade des Schlosses betrachtet.

Es unterscheidet sich sehr von Wolston Manor, die dort vorhandenen Seitenflügel sind hier als abgetrennte Nebengebäude errichtet worden. Der Efeu an deren Fronten gibt dem Komplex einen weicheren Ausdruck, imposante Baumgruppen umsäumen die makellos gestutzten Grasflächen und vermitteln das Gefühl von Schutz.

Die Hecken und Sträucher, die die kiesbestreute Auffahrt säumen, sind nahezu alle zu Skulpturen zurechtgeschnitten worden, sie verleihen dem Besitz einen künstlerischen, verspielten Touch.

Alles das, was bei Wolston Manor wuchtig und abweisend wirkt, ist hier einladend und fast von südländischer

Leichtigkeit. Dennoch nimmt die dem Anwesen nichts von dessen Grandeur, im Gegenteil, vermutlich fühlen sich die Gäste von Landpartys, Picknicken und Jagdeinladungen außerordentlich geschmeichelt, hier eingeladen zu werden. Vor der gewaltigen Fensterfront im Erdgeschoss stehen weiße Gartenmöbel aus Eisen, vermutlich sitzen hier die Lords und Ladys im Sommer plaudernd mit ihren Aperitif-Gläsern in den Händen und genießen die Horsd'œuvres, die von der Dienerschaft serviert werden.

In diesem Augenblick tritt jemand aus dem Haupteingang und Margaret beschleunigt ihre Schritte.

»Hallo«, ruft sie aus einigen Metern Entfernung. »Sind Sie die Duchess of Glayton-Sinclair?«

»Nein, um Gottes willen«, hört sie und als sie vor der Person steht, bemerkt sie ihren Irrtum.

Die junge Frau ist viel zu jung. Sie strahlt Margaret freundlich an. »Ich bin ihre Tochter. Meine Mutter ist die Duchess. Hallo, ich bin Pamela. Freut mich, Sie kennenzulernen.«

Offensichtlich ist sie auf dem Weg zu den Ställen, denn sie trägt eine Reithose, Stiefel und eine weiße Bluse, über die eine blaue Weste fällt.

»Oh, sorry«, entschuldigt sich Margaret, doch Pamela, die ungefähr in ihrem eigenen Alter zu sein scheint, wehrt ab. »Quatsch, Sie müssen sich doch nicht entschuldigen. Soll ich meiner Mutter Bescheid sagen? Sind Sie angemeldet?«

»Nein, ich bin Margaret of Douglas-Drummond … und ich …«

»Sie sind Margaret«, jubelt Pamela und reicht ihr die Hand. »Fantastisch, Sie endlich einmal kennenzulernen. Wissen Sie, dass Sie Katharine Ross wahnsinnig ähnlich sehen?«

»Wem?«, fragt Margaret verständnislos.

»Der Schauspielerin aus dem Film ›Die Reifeprüfung‹.«

»Habe ich leider nicht gesehen«, bedauert Margaret.

»Schade, Sie müssen sich den Film unbedingt ansehen. Der ist so klasse. Und Sie werden bestimmt sofort die Ähnlichkeit ...«

»Pam«, unterbricht eine Stimme aus dem Schloss ihr Zwiegespräch. »Du wirst im Stall erwartet.«

»Oh, ja, natürlich, Ma, das ist Margaret of ...«

»Ich weiß. Sie soll eintreten. Jonathan wird sich um sie kümmern.«

»Meine Mutter«, flüstert Pamela verschwörerisch. »Keine Angst, sie ist gar nicht so garstig. Hält aber auf Contenance. Und nicht erschrecken, Jonathan ist unser Butler, der sich um ankommende Gäste kümmert. Meine Mutter wird sicher im Salon auf Sie warten!«

Margaret bedauert zutiefst, dass Pamela sich verabschieden muss, und schaut ihr noch kurz hinterher, wie sie davonstiefelt, nicht ohne sich noch einmal mit einem kurzen Winken umzudrehen.

An der Schwelle des Schlosseingangs erscheint ein Butler in Livree. »Wenn ich bitten darf«, sagt er und weist mit einer Handbewegung in das Innere des Gebäudes.

Sofort fallen Margaret die vielen antiken Waffen bis hin zu Hellebarden auf, die an den hohen Wänden der Empfangshalle dekoriert sind. Sie folgt dem Butler und er führt sie in einen Salon, in dem großformatige Familienporträts fast eine ganze Wand bedecken, davor steht ein ausladender Marmortisch mit gedrechselten Beinen, auf ihm ist ein Schlachtschiff in kunstvoller Miniatur-Reproduktion zur Schau gestellt.

Dann verbeugt sich der Domestik plötzlich und kündigt an: »Mylady, Ihr Besuch ist da.«

Zunächst versperrt sein gebeugter Rücken die Frau, die er anspricht, dann tritt er beiseite und Margaret steht Emma, Duchess of Glayton-Sinclair, gegenüber.

Eine hübsche Frau mit dunklen Haaren, die kunstvoll hochtoupiert ihr Gesicht umrahmen, das sie sorgfältig geschminkt hat, den üppigen Mund mit einem karmesinroten Lippenstift betont. Sie ist zierlich, viel kleiner als ihre Tochter, die Margaret eben kennengelernt hat. Die Duchess trägt ein Tweedkostüm, darunter eine getäfelte Bluse, eine dreireihige Perlenkette, passende Ohrringe und an den Händen, die sie verschlungen vor ihrem Rock hält, diverse großformatige Ringe, darunter den unvermeidlichen goldenen Siegelring am kleinen Finger der rechten Hand.

Sie mustert Margaret so lange, dass ihr unbehaglich wird. Um das Schweigen zu durchbrechen, beginnt Margaret: »Ich bin …«

»Ich weiß, wer Sie sind«, wird ihr Versuch, sich förmlich vorzustellen, von der Duchess abgewürgt. »Sie sind Margaret. Setzen Sie sich«, sagt sie, während sie auf einen der breiten Sessel weist.

Als sie sich gegenübersitzen, beginnt die Duchess: »Warum sind Sie hier?«

»Ich war bei meinem …«

Wieder wird sie unterbrochen. »Ich weiß, wo Sie waren, und Sie wollten Stanley sprechen.«

Margaret nickt. Kein Titel, keine Höflichkeitsform. Nur der Vorname; ganz vertraut. Aber Margaret führt den freundschaftlichen Umgang miteinander auf die geografische Nähe beider Schlösser zurück.

»Leider …«, will Margaret deutlich machen, dass sie keinen Erfolg hatte, den Mann zu treffen, dessen Namen sie trägt, ein Umstand, den ihre Großmutter Meredith vor Gerichten in den USA erstritten hat. Zwar ist sie von dem Duke als Tochter nicht anerkannt worden, doch die US-Richter haben befunden, dass sie das Recht hat, einen Namen zu tragen, den sie im Moment ihrer Geburt erhalten hat.

Wieder bestimmt die Duchess den weiteren Fortgang der Unterhaltung. »Stanley ist unterwegs. Aber er hat mich gebeten, Ihnen dies persönlich mitzuteilen.«

Und Margaret beschließt, ihr das zu sagen, was sie eigentlich dem Duke persönlich mitteilen wollte. »Meine Mutter ist tot.«

»Das wissen wir«, lautet die kühle Bestätigung. »Diese Tatsache konnte ja auch niemandem verborgen bleiben, der hin und wieder Zeitung liest. Oder soll ich besser hinzufügen, Magazine?«

Margaret schluckt. Natürlich haben alle den unseligen Prozess verfolgt, in dem ihre Mutter des Mordes an ihrem Geliebten beschuldigt worden ist, die vielen als Skandalauftritte beschriebenen Nächte in unzähligen Clubs, ihre rastlosen Reisen in aller Herren Länder, die schonungslose Beschreibung ihres Lebens in der Presse.

Margaret beginnt sich zu ärgern, dass sie den Versuch nicht unterlassen hat, den Mann kennenlernen zu wollen, der ihre Mutter als Erster vor ein Gericht gezerrt und damit den Grundstein für ihren langen, langen Abstieg aus der Society gelegt hat.

Sie will den Besuch schon desillusioniert abbrechen, als die Duchess unvermittelt fragt: »Sie waren sehr eng mit Ihrer …«, es scheint ihr schwerzufallen, den Begriff Mutter über die Lippen zu bekommen, was Margaret wütend macht.

Erst will sie einem Impuls folgend die eigentlich harmlose Frage trotzig mit Ja beantworten, aber ihr ist bewusst, dass alle Welt den Artikel im Hochglanzmagazin gelesen hat, in dem von ihr selbst nicht die Rede gewesen ist, und antwortet wahrheitsgemäß: »Nicht wirklich. Meine Mutter war …«

»… schwierig?«, ergänzt die Duchess, deren Miene zum ersten Mal nicht mehr ganz so verschlossen wirkt.

Margaret schaut sie an. »Sie haben meine Mutter gekannt, nicht wahr? Sie sind ja Nachbarn.«

»Könnte man so sagen«, bestätigt die Duchess, die plötzlich eine kostbare Schachtel, die mit vielen kleinen Brillanten bestückt ist, öffnet und eine Zigarette herausnimmt. »Wollen Sie auch …?«

Margaret schüttelt den Kopf. »Nein, ich rauche nicht.«

»Besser so«, lobt die Duchess und legt erstaunlicherweise die Zigarette ungeraucht zurück in den Behälter.

»Pam hat leider damit angefangen«, hört sie plötzlich im Ton eines normalen Small Talks unter Menschen, die sich gerade erst kennengelernt haben. »Ich habe da mein Laster vererbt.« Bei diesem privaten Geständnis zeigt sich sogar ein kleines, fast versöhnlich wirkendes Lächeln um ihren Mund.

Dann fährt sie fort: »Ich würde sogar sagen, ich war mit Ihrer Mutter befreundet.« Sie neigt den Kopf ein wenig zur Seite und erst jetzt registriert Margaret die aufrechte Haltung der Duchess, die vorne auf der Kante des Sessels sitzt, kein Mal die Lehne berührt hat, ihre Beine anmutig nebeneinandergestellt hat und ihre Hände im Schoß verschränkt.

Eine perfekte Pose, wie gemacht für eine formale, offizielle Fotosession, denkt Margaret, die sich selbst dabei ertappt, eher im weichen Sessel versunken zu sein, den Trageriemen quer über dem Oberkörper, die derbe Tasche auf ihrem Schoß. Sie hat sich beim Hinsetzen in die üppige Sitzfläche fallen lassen und scheitert jetzt bei dem Versuch, sich ein wenig aufzurichten.

»Wie ist es ihr denn ergangen?«, fragt sie unvermittelt. »Ich meine, in der Zeit, in der sie im Schloss gelebt hat.«

»Es war ja eher eine Stippvisite«, bewertet die Duchess in mokantem Tonfall. »Ich habe versucht, ihr unter die Arme zu greifen. Stanley hatte mich darum gebeten, ihr den Einstieg in die Aristokratie zu erleichtern. Dazu sind Nachbarn ja auch schließlich da, sich gegenseitig zu unterstützen und das Leben so einfach zu machen wie möglich.«

»Das war aber nett von Ihnen«, fühlt sich Margaret zu einer Art Dank verpflichtet.

»Leider hat sie sich nicht helfen lassen«, lautet allerdings Emmas Urteil. »Sie wollte immer ihren Kopf durchsetzen. Aber Amerika ist nicht England. Die Kulturen sind völlig unterschiedlich. Ich weiß nicht, was sie erwartet hat, aber sie scheint es nicht bekommen zu haben.«

»Liebe?«, fragt Margaret aufs Geratewohl. Sie ist selbst erschrocken über diese Direktheit, aber es gibt ihr doch ein Gefühl der Genugtuung, als sie registriert, dass die Duchess kurz zusammenzuckt.

Aber deren Erziehung, niemals und unter keinen Umständen die Haltung zu verlieren, hilft ihr, sich rasch zu sammeln und zu behaupten: »Davon hatte sie reichlich! Wir alle hatten sie ins Herz geschlossen.«

Margaret will sich nicht länger mit Plattitüden, die nichts aussagen, abspeisen lassen und enthüllt jetzt den zweiten Grund für ihre Reise nach Buckinghamshire. »Wissen Sie, wo ich die persönlichen Dinge meiner Mutter finden kann?«

Die Duchess scheint erleichtert, dass keine weiteren Fragen nach ihrem Verhältnis zu Claire gestellt werden, und antwortet wie aus der Pistole geschossen: »Das tut mir so leid. Aber im Archiv von Schloss Wolston Manor hat es vor vielen Jahren einen Brand gegeben und sämtliche persönlichen Schriftstücke, Briefe, Aufzeichnungen, einfach alles aus dem Jahrgang 1958 ist dabei vernichtet worden.«

»Auch das Tagebuch meiner Mutter, das der Duke gestohlen hat?«, formuliert Margret wütend ohne Umschweife.

Die Duchess zieht pikiert eine Augenbraue hoch, ein deutliches Zeichen, dass ihr der Ton nicht passt. »Ich weiß nicht, wovon Sie reden«, befindet sie kühl. »Aber wie ich Ihnen sagte, ist alles aus der Zeitspanne verbrannt.«

»Aber Sie wissen schon, dass das Tagebuch meiner Mutter benutzt wurde, um sie fertigzumachen.«

Jetzt erhebt sich die Duchess unvermittelt und macht andeutungsweise einen Schritt in Richtung zur Tür des Salons.

Margaret bleibt nichts anderes übrig, als es ihr gleichzutun, und versucht, sich aus dem tiefen Sessel zu hieven.

Die Duchess nimmt eine kleine goldene Glocke vom Tisch und auf den ersten zarten Ton hin erscheint der Butler wie aus dem Nichts. »Jonathan, begleiten Sie die Dame bitte nach draußen.«

»Sehr wohl, Mylady«, bestätigt der seinen Auftrag und weist wieder mit seinem Arm in die Richtung, der Margaret folgen soll.

Doch sie will sich nicht einfach abspeisen lassen und sagt: »Vielen Dank für Ihre Zeit und bitte, richten Sie …«, hier macht sie eine Kunstpause, »… Stanley aus, dass er ein feiger Mann ist.«

Stolz auf ihren starken Abgang dreht sich Margaret auf dem Weg zum Taxi noch einmal um und erkennt in der Mitte der breiten Fensterfront die schmale Silhouette der unbeweglich verharrenden Duchess of Glayton-Sinclair, die ihr nachschaut. Plötzlich tritt aus dem Hintergrund ein hochgewachsener Mann im tadellos sitzenden Maßanzug neben sie.

Stanley Anthony, 8. Duke of Douglas-Drummond.

Ihr Vater.

London, 2022

Karen wacht auf und weiß im ersten Moment gar nicht, wo sie sich befindet. Sie richtet sich ein wenig auf und hört ein verschlafenes: »Zu früh!«

George liegt neben ihr und dreht seinen Kopf auf ihre Seite.

Karen lächelt bei der Erinnerung an die letzte Nacht. Sie lässt sich wieder in die Kissen sinken und fährt mit dem Finger zärtlich über die beiden Falten neben seinem Mund, die sie von Anfang an so unwiderstehlich gefunden hat.

Bei dieser Berührung öffnet er ein Auge und küsst ihre Fingerspitze, ehe er murmelt: »Noch ein bisschen schlafen.«

Karen lüftet vorsichtig den Teil des Lakens, unter dem sie liegt, und zieht es auf seiner nackten Schulter ein wenig höher, was er mit einem »Danke« quittiert.

Sie rutscht von der Bettkante und entdeckt auf dem Boden sein Hemd, das sie ihm gestern ausgezogen hat.

Bei der Erinnerung an das, was dann gefolgt ist, zieht ein Lächeln über ihr Gesicht.

Sie hat das Gefühl, eine perfekte Liebesnacht erlebt zu haben. George ist ein einfühlsamer, zärtlicher Liebhaber, der ihr alle Freiheiten gibt und keine nimmt. Ein tiefes Glücksgefühl durchströmt ihren Körper, als sie auf nackten Sohlen in Georges Küche tappt. Und obwohl sie so wenig Geräusche verursacht wie nur möglich, steht Ella bereits schwanzwedelnd in der Tür und begrüßt sie, indem sie sie am Knie anstupst.

Mit beiden Händen wuschelt sie über den Hundekopf und krault Ella ausgiebig hinter den Schlappohren.

»Du hast das beste Herrchen, das es gibt auf der Welt«, flüstert sie ihr zu und Ella legt den Kopf schief, als verstünde sie jedes Wort.

»Hmmmh«, macht Karen noch wie zur Bestätigung, dann steht sie ein wenig ratlos vor den vielen stylischen Geräten. Kaffeemaschine oder Teemaschine? Sie überlegt, welche weniger Lärm macht. Da es beide Hightech-Ausführungen sind, entschließt sie sich, die Finger davon zu lassen, den Wasseraufbereiter anzuschmeißen und einen Tee nach der guten alten Art und Weise aufzubrühen.

Ella hockt sich neben ihre Füße und schaut aufmerksam zu.

»Du willst sicher etwas essen, oder?«, vermutet sie. Sie öffnet verschiedene Schränke und entdeckt tatsächlich einen Karton mit Hundekeksen. Zumindest glaubt sie das, was die Aufschrift verspricht. Ella scheint begeistert, denn sie folgt ihr bei jedem Schritt und versucht aufgeregt, ihre Nase in die Pappe zu stecken.

»Piano«, murmelt Karen, sucht nach einer Schüssel und schüttet einen Teil des Inhalts hinein. Doch ehe sie die Schüssel auf den Boden stellt, lauscht sie kurz, ob das Klackern der harten Kekse George aufgeweckt hat.

Als sie nichts hört, stellt sie Ella ihr Frühstück hin, nimmt einen Becher heraus, findet sogar einen Teebeutel, hängt ihn hinein und schüttet das kochende Wasser nach.

Während sie Ella zuschaut, die begeistert kaut, setzt sie sich auf einen der Barhocker, die rund um den erhöhten Marmorblock mitten in der Küche stehen.

Wie ist das eigentlich alles passiert?

Sie sieht die Szene vor sich, als sie von ihrem Besuch bei Pamela zurückkommt. George hat schon besorgt auf ihre Rückkehr gewartet und, wie er ihr später gestanden hat, bereits geplant, ihr entgegenzufahren oder sie aber sogar bei Pamela abzuholen. Er kennt deren Vorliebe für Sherry und ist sicher gewesen, dass sie Karen damit großzügig bewirtet hat.

Als sie nach einer eher unbekümmerten Rückfahrt vor Wolston Manor gehalten hat, ist sie erleichtert gewesen, kein Schild gerammt, die richtige Fahrtrichtung benutzt zu haben, und hat sich gefreut, dass George, kaum hat er den Motor seines Autos gehört, aus dem Eingang angelaufen gekommen ist.

Er hat die Tür aufgerissen, ist von der herausspringenden Ella fast umgeworfen worden und hat beobachtet, wie Karen im Zeitlupentempo vom Fahrersitz heruntergerutscht ist, ehe sie vor ihm gestanden hat.

»Weißt du was?«, hat sie genuschelt.

George hat gegrinst, aber ganz ernst geantwortet: »Was?«

»Ich bin knülle«, hat sie ihm gestanden.

Er hat sie ratlos angeschaut: »Was heißt das?«

»Hmmh, beschwipst oder ein ganz klitzekleines bisschen angetrunken …«

Sie hat gemerkt, dass sie ein wenig unsicher auf den Beinen gewesen ist, und sich gegen ihn gelehnt.

»Wir sagen dazu«, hat er begonnen, während er seine Arme um sie geschlungen hat, »Pamela hat uns abgefüllt. Richtig?«

»Ein wenig«, hat sie zugegeben und es genossen, sich zum ersten Mal an seine Brust zu schmiegen.

»Aber bevor sie das getan hat, da kann ich mich noch ganz genau dran erinnern, hat sie was über den ›bezaubernden

Jungen‹ erzählt, der eigentlich George heißt und den sie furchtbar gernhat.«

George hat unter ihr Kinn gefasst und ihr Gesicht hochgehoben, während er gespannt auf sie niedergeblickt hat. »Und? Was hat sie gesagt?«

»Dass du in mich verliebt bist«, ist sie triumphierend herausgeplatzt.

Sein Lächeln hat sich vertieft. »Und was hast du darauf erwidert?«

»Dass das nicht stimmt. Dass wir uns doch erst ganz kurz kennen …«

Bevor er sich niedergebeugt hat, um sie zu küssen, hat er noch gemurmelt: »Was du noch nicht weißt, einer Dowager Duchess darf niemand widersprechen!«

Karen schließt die Augen, als sie an den Moment denkt, in dem sich ihre Lippen zum ersten Mal berührt haben. Es ist für sie ein Gefühl des Angekommenseins gewesen. Sie ist genau da richtig gewesen, wo sie sich befunden hat. In seinen Armen, an seiner Brust, an seinen Lippen.

»Träumst du oder schläfst du im Sitzen?«, hört sie plötzlich George, der geräuschlos hinter sie getreten ist und sie auf den Nacken küsst. »Jetzt weiß ich auch endlich, wo mein Hemd geblieben ist. Ich habe schon danach gesucht. Aber lass nur, es steht dir ausgezeichnet.«

Doch als er sieht, dass Karen aus einem Porzellanbecher trinkt, aus dem noch ein Teebeutel hängt, verzieht er sein Gesicht zu einer Grimasse.

»Neeeiiinn«, ruft er so entsetzt, dass Karen den Becher sofort abstellt.

Rasch greift er nach ihm, schüttet den Inhalt im Becken aus und sagt: »Ich kümmer mich drum.« Er nimmt die Teemaschine in Betrieb, hantiert so sicher in seiner Küche, dass Karen einfach nur seinen Anblick genießt. Ein, wie sie sich eingesteht, perfekt geformter nackter Körper, um dessen Hüften er nur nachlässig ein Handtuch geschlungen hat.

»Hey«, hört sie. »Ich weiß genau, wo du gerade hinguckst. Auch wenn ich beschäftigt bin, kriege ich doch ... Moment mal, hast du Ella gefüttert?«

»Ja, waren das die richtigen Sachen?«

»Sagen wir mal so, das sind ganz besondere Hundekuchen, von denen sie nur hin und wieder einen kriegt.«

»Oh Gott, ich hab ein Viertel von der Packung in die Schüssel gekippt.«

George dreht sich zu ihr um und vermutet: »Du wirst für immer und ewig Ellas Lieblingsmensch sein. Du hast ihr heute den Himmel auf Erden bereitet.«

Gemeinsam schauen sie auf die Hündin herab, die sich auf dem Boden ausgestreckt hat und ununterbrochen mit ihrer Zunge genießerisch die Schnauze ableckt.

»Sorry, da habe ich es ja wohl ein bisschen übertrieben.«

George schaut sie an und sie erwidert seinen intensiven Blick.

»Es war schön gestern Nacht«, sagt er mit belegter Stimme, ehe er sich räuspert und fragt: »Wie findest du meine Bude?«

Die Bezeichnung ist auf jeden Fall die Untertreibung des Jahrhunderts, findet Karen. Er bewohnt das Hochparterre eines Stadt-Palais in London, das zum Immobilien-Portfolio der Familie gehört. Es sind sechs Zimmer, deren Wände mit Stuck an den Decken verziert sind. Aber im Unterschied zu dem Schloss-Ambiente hat George hier für Clean Chic gesorgt. Die Wände sind alle weiß getüncht, und er hat, im totalen Gegensatz zu den mit großformatigen Ahnenporträts behängten Schlosswänden, nur eine einzelne Kreidezeichnung im Wohnzimmer befestigt.

»Wer ist das?«, hat sie ihn gefragt, als sie zum ersten Mal sein ganz persönliches Reich betreten hat.

»Meine Mutter. Rosalie. Es zeigt sie als ganz junges Mädchen. Ich habe die Zeichnung immer geliebt, denn es wird bereits da deutlich, wie schön sie einmal werden würde.«

Als er sie am späten Abend durch seine Wohnung geführt hat, hat sie begriffen, dass dies der Ort ist, an dem er den Kopf freibekommt, arbeitet und sich von nichts ablenken lassen will. Die Möbel cool, funktional, der Schreibtisch im Arbeitszimmer riesig, bestückt mit Computer, Drucker und einem dreifachen Telefonanschluss. »Einer hat eine Standleitung zum Schloss«, hat er ihr erklärt.

»Und dein Bruder, der 9. Duke? Was tut der?«

»Lässt seine Geschwister für sich arbeiten. Feiert Partys ... Nein, das ist nur Spaß, er hält das gesellschaftliche Leben der Familie aufrecht. Sorgt für Jagdeinladungen, Golfturniere, Pferderennen, Tontaubenschießen, Charity-Einladungen, Poloturniere und, und, und. Glaub mir, er ist sehr beschäftigt.«

»Wie heißt er?«

»Stanley, wie mein Vater. Ganz klassisch für einen Erben. Er ist auch in der Politik unterwegs, behält die Finanzen im Auge. Mein Bruder ist sehr, sehr geschäftstüchtig.«

Es hat nicht ein Hauch von Neid in seiner Stimme gelegen, als er von seinem Bruder gesprochen hat.

Karen erinnert sich nicht mehr genau an die Beschreibungen, die sie über seine übrigen Geschwister gehört hat, denn die Spannung, die sich zwischen ihnen aufgebaut hat, ist immer intensiver geworden.

Beide haben, ohne sich abzusprechen, am späten Abend nach ihrem Besuch bei der Dowager Duchess beschlossen, zu seiner Londoner Wohnung zu fahren. Obwohl zwischen ihnen noch so viel Ungesagtes gelegen hat, ist Karen dankbar gewesen, dass auch George ihre erste gemeinsame Nacht nicht im Schloss verbringen wollte.

Und so haben sie sich nach ihrem Kuss wie auf ein geheimes Kommando hin zugenickt, haben Ella wieder auf den Rücksitz verfrachtet und sind nach London gefahren. Während der gesamten Fahrt haben sie kein Wort gesprochen, sondern sich nur hin und wieder angeschaut. Auf der Hälfte der Strecke hat er angehalten, sich zu ihr gedreht und sie haben sich minutenlang geküsst.

Als sie vor dem Palais angekommen sind, sind sie, mit Ella im Schlepptau, eng umschlungen ins Hochparterre gegangen.

Als er dort das Licht eingeschaltet hat, sind sie zunächst ein wenig befangen gewesen, und Karen ist erleichtert gewesen, als er gefragt hat: »Noch einen Sherry?« Und sie hat genickt, obwohl sie kein Verlangen mehr gehabt hat nach dem etwas klebrigen Getränk.

Während des kurzen Rundgangs durch seine Wohnräume hat keiner von ihnen auch nur einen Schluck zu sich genommen, sondern beide haben die Gläser abgestellt und ihren Gefühlen endlich freien Lauf gelassen.

Auf dem Weg zum Schlafzimmer haben sie sich gegenseitig ausgezogen, wobei beinah ein Knopf von seinem Hemd abgesprungen wäre, da Karen es so ungestüm geöffnet hat.

Wie bei einer Schnitzeljagd ist ein Kleidungsstück nach dem anderen zu Boden gefallen, was Ella zum Anlass genommen hat, begeistert mitzuspielen und eins nach dem anderen mit ihrem Maul aufzusammeln. Doch als die letzte Hülle gefallen ist, hat sie aufgegeben, ist noch mit dem Hosengürtel ihres Herrchens zwischen den Zähnen einen Moment vor der sich schließenden Tür stehen geblieben, ehe sie mit dem Fund zu ihrem Körbchen im Wohnzimmer getrabt ist und sich wohlig ausgestreckt hat.

Drei Tage lang verlassen Karen und George das Haus nur, um mit Ella Gassi zu gehen. Ansonsten lassen sie sich Mahlzeiten vom chinesischen oder italienischen Lieferservice bringen, verbringen die meiste Zeit im Bett und flüstern sich so viele Geständnisse zu, dass Karen manchmal darüber nachdenkt, dass die schöne alte Tradition, Tagebuch zu schreiben, doch etwas für sich hat. Sie hätte gerne das festgehalten, was George ihr zuraunt, wenn sie sich lieben.

Ella hat sich mittlerweile damit abgefunden, dass sie nicht mehr in Georges Bett hüpfen darf.

»Sie war früher die Nummer eins als Bettgenossin«, gestand ihr George. »Und du hast Glück, dass du sie gleich am Anfang mit zu viel Hundekuchen bestochen hast. Sonst wäre sie jetzt dir gegenüber ziemlich grummelig.«

Trotz ihres Glückstaumels vergisst Karen aber nicht ganz, dass sie sich längst hätte bei Isobel melden müssen, um ihr davon zu berichten, dass sie tatsächlich erfahren hat, dass die unauffindbare Margaret im Alter von knapp einundzwanzig Jahren versucht hat, ihren Vater kennenzulernen.

An diesem Morgen will sie das endlich nachholen, doch als George sie nach der Telefonnummer der Erbin des Forster-Vermögens fragt, fällt ihr siedend heiß ein, dass sie keine hat. In der ganzen Aufregung hatte sie sich gar nicht darum gekümmert, nach einer Nummer zu fragen.

»Sie hat ja nie telefoniert«, lässt sie ihn wissen. »Und deshalb bin ich überhaupt nicht auf die Idee gekommen, ihre Nummer zu notieren.«

»Und was willst du jetzt machen?«

»Ich habe da eine Idee«, kündigt sie mit einem Grinsen an und wählt die Nummer des The Golden Mountain Hotels, unter der sich nach nur einmaligem Klingeln die Zentrale meldet.

»Hallo, Ellen, bist du das?«, fragt Karen sofort.

»Darf ich fragen, mit wem ich spreche?«, hört sie die förmliche Erwiderung.

»Ellen, ich bin's, Karen. Karen Hauser.«

»Karen!«, begrüßt sie freudig die Mitarbeiterin des Hotels, mit der sich Karen schnell angefreundet hat. »Wo bist du? Wir haben uns alle gefragt, wo du gelandet bist. Du warst einfach verschwunden.«

»Dabei bin ich euch quasi aufs Dach gestiegen«, lautet Karens Formulierung, über die sie sich köstlich amüsiert.

»Du bist was?«

»Das war nur ein Spaß«, kassiert Karen ihre Bemerkung wieder ein. »Ich bin in England.«

»Das ist ja der Hammer. In welchem Haus? Oh, ich sehe gerade, dass die Telefonzentrale blinkt wie die elektrische Lichterkette an einem amerikanischen Weihnachtsbaum. Ich muss Schluss machen. Wen willst du denn sprechen?«

Mit tiefer Genugtuung teilt ihr Karen mit: »Frau Klassen!«

»Wirklich?«, fragt Ellen ungläubig nach.

»Ganz sicher!«

»Okay, ich verbinde dich! Sie wird's nicht glauben. Karen, meld dich mal bei mir persönlich, dann können wir in Ruhe quatschen.«

»Mach ich«, verspricht Karen und wartet voller Vorfreude auf den Moment, der jetzt kommt.

Mit ihrem verhaltenen »Hallo« lässt sich die Zurückhaltung in der Stimme der Direktrice nicht leugnen, natürlich hat Ellen Karen angekündigt.

»Hallo, Frau Klassen, wie geht es Ihnen?«

»Sie rufen doch sicher nicht an, um sich danach zu erkundigen«, lautet die frostige Vermutung.

»Nein, Frau Klassen, da haben Sie ganz recht …«

»Also, was wollen Sie dann?«

»La Klassen« kann einfach nicht aus ihrer Haut und sie hat vermutlich auch bis jetzt die vermeintliche Niederlage nicht vergessen, dass sie Karen zur heimlichen Besitzerin des Hotels bringen musste.

»Ach, verbinden Sie mich doch bitte mit Ihrer Chefin«, formuliert Karen mit Bedacht. Sie kann sich nach ihren Erfahrungen mit ihr den Seitenhieb nicht verkneifen.

Doch sie hat die Nehmerqualitäten der kampferprobten Führungskraft des weltweit berühmten Luxushotels unterschätzt.

»Aber gern«, lautet die knappe Formel, dann setzt die unvermeidliche Warteschleifen-Musik ein und kurz darauf hört Karen Heathers Stimme: »Yes?«

Sie reagiert nicht so geschmeidig wie »La Klassen«, als Karen sich zu erkennen gibt. Und es vergeht viel Zeit, ehe Karen Isobel brüllen hört: »Haaallloooo?«

»Isobel, ich bin's und Sie brauchen immer noch nicht so laut zu schreien.«

»Carey, sind Sie das wirklich?«

»Ja«, bekräftigt Karen und hört kurz darauf: »Sie rufen mit einem Telefon an, richtig! Und nicht mit einem Handy.«

Karen möchte am liebsten die Wahrheit gestehen, dass sie natürlich mit ihrem Handy telefoniert, aber sie will Isobel nicht in weitere Dissonanzen stürzen.

»Selbstverständlich von einem richtigen Telefon.«

George, der gerade durchs Zimmer geht, schaut sie bei dieser Bemerkung erstaunt an.

Sie antwortet mit einem angedeuteten Kuss, den er sofort erwidert, ehe er ins Arbeitszimmer geht.

»Isobel, ich habe tatsächlich erfahren, dass Margaret 1979 in Buckinghamshire versucht hat, ihren Vater zu treffen.«

»Wirklich? Und weiß er, wo sie jetzt lebt?«

»Nein, nein, so einfach ist das nicht. Isobel, der Duke ist doch schon lange tot. Und er hat sie damals gar nicht vorgelassen, aber sie wurde von der Duchess des Nachbarschlosses empfangen ...«

»Welches Nachbarschloss?«

Karen merkt, dass sie viel zu schnell vorgegangen ist und Isobel überfordert. Welche Perücke sie wohl heute trägt?, denkt Karen kurz, ehe sie eine Frage stellt, die Isobel beantworten kann: »Das ist jetzt gar nicht so wichtig! Aber, Isobel, ich möchte wissen, wie eigentlich die Erbschaften von den vielen Anwälten geregelt wurden. Wer hat nach dem Tod Ihres Vaters geerbt?«

Jetzt klingt Isobel ganz präzise: »Claire.«

»Und Sie und Meredith?«

»Pa hat alles ganz genau geplant. Er hat alles festgeschrieben. Claire war die Haupterbin und Mummy und ich haben unsere Anteile bekommen. Und als Claire dann ... danach hat Mummy alles geerbt und ich hatte ja meinen Teil. Es war alles so, wie Pa es befohlen hat. Ich brauchte mich nie um etwas zu kümmern. Ich hatte immer Geld. So viel, wie ich wollte.«

Karen atmet tief durch. »Und dann? Nach dem Tod von Meredith?«

»Habe ich alles bekommen. Ich bin die Erbin! Und jetzt soll Margaret das Vermögen bekommen. Ich hoffe so sehr, dass Sie sie finden, denn die Anwälte schicken immer wieder Briefe. Sie wollen Stiftungen gründen. Sie wollen Besitztümer verkaufen. Wo kämen wir denn da hin, wenn ich nur eines der wunderschönen Häuser mit den riesigen Gartenflächen auf der ganzen Welt verkaufen würde? Vielleicht will Margaret dort einziehen.«

Wenn sie denn noch lebt, denkt Karen bang.

Plötzlich kommt ihr eine Idee. »Isobel, ich habe einen Anwalt kennengelernt ...«

»Wen?«

Karen beschließt, nur einen Teil der Wahrheit zu übermitteln: »Einen Anwalt aus London, der sehr vertrauenswürdig ist.« Bei dieser Feststellung lächelt sie. »Es wäre vielleicht ganz gut, wenn der sich die ganzen Briefe mal anschaut.«

»Ist er in St. Moritz?«

»Nein, Isobel, er ist in London.« Jetzt verflucht sie die Technikabstinenz ihrer Auftraggeberin.

Wie einfach wäre es, sämtliche Korrespondenz einzuscannen und George zugänglich zu machen.

»Dann lassen Sie ihn doch einfach kommen.«

»Ja, ich werde mir was überlegen. Isobel, ich melde mich wieder. Wie lautet Ihre Nummer?«

»Welche?«

»Ihre Telefonnummer.«

»Das weiß ich nicht. Ich brauche die nie. Aber Sie müssen sie doch haben. Sonst würden wir jetzt nicht miteinander sprechen.«

Karen kann ein Aufseufzen nicht unterdrücken.

»Isobel, Sie haben natürlich recht.« Nachdem sie das Gespräch beendet hat, wünscht sie sich verzweifelt Pamela, Dowager Duchess of Rotherfan, an Isobels Stelle, denn die hat ihr Handy in einer Hülle am Gürtel befestigt.

Karen hat aus einem Impuls heraus den weißen Hosenanzug aus ihrem Kleidersack gezogen, als sie sich fertig gemacht hat. Den hat sie getragen, als sie geglaubt hat, sie wäre von »La Klassen« gefeuert und müsste das Haus The Golden Mountain umgehend verlassen.

Doch jetzt sitzt sie neben George in seinem Range Rover und bereitet sich auf ein Treffen vor, das George vermittelt hat.

Er ist am Morgen ziemlich konsterniert gewesen, als er nach ihrem Telefonat mit Isobel um die Ecke geschaut und nachgefragt hat: »Habe ich das eben richtig mitbekommen? Du willst, dass ich als Anwalt für die Dame einspringen soll? Karen, bitte, tu mir einen Gefallen und zieh mich da nicht mit rein. Ich bin

221

sowieso schon als eine Art Ersatz-Schnüffler in Sachen Erbin unterwegs und habe dir für heute ein Tête-à-Tête vereinbart mit einem, nennen wir es mal, Zeitzeugen.«

»Sorry«, hat Karen eingelenkt. »Es war nur so eine Idee. Weißt du, die alte Dame wird von fünf Kanzleien betreut, die alle ihrem Vater gehört haben. Sie ist als alleinige Erbin ja jetzt deren Chefin, aber du glaubst doch wohl auch, dass man da misstrauisch werden kann. Was hast du denn für einen Zeitzeugen für mich ausgegraben?«

»The Honorable Peter Alexander Charles Somerseth, Lord Rotherhide.«

»Und wer ist das?«

»Der engste Freund meines Vaters, eine Art Blutsbruder im Geiste, obwohl er erheblich jünger war als er.«

»Dann müssen wir wieder zurückfahren? Nach Buckinghamshire?« Die tiefe Enttäuschung, die aus ihr gesprochen hat, hat ihn dazu gebracht, sie mit einem zärtlichen Lächeln von ihrem Stuhl hochzuziehen, ehe er sie fest in seine Arme geschlossen und gesagt hat: »Keine Angst. Noch bleiben wir hier. Du triffst ihn in seinem Club.«

Zwischen zwei Küssen hat sie gefragt: »Und du kommst mit?«

»Ich bring dich hin! Sonst lassen sie dich nicht rein. Aber dann musst du mit dem alten Knacker alleine reden, denn ich muss zum Gericht.«

George drückt kurz ihre Hand, als sie vor der Treppe zum Eingang des Clubs stehen. Dann nickt sie ihm zu und zusammen gehen sie die Stufen hoch.

Als der Club-Bedienstete, der George sofort erkennt, sie einlässt, wird sie als der erwartete Gast von Lord Rotherhide vorgestellt. Karen hat schon eine bestimmte Erwartung von einem der typischen verschwiegenen Treffpunkte für Männer der

Hocharistokratie gehabt und wird nicht enttäuscht. Mit dunklem Holz verkleidete Wände, schwere, mit grünem Leder bezogene Sessel, dazwischen gepolsterte Stühle, niedrige Glastische trennen die Ecken, in denen sich die Clubmitglieder entweder zum Lesen der Zeitung oder zu vertraulichen Gesprächen zurückziehen, eingerahmt von unzähligen kleinen Lampen mit grünen Glasschirmen mit goldenen Ziehkordeln zum An- und Ausmachen.

George nickt fast jedem Gast zu, wird einmal aufgehalten, schüttelt die Hand eines Mannes, der ein paar Floskeln mit ihm wechselt. Wieder fällt Karen auf, dass er mit »Mein lieber Junge« angeredet wird und dass Anstalten gemacht werden, ihn in ein längeres Gespräch zu ziehen.

Doch George entschuldigt sich mit Termindruck, stellt Karen vor, ergreift ihren Arm und zieht sie weiter.

»Mylord«, begrüßt er schließlich den Mann, der sie schon seit einer Weile erwartungsvoll beobachtet. »Dies ist die Dame, die ich Ihnen vorstellen will.« Er nennt Karens Namen und zu ihrem großen Erstaunen erhebt sich der alte Mann mühsam, verbeugt sich vor ihr, nimmt ihre Hand, die sie ihm entgegengestreckt hat, und deutet einen Handkuss an.

Er ist etwas kleiner als George, schlank, fast hager, und als Erstes fallen Karen die scharfen Gesichtszüge auf, die lange Nase, darunter ein weißer Schnäuzer, die buschigen Augenbrauen im selben Farbton und die etwas wässrigen blauen Augen, mit denen er sie aufmerksam mustert.

Er fordert Karen sofort auf, in dem Sessel ihm gegenüber Platz zu nehmen, und fragt sie nach ihrem Getränkewunsch. George hat ihr zuvor geraten, auf jeden Fall Tee zu ordern, sonst werde ihr der Lord das gesamte Alkoholsortiment, das in jedem Club beachtlich sei, nach und nach anbieten.

»Ich seh dich heute Abend«, sagt George noch kurz, ehe er sich verabschiedet, und Karen sucht nervös nach einer ersten Frage, mit der sie das Gespräch eröffnen könnte.

Doch nachdem der Clubdiener ihr einen Tee aus einer Kanne offeriert hat, der Lord einen Brandy vor sich stehen hat, nimmt er ihr die Entscheidung ab, indem er beginnt: »Sie interessieren sich für meinen guten Freund Stanley, der leider nicht mehr unter uns weilt, habe ich das richtig verstanden?«

»Eigentlich eher für seine erste Frau, Claire«, fällt sie mit der Tür ins Haus, wovon ihr George abgeraten hat: »Lass ihn erst mal von seinem Buddy erzählen. Ich denke, danach wird er offener sein.«

Doch in diesem Fall behält George einmal nicht recht, denn der alte Mann gerät ins Schwärmen: »Eine Beauty ohnegleichen. Sie war so unglaublich schön, alle Ladys wurden erst einmal neidisch«, erinnert er sich. »Wenn sie einen Raum betrat, ging in gewisser Weise ein Strahlen von ihr aus, sie war der sofortige Mittelpunkt.«

Karen ist überrascht von dieser Aussage. »Aber wie ich hörte, war sie gar nicht wohlgelitten.«

»Das würde ich so nicht stehen lassen«, widerspricht ihr der Lord sehr diplomatisch. »Aber ihre Mutter …« Bei dieser Bemerkung zwirbelt er an seinem Schnauzbart und streicht über eine seiner Augenbrauen, was deren Wildwuchs in keine bessere Fasson bringt. »Die hat alles kaputtgemacht.«

Obwohl diese Erkenntnis nichts Neues für Karen ist, fragt sie nach: »Inwiefern?«

Nach einem genießerischen Schluck Brandy, wonach wieder der Schnäuzer abgewischt wird, scheint der Lord in die Vergangenheit zu blicken.

»Claire war eine junge, begeisterungsfähige Frau, die sich ein wenig zu sehr von unserem, ich nenne es mal, Lifestyle beeindrucken ließ. Sie hat sich sehr schnell den Schneid abkaufen lassen, so habe ich es empfunden, und verließ sich dann auf die Empfehlungen der Mutter, die sich von Anfang an aufgedrängt hat.

Sie war eine unangenehme Person, schrill, laut, überheblich. Sie dachte wohl, sie könne jeden kaufen mit diesem monströs großen Vermögen ihres Gattens, den ich übrigens bei der peinlich groß aufgeblähten Hochzeit in New York kennengelernt habe. Ein erstaunlich netter Kerl, das genaue Gegenteil von seiner aufstiegsorientierten Gattin. Sie typisch Social Climber. Er dagegen war ein fleißiger Mann, der für alles hart gearbeitet hat, geradezu genial beim Geschäftemachen. Allein seine Weitsicht, ins TV-Geschäft zu investieren. Wahnsinn!« Er schaut einen Moment durch Karen hindurch, bis er fragt: »Wo war ich?«

»Bei der Hochzeit in New York«, assistiert Karen.

»Richtig, wussten Sie, dass diese Mutter den exorbitant großen Verlobungsring gekauft hat? Der war gar nicht von Stanley. Der hat darunter gelitten, dass alle Welt dachte, er habe einen so kolossal schlechten Geschmack. So fing alles an.«

»War er denn verliebt in Claire?«

»Ach, liebes Kind, Sie sind einfach wahnsinnig jung. Und sehr attraktiv, wenn ich das sagen darf. Heute weiß man ja gar nicht mehr, welche Komplimente man einer Dame machen darf, ohne gleich in eine gewisse Ecke gestellt zu werden.«

Karen verkneift sich lieber jeden Kommentar.

Und so merkt der Lord, dass es wohl besser ist, sich in seine Erzählung zu retten.

Er scheint nach den richtigen Formulierungen zu suchen, denn er lässt einige Minuten verstreichen.

»Damals war einfach eine andere Zeit«, versucht er, den Kontext herzustellen. »Und es ist schmerzlich schade, dass sie untergegangen ist. Wenn in unseren Kreisen, ich hoffe, Sie nehmen mir diese Formulierung nicht übel, geheiratet wurde, war selten die große Liebe ausschlaggebend, sondern die Vernunft. Wenn zu der dann noch Liebe hinzukam, umso besser. Die junge Frau schien tatsächlich viel für Stanley zu empfinden, für ihn war aber – und das war kein Geheimnis zwischen uns – das große Vermögen ausschlaggebend.«

»Wirklich? So nüchtern?«, hinterfragt Karen die Gesetze der Hocharistokratie.

»Stanley war pleite«, gibt sein engster Freund offenherzig zu. »Er musste etwas unternehmen. Und er war ein wirklich gut aussehender Mann mit exzellenten Umgangsformen, großem Charme und viel Witz. Er war der Mittelpunkt jeder Party, bei Hofe wahnsinnig gut gelitten, ein ausgezeichneter Sportler, Cricket, Golf, Polo, you name it, er war überall die Nummer eins. Und die Ladys haben sich um ihn gerissen. Er hatte die Wahl und ich bin sicher, dass er für Claire eine große Sympathie empfand.«

»Hat er Ihnen das gesagt?«

»Das brauchte er gar nicht. Wir verstanden uns da ohne viele Worte.«

»Und als Claire dann als Braut auf Wolston Manor einzog, änderte er seine Meinung?«

»Das ist eine gute Frage«, lobt er sie und beugt sich ein kleines Stück vor. »Vorstellung und Realität gehen ja leider oft weit auseinander. Ich komme wieder auf die unsägliche Mutter zu sprechen. Die hatte beschlossen, gleich mit einzuziehen, was natürlich ein Ding der Unmöglichkeit war. Erst einmal ließ sie dem Paar überhaupt keinen Freiraum, sich wirklich kennenzulernen, dann versuchte sie, den Haushalt zu amerikanisieren. Eine Art Disneyland aus dem wunderbaren alten Besitz zu machen. Stanley musste sich zur Wehr setzen. Und das hat er dann auch gemacht, indem er sie in den Seitenflügel einquartierte, der keine Heizung hatte, kein warmes Wasser und nur bescheidene Elektrizität. Er wusste, dass dies für sie ein unhaltbarer Zustand war, und es hat ja auch funktioniert.«

Bei diesem Fazit scheint sich Karens Gegenüber noch heute zu amüsieren.

»Sie beschloss wutschnaubend, ihre Koffer zu packen und sich auf einer Tour quer durchs Land bei den adligen Familien selbst einzuladen, und die waren natürlich aufgrund unserer britischen Höflichkeit nicht in der Lage, sie rauszuschmeißen.«

»Stimmt es denn, dass Ihr Freund darauf pochte, dass Claire rasch einen Erben auf die Welt bringen sollte?«

»Wie kommen Sie denn darauf? Sie hatten doch noch alle Zeit der Welt.«

Karen denkt an den verzweifelten Brief von Claire, der nie abgeschickt worden ist, deshalb fragt sie nach: »Ich habe gehört, dass er sie immer wieder gefragt hat, ob sie denn schwanger sei.«

»Das glaube ich nicht«, erwidert er. »Alleine schon, weil man das damals gar nicht so formuliert hätte.«

Karen nimmt einen neuen Anlauf: »Hat er Ihnen denn erzählt, warum sie das Schloss verlassen hat, um ihr Kind woanders auf die Welt zu bringen?«

»Allerdings«, bestätigt er mit Nachdruck. »Ihr Arzt hatte ihn darauf hingewiesen, dass sie auf jeden Fall in eine der modernsten Kliniken, die es gab, fahren sollte, da sie eine so zarte Konstitution hatte.«

»Und dann?«

»Was dann?«, fragt er zurück.

»Ich meine die unselige Geschichte eines Prozesses, bei der er ihr vorgeworfen hat, sie sei untreu gewesen. Und dass er ihr Tagebuch entwendet hat, will ich mal sagen, um Argumente für eine rasche Scheidung zu finden.«

»Das war eine Art Notwehr von ihm. Emma hatte ihn ...« Jetzt rutscht er auf seinem Sessel ein größeres Stück nach vorn und beugt sich noch näher, als wolle er sicherstellen, dass ihnen niemand zuhört: »Wissen Sie von Emma ...?«

»Ja«, bestätigt sie. »Ich weiß, wer Emma ist.«

Er atmet erleichtert auf. »Das ist gut. Emma hatte ihm vorgerechnet, dass er gar nicht der Vater sein konnte. Sie wusste genau, wann er mit Claire, na, Sie wissen schon, auf jeden Fall hat ihn das misstrauisch werden lassen und er hat dafür gesorgt, einen Blick in ihr Tagebuch werfen zu können.«

Karen kann nicht anders, als ihm für diese grandiose Untertreibung Respekt zu zollen.

Gespannt wartet sie auf die Fortsetzung seiner Erinnerungen.

»Und was er darin gelesen hat, hat ihn furchtbar aufgeregt. Er war, ich will mal sagen, entsetzt.«

»Worüber denn?«

»Das hat er mir nicht anvertraut. Das ist das einzige Mal gewesen, dass er mich außen vor gelassen hat. Ich weiß nicht, was es war. Er wollte mich nicht damit belasten. Er war ein wahrer Gentleman!«

In Karen steigt eine große Enttäuschung hoch. Wird sie denn nie erfahren, mit wem Claire ihren Mann betrogen hat?

»Und danach hat er sich nicht um Margaret gekümmert«, beklagt sie. »Dabei kann doch das Kind nichts dafür.«

»Aber es war nicht seins«, gibt er ihr noch einmal zu bedenken.

»Wussten Sie, dass Margaret mal nach Buckinghamshire gereist ist, um ihn zu treffen?«

»Ja«, bestätigt er. »Emma hat sich ihrer angenommen.«

»Sie war ja wohl die Frau an seiner Seite, nicht wahr?«

»Nicht nur sie. Da gab es einige. ›He lived life to the full!‹ Kennen Sie diesen Ausdruck?«

»Nun ja. Er hat sein Leben ausgekostet.«

»Wie poetisch! Ich hätte es nicht besser formulieren können«, schmeichelt ihr der fidele alte Herr.

Karen nutzt die gute Stimmung zwischen ihnen und bittet ihn, eine Beschreibung des Dukes abzugeben.

Die Antwort lässt nicht auf sich warten.

»Er war ein feiner Kerl! Ein treuer Freund, ›un homme à femmes‹, ja, das war er wirklich, ein Mann, der die Frauen liebte, aber dabei immer äußerst großzügig, hilfsbereit, ohne Dünkel. Er war mein Vorbild!«

Plötzlich, aus heiterem Himmel, kommt Karen bei diesem Geständnis ein ungeheurer Verdacht und sie überlegt, ob sie ihn aussprechen soll. Dann ist ihr klar, dass sie sich nie verzeihen würde, die Fragen nicht gestellt zu haben: »Mylord, sind Sie Margarets Vater? Waren Sie Claires heimlicher Liebhaber?«

Er scheint kein bisschen schockiert, als er mit blitzenden Augen antwortet: »Leider nein. Ich wäre beides gerne gewesen!«

Lord Rotherhide hat den Austausch mit ihr ganz offensichtlich so sehr genossen, dass er sie überhaupt nicht mehr gehen lassen will. Aber nachdem sie sich noch zwei weitere Tassen Tee hat bringen lassen, vielen Anekdoten aus seinem Leben gelauscht hat: »Politisch war ich ein Schwergewicht. Lesen Sie meine Reden im Oberhaus und dann schauen Sie sich dagegen die Weicheier der Parteien heute an. Wir dagegen …«, schafft sie es schließlich mit dem Hinweis auf Ella, die dringend Gassi gehen müsse, was der Lord zunächst mit einem »Aber dafür hat George doch Personal!« nicht akzeptieren will. Und da Karen nicht weiß, wie offen George seine moderne Lebensweise zur Diskussion stellt, rettet sie sich mit der Formulierung: »Das hat heute frei.«

Der Lord hat den Abschied noch als Gelegenheit genutzt, ihr diesmal zwei etwas zu lange Schmatzer auf die Wangen zu drücken, was von einigen der anwesenden alten Herren mit lautem »Schau! Schau!« honoriert wird, ehe sie endlich wieder auf der Straße steht.

Ihr Magen knurrt.

Rasch winkt sie nach einem Taxi und sie hat Glück, sofort hält ein Fahrer an und sie gibt ihm Georges Adresse.

Dort angekommen, wartet Ella schon voller Ungeduld hinter der Wohnungstür, Karen schnappt sich sofort ihre Leine und Ella saust mit ihr im Schlepptau Richtung Bürgersteig. Das ist knapp gewesen.

Normalerweise beschäftigt George eine Hundesitterin für den Gassigang, wenn er selbst verhindert ist. Was sehr selten vorkommt, da er Ella gewöhnlich auf alle Termine mitnimmt. Sie ist außergewöhnlich gut erzogen, ringelt sich immer unter seinem Stuhl zusammen und wird von den Anwesenden gar nicht mehr zur Kenntnis genommen.

Nur bei seinen Auftritten bei Gericht muss er sie zu Hause lassen.

Heute hat er sich verkalkuliert und nicht damit gerechnet, dass Karen so lange vom Lord festgehalten werden würde. Ella blickt Karen in diesem Moment vorwurfsvoll an, als wolle sie sagen: Du hast mich aber lange warten lassen!

Jetzt fühlt sie sich erst richtig schuldig und macht deshalb zunächst eine große Runde mit ihr durch die Mini-Parks, die zwischen den Häuserreihen den Straßenlärm schlucken und für Schatten sorgen, ehe sie sich entschließt, Georges Abwesenheit zum Window Shopping zu nutzen. Sie orientiert sich kurz, wo sie in Kensington ist, hält bei der Bude eines Straßenverkäufers, gönnt sich ein dick belegtes Sandwich, das sie mit Ella teilt, und entscheidet sich für eine Wasserflasche, eine dringend nötige Erfrischung, nachdem sie so viel Tee in sich hineingeschüttet hat.

Karen liebt die Straßen mit den Patrizierhäusern, davor die Mini-Gärten, von spitzwinkligen Eisengittern abgetrennt. Immer wird ihre Fantasie angeregt und sie versucht sich vorzustellen, wer darin wohnt. Beim Anblick der kleinen Sicherungs-Schalttafeln neben den Haustüren, die nur mit dem richtigen Code die Tür öffnen, denkt sie kurz an die schweren Schlüssel, mit denen die Gäste im The Golden Mountain immer noch hantieren, um in ihre Suiten und Zimmer zu gelangen.

Dabei fällt ihr ein, dass sie auf jeden Fall in »Der geheime Schlüssel« weiterlesen muss, da sie George heute erst spät am Abend zurückerwartet.

Als Ella an einer Straßenecke einer interessanten Fährte nachschnüffelt, hat Karen Zeit, sich intensiver umzuschauen.

Dabei fällt ihr Blick auf ein großformatiges Foto im Schaufenster einer Buchhandlung.

»Das ist doch …?«

Jetzt dauert ihr Ellas Erkundigungstrip plötzlich viel zu lange und sie zieht den Labrador ungeduldig an seiner Leine hinter sich her, hastet über die Straße, wobei sie fast von einem Fahrrad gestreift wird.

Vor lauter Schreck quiekt Ella kurz auf und Karen begibt sich sofort in die Hocke, um den Hundekörper nach möglichen Blessuren zu inspizieren.

Doch zu ihrer großen Erleichterung versteht Ella das Abtasten als neuen Liebesbeweis und Karen spürt dankbar die nasse Hundeschnauze in ihrem Gesicht.

Erst jetzt richtet sie sich auf und tritt vor das Schaufenster.

Tatsächlich! Sie hat sich nicht getäuscht. Sie sieht auf das Gesicht von Amanda Clark. Geht es hier um die Werbung für ihr neuestes Werk »Der geheime Schlüssel«?

Die Star-Autorin hat sich verändert. Karen kennt sie nicht mit den blonden Strähnen in einer schicken Kurzhaarfrisur, die ihr aber ausgezeichnet steht.

Karen ist so froh, dass die amerikanische Schriftstellerin sich eben nicht wie eigentlich alle Celebritys eines gewissen Alters von Schönheitschirurgen hat bearbeiten lassen. Kein Duckface, keine aufgespritzten dicken Lippen, um die Augen herum sind selbst bei diesem sicherlich retuschierten Foto kleine Fältchen zu sehen, natürlich hat sie sich vor dem Porträtieren sorgfältig schminken lassen, aber Karen kennt sie von vielen Abbildungen und liebt die Natürlichkeit einer Frau, die Millionen Fans auf der ganzen Welt hat.

Und ich bin wahrscheinlich die Einzige, denkt Karen, die das neue Buch noch nicht verschlungen hat. Das ist ihr noch nie passiert, aber in ihrem eigenen Leben ist einfach so viel passiert, dass sie keine Zeit dazu gehabt hat.

Erst jetzt liest sie die fett gedruckte Ankündigung unter dem Foto und kann ihr Glück kaum fassen.

Die Star-Autorin wird in London erwartet und eine Lesung in ... ja, jubelt Karen innerlich, in genau dieser Buchhandlung abhalten.

Was für ein Zufall! Erst der, der Karen in die britische Hauptstadt gebracht hat, dann die fantastische Möglichkeit, ihre Lieblingsautorin in London zu treffen.

Ella ruckelt an der Leine und bringt Karen ein wenig ins Straucheln. Als sie sich umblickt, sieht sie, dass Ella einen Artgenossen entdeckt hat und ihn begrüßen will.

Karen gibt der Leine mehr Spielraum und Ella schnuppert schwanzwedelnd an der platten Nase einer Französischen Bulldogge.

Die Besitzerin lacht und befindet: »Was für eine Beauty!«, während sie auf Ella zeigt.

Die Worte erinnern sie sofort an das Gespräch mit dem Lord, als der seiner Bewunderung für Claire Ausdruck verliehen hat.

Erst nach einem kurzen Small Talk mit der Hundebesitzerin kann sich Karen wieder den Daten auf dem Plakat zuwenden. Sie stellt fest, dass Amanda Clark genau in einer Woche um zwanzig Uhr abends zur Lesung ihres neuen Bestsellers erwartet wird – und der Zusatz verrät, dass sie auch zu einer anschließenden Signierstunde Zeit findet.

»Ella, drück mir die … Pfoten«, sagt sie laut, was die Hündin veranlasst, aufmerksam zu ihr hochzuschauen. »Komm!«, fordert Karen sie auf, betritt mit ihr den Laden und hofft inständig, dass noch nicht alle Karten verkauft sind.

Zehn Minuten später verlässt sie die Buchhandlung mit zwei Karten in der Hand, es sind die vorletzten gewesen, wie die Verkäuferin versichert hat, was Karen damit beantwortet hat, der verdutzten jungen Frau spontan die Hand zu schütteln.

Jetzt muss sie George nur noch überzeugen, sie zu dem Termin zu begleiten. Sie sieht jetzt schon den skeptischen Gesichtsausdruck vor sich, mit dem er auf ihre Bitte reagieren wird.

Er hat sie schon ein paar Mal wegen ihrer Romanbegeisterung geneckt. »Du weißt schon, dass Romane nicht immer die besten Ratgeber sind«, hat er einmal gefrotzelt, was sie aber vehement bestritten hat.

»Schau uns an«, hat sie ihm ernsthaft erklärt. »Wenn ich nicht so begeistert von Romanen wäre, hätte eine gewisse Isobel Susan Forster mich nicht gebeten, ihr Gesellschaft zu leisten, ganz besonders hätte sie niemals ihre Lebensbeichte abgelegt und mich nicht beauftragt, in Buckinghamshire …«

»Ist ja schon gut«, hat er sie lachend unterbrochen. »Ich hab's kapiert! Wir hätten uns nie kennengelernt und das, my love, wäre ganz, ganz furchtbar. Nicht auszudenken! Nein, alles okay, lies bitte weiter von Herz und Schmerz.«

Als George an diesem Abend nach Hause kommt, ist er neugierig zu erfahren, wie Karens Begegnung mit Lord Rotherhide verlaufen ist. Doch die Wohnung liegt im Dunkeln, selbst Ella realisiert erst nach einigen Sekunden, dass er wieder da ist, als er einige Akten auf der Konsole im Flur ablegt.

Sie muss fest geschlafen haben und George freut sich, dass Karen ganz offensichtlich einen weiten Spaziergang mit ihr gemacht hat. Er krault sie ausgiebig hinter beiden Ohren und begleitet sie zu ihrem Körbchen, wo sich Ella mit einem zufriedenen Brummen zusammenrollt.

Auf Zehenspitzen nähert sich George dem Schlafzimmer und entdeckt Karen in seinem Bett, das aufgeschlagene Buch dieser von ihr so verehrten Schriftstellerin auf der Brust, beide Deckblätter noch immer umklammert, obwohl sie tief und fest schläft.

George tritt neben sie, nimmt ihr vorsichtig das Buch aus den Händen und will gerade das Licht der Nachttischlampe ausschalten, als sie sich rührt und murmelt: »Da bist du ja endlich! Komm zu mir ins Bett!«

George schmunzelt, als er ihrer Aufforderung sofort folgt, und als sie ihre Arme um seinen Hals schlingt, vergisst Karen in dem überwältigenden Gemisch von grenzenloser Lust und tief empfundener Liebe alles um sich herum, auch den geheimnisvollen Schlüssel und die Geschichte von zwei jungen Frauen, deren Schicksale unbarmherzig miteinander verwoben werden.

St. Moritz, 2022

Isobel steht unschlüssig in ihrem Ankleidezimmer. Während sie in dem unerschöpflichen Reservoir ihrer Hausmäntel kramt, überlegt sie bereits, welche Perücke sie heute aufsetzen soll.

Vor dem Spiegel in ihrem Badezimmer hat sie heute Morgen wieder einmal bekümmert den natürlichen Zustand ihrer Haare begutachtet. Sie sind schütter geworden, zeigen kahle Stellen und der verbliebene Rest ist so hauchdünn, dass er ihre Kopfhaut durchschimmern lässt.

»Tu was dagegen«, hört sie noch immer die Stimme ihrer Mutter. »Das kann man ja nicht mitansehen.«

Damals hat ihre unermüdliche Suche nach Perücken begonnen, die sie alle in blonden Haartönen ausgewählt hat. Mittlerweile hat sie fünfzig Exemplare in unterschiedlichen Ausführungen, die alle auf Keramikköpfen in einem eigens dafür eingerichteten Raum stehen. Manchmal erschrickt sie beim Betreten, wenn sie das Licht einschaltet und sie das Gefühl beschleicht, sie wäre in einen Horrorfilm geraten, in dem ein Wahnsinniger die Trophäen seiner Mordserie verwahrt.

Dieser Albtraum begleitet sie, nachdem sie einmal durch Zufall im US-TV in einen Crime-Sender geschaltet hat, wo über einen Serienkiller berichtet worden ist.

Seitdem hat sie sich von einem Techniker alle Programme sperren lassen, in denen es ununterbrochen um Morde geht. Wie sie unlängst hat feststellen müssen, werden es immer mehr, und sie begreift nicht, warum sie so erfolgreich sind.

Sie hält sich lieber in den Welten ihrer Lieblings-Soaps auf, deren Schicksale sie mittlerweile so sehr in ihren Bann ziehen, dass sie manchmal heftig weinen muss, wenn einer der Protagonisten stirbt. Für sie sind sie Familienmitglieder, deren Lebenswege sie so intensiv miterlebt, als wären sie ihre eigenen.

Deshalb empfindet sie es als unerträglich, wenn Schauspieler ausgetauscht werden, die dann plötzlich in der Identität der Person auftauchen, die sie schon seit vielen Jahren in der alten Besetzung kennt.

In so einem Augenblick sehnt sie sich immer in die Zeiten zurück, als ihr Vater noch einer der Besitzer von TV-Sendern gewesen ist und sie sich bei ihm hat beschweren können, wenn wieder ein neuer Schauspieler aufgetaucht ist.

»Isobel«, hört sie ihn immer noch erklären. »Das ist Fiktion! Die Storys schreiben Drehbuchautoren und die Darsteller der Figuren werden immer nach einer gewissen Zeit so gierig, dass sie um die Höhe ihrer Gagen feilschen. Glaubst du, da würde ich mich einmischen?«

»Daddy, bitte«, hat sie ihn angebettelt, doch er hat ihr geraten: »Wechsel einfach das Programm! Da siehst du dieselben Pappnasen in einer anderen Soap. Dann kannst du ja Wiedersehen feiern.«

Isobel entscheidet sich für einen gelben Hausmantel und entschließt sich, dazu die Langhaarperücke aufzusetzen. Der Farbton der Haare entspricht fast exakt dem des Outfits.

Als sie sie überstreift und mit den Haftstreifen auf ihrem Kopf festklebt, denkt sie voller Wehmut an ihre langen Haare, die sie früher voller Stolz getragen hat. Dennoch ist sie immer betrübt gewesen, dass ihre Haarfarbe nicht das strahlende Blond von Claire aufgewiesen hat. Ihre sind eher dunkelbraun gewesen und ihre Mutter hat ihr verboten, sie färben zu lassen.

»So ein Blödsinn. Du musst dich schon bescheiden. Du bist nicht Claire. Die hat von Natur aus diese goldene Färbung. Nimm es als Schicksal, dass du die Haarfarbe deines Vaters geerbt hast.«

Isobel hält einen Moment inne, als sie sich im Spiegel betrachtet, und greift nach dem Rougepinsel, an dem noch ein Rest von dem roséfarbenen Puder hängt, streicht sich damit über die Jochbögen ihres Gesichts und überlegt, ob sie die künstliche Mähne heute mal mit einem Satinband zurückbinden soll.

Der Stoff in Gelb oder in Rosé? Diese Frage beschäftigt sie eine Weile, bis sie sich plötzlich daran erinnert, dass sie diese Frisur mit der großen Schleife getragen hat, als die Fotosession bevorgestanden hat.

Das letzte Foto mit Claire vor deren Hochzeit.

Rasch nimmt sie statt eines Seidenbands einen der fast einhundert Haarreifen, die sie in unterschiedlicher Ausführung zusammengesammelt hat.

Zufällig erwischt sie den mit den vielen kleinen Perlen auf dem Stoff, drückt ihn auf ihren Kopf und beschließt, dieses Foto zu suchen, das die Vorlage für das Ölgemälde geworden ist, das in ihrem Ballsaal hängt.

Sie schlüpft schnell in die gelben Pantoletten und durchquert ihre Zimmerflucht in Richtung Ballsaal.

Dort will sie noch einmal nachschauen, wie Claire und sie gemeinsam posiert haben.

Doch als sie die Tür zum Saal erreicht, bleibt sie wie ange-wurzelt stehen. Es ist erst das zweite Mal, dass sie sich wieder zutraut, hineinzugehen. Beim letzten Mal ist es dem Auftauchen von Carey geschuldet gewesen, dass sie sich der Flut ihrer Erinnerungen ausgesetzt hat.

Was Carey wohl in diesem Augenblick macht? Ist sie schon weitergekommen bei ihrer Suche nach Margaret?

Es ist merkwürdig. Sie hat so unendlich viele Jahre in ihrer selbst gewählten Abgeschiedenheit gelebt, bis diese junge Frau plötzlich alle Schranken überwunden hat und zu ihr vorgedrun-gen ist.

Was sie zunächst als Katastrophe empfunden hat, hat sich zu einer Zweisamkeit entwickelt, die sie nie für möglich gehal-ten hätte.

Und was sie sich jetzt eingesteht und worauf sie überhaupt nicht vorbereitet ist: Carey fehlt ihr. Sie ist eine Person, die so viel Einfühlungsvermögen mitbringt, so offen ist und nicht zuletzt auch noch ihre Leidenschaft für Romane teilt.

Außerdem auch noch dieselbe Lieblingsschriftstellerin kennt und schätzt. Dabei fällt ihr ein, dass sie das neueste Werk von Amanda Clark noch gar nicht angefangen hat.

Etwas, was früher nie passiert wäre. Sie hätte das Buch in einem Schwung durchgelesen, aber dass es dieses Mal nicht der Fall ist, zeigt ihr, dass ihr Leben sich durch Careys Auftauchen um einhundertachtzig Grad gedreht hat.

Noch immer wagt sie es nicht, die Tür zu öffnen, und sie wünscht, Carey wäre hier. Mit ihr zusammen würde sie hin-durchschreiten, da ist sie sich mittlerweile sicher.

Es ist so schön gewesen, wenigstens Careys Stimme zu hören, und es ist auch wirklich nett von ihr gewesen, dass sie mit einem richtigen Telefon angerufen hat und nicht mit einem dieser Handys.

Was hat sie noch mal vorgeschlagen? Ach ja, einen Anwalt zu beschäftigen, einen aus London, den sie vertrauenswürdig findet. Erst nach dem Telefonat ist ihr eingefallen, dass sie Carey davon unterrichten wollte, dass wieder ein Haufen Briefe eingetroffen ist, die sie diesmal aber nicht geöffnet hat.

Ein kleines Lächeln zeigt sich auf ihrem Gesicht, als sie an die Principessa denkt, von der ihr Carey berichtet hat, die alle Briefe, deren Absender ihr nicht gepasst haben, dem Concierge an der Rezeption vom The Golden Mountain zurückgegeben hat.

Vielleicht sollte sie es ihr nachtun und warten, bis der Anwalt, den Carey so zu schätzen gelernt hat, nach St. Moritz kommt und sich der Korrespondenz annimmt.

Doch jetzt muss sie erst die Sache mit dem letzten Foto klären.

Als hätte sich durch ihr Zögern eine Lösung aufgetan, nicht hineinzugehen, nutzt sie aufatmend den Ausweg, um wieder zurückzukehren.

Sie hat eine andere Idee und geht zur Bibliothek, in der ihre vielen Fotoalben aufbewahrt werden. Allerdings nicht sichtbar, denn sie hat sich einen versteckten Schrank hinter einem Regal einbauen lassen, der ihre Schätze verbirgt, dessen Mechanik nur sie kennt.

Warum sie das so geplant hat, weiß sie selber nicht mehr so genau. Denn weder Heather noch ihre alte Kosmetikerin, die bei ihr geblieben ist, nachdem sie als junges Mädchen in die Dienste ihrer Mutter gekommen ist, kämen auf die Idee, in ihren persönlichen Alben herumzuschnüffeln.

Jenny hatte sich ihrem Leben in St. Moritz angeschlossen, nachdem ihr Mann gestorben ist und die beiden Kinder aus dem Haus gewesen sind. Isobel hat deren Ausbildung finanziert und Jenny lebt mittlerweile äußerst zufrieden in einem der

Chalets auf dem Hotelgelände. Sie ist sofort zur Stelle, wenn sie von Heather gerufen wird, um Isobel herzurichten.

Die zum Bücherregal umfunktionierte Tür vor dem verborgenen Schrank öffnet sich mit einem Klacken.

Isobel kennt den Inhalt der fünfzig Fotoalben ganz genau, die sie mit jedem Foto von Claire gefüllt hat, und zieht mit sicherer Hand den Band heraus, in dem das Foto steckt.

Sie setzt sich auf die Couch und behält den Band auf ihrem Schoß. Dann fängt sie an zu blättern. Als sie an genau dem Blatt angekommen ist, auf dem sie das Foto in der Mitte befestigt hat, schaut sie auf einen leeren Fleck.

Das kann nicht sein. Irritiert schlägt sie die nächsten Seiten um, aber da sind nur die Fotos, die dort hingehören. Vielleicht hat sie sich ja geirrt und öffnet noch einmal mit zitternden Fingern den Spalt zwischen den beiden Blättern, wo das Foto sein muss.

Doch sie hat sich nicht getäuscht.

Wieder starrt sie nur auf den leeren Fleck. Die Klebeecken, in die sie das Bild gesteckt hat, sind noch an Ort und Stelle.

Panik steigt in ihr auf und sie lässt den Band entsetzt zu Boden fallen. Außer sich vor Angst, das Erinnerungsstück könnte von ihr falsch eingeordnet worden sein, reißt sie Band für Band aus dem Schrank, blättert sie in aller Hast durch.

Nichts.

Das Foto ist nicht in einem anderen Band gelandet.

Isobel ermahnt sich, die Suche nicht aufzugeben.

Es muss da sein.

Sie beginnt noch einmal, alle Alben akribisch durchzusehen. Ohne Hast, sie will keinen Fehler machen. Es kann nicht sein, dass das Foto verschwunden ist.

Denn sie ist diejenige, die weiß, dass alle Bände in sämtlichen Besitztümern, in die sie mit ihrer Mutter jahrelang rastlos hin- und hergezogen ist, in ihrer Obhut gewesen sind.

Sie sind jedes Mal vom Personal in Plastikfolien eingeschweißt und überall dort, wo sie eine Zeit lang geblieben sind, wieder ausgepackt und in extra angefertigten Schränken einsortiert worden. Immer streng nach Jahrgängen geordnet.

Hat sie vielleicht nicht mehr ganz genau in Erinnerung, wie das Foto ausgesehen hat?

Dieser Hoffnung folgend, läuft sie auf klappernden Pantoletten durch die Räume, reißt diesmal, ohne lange nachzudenken und zu zögern, die Tür zum Ballsaal auf und hält erst vor dem Ölgemälde an der Wand inne.

Es geschieht genau das, vor dem sie sich gefürchtet hat. Die Stimmen aus der Vergangenheit ertönen und erreichen sie so laut, dass sie taumelt.

New York, Dezember 1956

»Mummy, was soll ich denn anziehen?«

»Isobel, du nimmst das Empirekleid!« Merediths Stimme klingt genervt.

Dennoch insistiert Isobel: »Aber das ist doch so kindlich. Da sehe ich ja aus wie zehn oder zwölf.«

»Papperlapapp!«, bekommt sie zur Antwort.

Claire betritt das Zimmer in ihrem wunderschönen neuen Chiffonkleid mit den kleinen Flügelärmeln, die aussehen wie Rüschen. Ihr blondes, seidig schimmerndes Haar ist ihr von ihrer Lieblings-Coiffeurin in sanft verlaufenden Wellen frisiert worden, die bis knapp unter ihre Ohrläppchen reichen. Dort sind die von einem Brillanten gehaltenen Perlenohrringe befestigt.

Sie hat den Dialog aufgeschnappt und bittet jetzt: »Mummy Darling, das ist das letzte Foto von uns beiden vor meiner Hochzeit. Da kann sie doch etwas Neues tragen.«

»Jetzt fängst du auch noch an«, ärgert sich Meredith. »Jetzt ist es sowieso zu spät. Clive Cornell wartet schon auf euch. Er ist ein Star-Fotograf, den lässt man nicht warten. Ich musste ihm das Doppelte an Honorar zahlen, weil er komplett ausgebucht ist. Und ich will nur das Beste! Also hopphopp!«

Isobel ist den Tränen nah.

Als Claire das sieht, nimmt sie sie zur Seite und flüstert: »Komm, ich geb dir eins von meinen Kleidern.«

Sie zieht Isobel in eines ihrer Ankleidezimmer, schiebt einige Kleidersäcke hin und her und entscheidet schließlich: »Das hier, das fällt ganz weich. Das müsste dir passen. Schnell, zieh es über! Aber pass auf deine Haare auf, die sind schon gesprayt.«

Sie hilft Isobel aus ihrem Kleid und meint: »Du hast aber viel Busen gekriegt. Mummy muss dir dringend Büstenhalter besorgen.« Dann hilft sie ihr in das Satinkleid, das sich jedoch am Rücken nicht schließen lässt, sosehr sich Claire auch bemüht, den Reißverschluss nach oben zu ziehen.

»Egal«, befindet sie und streicht noch einmal eine Locke, die sich gelöst hat, hinter Isobels Ohr.

Sie ist überwältigt von Claires Großzügigkeit. »Danke, Claire, oh, ich danke dir so sehr! Du bist immer so lieb zu mir.«

Sie fühlt sich wie eine Prinzessin in einem der Couture-Kleider ihrer großen Schwester. Doch dann fragt sie angstvoll: »Was wird Mummy dazu sagen?«

»Sie kann gar nicht mehr viel sagen, denn der Fotograf ist ja schon da. Vor ihm wird sie sich zusammenreißen. Und merk dir eins: Wenn wir reingehen, bleibst du ganz nah vor mir, dann kann ich so eng hinter dir gehen, dass sie gar nicht bemerkt, dass dein Rücken nackt ist.«

Als sie den zum Studio umfunktionierten Raum betreten, zieht Meredith hörbar den Atem ein. Isobel kennt dieses Geräusch sehr genau und weiß, dass sie jetzt gleich explodiert.

Aber Claire hat recht, sie kommt nicht dazu, denn der Fotograf begrüßt sie mit den Worten: »Beautiful, zwei Grazien, eine schöner als die andere«, was Meredith mit verkniffenem Gesichtsausdruck zur Kenntnis nimmt.

Danach lässt sie jedoch ihre Wut an ihm aus, indem sie ihn wegen der Posen, die Isobel und ihre Schwester einnehmen sollen, so harsch kritisiert, dass er schließlich den Deckel auf das Objektiv seiner Kamera steckt und sagt: »Wenn Sie jetzt nicht sofort den Raum verlassen, beende ich die Session. Und Ihren Scheck kriegen Sie postwendend zurück.«

Meredith holt tief Luft, doch der entschlossene Gesichtsausdruck des Star-Fotografen, von dem sie glaubt, sie hätte ihn im Griff, beweist ihr, dass sie keine Wahl hat, und sie geht türenknallend hinaus.

»So, jetzt können wir arbeiten«, freut der sich und ruft: »Claire, legen Sie doch einen Arm auf die Schulter Ihrer kleinen Schwester.« Und fügt mit einem Augenzwinkern hinzu: »Dann ist auch sichergestellt, dass niemand den offenen Reißverschluss bemerkt.«

Isobel ist froh, dass Claire immer für einen Ausweg sorgt aus Situationen, in denen kein Entkommen möglich scheint. So ist auch Claire diejenige, die ihrer Mutter sagt, sie solle den angesagtesten Porträtmaler der Saison beauftragen, das Foto zur Vorlage zu nehmen, um daraus ein Gemälde zu erstellen.

Doch Meredith ist immer noch so aufgebracht über das, wie sie findet, impertinente Verhalten des Fotografen ihr gegenüber, dass sie sich weigert. Claire umgarnt daraufhin vor ihrer Abreise nach England ihren Vater und bittet ihn, den Auftrag zu erteilen.

Als Meredith das fertige Werk sieht, ist sie drauf und dran, es zerstören zu lassen. »Wage es nicht, es anzurühren«, warnt ihr Vater wütend, ehe er entscheidet: »Das Bild meiner beiden Töchter kommt in den Ballsaal. Und damit basta!«

Das Foto, das der Maler zurückgegeben hat, liegt eines Tages auf dem Schreibtisch ihres Vaters. Und als Isobel eine Chance sieht, ungesehen in sein Büro zu schlüpfen, nimmt sie es an sich und fügt es ihrer Fotosammlung zu.

London, 2022

Karen hat plötzlich den Impuls, sie müsste Isobel anrufen, es ist eine Unruhe in ihr, die sie sich nicht erklären kann.

Wieder wählt sie den Umweg über »La Klassen«, ohne jedoch dieses Mal eine sarkastische Bemerkung auf deren Kosten machen zu wollen, und interessanterweise scheint die Direktrice sich auch auf ihre absolute Professionalität zu besinnen, denn völlig überraschend sagt sie: »Frau Hauser, damit Sie sich nicht immer so eine Mühe machen müssen, sich verbinden zu lassen, gebe ich Ihnen jetzt die Geheimnummer von Miss Forster. Ich weiß, ich kann mich bei Ihnen darauf verlassen, dass sie auch geheim bleibt.«

»Das ist sehr nett«, versucht Karen, ihrer absoluten Verblüffung Herr zu werden.

»Gerne! Und für jetzt verbinde ich Sie rasch.«

Alles auf Anfang, denkt Karen da noch, aber sie ist völlig überfordert, was dann auf sie zukommt.

Sie hat sich schon wieder auf ein lautes »Haallloooo!« von Isobel eingestellt, als ein ersticktes »Hallo« erklingt, gefolgt von einem Schluchzen.

Jetzt ist es Karen, die lauter wird, als sie wissen will: »Isobel, um Gottes willen, was ist passiert?«

»Das Foto!«

»Welches Foto? Was meinen Sie?«

»Das Foto ist weg!« Nun folgt ein lang anhaltendes Weinen, das Karen vorkommt, als würde ein Kind in den Telefonhörer jammern.

Isobel ist völlig aufgelöst und Karens Gefühl schwankt zwischen Betroffenheit und peinlich berührt sein. Sie hört dem tief empfundenen Kummer einer alten Frau zu, ohne eine Möglichkeit zu sehen, sie trösten zu können.

»Isobel«, versucht sie im bestimmenden Ton einer Respektsperson, sie abzulenken, »Isobel, jetzt ist es genug! Sagen Sie mir endlich, was passiert ist, und wir finden eine Lösung!«

Fast hätte sie noch hinzugefügt: »Und jetzt putzen Sie sich mal die Nase, dann wird alles gut.« Aber sie hat kein Kind am anderen Ende der Leitung, sondern eine alte Frau, die alles hat und merkwürdigerweise daraus keine Sicherheit schöpft.

Es dauert eine geraume Weile, ehe Isobel mit bebender Stimme beginnt: »Carey, Sie kennen doch das Gemälde im Ballsaal ...«

Und ob Karen das kennt. Vor dem ist sie bei ihrer Suche, was hinter der Tür im unbekannten Stockwerk liegt, gelandet. Und sie erinnert sich noch sehr genau, was sie damals gesehen hat: zwei junge Frauen in hellen, duftigen Satinkleidern, vermutlich auf einem Ball, bei der Jüngeren ist das Kindliche noch betont worden durch eine große Schleife, mit der ihre langen Haare gebändigt worden sind. Die Ältere, eine Schönheit mit großen tiefblauen Augen im fein geschnittenen Gesicht, hat einen Arm auf die Schulter der Jüngeren gelegt. Karen hat damals vermutet, dass das Gemälde vielleicht nach einer Fotografie angefertigt worden ist und dass die Pose vermutlich der Vorschlag eines Fotografen gewesen ist.

»Ich erinnere mich sehr gut an das Gemälde. Es zeigt Sie und Claire, nicht wahr? Aber was hat das jetzt mit einem Foto zu tun?«

Sofort setzt das Wimmern wieder ein, unterbrochen von dem Versuch, sich zu artikulieren, stößt Isobel aus: »Das … Bild … ist nach einem Foto gemalt worden. Ich hab das von Pa gestohlen und jetzt ist es weg.«

Wieder versucht Karen, sie zu beruhigen. Was hat das Foto mit einem Diebstahl vor Jahrzehnten zu tun?

Erst nach quälend langen misslungenen Versuchen begreift Karen, was ihr Isobel mitteilen will.

Das Foto ist vor Claires Hochzeit gemacht worden, für das Setting hat Claire ihrer kleinen Schwester eines ihrer teuren Kleider geliehen, worüber Meredith wütend gewesen ist. Isobels Vater hat später das Ölgemälde in Auftrag gegeben und Isobel hat das Foto von seinem Schreibtisch entwendet und in eines ihrer Fotoalben eingeklebt.

Und nun ist das Foto verschwunden.

Isobel scheint davon so erschüttert, dass sie wie manisch zig Alben durchgeblättert hat und, so hat Karen es verstanden, beim Anblick des Gemäldes im Ballsaal emotional in ihre Jugendzeit zurückkatapultiert worden ist.

George ist in der Zwischenzeit ins Wohnzimmer gekommen und hat völlig verständnislos ihren Teil der Konversation mitverfolgt.

Sein Anblick bringt sie allerdings auf eine Idee, wie sie die völlig aufgelöste Erbin ablenken könnte. Zumindest den Versuch ist es wert.

»Isobel, hören Sie mir gut zu. Ich habe Ihnen doch von dem versierten Anwalt in London erzählt. Es sieht so aus, als würde er tatsächlich die Zeit finden, nach St. Moritz zu kommen. Und dann suchen wir alle nach dem Foto. Und ich bin ganz sicher, wir werden es finden!«

Während George entsetzt mit den Augen rollt, hofft Karen, dass sie Isobel aus dem tiefen Tal der Tränen geführt hat, denn sie fragt tatsächlich ohne Schluchzen: »Wirklich? Glauben Sie das?«

»Allerdings!«, bestätigt Karen erleichtert und geht noch einen Schritt weiter. »Und dann schaut er sich auch gleich mal die ganzen Briefe Ihrer Anwälte an«, worauf George sich mit dem Finger eine imaginäre Pistole an die Schläfe hält und rückwärts auf das Sofa fällt.

Karen hat bei diesem Anblick Mühe, nicht loszulachen, doch sie reißt sich zusammen und ist so erleichtert, als sie plötzlich Isobel fast eifrig berichten hört: »Ja, das ist gut! Denn es sind ganz viele Briefe, seit Sie weg sind, angekommen. Ich habe die nicht geöffnet, so wie Ihre Principessa mit den Heizwicklern auf dem Kopf …«

»Richtig machen Sie das, genauso wie die Principessa! Und jetzt gehen Sie in Ihr Boudoir. Gleich fängt Ihre Soap an. Es wäre doch furchtbar, Sie würden eine Folge verpassen. Und noch etwas, Isobel …«

»Ja?«

»Schließen Sie die Tür zum Ballsaal ab. Die öffnen wir nur gemeinsam. Versprochen?«

»Versprochen!«

Es ist schon zu einem Ritual geworden, dass Karen und George jeden Mittag einen großen Spaziergang mit Ella unternehmen, sich unterwegs ein Stück Pizza to go gönnen, ehe sie den Labrador von der Leine lassen und entspannt dabei beobachten, wie er anderen Hunden hinterherjagt. Sie halten währenddessen jeder einen Becher voll Kaffee in der Hand und genießen die Sonnenstrahlen, die sich hin und wieder durch den regenverhangenen Himmel kämpfen.

Karen ist dankbar, dass George für sie da ist, denn, das ahnt sie, er will sie von dem furchtbaren Telefonat mit Isobel am Vormittag ablenken.

»Hast du eigentlich mal in den wichtigsten Frauenkliniken der damaligen Zeit nach Geburtsunterlagen von dieser Margaret gefragt?«, will George plötzlich wissen.

»Natürlich! Damit habe ich meine Suche nach Margaret begonnen«, berichtet Karen. »Aber leider gibt es die Kliniken nicht mehr. Die Privatkliniken, die übrigens weltweit einen guten Ruf hatten, wurden in den Neunzigern verkauft, und was glaubst du wohl, was daraus geworden ist?«

»Schönheitskliniken?«

»Hey, woher weißt du das?« Karen verpasst ihm einen spielerischen Hieb in die Seite, was er sofort zum Anlass nimmt, zusammenzusinken.

»Aua, jetzt muss ich selbst in eine Klinik«, behauptet er, was Karen dazu bringt, die Stelle zu streicheln und zu fragen: »Besser?«

»Na ja, ich werd's wohl doch überleben«, behauptet er, ehe er ihr einen Kuss gibt.

»Das kannst du noch genauso gut wie vor meiner … Attacke. Küssen!« Karen lächelt. »Aber jetzt mal im Ernst, woher weißt du das?«

»Weil es der Gang der Dinge ist. London zum Beispiel ist ein Mekka der Frauen, vor allem aus dem arabischen Raum, die während des Sommers hier die schönsten Villen mieten und anschließend um Jahrzehnte verjüngt wieder abreisen. Und außerdem schien mir die naheliegendste Verwandlung in Handy-Läden zu unglaubwürdig, denn dafür sind die Areale ja wohl doch zu groß.«

Als Ella genug vom Herumtollen hat, läuft sie auf die Bank zu, auf der sich George und Karen in der Zwischenzeit niedergelassen haben, und lässt einen Stock aus ihrem Maul vor ihnen fallen. George bückt sich und wirft das Stück Holz so weit er kann. »Das können wir jetzt noch eine halbe Stunde lang machen, wenn wir nicht aufstehen.«

»Ach, lass uns noch bleiben«, bittet Karen, da sie in Gedanken immer noch bei Georges Frage und bei der Erinnerung an Isobels Schluchzen ist. »Eigentlich hätte mir eine Geburtsurkunde sowieso nicht weitergeholfen. Schließlich hätte Claire ja wohl als Vater niemals ihren Liebhaber eintragen lassen. Natürlich hat sie deinen Vater genannt, was ihr ja, wie wir wissen, zum Verhängnis geworden ist. Dank geheimer Buchführung seiner Geliebten Emma, die exakt wusste, wann …«

»… es zum Beischlaf zwischen den Eheleuten gekommen war. So nannte man das damals«, kommt der Jurist in George durch.

»Und da«, er hat in der Zwischenzeit Ella schon zum dritten Mal apportieren lassen, »ich ja mittlerweile zu deinem Assistenten bei der Suche nach einer Erbin geworden bin, habe ich mir einem Termin beim Gericht in Buckinghamshire geben lassen.«

»Wozu?«

»Um Einblick in die Gerichtsakten zu bekommen. Nur dort können wir erfahren, was mein Vater so Schlimmes in Claires gestohlenem Tagebuch gefunden hat, was er noch nicht mal seinem alten Buddy, Lord Rotherhide, verraten hat.«

»George, das ist großartig!«

»Dafür schuldest du mir allerdings was.«

»Und das ist?«

»Dass du deine Versuche unterlässt, mich zum Juristen einer Frau zu machen, die wegen eines verschwundenen Fotos einen Nervenzusammenbruch bekommt.«

»Ella, jetzt ist gut«, wendet sich Karen zu der Hündin, die enttäuscht vor ihr sitzen bleibt. »Dein Herrchen hat gerade keine Zeit mehr, Stöckchen zu werfen.«

Als ob sie das verstanden hätte, legt sich Ella beleidigt unter die Bank.

»So weit ist es schon gekommen«, beschwert sich George verwundert. »Jetzt hört sie besser auf dich als auf mich. Mich hätte sie bei solch einer Ansage direkt angebellt. Wow!«

Karen geht aber nicht auf seinen lockeren Tonfall ein, sondern erklärt ernsthaft: »George, du musst das verstehen, das ist sozusagen ein Riesenquantensprung für eine alte Frau, die jahrzehntelang in absoluter Abgeschiedenheit gelebt hat, niemanden mehr sehen wollte und jetzt bereit ist, einen Anwalt aus London, den ich ihr empfehle, in ihr Leben zu lassen.«

»Okay, das sehe ich ja ein, aber ich habe viel zu viele Termine, als dass ich jetzt im Moment mal so einfach nach St. Moritz jetten könnte. Selbst wenn ich es wollte. Und dann auch nur dir zuliebe.«

»Es muss ja nicht morgen sein, aber bald«, schlägt Karen vor. »Und jetzt bist du ja auch erst mal so wahnsinnig lieb, in Sachen Margaret für Isobel in Gerichtsakten zu wühlen.«

»Es gäbe noch eine andere Möglichkeit«, schlägt George vor. »Schalte die Öffentlichkeit ein.«

Als sie darauf völlig konsterniert reagiert, insistiert er: »Warum denn nicht? Ich kenne viele Leute in den Medien und ich könnte mit ihnen besprechen, in welcher Form man so etwas aufbereitet. Letztlich erst hat mich wieder ein Producer angesprochen, was ich von einer Doku über Wolston Manor halte. Das wäre ein großes Porträt des Hauses im Rahmen einer Serie über die berühmtesten Schlösser Englands. Dabei könnte man doch ganz elegant einflechten, dass wir noch auf der Suche nach der Tochter der ersten Frau meines Vaters sind …«

»George«, bestürmt sie ihn. »Isobel ist auf die groteske Idee gekommen, mich nach ihrer Nichte suchen zu lassen, obwohl ich dafür denkbar ungeeignet bin. Aber dass sie mich dafür ausgewählt hat, ist darauf zurückzuführen, dass ich für sie zu einer Vertrauten geworden bin, der sie sich öffnen kann. Für sie wäre eine Diskussion über familiäre Angelegenheiten in der Öffentlichkeit, ja, wie soll ich sagen, wie ein Verrat. Verstehst du, was ich meine?«

»Schon«, stimmt er zu. »Aber wir haben einfach nichts in der Hand. Ich habe alle Adelsregister gecheckt, war bei all den Bediensteten, die zu der Zeit von Vaters erster Ehe als junge Diener in den Haushalt gekommen sind, habe sie in ihren Altenheimen oder Wohnungen ausfindig machen lassen, aber keiner hat eine Ahnung, was aus dem Kind der verstoßenen ersten Frau ihres Dienstherrn geworden ist.

Du hast ja noch die wichtigste Story selbst herausgefunden. Margarets Besuch bei Pamela 1979. Mehr haben wir nicht, wenn wir ehrlich sind.

Und auch, wenn du es nicht hören willst: Ich sehe keinen anderen Ausweg, als dass deine Isobel den Ratschlägen ihrer Phalanx an Anwälten folgen und Stiftungen gründen muss, um ihr monströses Vermögen unterzubringen. Mag sie eigentlich Hunde? Oder Katzen? Wie wär's denn mit dem Tierschutz? Den könnte sie wirklich unterstützen. Oder Klimaaktivisten. Irgendetwas Sinnvolles.«

Karen sieht ihn enttäuscht an.

»Guck mich nicht so an«, fleht er daraufhin. »So guckt Ella, wenn man ihr den Lieblingsknochen wegnimmt. Ist ja schon gut. Du bist nicht dafür. Lass mich jetzt erst einmal das Gerichtsarchiv durchstöbern. Aber du weißt schon, was das heißt«, gibt er zu bedenken.

Karen seufzt. »Weg aus London! Hin zum Schloss!«

»Richtig. Und zwar morgen!«

Karen zuckt erschrocken zusammen. »Den wievielten haben wir heute?«, fragt sie und als George ihr verblüfft den Tag und das Datum nennt, holt sie tief Luft.

»Das geht nicht.«

»Was?«

»Dass wir fahren. Es ist nämlich so: Amanda Clark kommt nach London. Und ich habe zwei Karten.«

»Wofür?«

»Eine Lesung! Von ›Der geheime Schlüssel‹ …«

»Dem Buch, über dem du immer einschläfst.«

»Ja, schon, aber das liegt nicht am Buch, sondern an dir«, behauptet sie.

Lachend zieht er sie an sich. »Wann ist denn diese Lesung?«

»Morgen. Am Abend, um zwanzig Uhr.«

»Dann müssen wir sehen, dass wir pünktlich zurückkommen. Denn ich kann nicht so einfach einen anderen Termin vereinbaren. Es ist sowieso ein unglaubliches Entgegenkommen, dass man mich in das Archiv lässt – ohne Aufsicht. Oder du fährst ohne mich zu deiner angebeteten Autorin.«

»Nein, auf keinen Fall! Ich möchte so gerne, dass du sie kennenlernst. Sie ist eine fantastische Frau. Eine tolle Autorin. Und für mich ist das gigantisch, ihr persönlich zu begegnen.«

Am nächsten Tag nimmt sich Karen morgens viel Zeit, als sie ihre Garderobe durchsieht. Was soll sie anziehen? Es kommt ihr vor, als wäre es der erste freie Tag seit Wochen, an dem sie etwas nur für sich plant.

Dabei ist die vergangene Zeit die bisher schönste in ihrem Leben. Sie empfindet ein tiefes Glücksgefühl, wenn sie nur an George denkt. Sie ist ganz sicher, dass er dasselbe für sie empfindet wie sie für ihn. Und für sie ist es unfassbar, dass sie sich so gut ergänzen, ohne sich dieses Zustandes gegenseitig versichern zu müssen. Es ist ein Gleichklang der selbstverständlichen Gefühle. Hat sie in früheren Beziehungen oder Flirts immer das Gefühl gehabt, dass etwas gefehlt hat, was sie gar nicht hätte benennen können, so ist da jetzt nichts, was sie vermisst.

Selbst Ella gehört nun zu ihrem Leben dazu. Sie folgt ihr auf Schritt und Tritt, wenn George auf Terminen ist.

Und Karen hat sich längst angewöhnt, immer wieder innezuhalten, um die Hündin zu kraulen oder sie anzusprechen, was sie von George abgeschaut hat.

Auch mit ihr ist etwas zusammengekommen, was zusammengehört.

Mittlerweile kennt sie auch die Namen der Dienerschaft im Schloss, die der Angestellten im Hotel, und sie beschäftigt sich immer intensiver mit der Perspektive, Georges spontanes Jobangebot, das er ihr gleich zu Beginn ihres Kennenlernens gemacht hat, ernsthaft in Erwägung zu ziehen.

Doch was sie davon abhält, ist die Last, die auf ihren Schultern liegt. Der Wunsch von Isobel, ihre Erbin zu finden.

Carmel-by-the-Sea, Kalifornien, 2022

Margaret seufzt. Sie hat viel zu viel zu tun, als dass sie sich jetzt die Nacht um die Ohren schlagen dürfte. Aber sie muss unbedingt einige Überweisungen erledigen und dafür nutzt sie immer die späten Nachtstunden, da sie am Tag nicht dazu kommt.

Leider erinnert sie die späte Uhrzeit an die fatale Nacht, in der sie sich mit dem Unvorstellbaren hat auseinandersetzen müssen.

Als ihr aus den Unterlagen, Briefen und Tagebüchern ihrer Großmutter Sätze, Wörter, Gewissheiten entgegengeschlagen sind, die sie, hätte sie die Wahl gehabt, niemals hätte erfahren wollen.

Vor allem ist sie immer noch geschockt von dem Empfinden, bei der Lektüre Merediths Stimme zu hören.

Den ungeduldigen Ton, die aufbrausende Art des Umgangs, dann die heuchlerische Verwandlung in ein wisperndes Sprechen, sobald sie jemanden getroffen hat, den sie als bedeutend eingestuft hat. Dann ist sie zu einer Frau geworden, die kein Wässerchen hat trüben können, die im charmanten

Umgang einen fantastischen Eindruck hinterlassen hat. Die aber währenddessen immer völlig ungerührt ihre Intrigen gesponnen hat, mit denen sie ganze Lebensläufe für immer verändert hat.

Voller Schaudern erinnert sich Margaret noch sehr gut an einen Nachmittag im August, als sie zwölf Jahre alt gewesen ist, an dem Meredith unangekündigt ins Haus reingeplatzt ist. Sie hat gerade im Pool einen Handstand geübt, als sie beim Auftauchen die unverkennbar herrische Stimme gehört hat: »Wo ist deine Mutter?«

Sie hat sich so sehr erschrocken, dass sie eine Unmenge Wasser geschluckt und einen Hustenanfall bekommen hat.

Da sie daraufhin hilflos um sich schlug, um nicht unterzugehen, herrschte Meredith sie an: »Schwimmen kannst du also auch nicht!«

Als sich Margaret die Augen rieb, um zu sehen, wo die Stimme ihrer Großmutter herkam, entdeckte sie das Dienstmädchen ihrer Mutter und den Verwalter des Anwesens in Beverly Hills hilflos am Rand des Beckens neben ihr stehen. Meredith setzte sich wie immer durch und ließ sich nicht abschütteln, obwohl es die strikte Anordnung ihrer Mutter gab, sie niemals einzulassen.

Inzwischen hatte sich Margaret gefangen und war zur Treppe am anderen Ende des Pools geflüchtet. Dort konnte sie zwar sicher sein, dass Meredith nicht zu ihr käme, aber sie war nicht vor dem bellenden Tonfall geschützt.

»Wo ist deine Mutter?«, fragte sie wieder.

»Ich weiß es nicht«, antwortete sie wahrheitsgemäß. Doch das war nicht das, was ihre Großmutter hören wollte. Wie immer, wenn sie wütend war, stemmte sie ihre Fäuste in die Taille und stampfte mit dem Fuß auf. Vermutlich hatte sie sich gleich vom Flughafen zu Claires Mansion bringen lassen, denn jetzt tauchte ein livrierter Fahrer mit zwei Koffern auf, die mit Sicherheit nur einen Bruchteil ihres Gepäcks ausmachten.

Über einem schmal geschnittenen Sommerkleid, das ihre zierliche Figur betonte, auf die sie so stolz war, trug sie einen Mantel, der offen stand.

Bei diesem top gestylten Anblick bekam Margaret furchtbare Angst, dass ihre Großmutter sie zwingen würde, aus dem Pool zu steigen. Dann, da war sie sicher, würde sie sofort einen Vortrag darüber beginnen, warum sie noch nicht abgenommen hatte.

»Du wirst sonst so pummelig wie deine Tante Isobel. Halte Diät! Mach Sport! Nimm dir ein Beispiel an Claire. So sieht eine Lady aus!«

»Madam, wo soll ich Ihr Gep…«

»Fragen Sie nicht so dumm! Stellen Sie es einfach irgendwo ab«, lautete ihr barscher Befehl. »Hopphopp!«

Margaret kannte den Fahrer, der häufig ihre Mutter während ihrer Shopping-Touren begleitete, und er tat ihr leid. Es musste demütigend für ihn sein, so herumkommandiert zu werden.

»Los«, gellte jetzt die Stimme in ihre Richtung. »Steig endlich aus dem Wasser und überlege, wo Claire sein kann!«

Margaret blieb nichts anderes übrig, als ihrer Aufforderung Folge zu leisten, griff sich sofort ein großes Badehandtuch, doch sie unterschätzte wieder einmal Merediths lauernden Blick.

»Wie siehst du denn aus? Du bist in die Breite gegangen. Ab jetzt gibt es nur noch die Hälfte, ach was, ein Viertel der Mahlzeiten, das werde ich Claire sagen. Wo ist eure Köchin?«

Margaret antwortete gar nicht. Da sie beobachtet hatte, dass die Dienstboten verschwunden waren, konnte sie sicher sein, dass die Köchin Mabel sich schon vor dem ungebetenen Gast in Sicherheit gebracht hatte.

»Setz dich«, forderte Meredith sie auf, die dabei angelegentlich die Unterlagen, die auf dem Tisch lagen, überflog.

Es waren ihre Schulsachen und sofort fürchtete sie sich vor dem nächsten Kommentar.

Und tatsächlich blickte ihre Großmutter, nachdem sie ein Heft desinteressiert durchgeblättert hatte, auf das Namensschild des Deckblattes.

Sofort nahm sie Margaret, die sich in ihr Tuch eingewickelt hatte, ins Visier. »Was steht hier? Ich glaube es ja wohl nicht. Sag mir, was hier steht!«, forderte sie lauernd.

Margaret wusste sehr genau, was dort stand. Ihr Name. Margaret Forster.

Meredith schlug das Heft auf den Tisch. »Sag mir, wie das möglich ist!«

Margaret beschloss, nicht zu reagieren, was Meredith allerdings noch aufbrausender werden ließ.

»Glaubst du, ich hätte in den Staaten Prozesse für dich nur so zum Spaß geführt, damit du deinen richtigen Namen tragen darfst? Mich haben die Anwälte ein Vermögen gekostet, damit sie den Erfolg einfahren, den ich haben wollte. Du heißt Lady Margaret of Douglas-Drummond. Das ist dein gutes Recht, das ich vor Gericht erstritten habe.«

»Worum dich niemand gebeten hat«, hörte Margaret in diesem Augenblick zu ihrer großen Erleichterung die Stimme ihrer Mutter.

Sicher hatte jemand vom Personal sie ausfindig gemacht und ihr ausrichten lassen, dass ihre Mutter sich Zutritt zu ihrem Haus verschafft hatte.

»Wo warst du?«, reagierte Meredith, ohne auf diese Bemerkung einzugehen.

»Das geht dich gar nichts an.«

Margaret zog unwillkürlich den Kopf ein, wie immer, wenn sie Zeugin eines Aufeinandertreffens der beiden Frauen wurde. Claires Stimme war dann immer so kalt, dass es sie frösteln ließ.

»Was willst du hier? Du bist nicht willkommen«, sagte sie jetzt in schneidendem Tonfall.

»Ich bin bei den de Willes eingeladen und da dachte ich mir, ich könnte hier wohnen.«

»Auch da hast du dich geirrt.«

Claire verschwand in der großen Wohnhalle, kam kurz darauf mit dem dort wohl wartenden Fahrer zurück und trug ihm auf: »Tragen Sie alles wieder zum Wagen. Meine Mutter fährt sofort ab.«

Hinter ihm hatten sich jetzt zehn Mitglieder des Personals versammelt, die sich den Showdown zwischen Mutter und Tochter nicht entgehen lassen wollten. Alle wussten von dem angespannten Verhältnis der beiden und erhofften sich wohl das Schauspiel eines Eklats.

Die Tatsache, dass Publikum auf den nächsten Schlagabtausch wartete, ließ Meredith den Rückzug antreten, jedoch nicht, ohne vorher auf Margaret zu zeigen. »Sorg dafür, dass deine Tochter abnimmt. Sonst wird sie noch so dick wie ihre Tante Isobel.«

Claire sandte ihr einen kühlen Blick. »Wo ist Isobel?«

»In einer Diätklinik. Dort habe ich sie hingebracht. Vielleicht solltest du das auch mit Margaret machen. Du willst ihr doch sicher Isobels Schicksal ersparen.«

Margaret sah, dass Claire auf diese Bemerkung hin kurz davor schien, sich auf ihre Mutter zu stürzen.

»Verschwinde!«, stieß sie schließlich zwischen den zusammengebissenen Zähnen hervor. »Wage es nicht mehr, einfach bei mir aufzukreuzen.«

Wie immer aber hatte Meredith das letzte Wort: »Ich weiß ja gar nicht, auf welchem unserer Besitztümer du dich aufhältst. Oder in welchem Hotel. Und sorg dafür, dass Margaret mit ihrem Ehrentitel der Douglas-Drummond durch ihr Leben geht. So ein Titel ist Gold wert. Sicher will sie irgendwann einmal ihren Vater kennenlernen, da wird die Tatsache, dass sie seinen Namen trägt, eine große Rolle spielen.«

Noch heute gellt Margaret Claires Stimme in ihren Ohren, doch sie hat das, was sie geschrien hat, damals nicht verstanden, aber sie weiß noch, wie zutiefst verstört sie von Claires Heftigkeit gewesen ist.

Jetzt, nach ihrer Kenntnis von Merediths Vermächtnis, weiß sie, was Claire gekreischt hat, und will aus Furcht vor erneuten Albträumen auf jeden Fall heute ausnahmsweise einmal ein leichtes Schlafmittel nehmen.

Margaret will ihren Computer schon herunterfahren, als sie wider besseren Wissens nach so langer Zeit »Schloss Wolston Manor« aufruft.

Vielleicht ist der verdammte Palast ja mittlerweile zusammengekracht.

Doch zu ihrem Erstaunen ist das Gegenteil der Fall. Wolston Manor gehört zu den beliebtesten Ausflugszielen Großbritanniens. Längst steht das Schloss für Besichtigungen offen.

Also steht heute kein blasierter Butler mehr am Eingang und verwehrt den Zutritt, denkt sie voller Bitterkeit.

Margaret scrollt durch den beeindruckend gut gemachten Internetauftritt, stößt auf die Angebote eines Fünf-Sterne-Hotels, das von der Familie in einem großen Seitenflügel eröffnet worden ist, und liest die geradezu hymnischen Bewertungen.

Als ob sie einer unbekannten inneren Stimme folgt, nimmt plötzlich eine Idee Gestalt an.

Was wäre, wenn sie ein letztes Mal dorthin reisen und in dem Hotel als Gast willkommen geheißen würde, um als zahlender Gast zu übernachten?

Ein später Sieg, aber ein schaler. Soll sie sich das wirklich antun, nach vierzig Jahren an den Ort zurückzukehren, an dem man sie so schnöde hat abweisen lassen, als sie geglaubt hat, sie müsste unbedingt den Duke, ihren Vater, kennenlernen? Sie hat sich damals als Einundzwanzigjährige so viel von einem Treffen erhofft.

Bei Claire hat sie als Heranwachsende ständig wechselnde männliche Partner erlebt, die sich überhaupt nicht mit ihr beschäftigt haben.

Dabei hat sie sich damals so verzweifelt eine Vaterfigur herbeigewünscht, eine, die so beständig da wäre wie die Väter ihrer Schulkameradinnen. Die von ihnen zu Basketballspielen mitgenommen worden sind, die in die Schule gekommen sind, um ihre Töchter als Cheerleaderinnen zu feiern, und die Margaret immer ganz mitleidig gefragt haben: »Holt dein Vater dich ab?«

Nein, da ist keiner gewesen, sondern nur die Gigolos, die Claire angetrunken am frühen Morgen in ihr Schlafzimmer gezogen haben.

Vielleicht sollte sie es jetzt als einen ultimativen Abschluss betrachten, ein letztes Mal an den Ort zurückzukehren, der Claire unglücklich gemacht hat und an dem man ihr die Tür gewiesen hat.

Margarets Hände schweben einen Moment über der Tastatur, ehe sie ihre Finger in rasender Hast die Buchung machen lässt.

Ja, es würde ein längst fälliger Schlussstrich sein unter Lügen, Betrug und Kummer.

Buckinghamshire, 2022

Karen wandert schon eine geraume Weile auf der Schlossvorfahrt hin und her. Immer wieder schaut sie ungeduldig auf ihre Uhr, obwohl dies den Zeiger auch nicht dazu bringt, stehen zu bleiben und die Zeit anzuhalten. Ella hat es mittlerweile aufgegeben, ihr bei diesem Umherirren zu folgen. Sie hat sich auf den Steinsims neben dem Eingang gelegt, lässt aber Karen nicht aus den Augen.

Erst als sie den Motor von Georges Range Rover hört, springt sie auf und läuft dem Fahrzeug entgegen.

George steigt gar nicht erst aus, sondern beugt sich zur Seite und öffnet von innen die Beifahrertür.

Den Wettlauf mit Ella kann Karen nicht gewinnen, sie kann erst als Zweite einsteigen und fürchtet: »Das werden wir nicht mehr schaffen!«

Doch George tröstet sie: »Wir brauchen neunzig Minuten bis zu der Buchhandlung. Das sollte noch klappen.«

Er drückt so stark auf das Gaspedal, dass Ella auf dem Rücksitz umkippt.

»Sorry«, ruft er nach hinten, ehe er den Wagen konzentriert durch das offen stehende Eisengitter lenkt und auf die Straße abbiegt.

Erst jetzt sagt er: »Hallo, ich freue mich auch, dich zu sehen«, was Karen richtig versteht und sich bei ihm entschuldigt: »Sorry, du hast recht, aber du weißt ja, wie wichtig mir die Lesung ist, und ich habe halt doch sehr ungeduldig auf dich gewartet.«

»Und das bringt dich auch dazu, mich gar nicht zu fragen, was ich im Archiv gefunden habe.«

»Stimmt. Erfahren wir jetzt endlich, was das große Entsetzen bei deinem Vater ausgelöst und den Richter dazu gebracht hat, die Scheidung ohne lange Anhörungen durchzuziehen?«

»Eben nicht«, lautet seine Antwort. »Diese Scheidungsakte ist unter Verschluss.«

»Wie bitte?« Karen glaubt, sich verhört zu haben.

»Genauso habe ich schließlich auch reagiert, nachdem ich mich viel zu lange mit den Gerichtsdienern unterhalten musste. Ich habe viel Zeit verloren. Und dabei rennt mir die im Moment weg. Eigentlich dürfte ich heute gar nicht diese Tour machen.«

»Ich weiß das zu schätzen«, beteuert Karen. »Und es wäre besser gewesen, ich wäre alleine gefahren.«

»Dann hättest du aber vielleicht statt der üblichen neunzig Minuten nach London die doppelte Zeit gebraucht«, neckt er sie. »Das konnte ich natürlich auch nicht zulassen.«

»Kann man denn die Herausgabe der Akten nicht mit irgendeinem Paragrafen erzwingen?«

»Schon. Ich könnte klagen, allerdings nur im Auftrag meines Bruders, des Dukes. Und ich glaube nicht, dass er dazu bereit ist, sich wegen einer verschwundenen Erbin so zu exponieren. Übrigens, weißt du, dass du mittlerweile ›talk of the town‹ bist?«, fragt er lächelnd. »Oder besser gesagt ›talk of the village‹!«

Karen schaut ihn verständnislos an.

»Von Intwich. Das ganze Dorf tuschelt über eine junge hübsche blonde Frau, die sich so ausführlich für die Historie der Familie interessiert. Und inzwischen tauchen schon wieder die unglaublichsten Theorien über das Schicksal der ersten Frau meines Vaters auf.«

»Aber um die geht es doch gar nicht«, protestiert Karen.

»Das ist ja das Interessante am Klatsch. Du weißt doch, erst ist es nur ein laues Lüftchen, dann wird es zum Orkan.«

»Und was rauscht da durch die Gemeinde?«

»Natürlich wieder die alten Gespenstergeschichten. ›Die erste Frau des Dukes ist ermordet worden, wussten Sie das eigentlich?‹«, imitiert George ein aufgeregtes Gewisper. »›Sie soll ja verhungert sein in ihren goldverzierten Gemächern.‹ ›Aber nein, sie ist doch rausgeschmissen worden vom Duke.‹ ›Weiß man's?‹«

Karen schüttelt den Kopf. »Das ist doch verrückt.«

»Das ist Gossip«, lautet Georges ungerührtes Resümee, als er plötzlich heftig auf die Bremse tritt.

»Oh nein«, jammert Karen. »Ein Stau! Wie kann das sein? Jetzt schaffen wir es nicht mehr.«

»Ganz ruhig«, fordert George sie auf. »Deine verehrte Autorin wird ja wohl nicht sofort wieder abhauen. Die Lesung dauert doch sicher eine Stunde. Danach wird sie ihre Bücher signieren, damit ordentlich Geld in die Kasse fließt, wenn die Anwesenden Ausgaben kaufen. Sehe ich das richtig?«

Karen nickt. Er hat ja recht und es wird Zeit, dass sie ihm nicht mit ihrer Ungeduld auf die Nerven geht. Während der anschließenden Stop-and-go-Fahrt lenken sie sich mit Musik ab und Karen verkneift sich Fragen nach Alternativ-Routen. Als sie schließlich von der Polizei an der Ursache des Staus, einem Unfall, vorbeigelotst werden, versucht George sofort mit verstärktem Tempo einen Teil der verlorenen Zeit wieder aufzuholen.

Doch sie verlieren noch einmal eine halbe Stunde bei der Parkplatzsuche, und als sie schließlich die Buchhandlung erreichen, traut Karen ihren Augen nicht.

Eine Traube von Menschen belagert die Eingangstür.

George schaut sie mitleidig an. »Das tut mir jetzt wirklich leid, aber ich fürchte, du musst dich anstellen.«

»Aber die Leute haben doch vielleicht gar kein Ticket so wie ich«, protestiert Karen. »Ich muss mich da durchkämpfen, am besten mit dem Ticket gut sichtbar in der erhobenen Hand.«

»Karen, so funktioniert englisches Leben nicht. Selbst wenn man glaubt, im Vorteil zu sein, wenn man eine Eintrittskarte hat, ›We're british! We queue!‹. Wir bilden immer eine Schlange und stellen uns an, auch wenn nur ein einziger Mensch an der Bushaltestelle wartet.«

Nach dieser Nachhilfe in Sachen britischen Alltagslebens holt Karen tief Luft und stellt sich wirklich am Ende des Pulks an.

Die Lesung hat sie sowieso schon verpasst, jetzt will sie sich auf jeden Fall unbedingt ein Autogramm holen.

In diesem Moment durchfährt es sie siedend heiß. Sie hat ihr Exemplar von »Der geheime Schlüssel« in Georges Appartement im Schloss liegen lassen.

Als sie ihm das beichtet, bricht George in lautes Gelächter aus. »Nimm mir das nicht übel«, bittet er. »Aber was hast du denn die ganze Zeit gemacht, als du auf mich gewartet hast?«

»Mich verrückt gemacht«, gibt sie zu. »Ob wir es schaffen bis zwanzig Uhr.«

George zieht sie kurz an sich und tröstet sie: »Dann kaufst du eben noch eine Ausgabe. Und die schenkst du mir, damit ich endlich einmal ein richtig gutes Buch lese.«

Karen erwidert sein Grinsen. Die Situation ist einfach viel zu verrückt, als dass sie sich länger ärgern sollte. Und zu ihrem großen Erstaunen schiebt sich die Menge kontinuierlich ohne Drängeln und Schubsen nach vorne, sodass sie schließlich den ersten Schritt in den Shop schafft.

Sie stellt sich auf die Zehenspitzen und registriert, dass die Stühle, auf der während der Lesung die Zuhörer gesessen haben, bereits weggeräumt worden sind. Ganz vorne unter ihrem großformatigen Foto auf einem Plakat erkennt sie Amanda Clark.

George flüstert ihr zu: »Ich geh mal zur Seite. Das wird hier zu eng für Ella.«

Karen schaut kurz zu ihr herab und ihr tut sofort leid, wie eingeklemmt Ella inmitten der vielen Beine hockt.

Rasch nickt sie George zu und hält Ausschau nach dem Stand, auf dem die Bücher zum Verkauf ausgelegt sind.

Entsetzt stellt sie fest, dass dort nur noch etwa zehn Exemplare liegen. Sie checkt kurz die Menge der Wartenden, die vor ihr stehen, und sie hat Mühe, sich zurückzuhalten.

Wenn sie dem englischen Codex entsprechen will, wird sie vielleicht leer ausgehen. Sie schickt George, der auf der Auslage vor dem Schaufenster einen kleinen Sitzplatz gefunden hat, einen verzweifelten Blick zu.

Der scheint die Ursache für ihre Ungeduld sehr genau einzuschätzen, denn er schüttelt den Kopf.

Also beherrscht sich Karen und versucht nicht, sich an den Personen vor ihr vorbeizuschmuggeln.

Und tatsächlich wird ihr tadelloses Benehmen belohnt und Karen kann die letzte Ausgabe von »Der geheime Schlüssel« kaufen. Allerdings fühlt es sich nicht nach einem Triumph an, denn eigentlich hatte sie zu ihrem bereits vorhandenen Buch zwei weitere kaufen wollen und eins für Isobel, das andere für George signieren lassen.

Mittlerweile ist es unangenehm warm geworden, der Raum, in dem immer noch viele Menschen darauf warten, der Autorin gegenübertreten zu können, ist angefüllt mit stickiger Luft. Offensichtlich versagt die Klimaanlage des Ladens ihren Dienst. Fast jeder zieht ein Taschentuch heraus, um sich das Gesicht abzuwischen.

Mittlerweile stehen noch vier Personen vor Karen und sie hat Zeit, Amanda Clark aus der Nähe zu beobachten.

Sie trägt ein mauvefarbenes Wollkleid, das für den Moment viel zu warm ist. Ganz sicher hat sie in ihrer Heimat, den USA, keinen Gedanken daran verschwendet, welches Wetter sie in London erwartet. Und dementsprechend auch nicht mitbekommen, dass es der wärmste April seit Beginn der Temperatur-Aufzeichnungen ist.

Ansonsten entspricht ihr Äußeres dem Foto auf dem Werbeplakat für diesen Tag. Die neue Kurzhaarfrisur mit den dezenten hellen Strähnen sieht wirklich fantastisch aus. Sie ist nur leicht geschminkt, die dunkelrote Farbe des Lippenstifts ist allerdings schon zur Hälfte verschwunden, da sie immer wieder zu einem Glas Wasser greift, das, sofort wenn sie es leer getrunken hat, von einem Assistenten gefüllt wird.

Je näher Karen rückt, umso öfter hört sie die Autorin sich höflich bedanken: »Thank you! You're very kind!«

Karen ist erstaunt, wie tief ihre Stimme klingt. Allerdings hat sie bisher noch nie ein TV-Interview oder eine Lesung von ihr im Internet gefunden. Die Autorin macht sich rar und genau das ist es, was Karen von Anfang an so sehr an ihr schätzt.

Sie verkauft nicht sich, sondern ihre Bücher.

Jetzt ist Karen die zweite in der Warteschlange. Vor ihr beugen sich ein Mann und eine Frau, offensichtlich ein älteres Ehepaar, zu der Schriftstellerin herab und nennen die Namen, die Amanda Clark als Widmung in die Bücher schreiben soll.

Karen blickt fasziniert auf das Lächeln, mit dem sie nachfragt und sich die Schreibweise eines wohl eher unbekannten Namens diktieren lässt.

Jetzt erkennt Karen, dass sich über der Oberlippe von Amanda Clark Schweißperlen gebildet haben, und die Star-Autorin tut ihr leid. Wahrscheinlich fühlt sie sich bei der Hitze in ihrem Outfit zutiefst unbehaglich.

Aber dann ist der Moment gekommen. Karen ist an der Reihe.

Amanda Clark schaut mit ihrem so warmherzigen Lächeln zu ihr hoch.

Und Karen passiert etwas, was sie noch nie erlebt hat. Sie ist sprachlos im wahrsten Sinne des Wortes.

Ihr Mund ist trocken und sie räuspert sich, allerdings nicht, weil ihr die Stimme versagt, sondern weil sie auf der verzweifelten Suche nach Wörtern ist. Sie will ihr sagen, wie sehr sie sie bewundert, welchen Einfluss der Inhalt ihrer Bücher auf ihr eigenes Leben gehabt hat und wie verrückt sich ihr Schicksal verändert hat, als sie einmal versucht hat, über ihren Schatten zu springen und sich so zu verhalten wie die Heroinen in ihren Bestsellern. Karen spürt voller Panik, dass die Wartenden hinter ihr ungeduldig werden, und gibt sich einen Ruck.

Das Einzige, was sie hervorbringt ist ein: »Für G….«

Georges Namen kann sie gar nicht mehr aussprechen, denn in diesem Moment verkündet ein Mitarbeiter der Buchhandlung: »Bitte sehen Sie es uns nach, aber Mrs Clark muss sofort abbrechen, da ein TV-Team bereits auf das vereinbarte Live-Interview wartet.«

Karen glaubt im ersten Moment, sich verhört zu haben, und will genauso wie die anderen Fans protestieren, doch Amanda Clark hat sich mit einem bedauernden Schulterzucken bereits erhoben und wird zu einer Tür im Hintergrund begleitet.

Doch bevor sie geht, wendet sie sich zu Karen um und sagt: »Sorry! Beim nächsten Mal kommen Sie als Erste dran. Versprochen!«

Ihre Stimme beinhaltet so viel Gefühl, dass Karen sich fast schon getröstet fühlt. Und gleichzeitig denkt sie, wahrscheinlich ist die Star-Autorin jetzt auch einfach nur froh, endlich aus dem stickig warmen Raum fliehen zu können.

Allerdings, so fürchtet Karen, wird sie sich jetzt vor starke Scheinwerfer setzen müssen, die ihr weiter zusetzen werden.

Aber die wichtigste Message ist für Karen Amanda Clarks Versprechen, bei der nächsten Signierstunde als Erste vorgelassen zu werden.

Wenn sie gewusst hätte, dass es noch weitere Termine gibt, hätte sie gar keine Panik schieben und vor allem George nicht so nerven müssen. Karen kämpft sich durch die sich auflösende Menge zu dem jetzt leeren Verkaufsstand durch und entdeckt die nette Verkäuferin, bei der sie die beiden Tickets erstanden hat.

»Sagen Sie mir doch bitte, wann die nächste Lesung plus Signierstunde ansteht. Amanda Clark hat mir versprochen, dass ich dann als Erste drankomme«, erklärt sie ihr überglücklich.

Die junge Frau schaut sie verständnislos an. »Es gibt keine weiteren Termine. Mrs Clark setzt ihre Lesereise jetzt sofort in Italien, dann Frankreich und Deutschland fort. Und Sie dürfen mir glauben, Sie sind nicht die Einzige, die jetzt enttäuscht ist. Wir hätten Tickets für jeden Tag der Woche verkaufen können.«

London, 2022

Erleichtert zieht Amanda Clark ihr viel zu warmes Wollkleid aus. Die Hitze in der Buchhandlung ist unerträglich gewesen. Und die grellen Scheinwerfer während des TV-Interviews haben ihr den Rest gegeben.

Sie hat sich ernsthaft gefragt, warum sie diesem Termin zugestimmt hat. Aber die Redakteure der überaus beliebten BBC-Literatursendung haben sich über Jahre so beharrlich um ein Gespräch bemüht, dass sie geglaubt hat, sich nicht länger verweigern zu können.

Als Erstes flüchtet Amanda unter die Dusche, wo sie sich eine gefühlte Ewigkeit lang lauwarmes Wasser über den Körper fließen lässt.

Danach trocknet sie sich erleichtert ab, ehe sie eine Bluse überstreift, die sie Gott sei Dank mit eingepackt hat. Es hat ja niemand ahnen können, dass es ausgerechnet im so oft verregneten London eine Hitzewelle im April gibt. Viele der Stereotype zu britischem Leben, die sie verinnerlicht hat, sind damit außer Kraft gesetzt.

Der Andrang bei der Lesung ist so überwältigend gewesen, dass sie sich ermahnt hat, häufiger solche Termine zuzulassen. Denn eigentlich mag sie sie nicht. Nicht etwa, weil ihr die Begegnung mit den vielen Menschen zu viel ist, sondern weil sie eigentlich eher schüchtern ist und immer noch nicht glauben kann, wie groß ihr Erfolg ist.

Gerade erst hat sie wieder eine Anfrage erhalten, ob sie die Erlaubnis gibt, ihren neuen Bestseller »Der geheime Schlüssel« zu verfilmen. Sie zögert noch. Bisher ist sie mit jeder Verfilmung ihrer Bücher unzufrieden, was mit Sicherheit daran liegt, dass sie mit den von ihr geschaffenen Figuren lebt. Sie entwickeln während des Schreibens ihr eigenes Dasein, führen sie oft in völlig überraschende Wendungen innerhalb der geplanten Story, die sie total verblüffen.

Amanda holt eine Wasserflasche aus dem Kühlschrank und schenkt sich ein Glas voll, das sie sofort leert.

Der Andrang heute ist aber auch wirklich enorm gewesen. Jetzt hat sie immer noch den Anblick der jungen Frau vor sich, die sie als Letzte enttäuscht hat zurücklassen müssen. Sie ist ausgesprochen hübsch gewesen, blond in der typischen Business-Uniform heutiger junger Frauen, ein Hosenanzug, nicht zu sexy, aber doch auffallend. Die Hosenbeine sind ein wenig ausgestellt gewesen, was Amanda aus der Mode der Siebzigerjahre kennt, weil sie sie selbst getragen hat.

Unter der Jacke hat sie ein ärmelloses T-Shirt getragen, um den Hals hat sie ein kleines Seidentuch gebunden. Wahrscheinlich gehört sie dem Adel an, denn seit Lady Dis Zeiten als Kindergärtnerin, die einen Prince of Wales heiraten sollte, ist dieses Requisit zum Erkennungszeichen der »Sloane Ranger« geworden, der Kaste der jungen Frauen, die als topadliges Heiratsmaterial angesehen werden und in dem angesagten Viertel rund um den »Sloane Square« eine Wohnung von ihren Eltern finanziert bekommen.

Das Auffallendste an der jungen Frau sind ihre großen, sehr schönen grau-grünen Augen gewesen, eine Mischung, die sie unbedingt einer Protagonistin in ihrem nächsten Roman zuschreiben muss.

Dass sie sich ihr so exakt eingeprägt hat, hat an dem Umstand gelegen, dass sie vor lauter Aufregung kein Wort herausgebracht hat. Sie ist sicherlich in ihrem Beruf eine total versierte Fachkraft, aber im Augenblick ihrer Begegnung ist alles wie weggefegt gewesen, was sie sich sicher schon lange im Voraus zurechtgelegt hat.

Amanda kennt dieses Phänomen und nimmt sich normalerweise in solch einem Fall von lähmender Fan-Begeisterung immer die Zeit, die Betroffenen mit ein paar Bemerkungen zu entkrampfen.

In diesem Moment aber, als sie schon auf dem Weg zum improvisierten TV-Studio im Hinterzimmer der Buchhandlung gewesen ist, ist ihr nur eingefallen, ihr als Trost für die entgangene Widmung in Aussicht zu stellen, dass sie beim nächsten Mal bevorzugt behandelt werden wird.

Sie hat, noch während sie anschließend die Fragen der Redakteurin beantwortet hat, ein schlechtes Gewissen deswegen entwickelt, denn sie weiß nicht, ob und wann sie ein nächstes Mal nach London reisen würde.

Im Grunde ist ihr eigentlich alles viel zu beschwerlich. Sie ist ihre Routine gewohnt und braucht sie zur Stabilisierung ihres Lebens. »Das ist Jammern auf hohem Niveau«, ruft sie sich laut zur Ordnung und zieht ihrem Spiegelbild eine Grimasse, während sie versucht, ihr Make-up aufzufrischen.

Noch einmal durchbricht sie die Stille des Raums: »Amanda, sei dankbar für alles und mecker nicht rum!«

Sie schließt die Badezimmertür hinter sich und durchquert das Hotelzimmer, schaut kurz auf ihre Armbanduhr und erschrickt. Es wird höchste Zeit für die nächste Etappe!

London, 2022

Nach dem so abrupten Ende ihres Treffens mit Amanda Clark sitzt Karen frustriert neben George, der ihr hin und wieder einen besorgten Blick zuwirft. Selbst Ella scheint Karens tief sitzende Enttäuschung zu spüren, denn sie versucht, von der Hinterbank aus ihre Schnauze in Karens Armbeuge zu schieben. Als sich Karen seitlich zu ihr beugt, landet die nasse Hundezunge an ihrer Wange.

»Ach Ella«, sagt Karen. »Du bist einfach der perfekte Seelentröster in Fellausführung.«

»Und ich?«, bringt sich George ins Gespräch.

»Du bist der liebste, beste Mann auf der Welt«, versichert ihm Karen, neigt sich zum Fahrersitz hinüber und drückt einen Kuss auf seine Wange. Das wiederum nimmt Ella als Startschuss, von hinten auf ihren Schoß zu springen, was im reinen Chaos endet.

George hält vorsichtshalber an einem freien Platz am Straßenrand, schickt Ella wieder zurück in den Fond des Autos, nimmt Karen in die Arme, und sie wollen sich gerade küssen, als heftig an Georges Scheibe geklopft wird. Erschrocken fahren sie auseinander.

Um zur Verwirrung beizutragen, beginnt Ella wie entfesselt zu bellen.

Interessiert beobachtet ein Streifenpolizist das wilde Durcheinander im Innern des Fahrzeugs, das seine Aufmerksamkeit erregt hat.

George lässt sofort die Scheibe herunter und versucht zu erklären, dass er nur kurz angehalten hat und gleich weiterfährt.

Offensichtlich hört der Beamte solche Erklärungen öfter und hält ihnen einen quälend langen Vortrag über falsches Parken, das Laufenlassen eines Motors während des Parkens und ermahnt sie, Tiere immer gesichert auf der Rückbank unterzubringen.

Wahrscheinlich ist der schuldbewusste Gesichtsausdruck von Karen und George der Grund, warum er ihnen einen Strafzettel erlässt, und er will sie schon weiterfahren lassen, als er hinzufügt: »Und so schwere Bücher gehören in eine Tasche und nicht auf den Boden eines Fahrzeugs. Bei einem Unfall kann dies zu einem Wurfgeschoss werden und Sie schwer verletzen.«

Sofort hebt Karen das Buch hoch, das ihr vom Schoß gerutscht ist, und beweist ihm noch, dass sie es verstauen will.

Erst dann gibt er sein Ok zur Weiterfahrt und Karen nimmt das Buch wieder zur Hand. Sie blättert darin, als sie zugibt: »Weißt du, ich hätte ihr so gerne gestanden, was sie mit ihren fantastischen Romanen alles in meinem Leben ausgelöst hat. Dass ich jetzt hier neben dir sitze, zum Beispiel, geht in gewisser Weise auch auf sie zurück, wenn du so willst.«

»Dafür werde ich der Dame ewig dankbar sein«, stimmt er ihr zu.

Kurz bevor sie in die Straße einbiegen, in der George wohnt, sieht sie sich noch einmal auf dem Boden hockend in der Suite in Isobels Anwesen auf dem Dach des Hotels The Golden

Mountain, als sie »Der geheime Schlüssel« aufgeschlagen und den Anschluss an die paar Seiten gesucht hat, die sie schon zu lesen begonnen hat. Wie sie erneut den Klappentext überflogen hat: »Zwei Schwestern, die eine wunderschön, die jüngere in ihrem Schatten …«, um dann wahllos eine Seite aufzuschlagen, auf der sie gelesen hat: »… der Lord war längst zu seiner Geliebten zurückgekehrt …« Das ist der Moment gewesen, als sie begriffen hat, dass sie sich schützen muss, dass sie viel zu tief verstrickt in Isobels schreckliche Lebenserinnerungen gewesen ist und gefürchtet hat, ihre Nerven würden ihr mittlerweile einen Streich spielen, sodass sie überall die Schwestern Claire und Isobel zu erkennen geglaubt hat.

Da hat sie den Roman zugeklappt und nur noch einmal einen halbherzigen Versuch unternommen, ihn neu zu beginnen, als sie auf Georges nächtliche Rückkehr gewartet hat.

Jetzt ist sie sogar froh, dass es ihr bei der so ersehnten Begegnung mit der Star-Autorin die Sprache verschlagen hat, denn sie hätte sich unglaublich blamiert, wenn sie sie gefragt hätte, ob sie eine Lady Margaret of Douglas-Drummond kenne.

Kopfschüttelnd verfrachtet sie das Buch mit Schwung auf die Hinterbank, worauf Ella mit einem kurzen Brummen reagiert, denn beinahe wäre ihr der Band auf den Kopf gefallen.

Buckinghamshire, 2022

Margaret hat das Schloss Wolston Manor in ganz anderer Erinnerung. Es ist ihr damals als wuchtig und von gigantischem Ausmaß erschienen. Sie selbst hat sich dagegen klein und verloren auf der weitläufigen kiesbestreuten Vorfahrt gefühlt. Sicher hat es daran gelegen, dass sie erst einundzwanzig Jahre alt gewesen ist, als sie geglaubt hat, ihren Vater, Stanley Anthony, 8. Duke of Douglas-Drummond, kennenlernen zu müssen, um sich komplett zu fühlen.

Heute reagiert sie kopfschüttelnd auf dieses Vorhaben. Denn eines hat sie bereits damals gewusst: Sie ist das ungeliebte Kind aus einer unglücklichen Ehe, die nur kurz gedauert hat.

Die aber nie wirklich abgeschlossen worden ist, da ihre Großmutter immer wieder die Sprache darauf gebracht hat, sie habe dem feinen Herrn Duke zweihundert Millionen zukommen lassen, womit der sein marodes Schloss wieder habe instand setzen können, um sich dann ihrer Tochter Claire auf unfassbar brutale Art und Weise zu entledigen.

»Ein Mitgiftjäger, nichts Besseres!«, hallt immer noch ihre Klage nach.

Sie wird Meredith einfach nicht los. Seitdem sie den Inhalt der drei Pakete von ihr durchgesehen hat, ist sie überpräsent im Hier und Jetzt. Und seitdem kämpfen zwei unterschiedliche Stimmen in Margaret. Eine, die sagt: »Sei doch froh, dass du endlich die Wahrheit kennst!« Während die andere warnt: »Das ist der perfide Sieg einer abgrundtief bösen Frau, die dich mit einem Wissen belastet hat, das dich nicht weiterbringt.«

Doch die Erfahrungen in ihrem eigenen Leben haben Margaret gelehrt, dass es nicht immer nur Schwarz und Weiß gibt, sondern auch die Zwischentöne, die vielleicht manchmal diffus erscheinen, aber dazugehören. Niemand ist nur böse, sondern das große Ganze birgt manchmal erstaunliche Schattierungen, ohne die alles eindimensional bliebe.

Sie hat zum Beispiel früher überhaupt nicht geahnt, wie eng die Beziehung von Claire zu Meredith einmal gewesen ist. Sie hat sie nur als unversöhnliche Gegnerinnen gekannt, die ihre scharfzüngigen Bemerkungen wie spitze Waffen gebraucht haben.

Dass es für diesen Wandel einen Anlass geben müsste, hat ihr schon als junges Mädchen gedämmert, aber sie ist der Sache nie auf den Grund gegangen.

Inzwischen hat sie bei der Durchsicht der Schriftstücke den Beleg dafür gefunden, wie eklatant sich das Miteinander geändert hat. Denn dass sich dieses Kräfteverhältnis verschoben hat, zeigt sich in der Korrespondenz. Ist die Anrede für Meredith in Claires Briefen früher das schmeichelnde, unterwürfige »Mummy Darling« gewesen, ist es im Laufe der Jahre zu »Mummy« geworden, schließlich »Mum«, dann, wenn überhaupt noch ein Briefverkehr erfolgt ist, zu »Meredith«.

Da ist die Entfremdung total.

Margaret erinnert sich noch gut an den kalten, vorwurfsvollen Ton bei den wenigen Begegnungen, die Claire noch zugelassen hat. Zwischen ihnen hat es etwas Unausgesprochenes gegeben, etwas, das sie auf keinen Fall haben erörtern wollen.

Es ist eine unsichtbare Schranke gewesen, die allerdings schmerzlicherweise auch vor ihr selbst heruntergelassen worden ist. Claire hat alles unternommen, um Margaret nicht hindurchzulassen. Und wenn sie Anstalten unternommen hat, ihr doch näherzukommen, ist die Kluft sogar noch größer geworden.

Mit sechzehn Jahren hat Margaret schließlich Reißaus genommen. Sie hat Zuflucht in den Familien ihrer Schulfreundinnen gesucht, die sich alle gewundert haben, warum die Tochter aus einer so reichen Familie nicht zu Hause im absoluten Luxus hat leben wollen, und vor allem, warum die Mutter keine Anstalten unternommen hat, sie zurückzuholen.

Der schlimmste Augenblick vor Augen aller, die sie gekannt hat, hat Margaret damals allerdings noch bevorgestanden.

Es war der, als Claire Mitarbeiter der Fürsorge beauftragte, Margaret ausfindig zu machen, und sie in ein Internat für gefährdete Jugendliche überstellen ließ. Wenn sie jedoch gedacht hatte, dass dies eine Strafe für Margaret bedeutete, hatte sie sich gründlich geirrt.

Sie war dankbar für die Stabilität, die die Institution bot, für den Halt, den sie in einem geregelten Tagesablauf fand, und die Erleichterung, ihrer Mutter nicht mehr bei deren selbstzerstörerischem Leben zuschauen zu müssen.

Und als schließlich Meredith einmal Anstalten unternahm, sie aufsuchen zu wollen, war es eine große Genugtuung für Margaret gewesen, sie abweisen zu lassen.

Sie hat niemals um Geld der Familie gebeten, sich vielmehr darangemacht, ihren Lebensunterhalt selbst zu verdienen. Ihre Unabhängigkeit ist die wichtigste Antriebsfeder in ihrem Leben geworden.

Und jetzt, denkt sie, steht sie hier mitten in der Vergangenheit ihrer Familie und müsste doch eigentlich sofort fliehen wollen.

Seufzend folgt sie der Aufforderung der jungen Frau in Livree, die als Guide der Schlossbesichtigung durch die

Prachträume führt und ihre Gruppe zu größerer Eile antreibt. Margaret vermutet, dass die nächste Führung bereits ansteht.

Jetzt bedauert sie, dass sie bei ihrer Hotelbuchung im Schloss Wolston Manor versäumt hat, eine Einzel-Tour zu bestellen, und schließt sich genervt wieder den rund dreißig Besuchern an, die unisono mit ihren Handys jeden Winkel fotografieren oder auf Videos festhalten.

Wer soll sich die alle anschauen wollen?, fragt sich Margaret die ganze Zeit über.

Eine junge Frau im bauchfreien Top und viel zu engen Leggings posiert für Selfies vor jedem Kamin oder Sessel und schiebt ihren Hintern sogar auf die Ecke des langen polierten Esstisches im Speisesaal.

Ein älteres Ehepaar echauffiert sich ohne Pause über die Dekadenz von Schlossbesitzern und das schier unerschöpfliche Vermögen, das in diesem ganzen Trödel stecke. Andere wiederum erstarren förmlich vor Ehrfurcht beim Anblick des Ambientes, das sie augenscheinlich aus einer erfolgreichen TV-Serie über eine englische Aristokratenfamilie her kennen.

Erneut lässt sich Margaret ein wenig zurückfallen und vergleicht die Beschreibungen der Fotos in der Hochglanzbroschüre, die sie gekauft hat, mit dem Interieur, das sie vorfindet.

Erst jetzt begreift sie, dass sie damals vor der Fassade stehend wirklich nur einen winzigen Ausschnitt des Schlosses erahnt hat, denn der Palast ist hufeisenförmig angelegt und von so viel Privatbesitz an Land umgeben, dass sie zweifelt, ob der derzeitige Duke es jemals abgelaufen ist.

Vermutlich benutzen alle Familienmitglieder die obligatorischen Land Rover, um die Landschaft zu kontrollieren. In der Bibliothek, durch die die Tour-Führerin ihre Schäfchen gehetzt hat, entdeckt sie Ahnenporträts an den Wänden, darunter auch das von Stanley Anthony, 8. Duke of Douglas-Drummond. Es ist ungefähr zu der Zeit gemalt worden, als er mit Claire verheiratet gewesen ist. Von ihr ist keine einzige Abbildung vorhanden.

Ihr Mann hat sehr gut ausgesehen, das hat Margaret schon auf den Hochzeitsfotos im Nachlass von Meredith gesehen. Ein gut geschnittenes Gesicht mit dunklen Augen, die nichts preisgeben, und schwarzem dichtem Haar, hochgewachsen mit einer sportlich trainierten Figur.

Während sie vor dem Gemälde steht, erinnert sie sich wieder an den Augenblick, als dieser Mann neben Emma, Duchess of Glayton-Sinclair, getreten ist, nachdem sich Margaret nach dem kurzen Zusammentreffen mit ihr noch einmal umgedreht hat.

Damals hat es ihr die Kehle zugeschnürt, als ihr klar geworden ist, dass er sich die ganze Zeit in einem Nebenraum aufgehalten hat, als sie der Frau gegenübergesessen hat, die so vertraulich von Stanley gesprochen hat. Heute weiß sie, dass Emma die langjährige Geliebte des Dukes gewesen ist und dass sie nicht etwa mit Claire befreundet gewesen ist, sondern sie ausspioniert hat.

Wahrscheinlich hat der Duke ihre Unterhaltung belauscht und sich köstlich über die Formulierungen seiner Langzeit-Geliebten amüsiert.

Heute kann sich Margaret nach der Lektüre so vieler Briefe von Claire an ihre Mutter sehr genau vorstellen, wie demütigend es für sie gewesen sein muss, von ihrem Mann eine Frau zur Seite gestellt zu bekommen, die ihr angeblich das Einleben in die Gepflogenheiten der Aristokratie erleichtern sollte.

Claire ist in vielen Briefen immer wieder auf diesen Verrat eingegangen und Margaret hat sehr wohl verstanden, dass es eine niederschmetternde Erfahrung gewesen ist.

Weißt du, Mummy Darling, was so furchtbar ist?
Sie ist die »Chatelaine«, die Schlossherrin, nicht

ich. Ich musste mich doch erst daran gewöhnen, einen solch unvorstellbar riesigen Haushalt zu führen. Du hast mir auch nie beigebracht, wie Einladungen ausgesprochen werden, wie du die Bälle vorbereitet hast, wie du die vielen Häuser, die Pa besitzt, organisiert hast.

Ich mache dir keinen Vorwurf, nicht, dass du das glaubst, aber ich sitze hier jeden Tag im Morning Room und habe schon Angst vor dem Moment, wenn die Köchin, Mrs Oram, kommt und mir die Vorschläge für das Menü überreicht. Ich sage dann immer: »Gut, Mrs Oram, ich schaue mir das gleich an.«

Und dann weiß ich oft gar nicht, was »Stewed Fruits in Bottles« oder »College Puddings« sind, weil wir das alles in Amerika anders nennen. Und hier wird viel französische Küche angeboten, aber eben abgeändert nach dem hiesigen Geschmack.

Deshalb habe ich bisher immer den Butler, Mister Streatfield, zurate gezogen. Er ist schon vierzig Jahre im Dienste der Familie und er war so freundlich, mir viele Hinweise zu geben, zum Beispiel wie die Picknicks ablaufen, die andauernd veranstaltet werden, bei denen hier ganz andere Sandwiches als bei uns zu Hause serviert werden. Und »Veal Patties« oder »Roast Fowls«. Aber von einem auf den anderen Tag hatte Mister Streatfield immer so viel zu tun, dass er keine Zeit mehr für mich fand.

Aber vorher hat er noch gesagt, ich solle mir keine Gedanken mehr um den Haushalt machen, er würde sich schon kümmern.

Und weißt du, was in Wahrheit passiert ist?
Alle laufen zu Emma, die jeden Tag hier ist. Sie
ist jetzt diejenige, der die Köchin den Menüplan
vorlegt, und sie ist es auch, die mit Mister Streatfield
die Einladungen für die nächste Jagd bespricht.
Ich sitze nur noch rum. Und wenn Stanley mich
fragt, was für den Abend vorbereitet ist, weil seine
Freunde eingeladen sind, stehe ich da wie eine
dumme Pute, kann nichts beantworten …

Komisch, denkt Margaret, dass ihr genau dieser Brief so in Erinnerung ist. Da gibt es schließlich noch andere, die sehr viel wichtiger sind.

So wie der, in dem sie …

»Hallo, was machen Sie hier?«

Margaret schrickt zusammen. Die Führerin der Besichtigungsgruppe hat sie ausfindig gemacht. Vermutlich hat sie einmal ihre Gruppe durchgezählt und festgestellt, dass jemand fehlt.

»Ich komme schon«, versichert Margaret und im selben Moment tauchen hinter der Schlossmitarbeiterin die genervten Selfiejäger auf, die unzufrieden auf ihre Uhren schauen, weil sie durch Margarets Verschwinden wahrscheinlich einige lohnende Foto-Hintergründe haben auslassen müssen.

Und so schließt sich Margaret notgedrungen wieder der Gruppe an, die noch einen Blick werfen darf auf ein Pracht-Schlafgemach, in dem Könige und Königinnen übernachtet haben.

»Das Prunkbett wurde extra zu diesem Zweck hergestellt«, hört sie die junge Frau herunterbeten.

Sie scheint nicht ganz so durchdrungen von ihrer Aufgabe zu sein, während Margaret sich wieder ausklinkt und sich in einem Empfangszimmer der Nobility vorzustellen versucht, wie Claire, die Erbin des größten Vermögens einer US-Industriellenfamilie, auf einem der Sessel mit verschnörkelten Lehnen gesessen und mit ihrem Schicksal gehadert hat.

Trost von ihrer Mutter hat sie jedenfalls nicht erhalten. Margaret erinnert sich an Merediths wütende Antwort:

> *Wozu habe ich dich verschiedene Sprachen lernen lassen? Natürlich braucht man auch Französisch, um die feine Küche bei Aristokraten zu kennen. Und verdammt, du weißt doch, was eine »Aspargas Tart« oder ein »Potted Salmon« ist, und wenn diese komische Köchin es nicht weiß, dann verlangst du einfach fremde Speisen, dann kann sich diese unverschämte Person bemühen zu verstehen, was du willst.*
>
> *Übrigens, die Gerichte, die du aufgezählt hast, das ist nichts anderes als in der feinen Küche bei uns in den USA. Du selbst kennst es nur nicht, weil ich dir nie erlaubt habe, so etwas zu essen, damit du nicht fett wirst wie ein dahergelaufenes Dienstmädchen.*
>
> *Sieh zu, dass du endlich ein Pokerface aufsetzt, wie ich es dir schon hundertmal am Telefon gesagt habe. Du bist eine Duchess, denk daran! Wenn du etwas anordnest, hat alles zu funktionieren, wie du es willst. Kapier das doch endlich!*
>
> *Und was dein kleines Problem betrifft, du weißt, was ich meine, ich werde schon eine Lösung finden. So wie immer. Außerdem beherzige all das, was ich dir mit auf den Weg gegeben habe: Eine Frau kann nie dünn genug sein!*

Hier hat Margaret, gebeugt über die Pappkartons, nachlässig vollgestopft mit dem Vermächtnis ihrer Großmutter, das Briefpapier sinken lassen.

Welches kleine Problem?, hat sie in jener Nacht vor zwei Jahren gedacht. Sie hat wohl einen Brief ausgelassen, aber Mutter und Tochter haben es ihr auch nicht leicht gemacht. Manche der alten Schriftstücke sind undatiert gewesen und sie hat immer mühsam den Kontext herausfinden müssen.

Margaret orientiert sich im Moment rasch an den Stimmen aus den Reihen ihrer Besichtigungsgruppe, vor allem am lautstarken Palaver eines Paares, das bei jeder Biegung danach fragt, wo denn das Schlosscafé sei, da sie Hunger hätten. »Wir wollen jetzt endlich Cream Tea haben«, verlangt die Frau gerade kategorisch, die sich während des Rundgangs allerdings schon zwei Schokoladenriegel in den Mund geschoben hat, was Entsetzen bei der Tour-Führerin ausgelöst hat.

»Sie können hier nicht essen!«

»Ich habe aber Hunger. Und wenn ich jetzt nichts zu mir nehme, werde ich aber so richtig grantig.«

Margaret hat die ganze Tour über den Eindruck, dass sie immer grantig gewesen ist, wollte eine Steigerung aber nicht mehr abwarten.

»Ich geh schon mal raus«, kündigt sie jetzt an, eine Idee, die auch nicht besser ankommt.

»Nein, das ist ausgeschlossen«, verkündet die livrierte Touristenführerin. »Wir müssen alle zusammenbleiben. Niemand darf hier allein umhergehen.«

Vielleicht würde sie am liebsten sagen »umherstreunen«, amüsiert sich Margaret, die wissen will, was denn noch an Besichtigung aussteht.

»Der Bankettsaal.«

Vielleicht sollte sie die Führung übernehmen, denkt Margaret, sie hätte auf jeden Fall viel Interessanteres zu berichten.

Doch als sie das Parkett betritt, bleibt sie genau wie die anderen überwältigt stehen. Der Saal ist riesig, die Seitenwände mit Marmorsäulen in regelmäßigen Abständen bestückt, dazwischen Freskenmalereien, die so hoch über den Köpfen hängen, dass Margaret ihren Kopf weit in den Nacken legen muss, um den Glanz und die Schönheit des Saals mit der vergoldeten Decke betrachten zu können.

Jetzt hat sie zum ersten Mal das Gefühl, dass sich Schloss Wolston Manor doch von anderen pompösen Herrenhäusern abhebt.

Aber sie ist die Einzige, die die Schönheit des Saals ungefiltert auf sich wirken lässt. Alle anderen Mitglieder der Rundgang-Tour halten ihre Handys in die Luft oder machen Verrenkungen wie Miss Legging, die versucht, ihr mit zu viel Make-up getuntes Gesicht mit aufs Bild zu bannen und gleichzeitig einen Teil der Decke als Hintergrund zu nutzen.

Margaret braucht dringend frische Luft, fragt die Tour-Führerin, an der sie erst jetzt das Namensschild an ihrer Streifenweste entdeckt: »Jane, sind wir fertig?«

»Aber nein«, hört sie die junge Frau plötzlich in einem viel enthusiastischeren Ton verkünden. »Der letzte Punkt unserer Besichtigung ist der Souvenirladen, in dem Sie wunderbare Replikationen finden, schöne wertvolle Erinnerungsstücke, Tassen mit den Antlitzen der Douglas-Drummond-Familie, Bücher mit wunderbaren Bildern, sehr schöne Seidenschals ...«

Während sie die vielen Andenken anpreist, zieht sie die Besuchergruppe hinter sich her wie ein Magnet und Margaret ist erstaunt über deren Kaufwut. Sie haben doch schon alles in ihren Kameraspeichern verewigt, wozu dann noch Andenken kaufen?

Sie traut ihren Augen nicht, als sie die Schlange an der Kasse des Ladens beobachtet, Einkaufskörbe voller Artikel vor sich hertragend.

Margaret flieht und tritt durch die Seitentür auf die kiesbestreute Auffahrt von Wolston Manor, nimmt den Orientierungsplan aus der Broschüre und macht sich auf den Weg zum Labyrinth.

Als sie dort ankommt, ist sie von dem Einfallsreichtum der Konstrukteure beeindruckt, die zwischen die Steinwände üppig gewachsene Sträucher gepflanzt haben, die die Orientierung erschweren, dann wieder Efeuranken, die ihr beim Gang durch die verwinkelten Gänge gespenstisch über das Gesicht streifen.

Warum lieben Menschen so etwas?, fragt sie sich. Das Leben ist doch verwinkelt genug, baut so viele Hindernisse auf, denen man ausweichen muss. Wann ist das noch einmal gewesen, dass Claire geglaubt hat, einen Ausweg aus ihrer lieblosen Ehe gefunden zu haben?

Natürlich, als sie ihrer Mutter schrieb ...

Ich habe mich entschlossen, eine Affäre mit Peter zu beginnen. Er ist Stanleys bester Freund und Peter wird mal The Honorable Lord Rotherhide werden. Er macht mir dauernd schöne Augen, Mummy Darling, du glaubst gar nicht, wie sehr er mit mir flirtet. Für mich ist er der perfekte Kandidat, um Stanley vorzuführen.

Da möchte ich schon gerne sehen, wie er dann reagiert. Er, mein Ehemann, der vor aller Augen seine Geliebte durchs Schloss laufen lässt, die Aufgaben, die eigentlich meine wären, übernimmt, während ich nur zugucken kann.

Ich habe mir schon genau überlegt, wie ich Peter zeige, dass er zum Ziel kommen kann. Mummy Darling, er ist verrückt nach mir und ich werde ihn am Sonntag nach dem Picknick einladen, mich zum Labyrinth zu begleiten. Und

da werde ich dann so tun, als wäre ich nicht in
der Lage, wieder herauszufinden. Du darfst mir
glauben, er wird mich finden … und dann …

Margaret versucht, sich an Ort und Stelle auszumalen, wie Claire im flatternden Sommerkleid durch das Labyrinth hastet, um schließlich in die Arme von Stanleys bestem Freund zu sinken.

Allerdings kennt sie den aufgebrachten Versuch von Meredith, Claires Plan zu durchkreuzen, denn sie hat umgehend geschrieben:

Claire, das tust du auf keinen Fall! Hast du etwa
schon deinen idiotischen Plan umgesetzt? Ich
habe dich am Telefon nicht erreichen können,
was ein Skandal ist. Dieser hochnäsige Butler
hat alles getan, um mich abzuwimmeln. Mich,
die Mutter der Duchess of Douglas-Drummond.
Es war unerhört.

Ich werde auf jeden Fall schnellstens zu dir
kommen. Und bis dahin unternimmst du nicht
etwas so Törichtes. Ist dir nicht klar, dass für
die Frau eines Dukes nicht dieselben Freiheiten
gelten wie für ihn? Er könnte sich sofort von
dir scheiden lassen. Du spielst ihm damit in
die Karten, du törichtes, dummes Kind! Dafür
habe ich nicht so viel in diese Ehe investiert, als
dass ich zulassen würde, dass du alles zerstörst.
Denk doch einmal daran, was das Prestige deiner
Heirat für unsere Familie bedeutet.

Hier geht es nicht um das bisschen verletzte
Eitelkeit von dir, sondern um das große Ganze.

Wie stellst du dir denn deine Zukunft als eine vom Duke abservierte Frau vor?

Glaubst du, irgendjemand würde dich noch einladen?

Und noch etwas! Schreibst du solche idiotischen Fantasien in dein Tagebuch? Tu das nicht, Claire! Verbrenne alle Briefe, in denen wir etwas Wichtiges schreiben, und vor allem verewige nichts von meinen Plänen in einem Tagebuch. Stell dir vor, du lässt es einmal offen liegen und der Duke liest darin von einem Seitensprung. Du kannst dir ja wohl seine Reaktion vorstellen. Und dann noch mit seinem besten Freund.

Ich werde dir bald berichten, wenn ich bei dir bin, wie ich mich um das kleine Problem gekümmert habe. Benimm dich, Claire!

Mittlerweile ist Margaret, tief in Gedanken versunken, an dem See in der Mitte der Ländereien angekommen, die zum Schloss gehören. An dem gegenüberliegenden Ufer sieht sie den Pavillon, eine Idylle inmitten der Schatten spendenden Bäume.

Sie schlägt die Seite in der Broschüre auf, in der von einem Boot berichtet wird, das Besucher benutzen dürfen, um ans andere Ufer zu gelangen. Margaret bahnt sich einen Weg durch das Gestrüpp der Sträucher und Bäume und stellt überrascht fest, dass sie tatsächlich auf das an einem Holzpfahl befestigte Ruderboot stößt. Kurz entschlossen löst sie das Tau, steigt vorsichtig in den Kahn und wendet eine gehörige Portion an Kraft auf, um die quietschenden Ruder in Gang zu setzen. Doch sie schafft es wider Erwarten bis ans andere Ufer, wo es sie einige Mühe kostet, aus dem Boot zu steigen, ohne zu kentern.

Sie will den Pavillon unbedingt besichtigen, denn er ist in einem Brief von Claire als der Schicksalsort beschrieben worden, an dem der Duke ihr das Ende ihrer Ehe verkündet hat.

Überrascht stellt Margaret fest, wie schön dieser klassizistische Bau mit der Skulptur der Jagdgöttin Diana ist. Obwohl nur die Seitenwände geschlossen sind, wirkt der Bau wie frisch angelegt, er muss über Jahrhunderte hinweg immer wieder neu verputzt worden sein. Auf dem Boden sind Reliefs erkennbar, und was Margaret besonders beeindruckt, ist der lange Marmortisch, der in der Mitte des Raums steht und im Boden fest verankert ist. Vor den Wänden stehen Stühle und Margaret kann sich das Szenario gut vorstellen, das Claire ihrer Mutter beschrieben hat. Wie hat sie noch einmal geklagt?

Mummy Darling, er weiß alles! Und weißt du, woher? Aus meinem Tagebuch. Mummy Darling, er hat es gestohlen. Du hast recht gehabt, wie immer! Du hast immer gesagt, ich dürfe unter keinen Umständen ein Tagebuch führen.

Aber ich musste es einfach tun, denn wenn du nicht da bist, habe ich niemanden, mit dem ich sprechen kann. Das ist ein Gefühl, als wenn man an all dem Ungesagten erstickt.

Als Stanley mir sagte, meine Zeit in Wolston Manor sei abgelaufen, war ich so geschockt, dass ich zunächst kein Wort herausgebracht habe.

Er hat den Zeitpunkt, wie immer bei dem, was er tut, perfekt gewählt. Wir waren ja nicht allein und er hat wohl kalkuliert, dass ich es nicht wage, vor den wichtigsten Leuten eine Szene zu machen.

Gerade war der Lunch für die Jagdgesellschaft, natürlich mit seinen engsten

Freunden, Geschäftspartnern und zum Teil mit
deren Frauen, beendet. Die Dienerschaft hatte
alles eingedeckt und es wurde wie immer auch
reichlich getrunken. Die ganze Zeit über hat
Stanley mich kein einziges Mal angeschaut. Er
tat so, als wäre ich gar nicht vorhanden. Dabei
hatte ich mich so gekleidet, dass er keinen Grund
gehabt hätte, mir einen Vorwurf zu machen,
ich würde ihn blamieren. Das Kostüm im
Glencheck-Muster, die Bluse mit der Schleife,
die Kaschmirweste, hohe Lederstiefel und den
passenden kleinen grünen Filzhut mit der
Fasanenfeder.

Stanley hat gewartet, bis die Gäste nach
draußen gegangen sind, mit ihren Brandygläsern
in den Händen und den Zigarren im Mund.

Und dann hat er mir, als würde er über das
Wetter sprechen, gesagt, dass er alles in meinem
Tagebuch gefunden hat. Mummy Darling, es tut
mir so leid, dass ich es dort hineingeschrieben
habe.

Er hat mich noch nicht einmal angesehen,
mir den Rücken zugekehrt und auf den See
geblickt. Als die Dienerschaft, angeführt von
Mister Streatfield, ins Innere des Pavillons
kam, um abzuräumen, schickte er sie mit einer
Handbewegung raus. Alle haben sich verbeugt
und sind verschwunden.

Mein Herz klopfte bis zum Hals.

Schließlich habe ich meine Fassung
wiedergefunden, ich habe da immer an dich
gedacht und was du wohl in dieser Situation tun
würdest, und habe ihn gefragt, wie er denn an

mein Tagebuch kommen konnte. Ich war mir
nämlich sicher, dass er geblufft hatte.
Und weißt du, was er geantwortet hat?
»Jede Frau glaubt, dass etwas verschwunden
ist, wenn man es nicht sieht. Doch die Verstecke
sind immer dieselben.«
Mummy Darling, er hat die
Sekretärschublade in meinen Gemächern
aufbrechen lassen und weiß alles.
Ich war wie erstarrt vor Schreck und habe
ihn sofort gefragt, was jetzt aus Margaret wird.
Er hat mich nur mit einem Blick voller
Verachtung gestreift und mich stehen lassen.
Mummy Darling, er will dieses Kind nicht!
Und mich auch nicht! Was soll ich nur tun?

Margaret fröstelt. Sie zieht die Wolljacke enger um sich. Nur dort, wo die Sonne durch die Wolkenlücken scheint, fühlt es sich warm an. Doch im Schatten des Pavillons spürt sie das Zerren des Windes, der durch die offenen Seiten streift.

Der Luftzug fegt Blätter über den Boden und es hört sich an, als würde ein Stöhnen erklingen, das schwermütig an der Kuppeldecke gefangen bleibt.

Margaret dreht sich um, denn das klagende Geräusch wird immer stärker und sie erschaudert.

Sie flieht aus dem Gebäude, und erst als sie sich in der Sicherheit des Ruderbootes entfernt, sieht sie die Ursache für das Heulen und Klagen.

Der Wind ist noch stärker geworden und die hochgewachsenen Bäume wiegen sich hin und her, Zweige streifen über den Erdboden, als könnten sie die Last all dessen, was sie im Laufe so vieler Jahre gesehen und gehört haben, nicht mehr länger tragen.

London, 2022

»Der ist aber ganz schön schwer«, stellt Karen nach dem ersten Schluck fest.

»Ja, ein typischer Barolo. Ich liebe diesen Rotwein.«

»Schmeckt fantastisch!«, bestätigt Karen, die sofort das Gefühl hat, dass dieses Getränk sie immer an einen ganz bestimmten Moment in ihrem Leben erinnern wird.

Sie sitzen in Georges italienischem Lieblingsrestaurant, in dem sie aufgrund seiner Freundschaft mit dem Wirt einen freien Tisch im ausgebuchten In-Lokal bekommen haben. Ella hat sofort von Franco, dem Kellner, einen Teller mit zartem Hühnerfleisch vorgesetzt bekommen und liegt jetzt zufrieden zwischen ihnen unter dem Tisch.

Als Franco ihnen ihr Essen bringt, raunt George ihr noch zu: »Es ist immer dasselbe. Ella wird als Erste bedient.«

Noch bevor Karen einen Happen ihrer Lasagne probiert, hebt sie ihr Glas und verkündet: »Ich muss dir was sagen.«

George blickt sie verdutzt an, ergreift sein Glas: »Jetzt bin ich aber gespannt.«

»Das darfst du auch sein, denn ich habe mich entschieden …«

In diesem Moment unterbricht Franco ihre Mitteilung, denn er kehrt zurück mit frisch gebackenem Brot und warnt: »Ist noch heiß!«, ehe er den Brotkorb auf ihrem Tisch zurücklässt.

»Ja?«, wartet George auf die Fortsetzung.

»Ich bleibe bei dir!«, erklärt sie spontan, um dann zu präzisieren: »Also, was ich meine, ist, dass ich dein Angebot annehmen möchte, in eurem Hotel zu arbeiten. Wenn es noch gilt.«

Fast scheint es so, als wäre George bei ihrer Erklärung ein wenig enttäuscht, doch er gibt sich sehr geschäftsmäßig, indem er sagt: »Ein Mann, ein Wort! Natürlich gilt mein Angebot noch. Es war ein Vorschlag und ich bin glücklich, dass du ihn annimmst.«

Karen spürt, dass er im ersten Moment geglaubt hat, sie wolle etwas sehr Persönliches erklären, und sie nimmt glücklich darüber einen tiefen Schluck, um ihn noch ein wenig im Unklaren zu lassen.

Aber dann will sie alles loswerden, was sie sich in letzter Zeit überlegt hat.

»Ich werde im The Golden Mountain kündigen und vor allem werde ich Isobel erklären, dass die Jagd vorbei ist.«

George hört ihr aufmerksam schweigend zu.

»Die Jagd nach einer Nichte, von der niemand weiß, ob sie noch lebt. Wenn ja, wo? Wenn sie weiterhin darauf besteht, dass ich ihr helfen soll bei ihrer Suche, werde ich kategorisch verlangen, dass Privatdetektive in den Staaten nach ihr fahnden. Ich jedenfalls will diese Bürde nicht mehr tragen.«

George legt seine geöffnete Hand auf die weiße Decke des Tisches und sie beantwortet die Geste, indem sie ihre Hand in seine legt.

»Das finde ich sehr gut«, bekräftigt er ihren Entschluss. »Was glaubst du, wie wird sie reagieren?«

Das ist der einzige Wermutstropfen in all dem, was sich Karen zurechtgelegt hat. »Sie wird zunächst genauso hysterisch reagieren wie bei der Suche nach einem ganz bestimmten Foto. Aber da kommst du ins Spiel …«

Jetzt zieht George eine Augenbraue hoch. Ihr ist klar, dass er genau weiß, welche Bitte sie gleich aussprechen wird.

»Ja«, bestätigt sie, obwohl er keinen Ton von sich gegeben hat. »Ich hoffe tatsächlich, dass du mitkommst und ihr genauso gut zuredest, wie ich es versuchen werde. Das Ganze ist wie Schattenboxen. Wann immer man glaubt, einen Treffer gelandet zu haben, wie ich bei der Äußerung von der Dowager Duchess, ist man von einer Lösung nach wie vor weit entfernt. Vielleicht sogar noch weiter als zuvor. Und, George, ich bin dir so dankbar, dass du mich die ganze Zeit unterstützt hast.«

»Na, na«, schwächt er sofort ab. »Meine Recherchen haben dich nicht weitergebracht.«

»Sag das nicht, alles, was du vorbereitet hast, hat mir weitergeholfen. Und ganz sicher sogar zu der Erkenntnis gebracht, dass ich mich dringend lösen muss von dem seltsamen Schicksal einer Familie, die sich mit Fleiß unglücklich gemacht hat.«

»Und jetzt probier mal deine Lasagne«, bittet George. »Sonst wird sie kalt. Und die ist so exzellent hier, dass sie dich, so hoffe ich, glücklich macht.«

Als Karen einen großen Bissen im Mund verschwinden lässt, bemerkt sie, dass ihr Essen tatsächlich schon lauwarm geworden ist, aber es ist ihr völlig gleichgültig. Ihr kommt es so vor, als wäre sie endlich von einer großen Bürde befreit worden, obwohl sie weiß, dass ihr die schwerste Etappe, sich von Isobel zu lösen, noch bevorsteht.

George lächelt versonnen und Karen kann nicht genau deuten, was er gerade denkt, bis er fragt: »Als was möchtest du denn im Schloss leben?«

»VIP-Service, genau wie bisher. Das könnt ihr gut gebrauchen«, behauptet sie und ist froh, dass George ihr zustimmt. »Und«, fährt Karen fort, »ich könnte mir doch eine Wohnung im Dorf mieten. Ich habe gesehen, dass es da Angebote in zwei Cottages gibt.«

»Du warst im Dorf unterwegs? Jetzt ist mir auch klar, warum die Bewohner alle von der hübschen blonden Lady sprechen, die wie ein Detektiv Fragen stellt.«

Karen lächelt. »Eigentlich habe ich mich da nur umsehen wollen.«

»Was hältst du davon, wenn ich dir ein Wohnungsangebot mache?«, fragt er und schiebt seinen Teller fort. Sein Kalbssteak ist erst zur Hälfte verzehrt, doch ihm scheint entweder der Appetit vergangen zu sein oder aber er konzentriert sich auf das, was sie antworten wird.

»Im Schloss?«, fragt Karen ganz unbekümmert.

»Im Schloss!«

»Du meinst, ein eigenes Appartement im Schloss?«

»Nein.«

Karen schaut ihn verwundert an. »Was denn dann?«

»Bei mir«, sagt er. »In meinen Räumen, wie du das immer so schön ausdrückst. Und wenn wir in London sind, biete ich dir denselben Service in meinem Appartement an.«

Bei seinem Lächeln, das während dieser Erklärung seine Lippen umspielt, zeigen sich wieder die beiden Falten.

Sie tut so, als müsse sie gründlich nachdenken.

»Hmm, mit so viel Gastfreundschaft habe ich gar nicht gerechnet«, behauptet sie, was George dazu bringt, sich halb aufzurichten und ihr über den Tisch gelehnt einen Kuss zu geben.

Als wäre etwas, was längst zwischen ihnen ohne Absprache klar gewesen ist, offiziell bestätigt worden, wenden sie sich beide wieder ihrem Essen zu, das sie mit einigen Gläsern Wein und einem Tiramisu zum Dessert beenden.

Erst nach einem launigen Gespräch mit dem Restaurantbesitzer und jeweils zwei Espressi verlassen sie das Lokal, und als sie im Auto sitzen, meint George: »Lass uns nach Hause fahren.«

Karen nickt. Sie fühlt sich so entspannt, dass sie auch zugestimmt hätte, wenn er vorgeschlagen hätte, im Kreis zu fahren.

Erst nach einer geraumen Weile fällt ihr auf, dass George nicht zu seiner Wohnung in Kensington fährt, sondern Kurs in Richtung des Schlosses eingeschlagen hat.

Das gleichmäßige Motorgeräusch und das leise Schnarchen von Ella auf dem Rücksitz lullen sie ein. Sie bemerkt noch, dass George fürsorglich seine Wildlederjacke über sie ausbreitet, dann schläft sie tief und fest.

Und träumt von Isobel, die in einem babyblauen gesteppten Hausmantel in ihrem Kino sitzt, auf dessen Leinwand Claire in einer Dauerschleife zu sehen ist, bis das Bild plötzlich einfriert und das Lachen auf dem schönen Gesicht zu einer Grimasse verzerrt ist.

Mit einem Ruck schreckt Karen hoch und weiß im ersten Moment nicht, wo sie ist. Dann realisiert sie, dass das Motorengeräusch verstummt ist, da sie beim Schloss angekommen sind, und George ihr zuflüstert: »Willkommen daheim.«

Einer der Hausdiener kommt aus dem Eingang angelaufen, während er die goldenen Knöpfe an seiner Weste schließt.

»Wie war die Fahrt, Mylord?«, fragt er höflich und George antwortet ihm: »Ohne Probleme. Danke, James.«

Und als der wissen will, ob sie Gepäck dabeihaben, das er hereintragen kann, verneint George. »Nichts dabei! Hat Fitzpatrick heute Dienst?«

Als James bejaht, fragt George Karen: »Willst du schon nach oben gehen? Du bist so müde. Ich will nur noch rasch nachsehen, ob im Hotel alles okay ist.«

»Ich komme mit«, versichert Karen gähnend und George schlingt einen Arm um ihre Schulter, während Ella noch rasch in den Büschen verschwindet.

Karen schließt für einen Augenblick die Augen, denn das Licht in der Empfangshalle blendet sie schmerzhaft.

»Hallo, Fitzpatrick, wir wollen Sie gar nicht lange aufhalten«, beginnt George, der weiß, dass sich der Concierge zu so später Stunde auf dem Kanapee im Hinterzimmer hingelegt hat.

»Ich will nur wissen, ob die Anreise von ›Exklusiv-Reisen‹ reibungslos geklappt hat. Wir arbeiten ja das erste Mal mit der Agentur zusammen.«

»Ganz problemlos«, erwidert der Concierge. »Guten Abend, gnädige Frau«, sagt er in Karens Richtung, während sie sich an George lehnt.

»Wie viele Suiten und Zimmer haben sie belegt?«

»Wir haben zwanzig Suiten und dreißig Zimmer mit diesen Gästen belegt. Dann zwei Hochzeitssuiten mit Frischvermählten«, zählt er auf. »Also im Moment nur Paare überall. Und dann nur noch eine einzelne Dame …«

»Aus …?«, fragt George routinemäßig, da er sich gerne berichten lässt, aus welchen Ländern die Besucher kommen.

Suchend blättert Fitzpatrick die Seiten des Hotelregisters durch, bis er schließlich findet: »USA, Mylord! Eine gewisse Margaret Forster.«

»Wer?«, rufen George und Karen wie aus einem Mund.

»Wie sieht sie aus?«, bestürmt George Fitzpatrick, doch der winkt nur ab: »Es tut mir so leid, aber bei den vielen Gesichtern kann ich mir nicht jedes einzelne merken.«

»Wie alt ist sie wohl?«, will Karen wissen.

Der Concierge schüttelt erneut bedauernd den Kopf. »Hier ist nichts eingetragen. Wir brauchen nicht das Geburtsdatum zu erfragen. Ich kann da leider nicht weiterhelfen.«

Er kann ihnen nur sagen, dass sie die Garten-Suite bezogen hat, sich wenig im Hotel aufgehalten hat, und als er sogar die Hausdame per Telefon aus dem Schlaf klingelt, kann die nur wiedergeben, dass die Dame ihre Mahlzeiten ausschließlich in ihrem Zimmer einnimmt.

George und Karen sind sich einig, dass es außer Frage steht, die Dame einfach in ihrer Suite anzusprechen.

Das widerspricht allen Gesetzen der Hotellerie. Sie haben keine andere Möglichkeit, als sich in Geduld zu üben.

Die ganze Nacht über machen sie kein Auge zu und rätseln, ob es sich um einen obskuren Zufall handelt, dass eine andere Dame dieses Namens aus den USA angereist ist, oder ob sie endlich am Ziel ihrer Suche angekommen sind.

Am nächsten Morgen sitzen sie zusammen in einem Winkel des Kaminzimmers, in dem gefrühstückt wird, sodass sie einen perfekten Überblick über alle Zugänge zur Empfangshalle haben. Ella wundert sich, denn der Morgenspaziergang mit ihr ist auf ein Minimum beschränkt. Einmal an den Rabatten entlang und dann sofort wieder retour, um ja nicht den Augenblick zu verpassen, wenn diese Margaret Forster die Halle betritt. Ella scheint allerdings mit dieser Lösung uneingeschränkt einverstanden zu sein, da es wie aus Kübeln gießt. Das gute Wetter der Vortage hat sich verzogen und der Dauerregen verleiht dem Vormittag einen tristen Anstrich.

Doch nach drei ereignislosen Stunden befindet Karen: »Ich muss mich mal bewegen, sonst werde ich verrückt.«

»Mach das«, bekräftigt George ihr Vorhaben. »Ich muss sowieso noch einige Akten durchsehen. Und Fitzpatrick behält die Türen im Auge und gibt mir sofort Bescheid, wenn sich die Dame zeigt.«

Karen zieht ihren Trenchcoat über, den sie vorsichtshalber mitgenommen hat, ruft Ella, greift sich einen Schirm mit dem Aufdruck des Hotels und geht an der Front des Schlosses vorbei in Richtung des Rosengartens.

Sie ist unsicher in Bezug auf ihre widerstreitenden Gefühle. Erst gestern hat sie sich frei gefühlt. Es ist so ein kostbares Gefühl gewesen. Frei von dem Versprechen, das ihr Isobel aufgezwungen hat, frei von dem Gedanken, England verlassen zu müssen, und voller Vorfreude auf das, was hier alles für sie möglich scheint.

Und nun taucht der Name der Person auf, mit der sie sich so lange beschäftigt hat. Sie glaubt eigentlich nicht mehr an Zufälle und bereitet sich darauf vor, dass eine Besucherin desselben Namens eine Suite bewohnt. Sollte sie ihr gegenüberstehen, wird sie erkennen, dass das Leben verrückte Wendungen bereithält, und sie wird sich mit einem Lächeln entschuldigen müssen, der Dame zu viele Fragen zugemutet zu haben.

Karen will ihren Schirm schon schließen, da sich der schwere Niederschlag abgeschwächt hat, dafür dampfen Nebelschwaden über den Besitz und Karen empfindet die Stimmung als geheimnisvoll und ein wenig düster.

Sie will sich schon umwenden, als sie sieht, dass Ella plötzlich losstürmt, und folgt ihr ein Stück, um sie nicht ganz aus den Augen zu verlieren.

Dann erst bemerkt sie, dass Ella ein Ziel ansteuert, denn auf dem weitläufigen grünen Rasen steht eine Gestalt mit dem Rücken zu Karen.

Sie stockt, da sie auf keinen Fall einen Gast stören will, der in Ruhe in der Regenstimmung spazieren gehen möchte.

Ella dagegen kennt diese Umgangsformen nicht, sondern umkreist die Figur mit fröhlichem Bellen, wie sie es immer dann tut, wenn sie glaubt, einen Menschen zum Spielen mit Stöckchen auffordern zu können.

Karen versucht, Ella zurückzupfeifen, doch der Pfiff misslingt.

Glücklicherweise scheint die einsame Person tierlieb zu sein, denn sie beugt sich nieder und tätschelt Ellas Kopf.

In diesem Moment erhascht Karen für den Bruchteil einer Sekunde das Profil einer Frau und sie bleibt wie angewurzelt stehen.

Das ist doch … sie sieht aus wie … wirbeln Gedanken durch ihren Kopf.

Nein, das ist ausgeschlossen!

Sie geniert sich schon bei der Vorstellung, gleich zu George zurückzukehren und ihm zu berichten, wen sie glaubt, auf dem Schlossgelände beobachtet zu haben.

Jetzt ruft sie energisch Ellas Namen und die Hündin entschließt sich nach kurzem Zögern tatsächlich, zu ihr zurückzukehren.

Nachdem sie bei Karen ankommt, nimmt sie die Hündin vorsichtshalber an die Leine, und während sie sich wieder aufrichtet, ist die Person verschwunden, verschluckt vom Nebel, der plötzlich ihre ganze Welt in ein verschwommenes Grau taucht.

Buckinghamshire, 2022

Margaret liebt den Regen, den sie mit England verbindet. Auch als sie vor mehr als vierzig Jahren vor diesem Schloss gestanden hat, sind ihr die herabperlenden Tropfen an dem Fenster des Taxis wie Tränen vorgekommen. Es hat zu dem völlig schiefgegangenen Versuch gepasst, Wahrheiten zu finden und getröstet zu werden.

Jetzt genießt sie die Einsamkeit des Moments, da sich keiner der anderen Hotelgäste ins Freie traut. Die Busladungen mit Tagesbesuchern sind auch noch nicht eingetroffen und sie will die restlichen Stunden vor ihrer Abreise dazu nutzen, sich ein allerletztes Mal mit Claires Vergangenheit zu beschäftigen.

Nach ihrer Rückkehr in Carmel wird sie die Pakete mit Merediths hinterlassenem Erbe versiegeln, damit sie nicht in Versuchung gerät, sich noch einmal in den Sog der Vergangenheit ziehen zu lassen. Wenn sie rachsüchtig veranlagt wäre, könnte sie die Schriften auch der Universität überlassen, deren Bibliothek nach Thomas James Forster III und seiner Gattin Meredith Ann Forster benannt ist. Mit deren

Spendengeld hat sich die Universität einen vorderen Platz in der Wertigkeitsskala der Hochschulen des Landes erkämpft.

Wenn sie jetzt, während sie durch das nasse Gras stapft, bereits ein Fazit ihrer Reise ziehen müsste, würde dabei erstaunlicherweise ein ganz wichtiger Punkt ihrer Erkenntnis sein, dass Stanley Anthony, 8. Duke of Douglas-Drummond, keineswegs der abgefeimte Schurke gewesen ist, den Meredith nicht müde wurde, aus ihm zu machen.

Wenn er sein Wissen öffentlich gemacht hätte, hätte nicht nur die gesponserte Universität nicht anders gekonnt, als die Namenstafeln zu entfernen und sich von der Forster-Familie zu distanzieren.

Was ihr für ihren Großvater leidgetan hätte, denn der ist, so hat Margaret ihn kennengelernt, ein netter Mann gewesen. Zwar unaufhörlich in Sachen Business unterwegs, dabei ein ausgekochtes Schlitzohr, aber eben nicht perfide wie seine Frau.

Margaret schaut sich suchend um. Wohin ist denn der hübsche Labrador verschwunden?

Er ist eine so wohltuende Ablenkung von den vielen Fetzen der Erinnerung gewesen und sie hätte gerne eine Weile mit ihm gespielt. Sicher hat er nichts anderes gewollt, als Stöckchen zu apportieren.

Doch nun kann sie sich ein letztes Mal nicht mehr verschließen vor den Stimmen aus der Vergangenheit, von denen sie sich hier so verfolgt fühlt.

»Du wirst schon genau das tun müssen, was ich vorbereitet habe!«, hat eine Ansage in einem der Briefe von Meredith an Claire gelautet.

»Du hast dich selbst in diese Situation gebracht, jammer jetzt nicht herum!«

»Mummy Darling, ich kann doch nichts dafür.«

»Du kannst aber jetzt das Richtige tun, nachdem ich alles vorbereitet habe.«

Meredith hat bei allem, was sie geschrieben hat, sehr darauf geachtet, dass klar geworden ist, nur sie hat das Heft des Handelns in Händen gehalten, und dass sie sich förmlich gezwungen gesehen hat, die Dummheiten anderer zu begradigen.

Der Regen nimmt wieder an Heftigkeit zu und Margaret nestelt an ihrem Schirm, dessen Mechanismus versagt. In Sekundenschnelle ist sie vollkommen durchnässt, doch der Schauer wäscht nicht die bohrenden Fragen weg, die sie beschäftigen.

Warum nur hat Meredith ihr all das Wissen über ihre Ranküne hinterlassen, das sie, solange sie gelebt hat, niemals gestanden hätte? Ist es der Wunsch gewesen, Margaret nicht länger im Dunkeln zu lassen?

Altruistische Gründe kann sich Margaret eigentlich beim besten Willen nicht vorstellen. Aber vielleicht ist es doch ein minimaler Rest an Gewissen gewesen, auf jeden Fall verbunden mit der Gewissheit, dass sie nach ihrem Tod nicht mehr zur Rechenschaft gezogen werden könnte.

Buckinghamshire, 2022

Die Anspannung des langen Wartens hat sich ein wenig gelegt und George ist in das Studium einer Prozessakte versunken. Karen sitzt gebeugt über Ellas Kopf und versucht, möglichst behutsam eine Klette an ihrem Ohr zu entfernen. Sie ist in Gedanken noch immer bei dem Moment, als sie die einsame Figur im Regen beobachtet hat.

Soll sie George sagen, wen sie zu erkennen geglaubt hat? Sie fürchtet, dass er dann ernsthaft ihren Realitätssinn infrage stellen würde.

Keiner von ihnen bemerkt den verzweifelten Versuch von Fitzpatrick, auf sich aufmerksam zu machen. Er versucht es mit einem »Pssst!«, dann einem Räuspern und schließlich mit dem Schnipsen der Finger.

Karen und George schauen gleichzeitig auf, sogar Ella hebt ihren Kopf, während er verstohlen auf die Dame im nassen Trenchcoat an seiner Rezeption hinweist.

George und Karen betreten die Halle gemeinsam.

Allerdings ist Ella viel schneller als sie und läuft schwanzwedelnd auf die Frau zu.

Als die sie begrüßt: »Da bist du ja, meine Hübsche!«, dreht sie sich um und Karen stößt hervor: »Sie sind … Amanda Clark!«

Die Dame blickt erstaunt auf Karen, scheint sie zu erkennen und sich an das Versprechen in der Buchhandlung zu erinnern. George fasst sich als Erster und erklärt: »Bitte verzeihen Sie! Es ist ein Irrtum. Wir dachten, Sie seien jemand ganz anderes.«

»Wer denn?«, will sie wissen.

Jetzt nimmt sich Karen ein Herz und erklärt: »Lady Margaret of Douglas-Drummond!«

Da keine Reaktion erfolgt, fügt Karen entschlossen hinzu: »Die Tochter von Claire Forster.«

»Nein, das bin ich nicht!«

Margaret flieht in ihre Suite und lässt ein junges Paar zurück, das ratlos hinter ihr herblickt.

Jetzt bleibt ihr die Wahl. Ihre geplante Abreise, ohne ein weiteres Wort mit ihnen zu wechseln, oder sich anzuhören, was sie wissen. Sie ist in eine Situation geraten, mit der sie niemals gerechnet hätte.

Margaret lässt sich in einen der Sessel fallen und bemerkt zunächst nicht, dass ihre nassen Sachen an ihrem Körper kleben. Was wissen die beiden, die ganz offensichtlich im Schlosshotel auf sie gewartet haben? Wie kommen sie auf die Idee, sie mit Claire in Verbindung zu bringen? Wer sind die beiden?

Und warum waren sie darauf gekommen, dass ihr Name, den sie bei der Buchung im Hotel angegeben hat, der ist, der sich hinter ihrem Pseudonym Amanda Clark verbirgt, den sie als Buchautorin verwendet?

Sind sie ihr etwa bei ihrer Anreise in einem Limousinenservice von London nach Buckinghamshire gefolgt? Sind sie Stalker?

Denn es ist überaus verblüffend, dass sie der jungen blonden Frau aus der Buchhandlung wieder gegenübergestanden hat. Sie hat sie sofort erkannt, obwohl sie diesmal nicht in ihrem weißen Hosenanzug, sondern einer Jeans und einer fliederfarbenen Bluse unter dem schwarzen Blazer auf sie zugekommen ist. Ihre blonden Haare zu einem Pferdeschwanz streng zurückgebunden, das bunte Tuch, das sie in der Buchhandlung um ihren Hals geknotet hatte, hat diesmal das Haargummi geschmückt.

Arbeitet sie hier im Schloss? Im Hotel? In der Verwaltung? Der Zufall wäre unglaublich. Käme sie auf die Idee, ihn in einem ihrer Bestseller zu verwenden, würden sich in ihrer Fangemeinde sicherlich kritische Stimmen äußern, dass dies aber doch nun wirklich unglaubwürdig sei.

Aber es bleibt eine Tatsache, dass die junge Frau von Claire weiß, der Frau, die in Wolston Manor vor so langer Zeit zur Unperson geworden ist.

Hat sich die junge Frau so intensiv mit der Historie des Hauses beschäftigt? Dann sollte sie auf jeden Fall die Besichtigungs-Touren des Schlosses übernehmen. Sie wäre eine weitaus bessere Wahl als die uninspirierte Jane, die nur darauf bedacht gewesen ist, dass Besucher im Souvenir-Shop ihre Kreditkarten glühen ließen. Ganz sicher hat die nur ihre Provision im Sinn gehabt.

Mit einem Ruck steht Margaret auf und entledigt sich endlich der nassen Kleidung.

Ihr Entschluss steht fest.

Sie will den Schlüssel finden zu dem aktuellen Geschehen, das sie sich nicht erklären kann.

Als sie einen ihrer Koffer öffnet, die sie schon für ihre Abreise gepackt hat, liegt ausgerechnet das mauvefarbene Wollkleid obenauf.

Ohne lange darüber nachzudenken, zieht sie es heraus und streift es sich über. Die Temperatur ist heute bei dem Regenwetter kühl genug für diese Wahl, allerdings erinnert es sie an die erste Begegnung mit dieser jungen blonden Frau.

Rasch fährt sie mit einem Kamm durch ihren Bob, den sie sich erst vor Wochen hat schneiden lassen, und wappnet sich innerlich für das, was jetzt auf sie zukommt.

Bei ihrer Rückkehr in die Halle spürt sie die unverkennbare Erleichterung der beiden. Sie zeigen deutlich, dass sie unsicher gewesen sind, ob sie ihr noch einmal begegnen würden.

Vor allem die junge Frau kann ihre vorangegangenen Zweifel nur schwer verbergen. Sie kommt ihr entgegen, streckt die Hand aus und stellt sich vor: »Ich bin Karen Hauser und …«

Als sie jetzt stockt, fragt sich Margaret, ob sie wieder bei dem Versuch scheitert, sich zu erklären, doch dieses Mal wird sie von dem gut aussehenden Mann an ihrer Seite unterstützt.

»… und ich bin George of Douglas-Drummond. Wir freuen uns so sehr, dass Sie Gast bei uns in Wolston Manor sind.«

Jetzt versteht Margaret, warum sie vorhin bei seinem Anblick kurz das Gefühl eines Déjà-vu gehabt hat. Er ist ihr in irgendeiner Weise bekannt vorgekommen. Jetzt, wo er vor ihr steht und auf sie herabblickt, erkennt sie die Ähnlichkeit mit Stanley Anthony, 8. Duke of Douglas-Drummond. Er hat den gleichen schwarzen Haarschopf, die ähnlich gefärbten braunen Augen, die jedoch in seinem Fall einen warmen, freundlichen Ausdruck haben und nicht die Kälte des 8. Dukes widerspiegeln.

»Sind Sie etwa der 9. Duke?«, will sie wissen.

»Nein, das ist mein Bruder. Aber ich bin Stanleys Sohn, allerdings aus der vierten und letzten Ehe. Bitte, nehmen Sie doch Platz. Was dürfen wir Ihnen anbieten?«

»Tee.«

»Etwas dazu?«

Margaret verneint, denn sie ist noch unsicher, wie das Gespräch verlaufen wird. Vielleicht tritt eine Situation ein, bei der sie entscheidet, das Ganze abzubrechen.

»Woher wussten Sie, dass ich Amanda Clark bin? Ich habe als Margaret Forster im Hotel eingecheckt«, will sie als Erstes wissen.

»Das wussten wir nicht«, hört sie zu ihrer Überraschung.

»Aber Sie waren bei meiner Lesung«, wendet sie sich an Karen.

»Das ist richtig«, bestätigt die. »Aber das liegt daran, dass ich eine unglaublich große Bewunderin Ihrer Bücher bin.«

George fügt hinzu: »Der Name Margaret Forster war elektrisierend. Allerdings hätte es auch eine zufällige Namensgleichheit sein können. Da Karen Ihre Romane liebt, hat sie Sie als Amanda Clark erkannt.«

Margaret glaubt dieser Erklärung nicht und fürchtet, womöglich schlicht und einfach Opfer eines Fan-Kults geworden zu sein. Sie ist immer auf der Hut und schirmt ihr Privatleben rigoros ab.

Doch da sie sich in der Sicherheit eines in der Öffentlichkeit stattfindenden Treffens inmitten eines First-Class-Hotels befindet, will sie der Sache auf den Grund gehen. Niemand weiß, dass sich hinter ihrem Künstlernamen der Mädchenname von Claire verbirgt. Nur die Mitarbeiter ihres Verlages, die ihn niemals preisgeben würden, denn sie sind längst zu ihrer Familie geworden.

»Woher wussten Sie, dass ich hierherfahren würde? Niemand kannte diesen Plan. Offiziell bin ich derzeit auf dem Weg nach Italien, der nächsten Station meiner Lesereise.«

»Wir wussten es wirklich nicht«, beteuert Karen. »Ich kann selbst nicht glauben, dass ich Sie ausgerechnet in Wolston Manor treffe.«

Margaret nippt an ihrem Tee, dann stellt sie die Tasse ab und will von Karen wissen: »Warum interessieren Sie sich für Claire?« Fragend schaut sie dabei auch George an.

Doch nur Karen antwortet: »Weil ich auf der Suche nach ihrer Tochter bin. Und zwar im Auftrag von deren Tante.«

»Welche Tante?«

»Claires Schwester Isobel«, insistiert Karen, die die spontane Frage offensichtlich verunsichert.

Margaret ist fest entschlossen, das Gespräch zu beenden, denn jetzt hat sie den Beweis, dass ein falsches Spiel mit ihr getrieben wird.

Doch bevor sie aufsteht, will sie ihr Gegenüber mit ihrem Wissen in die Enge treiben.

»Wie kann das sein? Isobel ist tot!«

Carmel-by-the-Sea, Kalifornien, 2020

Noch nie ist Margaret so dankbar gewesen, dass sie in Carmel-by-the-Sea lebt, wie nach der langen Nacht, in der sie sich gezwungen gesehen hat, sich durch die Relikte der Vergangenheit zu kämpfen.

Noch hat sie nicht alles gesichtet, doch die Zeugnisse aus unzähligen Briefen und Tagebucheinträgen haben ihr einen Abgrund aufgezeigt, von dem sie, wenn sie gewusst hätte, was sie erwartet, nie hätte erfahren wollen.

Mit einer Hand stützt sie sich auf der Arbeitsplatte in ihrer Küche ab und schaut durch die große Fensterfront auf den Pazifik. Sie liebt den Wind, den das Wasser hinübertreibt, das milde Klima und die hohe Lebensqualität der Umgebung mit seinen Stränden, den Anblick der in der salzdurchtränkten Luft besonders gedeihenden Zypressen- und Kiefernwälder, den Rückzugsgebieten für die große Anzahl an Zuflucht suchenden Vögeln.

Hier fühlt sie sich sicher und geborgen.

Während sie einen Schluck aus dem frisch zubereiteten Cappuccino nimmt, fallen ihr plötzlich die seltenen Exemplare der verdrehten und verschlungenen Zypressen ein, die als »vor dem Wind fliehende Geister« von jemandem beschrieben worden sind, dessen Name ihr im Moment nicht einfällt. Die Bezeichnung passt allerdings genau zu dem, was sie gerade durchlebt. Die aufgezwungene Beschäftigung mit Geistern, die sie nicht gerufen hat.

Warum sind nur die Behörden, ganz sicher von Meredith angetrieben, auf ihren Rückzugsort gekommen, sodass die Pakete sie vor Jahrzehnten überhaupt hatten erreichen können?

In Carmel-by-the-Sea gibt es keine Briefkästen und keine Hausnummern, man muss seine Post aus Postfächern abholen, und da Leuchtreklamen in dem malerischen Ort verboten sind, kann das grelle Außenleben sie gar nicht mehr belästigen.

Doch jetzt muss sie heraus aus ihrer Idylle. Sie muss sich Gewissheit verschaffen, nachdem sie von dem ungewünschten Nachlass so tief in die Vergangenheit gezogen worden ist.

Wen kann sie fragen?

Claire ist tot, Meredith ist tot! Jetzt muss sie die Letzte finden, die von den Geschehnissen weiß. Wie tief steckt sie mit drin?

Margaret stellt den Kaffeebecher ab und wühlt erneut in der Korrespondenz ihrer Großmutter, auf der Suche nach den Anwaltskanzleien, die im Auftrag der Familie tätig gewesen sind.

Sie entdeckt allein fünf, die das Vermögen zu Merediths Lebzeiten betreut haben.

Margaret hat als Jugendliche mitbekommen, dass ihr Großvater in seinem Testament zunächst seinen engsten Freund und Geschäftspartner als Nachlassverwalter eingesetzt hat. Der, so entnimmt sie dem Briefverkehr, hat vier Nachfolger eingesetzt, denen er notariell beglaubigte Vollmachten ausgestellt hat, nach seinem Ableben die Verwaltung nach seinen exakten Vorgaben fortzuführen.

Margaret notiert eine Nummer in New York und verlangt, mit dem Senior-Partner verbunden zu werden. Doch die Rezeptionistin stellt sie nach einer kurzen Rücksprache nicht durch, sondern behauptet, nicht verbinden zu können.

»Ich bin Margaret Forster und die Kanzlei vertritt unsere Familie«, versucht sie, schon an ihrem Tonfall erkennbar Druck auszuüben.

»Sorry, ich kann nicht weiterhelfen. Einen schönen Tag noch für Sie«, hört sie die antrainierte Formulierung, dann ist die Leitung tot.

Auch bei der zweiten und dritten Kanzlei verläuft der Dialog ähnlich routiniert, erst bei der vierten meldet sich einer der Anwälte.

Endlich kann Margaret ihre Frage stellen: »Ich möchte wissen, ob Isobel Susan Forster noch lebt. Und wo?«

Nachdem er sich zweimal ihres Namens rückversichert hat, behauptet er: »Ich kann Ihnen nicht weiterhelfen. Wir wissen nicht, was mit ihr geschehen ist.«

»Aber Sie müssen doch wissen, ob sie tot ist!«

»Niemand weiß etwas Genaues, keiner kannte jemals ihre Aufenthaltsorte. Solange ihre Mutter, Meredith Forster, noch lebte, konnten wir alles Notwendige besprechen. Danach brach der Kontakt ab.«

»Aber Sie müssen doch wissen, wer von dem Vermögen lebt, wer Geld ausgibt, wo es hinfließt? Sie sagen mir doch nicht die Wahrheit!«

Dieser Vorwurf bringt den Kanzleivertreter dazu, sie kategorisch abzuwimmeln: »Über Geschäfts- und Vermögensverhältnisse geben wir grundsätzlich keine Auskünfte. Um im Übrigen weiß ich gar nicht, ob Sie nicht eine Betrügerin sind!«

Nach dieser Abfuhr schmeißt Margaret den Hörer mit viel Schwung auf den Fliesenboden, was ihr aber keine Erleichterung verschafft, sondern nur dazu führt, dass sie sich ein neues Telefon zulegen muss.

Margaret verabredet sich in einem der pittoresken Cafés im malerischen Ort mit David Newman, einem befreundeten Anwalt, mit dem sie sich regelmäßig zu Scrabble-Abenden trifft, und fragt ihn um Rat.

»Margaret, du bist naiv. Hast du dich niemals mit dem Geschäftsgebaren hochpreisiger Kanzleien beschäftigt?«

»Nein«, gibt sie zu.

»Es ist immer schwierig, wenn ein Erbe so groß ist, dass sich mehrere Kanzleien damit beschäftigen. Es kann sein, ich sage das nur als eine Möglichkeit, dass sie sich untereinander absprechen, um sich selbst zu bedienen. Ich will den Kanzleien, mit denen du versucht hast, in Kontakt zu treten, natürlich nichts unterstellen.«

»Also jetzt mal hypothetisch gesprochen, wie können sie denn so was machen?«

»Zum Beispiel, indem sie sich gegenseitig Rechnungen für angeblich getätigte Arbeit im Sinne der Nachlassregelung zuschicken. Sie überweisen sich dann hohe Summen.«

»Aber das ist illegal«, protestiert sie empört.

»Margaret, hast du denn wirklich noch nicht von den Sensationsprozessen gehört, in denen Nachlassverwalter vor Gericht landen, wo sich juristische Auseinandersetzungen über Jahre hinziehen, bis oder besser gesagt falls es dann überhaupt zu Schuldsprüchen kommt? Vergiss nicht, das sind ausgesprochen findige und erfahrene Fachleute. Die kennen jedes Schlupfloch. Aber in deinem Fall ist doch alles klar. Du gehörst der Familie an und kannst auf Einblick in die Geschäftsunterlagen klagen.«

»Ich will keinen einzigen Dollar aus dem Vermögen. Auf meine Unabhängigkeit von allem, was mit dem Forster-Vermögen zu tun hat, bin ich sehr, sehr stolz. Ich will nur wissen, ob Isobel noch lebt.«

»Warum interessierst du dich plötzlich für eine Tante? Du hast doch schon seit, mit Verlaub, zig Jahren, nichts mit ihr zu tun gehabt.«

Margaret seufzt. »Das ist eine lange Geschichte.«

»Erzähl sie mir, ich bin verschwiegen.«

»Lieber nicht! Aber sie ist die Einzige, die ganz bestimmte Storys bezeugen kann.«

»Ah, alte Familiengeschichten. Liebe ich. Also, so wie ich das sehe, gibt es zwei Möglichkeiten. Sie will nicht gefunden werden oder sie ist tot und hat verfügt, was mit dem Riesenvermögen passieren soll. Sicher Stiftungen en masse. Machen reiche Leute gerne. Gegen die globale Erwärmung, für die Rettung der Artenvielfalt, zum Wohle der medizinischen Forschung. Vielleicht für den Tierschutz. Auch sehr beliebt. Hatte sie eine Katze oder einen Hund? Ich hatte schon Klientinnen, die ihr Mordsvermögen ihrem Lieblingsspitz vermacht haben.«

Margaret zuckt ratlos mit den Achseln.

Schließlich zieht David ein Fazit. »Du kannst davon ausgehen, dass sie tot ist. Eine Frau, Erbin eines gigantischen Vermögens, kann nicht einfach aus der Öffentlichkeit verschwinden. Da gibt es Verwalter von Besitztümern, eine Garde von Angestellten, dann natürlich die Society, die niemanden einfach so aus ihren fest geschlossenen Reihen entlässt. Und da du nie gesucht wurdest, um etwa ein Erbe anzutreten, kannst du ganz sicher sein, dass sie nicht mehr lebt. Und sich vor ihrem Tod nicht damit beschäftigt hat, das Vermögen übertragen zu lassen.«

Geld, denkt Margaret, immer nur geht es um Geld!

Buckinghamshire, 2022

»Nein, nein«, beteuert Karen. »Das ist nicht wahr. Isobel lebt!«

Margaret scheint völlig überrumpelt. »Woher wollen Sie das wissen? Wer sind Sie überhaupt? Gehören Sie zum Hotel? Oder gehören Sie zu ihm?«, lautet die letzte Frage, mit der sie auf George zeigt.

»Ja und nein«, antwortet er und zeigt so, dass er bemüht ist, die aufgeheizte Stimmung zu beruhigen. »Ich kann verstehen, dass es für Sie eine verwirrende Situation ist, aber ich kann Ihnen versichern, dass jedes Wort, das hier fällt, der Wahrheit entspricht. Und nichts als der Wahrheit. Ich bin Anwalt.«

»Arbeiten Sie etwa mit den amerikanischen Anwälten des Forster-Imperiums zusammen?«

»Um Gottes willen, nein! Ich bin erst durch Karen darüber aufgeklärt worden, dass eine gewisse Isobel Susan Forster ihre Nichte sucht.«

Margaret wendet sich zu Karen. »Wer also sind Sie?«

»Ich bin die, ja, wie drücke ich es aus, die Gesellschafterin Ihrer Tante. Sie hat mich beauftragt, Sie, das heißt, ihre Nichte, Lady Margaret of Douglas-Drummond, zu suchen. Deshalb bin ich hierhergereist, um Anhaltspunkte zu finden. Sie dürfen mir glauben, dass ich völlig überrascht bin, dass Sie Amanda Clark sind. Sie haben ja nie öffentlich gemacht, wer hinter dem Pseudonym steht. Für mich und all Ihre Fans sind Sie einfach die ›Queen of Romance Amanda Clark‹.«

Karen hofft, dass sie endlich zu der Schriftstellerin durchdringt und sie ihr Glauben schenkt.

Dass sie das nicht tut, verrät deren nächste Frage: »Wo lebt denn die Frau, die behauptet, Isobel Forster zu sein?«

»In der Schweiz.«

»In der Schweiz? Wo denn da?«

»In St. Moritz.«

Margaret fixiert Karen lange schweigend, bis sie wissen will: »Und warum St. Moritz?«

»Wegen Max.«

»Wer ist Max?«

»Isobels Sohn, der unmittelbar nach der Geburt gestorben ist.«

Margarets nächste Frage trifft Karen völlig unvorbereitet. »Hat sie Ihnen das erzählt? Und behauptet, er sei sofort gestorben?«

»Ja, die ganze schreckliche Geschichte, die sie dazu gebracht hat, nach Jahrzehnten zurückzukehren, um am Ort des Geschehens zu leben.«

»In welcher Verfassung ist sie denn? Ist sie krank oder gebrechlich?«

»Nein«, beteuert Karen. »Sie ist gesund. Sie würden ihr auch auf keinen Fall ihr Alter ansehen. Ich würde sie als … schrullig bezeichnen, sicher auch exzentrisch.«

Während Karen sich bemüht, die Autorin von ihren Eindrücken zu überzeugen, wird ihr selbst bewusst, in was für ein skurriles Leben sie seit der Entdeckung der neunten Etage geraten ist.

Dennoch wirbt sie weiter um Vertrauen. »Isobel Forster lebt allerdings in der Vergangenheit. Sie hat sogar das Innenleben ihres Elternhauses in New York auf dem Dach eines Hotels nachbauen lassen.«

»Wie bitte?«

»Auf dem Dach des Hotels The Golden Mountain.«

»Und das soll ich Ihnen glauben? Wer, bitte, käme auf solch eine durchgeknallte Idee?«

Karen merkt selbst, wie unglaubwürdig all das für jemanden klingen muss, der davon ausgeht, dass seine Tante, die letzte Erbin des Forster-Imperiums, längst verstorben ist.

Jetzt versucht Margaret offensichtlich, die Äußerungen als Teil einer völlig absurden Erzählung zu entlarven: »Ich kenne das Hotel. Niemals würden der oder die Eigentümer dieses Prestige-Hauses erlauben, dass eine verrückte Erbin darauf einen Wohnkomplex bauen darf.«

»Ihr gehört das Hotel«, lautet Karens schlichte Erklärung.

In was bin ich hier nur hineingeraten?, fragt sich Margaret entnervt.

Also hat David recht gehabt mit seinen Vermutungen, die Anwälte würden sie im Unklaren lassen über Isobel Forster. Allerdings lag er falsch in der Annahme, sie wäre bereits tot.

Wenn das alles wirklich stimmte, sind Millionen Dollar für den angeblichen Aufbau auf einem Hotel gebraucht worden. Außerdem, wenn es all die Besitztümer der Forster-Familie noch geben sollte, auch die Unsummen, die für den Erhalt gebraucht werden, ganz zu schweigen von den laufenden Gehältern für die Dienstbotenbrigade und unzählige Verwalter. Margaret kann nicht glauben, was ihr erzählt wird.

Entschlossen will sie der Scharade ein Ende bereiten: »Wenn Sie also so vertraut sind mit einer Person, die sich als Isobel Forster ausgibt, dann können Sie mir sicher sofort ein

Telefonat mit ihr vermitteln!« Und setzt noch sarkastisch hinzu: »Mit einer Frau, die hoch oben inmitten der Schweizer Berge auf einem Hotel thront.«

Die Antwort, die sie erhält, zieht ihr den Boden unter den Füßen weg.

»Natürlich!«

St. Moritz, 2022

Das Telefon schrillt. Isobel ist zutiefst erschrocken. Aber seitdem sie weiß, dass sich hinter diesem schrecklichen Ton ein Anruf von Carey aus England verbirgt, hat sie ihre Abscheu überwunden. Jetzt kommt Heather herein und will den Hörer abheben, aber Isobel ruft: »Nein, nein, das mache ich selbst!«

Sie steht auf und hebt den schweren Hörer, den sie immer mit beiden Händen festhalten muss, empor und schreit: »Carey, wie geht es Ihnen?«

Doch entgegen ihrer Erwartung, jetzt deren Stimme zu hören, erfolgt zunächst nichts als Stille.

»Halloooo!«, erhöht sie noch einmal ihre Lautstärke, dann erst hört sie die völlig unerwartete Frage: »Sind Sie Isobel Forster?«

»Wer ist da?«, fragt Isobel verschreckt. Es entsteht eine Pause, als ob jemand überlegt, ob er seine Identität preisgibt. Schließlich wird eine Entscheidung getroffen und Isobel erfährt: »Hier spricht Margaret!«

Isobel taumelt und Heather, die durch die offen stehende Tür mitbekommen hat, dass etwas nicht stimmt, eilt sofort herbei.

»Was ist?«, will sie wissen.

»Mar…garet«, stammelt Isobel völlig überwältigt. Dann fragt sie ins Telefon: »Bist du das wirklich, Margaret?« Um gleich hinzuzufügen: »Wo ist Carey?«

»Wer ist Carey?«, hört sie die fremde Stimme fragen.

Da erklingt aus dem Hintergrund die vertraute Stimme: »Carey, das bin ich! Isobel hat mich umgetauft.«

Isobel ist überwältigt. Nach dieser Erklärung weiß sie, dass sie darauf vertrauen kann, dass am anderen Ende der Leitung tatsächlich ihre Nichte ist.

»Margaret, Margaret, was für eine Freude! Carey hat dich tatsächlich gefunden. Endlich! Wann kommst du?«

Zu ihrer tiefen Enttäuschung hört sie die Formulierung: »Das weiß ich noch nicht.«

Dann folgt: »Sag mir doch bitte erst einmal, lebst du im Hotel? Im The Golden Mountain?«

»Nein, obendrauf«, lautet Isobels aufgekratzte Antwort. »Wenn du kommst, Margaret, dann wirst du staunen. Ich habe mir einfach unser Elternhaus obendrauf bauen lassen. Und zwar die gesamte Etage, in der das Boudoir von Mummy war, dann die Zimmer von deiner Mutter Claire und von mir. Dann habe ich das Esszimmer nachbauen lassen, die Bäder, die Bibliothek und noch vieles mehr. Wenn du hierherkommst, wirst du dich so fühlen, als wärst du bei Mummy, Daddy, Claire und mir zu Hause in New York!«

»Warum lebst du nicht einfach im Palais in New York?«

»Weil ich da so traurig war nach Claires Tod. Ich bin ja mit Mummy immer in die anderen Häuser gereist.«

Es tritt eine längere Pause ein und Isobel drückt den Hörer noch fester an ihr Ohr.

»Margaret! Margaret! Bist du noch da?«

»Isobel, du musst nicht so schreien! Die Verbindung ist ausgezeichnet.«

»Weil dir Carey gesagt hat, du sollst nicht mit dem Handy telefonieren, richtig?«

»Mmmhh«, ist Margarets Reaktion, und Isobel fragt misstrauisch nach: »Du telefonierst doch von einem richtigen Telefon, nicht wahr?«

»Natürlich«, lautet jetzt die Antwort.

»Gut! Jetzt sag mir doch, wie Carey dich gefunden hat. Ich wusste, dass sie das schafft. Denn schließlich, du musst wissen, auch mich hat sie gefunden. Niemand wusste doch davon, dass ich mich hier verstecke.«

»Warum tust du das denn?«

»Was?«

»Dich verstecken.«

»Hast du doch auch gemacht. Niemand wusste, wo du bist oder was du gemacht hast.«

Wieder dauert es eine ganze Weile, ehe ihre Nichte zustimmt, als sie sagt: »Wenn du so willst, Isobel, habe ich mich auch versteckt. Und es ist wirklich der unglaublichste Zufall, dass mir deine Carey, wie du sie nennst, über den Weg gelaufen ist.«

»Sie ist fantastisch, glaub mir. Es war richtig, dass ich sie losgeschickt habe, um nach dir zu suchen. Ich freue mich ja so, dich zu hören.«

»Isobel, ich möchte dich etwas fragen.«

»Gerne. Mach das. Was willst du wissen?«

»Etwas aus deiner Jugend. Claire hat mal …«

»Deine Mutter«, korrigiert Isobel sie sofort.

»Ja, du hast natürlich recht. Claire, meine Mutter, hat mal von einem Chauffeur erzählt, der jahrelang die Familienmitglieder gefahren hat und den ihr Vater, also mein Großvater, dein

Daddy, immer im Scherz ›den Mafioso‹ genannt hat. Wie hieß der?«

»Deine Mutter hat Tony gemeint. Der hat uns jahrelang gefahren und Daddy hat ihn immer aufgezogen, weil er aus Sizilien kam. Er war ein ganz wunderbarer Mensch, der mich getröstet hat, nachdem deine Mutter mit ihrem Duke nach England gegangen ist. Er war früher in der Bodyguard-Abteilung von Daddy angestellt, und da der doch so große Angst hatte, wir könnten entführt werden, war er sehr froh, dass er Tony hatte, der immer auf uns aufgepasst hat.«

»Was ist denn aus ihm geworden?«

»Ganz furchtbar. Er war plötzlich weg. Mary …«

»Wer ist Mary?«

»Mary, unsere Köchin, hat mir erzählt, dass er wegen eines Trauerfalls zurück nach Italien musste. Du glaubst gar nicht, wie sauer Daddy war, als er gekündigt hat. Er sagte immer, er sei so was von undankbar, einfach so zu verschwinden. Für mich war es schrecklich traurig.«

»Warum?«

»Weil er der einzige Mensch war, der mich nach Claires Abreise zum Lachen bringen konnte. Er war für mich ein echter Freund. Ich bin lange nicht darüber hinweggekommen.«

»Isobel, wer kümmert sich um dein Vermögen?«

»Das ist nicht meins, das ist unser Vermögen. Du wirst meine Erbin! Deshalb habe ich dich doch suchen lassen. Du bist Claires Kind und nach meinem Tod wirst du das gesamte Vermögen, einfach alles, bekommen.«

»Isobel, ich will dein Vermögen nicht. Du sollst damit noch lange deine Wünsche erfüllen.«

»Ich habe doch alles. Ich brauche gar nichts. Mein einziger Wunsch war, dich zu finden. Die Anwälte, die sich um alles kümmern, lassen mir keine Ruhe. Sie wollen, dass ich

Stiftungen gründe. Aber das kommt überhaupt nicht infrage. Alles, alles gehört dir!«

Isobel hört ein Seufzen, dann fragt ihre Nichte: »Hast du denn deine Anwälte nicht nach mir suchen lassen? Das wäre doch der einfachste Weg gewesen.«

»Das habe ich ja«, beteuert Isobel. »Schon vor vielen Jahren und sie haben mir mitgeteilt, dass du nicht auffindbar bist. Sie haben mir sogar weismachen wollen, du könntest tot sein. Aber da habe ich sofort widersprochen. Ich habe nämlich gespürt, dass du noch lebst. Es war einfach ein Gefühl. Und übrigens, Carey kennt einen Anwalt in London, dem sie vertraut. Und den hat sie gebeten, nach St. Moritz zu kommen, damit der sich mal die vielen Briefe anschaut.«

»Hmh, warum hast du keinen Privatdetektiv beauftragt, nach mir zu forschen?«

»Das hat Carey mir auch geraten. Aber ich will doch auf keinen Fall, dass ein Fremder sich in unsere Privatangelegenheiten einmischt. Das verstehst du doch sicherlich, nicht wahr? Wir waren doch immer eine so enge Familie, da gehört keine Person von außen dazwischen. Findest du doch sicherlich auch. Margaret, sag mir doch, was hast du gemacht, als du jung warst? Claire hat gesagt, du seist auf einem Internat. Und von da ab haben wir nichts mehr von dir gehört.«

»Wer ist wir?«

»Mummy und ich. Wir haben, wenn Claire uns einen Besuch erlaubte, immer nach dir gefragt. Glaub mir das. Wir wollten immer wissen, wo du bist und was du tust.«

Wieder lässt Margaret etwas Zeit verstreichen, ehe sie fragt: »Hast du etwa immer mit Meredith zusammengelebt? Bist du nie deinen eigenen Weg gegangen?«

»Aber natürlich war ich immer mit Mummy zusammen. Nie, nie im Leben hätte ich sie verlassen!«

Isobel wundert sich, dass Margaret so eine Frage stellt. Sie kennt doch ihre Großmutter ganz genau, weiß von deren Fürsorge und Umsicht, mit der sie sich um alles, was mit der Forster-Familie zusammenhing, gekümmert hat.

Sie nimmt sich vor, sie wieder an Mummys Verdienste zu erinnern, wenn sie sich endlich gegenübersitzen. Aber in diesem Moment ist sie viel zu aufgeregt und will endlich wissen, was Margaret alles erlebt hat, nachdem sie sie das letzte Mal gesehen hat.

»Also, Margaret, wie sah dein Leben aus? Einmal hat Claire vermutet, dass du in einer Hippie-Kommune gelandet wärst. Da habe ich mich furchtbar erschrocken. Das stimmt doch nicht, oder?«

Margaret lässt wieder eine Pause entstehen.

»Oder doch?«

»Nein und ja, Isobel …«

»Ach sag doch Tante Isobel, ich freu mich doch so, mit meiner Nichte zu sprechen.«

»Ich glaube, ich bleibe lieber bei Isobel.«

»Gut, wenn du das möchtest. Also, warst du bei den Hippies?«

»Ja, ich habe eine Zeit lang in so einer … Gemeinschaft gelebt, aber das war nichts für mich. Ich habe dann einen Bericht darüber geschrieben und an eine regionale Zeitung geschickt. Die haben das zwar nicht veröffentlicht, aber mir ein Volontariat angeboten. So ist alles gekommen.«

»Das heißt, du bist eine Journalistin geworden?«

»Ja, war ich lange Zeit.«

»Und dann?«

»Ach, so dies und das. Ich erzähl's dir, wenn wir uns sehen.«

»Wann kommst du?«

»Sobald ich kann. Lass mich erst einmal schauen, wie die Flugverbindungen sind.«

»Mach es doch so wie dein Großvater. Der hat sich ein riesengroßes Flugzeug so umgebaut, dass er darin wohnen konnte. Und es gibt doch Flugzeuge, die nur privat genutzt werden. Margaret, ich kauf dir so eins!«

»Um Himmels willen, Isobel, jetzt hör auf! Wenn man so etwas nutzen will, kann man es auch chartern, also mieten. Und ich will das auf keinen Fall.«

»Ich bezahl es doch. Dann bist du schneller hier.«

»Nein, Isobel, so läuft das nicht. Ich werde dir bald sagen, wie ich zu dir komme, und du machst gar nichts.«

»Kommt Carey mit dir? Und bringt sie auch den Anwalt mit, dem sie vertraut?«

»Das könnte gut sein. Ja, wenn ich es recht überlege, dann werde ich sie darum bitten.«

»Rufst du ganz bald wieder an?«

»Ja, Isobel, das mache ich.«

Buckinghamshire, 2022

Margaret ist zutiefst aufgewühlt nach dem Telefonat mit Isobel. Erst jetzt realisiert sie in gnadenloser Schärfe, dass sie sich in den Fängen ihrer Großmutter verstrickt hat.

Merediths Plan ist aufgegangen. Hat sie sich vor der lebenden Matriarchin durch ihre Flucht als Jugendliche in Sicherheit bringen können, so ist sie ihr jetzt ausgeliefert mit Einblicken in deren Gedanken, ihre rücksichtslosen Pläne, ihre unmenschlich anmutenden Versuche, einen Schein zu wahren. Ein Kampf um Anerkennung, auf den niemand gekommen wäre, der sie nur oberflächlich gekannt hat.

Da ist sie die Frau gewesen, die alles gehabt hat. Die Inkarnation einer Frau, die den klassischen American Dream gelebt hat. Verheiratet mit einem sie liebenden Mann, der zum erfolgreichsten Geschäftsmann der USA aufgestiegen ist, Mutter einer der schönsten Debütantinnen, die jemals in den Hochglanzmagazinen abgebildet worden ist, Schwiegermutter eines englischen Aristokraten.

Wieso hat sie sich nur so verirren können in einen ständigen Kampf, in dem sie ihre Kommandos gebraucht hat, um jeden, der in ihre Nähe gekommen ist, einzuschüchtern?

Plötzlich quält Margaret das Gefühl, dass sie die letzten zwei Jahre mit den grüblerischen Gedanken an Isobel vertan hat. Es ist ihr so wichtig erschienen, herauszufinden, welche Rolle sie in den Geschehnissen der Vergangenheit gespielt hat.

Was ist nur aus Isobel geworden? Was für ein absurdes Dasein liegt hinter ihr?

Eigentlich müsste sie jetzt froh sein, Isobel lebend angetroffen zu haben, um Antworten zu erhalten. Doch diese Frau, die Margaret zum letzten Mal als Teenie gesehen hat, verbringt ihr Leben fern jeder Realität in einer obskuren selbst gewählten Isolation. Sie hat sich in der Vergangenheit, von der sie sich nicht abspalten will, förmlich eingemauert.

Wie hat sie sich so verrennen können, das Leben ihrer Kindheit nachbauen zu lassen? Auch noch auf dem Dach eines Luxushotels, das sie gekauft hat, wenn es stimmt, was die junge Frau ihr berichtet hat. Allerdings ist dies leicht nachzuprüfen und entspricht vermutlich der Wahrheit.

Was ist nur aus dieser einst so angesehenen, beneideten Familie Forster, die zu den berühmtesten des Landes gehört hat, geworden?

Margarets bohrende Kopfschmerzen nehmen zu. Und auch die Fragen, von deren Antworten sie sich so viel versprochen hat.

Ist Isobel in alle Intrigen von Meredith eingeweiht gewesen? Ist auch sie schuldig wie alle anderen?

Spielt sie die etwas verwirrte alte Frau, die ein bisschen sonderbar geworden ist im Laufe der vielen Jahrzehnte? Isobel Susan Forster, eine bizarre, unberechenbare Erbin eines unfassbar gewaltigen Vermögens? Eine, die in ihrer Fantasie alle Ereignisse innerhalb der Familie umgeschrieben hat und ihre eigene Wahrheit diktiert?

Was ist das für ein merkwürdiges Gespräch mit Isobel gewesen? Allerdings muss Margaret einräumen, dass sie es wohl tatsächlich mit Claires Schwester geführt hat.

Die Fangfrage nach dem Namen des ehemaligen Chauffeurs der Familie ist ihr in letzter Sekunde eingefallen. Claire hat seinen Namen oft erwähnt und seine Dienste über alle Maßen gelobt, immer dann, wenn sie mit einem Limousinenservice unzufrieden gewesen ist. Es hat immer Fahrer betroffen, die sie auf ihren Club-Touren durch die Nächte kutschieren mussten und nicht sofort zur Stelle gewesen sind, wenn sie weiterziehen wollte.

Isobel ist für Margaret eine Art Schattenfrau gewesen, ein Eindruck, der sich verdichtet hat, als sie von ihr im Nachlass von Meredith nur ganz wenige Fotos gefunden hat.

Offensichtlich ist sie für Meredith von einer so geringen Bedeutung gewesen, dass sie sich noch nicht einmal die Mühe gemacht hat, viele Bilder von ihr aufzubewahren.

Mit Isobel ist lieblos umgegangen worden. Manchmal sieht man auf einem Schnappschuss nur einen Arm, wenn sie neben Meredith abgelichtet worden ist. Bei anderen Gelegenheiten haben Paparazzi immer nur ihre Großmutter ins Visier genommen und Isobel als Randfigur in Kauf genommen.

Sie hat neben Meredith immer so plump gewirkt, von grobem Ausmaß, so als wäre sie sehr viel größer als die zierliche Person, die immer top gekleidet in der Öffentlichkeit erschienen ist.

Man konnte Isobel damals nicht gerade als hübsch bezeichnen, ihre Figur ist in den Chanel-Kostümen, die sie häufig trug, immer unvorteilhaft erschienen, als wären die teuren Outfits zu eng. Als hätte man sie eine Nummer zu klein ausgewählt, was sie nachlässig gekleidet erschienen ließ.

Ein Foto hat sich Margaret ganz besonders eingeprägt, weil es ihr bezeichnend für Isobels Existenz vorkommt.

Es ist bei einem Pferderennen in Kentucky gemacht worden, bei dem es in Strömen gegossen hat. Isobel hat einen Schirm krampfhaft über ihre Mutter gehalten, die allerdings einen schützenden Trenchcoat über ihrem Kleid getragen hat.

Isobel aber, die in diesem Fall sogar einmal eine dem Dresscode entsprechende Kopfbedeckung aufhat, ist völlig durchnässt gewesen, der Hut hat schlapp über der Hälfte ihres Gesichts gehangen, das Wollensemble des Kostüms sah wie vollgesogen mit Wasser aus.

Ein überaus trister Anblick, und sie weiß noch, dass sie an Aschenputtel gedacht hat. Doch wie sie jetzt erfahren hat, fehlt in Isobels Fall der Teil mit der Verwandlung in eine prächtig gekleidete Schönheit, die einen Prinzen heiratet.

Margaret blickt sich in der Hotelsuite um, deren Nutzung ihr der jüngste Sohn des Dukes stillschweigend verlängert hat. Er scheint ein angenehmer Mann zu sein, ganz offensichtlich sehr bemüht um die junge Frau, die behauptet, auf die Suche nach ihr geschickt worden zu sein.

Margaret wird nicht recht schlau aus ihr. Hat sie in St. Moritz Vorteile aus ihrer Nähe zu einer Milliardenerbin ziehen wollen? Wer begibt sich schon freiwillig in ein abgeschottetes Leben, ohne sich etwas davon zu versprechen? Und jetzt scheint sie sogar auf dem Kurs zu sein, von einem Aristokraten aus einer der wichtigsten Familien Englands geheiratet zu werden? Ist sie vielleicht nichts anderes als eine abgebrühte Vertreterin der »Generation Ich«, die geschickt ist im Umgang mit Menschen, die sie manipulieren kann?

Margaret starrt auf ihre Koffer, die fertig gepackt für ihre Rückreise nach Hause im Raum stehen. Der Flug ist für den

Abend gebucht und für einen kurzen Moment spielt sie mit dem Gedanken, einfach zu fliehen.

Alles hinter sich zu lassen, was mit dem Namen Forster zusammenhängt. So wie sie es schon einmal gemacht hat, als sie alle Brücken zur Familie abgebrochen hat.

Seufzend holt sie ihren Laptop aus der Tasche und setzt sich an den antiken Sekretär. Sie muss ihren Flug in die Staaten canceln und Flugverbindungen in die Schweiz suchen.

Kurz blickt sie auf und sieht im Garten vor ihrer Terrassentür Karen, die von Isobel in Carey umbenannt worden ist, und den Spross aus der Douglas-Drummond-Familie Arm in Arm über das Grün schlendern. Sie scheinen in ein Gespräch vertieft, sicher geht es dabei um ähnliche Themen wie die, die ihr gerade durch den Kopf gehen.

Jetzt schießt die Hündin aus den Gebüschen auf sie zu, lässt einen Stock vor ihre Füße fallen und umkreist sie schwanzwedelnd und mit heraushängender Zunge. George erfüllt ihren Wunsch und Ella hechtet hinter dem Holz her. Das Paar lacht und wirkt sofort unbeschwert und Margaret beschleicht die Ahnung, dass es eine Last losgeworden ist, die ihnen Claires Schwester aufgebürdet hat.

Sie wird sich Isobel stellen, die als Einzige bezeugen kann, ob Meredith die alleinig Schuldige an einem Drama ist oder ob sie alle gemeinsam ihren Plan in die Tat umgesetzt haben.

Margaret öffnet die Terrassentür und ruft dem Paar zu, ob sie sie auf ihrer Reise nach St. Moritz begleiten wollen.

George berichtet ihr, dass er bereits eine rasche mögliche Flugverbindung in die Schweiz herausgesucht hat und er und Karen nur darauf gewartet haben, ob sie sich ihnen anschließen will.

»Morgen um 10.45 Uhr«, sagt er und schaut sie fragend an.

Sie nickt zustimmend und fragt: »Was geschieht mit Ihrer schönen Hündin?«

»Ella hat den besten Hundesitter der Welt«, teilt er ihr mit einem Lachen mit. »Sie darf bei der Dowager Duchess Pamela ...«

»... Glayton-Sinclair«, ergänzt Margaret und sieht die Herzoginwitwe als junge Frau in ihrem Reitdress vor sich.

George nickt. »Sie ist ein großer Fan von Ella. Und wird für die kurze Zeit ins Hotel ziehen, damit Ella sich ganz heimisch fühlt.«

»Grüßen Sie sie bitte von mir«, bittet Margaret spontan und merkt, dass dies die erste unbefangene Äußerung seit ihrer Ankunft in Wolston Manor ist, die sie von Herzen macht und nicht belastet ist von Misstrauen, Täuschung und Verrat.

St. Moritz, 2022

Ein Limousinenservice erwartet bereits ihre Ankunft am Flughafen, um sie ins Hotel The Golden Mountain zu fahren.

Karen hat es übernommen, Zimmer zu buchen.

»Keine Suite«, hat Margaret gebeten. »Nichts Aufwendiges. Ich werde nur kurz bleiben.«

Karen hat Herzklopfen, als sie sich ganz bewusst mit »La Klassen« hat verbinden lassen, denn sie war der Meinung, dass sie einen Gast wie Amanda Clark mit gebührend viel Erklärungen ankündigen sollte. Doch wieder hat sie sich in der Autorin geirrt.

»Bitte nicht viel Aufhebens. Das möchte ich nicht.«

»Aber wenn ich Sie als Margaret Forster anmelde, könnte man auch auf die Idee kommen, dass Sie mit der Eigentümerin verwandt sind.«

Margaret hat ihr recht geben müssen.

Schließlich hat sie sich entschieden, ein letztes Mal, wie sie versichert hat, den von Meredith vor amerikanischen Gerichten eingeklagten Namen zu benutzen.

Lady Margaret of Douglas-Drummond. »Unter dem kennt mich kein Mensch. Und niemand wird irgendwelche Verbindungen erahnen.«

»Dann wird man glauben, dass Sie mit George verwandt sind«, hat Karen sie auf diese Möglichkeit aufmerksam gemacht.

Margaret hat kurz gestutzt und dann zugestimmt: »Das ist doch eine hübsche Verbindung.«

»La Klassen« hat sich bei Karens Buchungen für sie drei nichts anmerken lassen, sie hat nur einmal nachgefragt: »Verstehe ich Sie richtig, dass Sie mit Lord George of Douglas-Drummond ein Doppelzimmer buchen wollen?« Was Karen grinsend bestätigt hat.

»Gut, betrachten Sie es schon als erledigt.«

Chapeau, hat Karen sie insgeheim bewundert. Jetzt ist sie unendlich gespannt auf die Begegnung von Tante und Nichte. Sie kann sich überhaupt nicht vorstellen, wie Isobel reagieren wird. Die Frau, die gewohnt ist, dass ihr Tagesablauf exakt so verläuft, wie es seit Jahrzehnten geschieht.

Für Karen allerdings ist die Rückkehr ins Hotel wie ein Nachhausekommen, von dem sie weiß, dass es nur eine Stippvisite ist und sie sich sehr schnell wieder verabschieden wird. Ihre Zukunft liegt vor ihr in Buckinghamshire.

Jetzt will sie alles geordnet beenden. Sie überreicht im Personalbüro ihre ordentliche Kündigung im Hotel, begrüßt Walter Bürkle, der sich erst im allerletzten Moment zügelt, denn eigentlich hat er sie spontan in die Arme nehmen wollen.

Das Wiedersehen mit Chefconcierge Eberhard Mansell verläuft allerdings getreu den strengen Etikettenregeln eines First-Class-Angestellten. Mit einer tiefen Verbeugung deutet er einen Handkuss an und formuliert: »Schön, dass Sie unser Gast sind, gnädige Frau. Wir alle hoffen, dass Sie Ihren Aufenthalt im The Golden Mountain genießen werden.«

»Das werde ich!«, erlöst ihn Karen aus der für ihn sicherlich nicht ganz einfachen Situation, was er mit einem weiteren Diener vor George und einem noch tieferen Bückling vor Margaret überspielt.

Doch was immer er womöglich erwartet hat, enttäuschen sie ihn, denn zu dritt wenden sie sich nicht mit Wünschen an ihn für etwaige Reservierungen oder Sonderbehandlungen, sondern wenden sich sofort wieder dem Ausgang zu und verschwinden.

Karen führt sie durch den Garten zu dem versteckten Eingang, zieht den Zettel mit den Codes hervor und sie drängen sich gemeinsam in den schmalen Aufzug.

»Benutzt Isobel den auch?«, fragt Margaret verwundert.

»Nein, nie«, lautet Karens Antwort. »Sie verlässt niemals ihren Privatbau. Schon seit ihrem Einzug werden hier nur ausgewählte Personen nach oben gelassen, wie die ewig wechselnden Reinigungskräfte, die aber niemals die ganzen Räumlichkeiten sehen dürfen.«

Karen sieht Margaret an, dass sie das alles genauso bizarr empfindet wie sie.

Als die Fahrt endlich endet, stehen sie in der Empfangshalle, in der Margaret sofort das bunt bemalte Schaukelpferd in Augenschein nimmt. »Das ist aus dem Palais in New York. Es gibt Fotos, wie beide Schwestern darauf sitzen.«

Diesmal ist es Karen, die nickt, während sie daran denkt, wie sie hier von »La Klassen« gemeinsam mit Kevin Haller, von dem sie gehört hat, dass er das Hotel ziemlich schnell nach ihrem Weggang verlassen hat, und einem weiteren Securitymann herausgezerrt worden ist.

Es ist nicht nur ihr Leben, das sich völlig verändert hat, denkt sie, sondern auch das von George, Isobel und deren Nichte Margaret. Sie muss ihr als Amanda Clark unbedingt noch sagen, dass alles durch die Lektüre ihrer Romane ausgelöst worden ist, als sie einmal so mutig sein wollte wie deren erdachte Figuren.

Dann öffnet sie die Flügeltür und schiebt sie weit auf.

George lässt sich ein wenig zurückfallen und auch Karen verharrt einen Augenblick.

So ist es Margaret, die den großen Raum als Erste betritt und sich ungläubig umschaut. Es ist gespenstisch für sie, denn sie kennt jedes Möbelstück, jedes Bild, das an den Wänden hängt, selbst den Paravent, der im Wohnraum der Familie Forster in New York gestanden hat.

Ihr wird mulmig zumute, denn als Heranwachsende ist sie nur sehr selten von Claire in ihr Elternhaus gebracht worden. Und dann auch nur, wenn sie ganz sicher gewesen ist, dass sie ausschließlich ihren Vater antreffen würden. Trotzdem hat Margaret immer befürchtet, Meredith könnte plötzlich auftauchen und ihr wieder eine Gardinenpredigt in Bezug auf ihr Aussehen halten.

Jetzt bemerkt sie eine Bewegung im hinteren Teil der Räumlichkeit. Doch es ist nicht Thomas James Forster III, der sie mit lautem »Hallo!« begrüßt, sondern eine Frau, an der sie in anderer Umgebung vorbeigegangen wäre. Isobel Susan Forster.

Sie sieht jedoch ihrem Vater sehr ähnlich, die dunklen Augen, die geschwungene, große Nase, das kantige Kinn. Doch damit endet jeder Vergleich.

Isobel scheint sich auf diesen Moment besonders vorbereitet zu haben. Karen hat Margaret versichert, dass sie sich nur in ihren gesteppten Hausmänteln in den unterschiedlichsten Farben sowie den jeweils farblich dazu passenden Pantoletten zeigt, doch jetzt trägt sie ein elfenbeinfarbenes Chanel-Kostüm mit einer Schluppenbluse darunter. An den Füßen entdeckt Margaret die berühmten »Two-Tone-Pumps«, allerdings mit halbhohen, etwas klobigen Absätzen.

Margaret bemerkt, dass die Passform des edlen Outfits wie früher die Trägerin eher einschnürt, noch immer hat sie sich keine neue Variante in einer passenden Größe zugelegt.

Doch das Verstörendste an ihrer Erscheinung ist die blonde Perücke, die Haartracht ist so frisiert worden, wie Claire ihre Haare lange Zeit getragen hat. Mit einer Außenwelle, die knapp über den Schultern endet, und einem Haarreifen, auf dem eine alberne Schleife befestigt ist.

Margaret will ihre Befangenheit überwinden und geht auf Isobel zu.

Doch die schrickt zusammen und ruft: »Sie sind nicht Margaret. Sie sind Amanda Clark. Was machen Sie hier? Sie müssen wieder gehen, ich erwarte jeden Moment meine Nichte Margaret.«

Karen steht der Ärger über sich selbst ins Gesicht geschrieben, denn niemand hat Isobel darauf vorbereitet, dass Margaret die gefeierte Romanschriftstellerin ist, deren Foto sie von den Klappentexten der Bücher kennt.

»Isobel«, ruft sie sofort. »Margaret ist Amanda Clark! Das ist ihr Pseudonym.«

Margaret beobachtet, wie es in Isobel arbeitet. Sie ist überfordert und das kann sie gut verstehen. Karen ist bei der Aufdeckung dieser Tatsache genauso geschockt gewesen wie nun die Frau, die so lange niemanden mehr in ihr Refugium eingelassen hat.

Jetzt hält sich Isobel hinter dem Paravent verborgen und schaut nur verstohlen in ihre Richtung. »Und wer ist das?«

»George, der Anwalt, den ich Ihnen angekündigt habe«, übernimmt Karen die Rolle der dringend benötigten Vermittlerin. »Der wird Sie jetzt mal von den vielen Briefen Ihrer Anwälte befreien. Haben Sie die schon zurechtgelegt?«

Man erkennt nur an den wippenden Haarspitzen, die hinter dem Paravent hervorlugen, dass sie dies bejaht.

Jetzt macht Karen ein paar Schritte hin zur Raummitte und schlägt vor: »Isobel, Ihre Nichte hat einen langen Weg zurückgelegt, um Sie endlich wiederzusehen. Und dass sie jetzt eine berühmte Autorin ist, eine, die wir beide so sehr schätzen, ist doch eigentlich eine schöne Sache. Das finden Sie doch auch, nicht wahr?«

Margaret erkennt an den wippenden blonden Haaren, dass Isobel den Schock überwunden hat und zustimmt. Sie baut sich neben Karen auf und sagt: »Isobel, es wird Zeit, dass wir uns begrüßen.«

Jetzt kommt Isobel hinter dem Paravent hervor und richtet einen neugierigen Blick auf Margarets Gesicht.

Schließlich befindet sie: »Es ist so lange her, dass wir uns gesehen haben. Und jetzt kennt dich jeder. Du bist wirklich auch Amanda Clark?«

Margaret ist erleichtert, dass ein Anfang gemacht ist. »Nicht jeder kennt mich und meine Bücher, Isobel, aber, wie ich höre, liest du sie, was mich sehr freut.«

Margaret hat keine konkreten Vorstellungen von diesem Wiedersehen gehabt. Aber dass es so stockend und förmlich vor sich gehen würde, hat sie nicht erwartet.

Schließlich ist es George, der den Bann bricht. Er geht völlig unbefangen auf Isobel zu, reicht ihr die Hand und sagt: »Ich bin George, der Anwalt, und Sie geben mir jetzt mal die ganze Korrespondenz Ihrer Anwälte, die Sie so sehr belastet.«

Es funktioniert, denn Isobel strahlt ihn an und zeigt auf den langen Couchtisch, auf dem nicht nur unzählige Briefe liegen, sondern der auch eingedeckt ist mit unterschiedlichen Getränken, Petit Fours, Kuchenstücken, einer Sahnetorte, dazwischen Cognacgläsern und gefüllten Karaffen.

Isobel wendet sich zu Margaret und sagt bedächtig: »Was glaubst du wohl, wie stolz Mummy auf ihre Enkelin wäre, die so eine berühmte Frau geworden ist.«

Für Margaret ist diese Bemerkung wie ein Wink aus der Vergangenheit. Ihr ist, als würde Meredith hinter Isobel stehen und ein höhnisches Lächeln aufsetzen.

Diesem Spuk will sie ein Ende bereiten, sofort: »Isobel, ich habe ziemlichen Appetit mitgebracht, ich denke, das haben wir alle. Willst du uns nicht etwas anbieten?«

Eifrig kommt Isobel der Bitte nach.

George hat sich in die äußerste Ecke des wuchtigen Sofas gesetzt. Er beugt sich über die Briefe, erkennbar froh, sich aus dem Geschehen ausklinken zu können.

»Soll ich dich jetzt Amanda nennen?«, fragt Isobel.

»Margaret, dabei bleibt es!«

Isobel zeigt auf den Tisch: »Siehst du, ich habe alles so vorbereiten lassen, wie Mummy es immer gemacht hat. Bei ihr waren noch mehr Kuchen auf dem Tisch, vor allem, als Mary noch für uns gebacken hat. Aber ich dachte, so würde es passen. Was meinst du?«

»Isobel, das ist ganz großartig. Das hast du prima gemacht.«

Plötzlich erhebt sich Isobel von ihrem Sessel: »Soll ich dir jetzt erst einmal alles zeigen? Du wirst wirklich denken, du wärst bei uns zu Hause.«

»Nein, Isobel, setz dich wieder. Wir sollten uns unterhalten. Ich habe ja schon gehört, was du dir hier hast bauen lassen.« Margaret kann nicht anders, als Mitleid mit der Frau zu empfinden, die mit erwartungsvollem Blick vor ihr steht. Sie ist zur Karikatur einer typischen Amerikanerin eines gewissen Alters geworden, die ihre Zeit mit Hobbys füllt wie Golf oder Bridge. Die finanziell abgesichert ist, nichts zu tun hat außer zu shoppen und ihren zahlreichen Angestellten Anweisungen zu geben, was sie erledigt haben will. Margaret weiß von Karen, dass die übliche Aufmachung von Isobel die in ihren gesteppten Hausmänteln ist, und empfindet deshalb das viel zu enge Chanel-Kostüm als eine Verkleidung.

Jetzt scheint sich Isobel ihrer Rolle als Gastgeberin zu erinnern und fragt, ob sie Tee oder Kaffee ausschenken soll.

Margaret bittet um Kaffee und Isobel müht sich eine Zeit lang mit dem Verschluss der Warmhaltekanne ab, bis Karen sie ihr aus den Händen nimmt und das Einschenken übernimmt.

Sie wechselt mit George einen kurzen Blick und erklärt dann: »Isobel, ich zeige George einmal, wie schön ich hier in einer Suite gelebt habe. Dann können Sie sich mit Ihrer Nichte in aller Ruhe unterhalten.«

»Aber das könnt ihr auch später besichtigen. Ich habe schon alles vorbereiten lassen, damit ihr alle hier bei mir wohnen könnt. Margaret, du bekommst die Suite, die deine Mutter immer so geliebt hat, die Bernstein-Suite. Weißt du noch? Claire hat sie immer so genannt, weil da so warme Farben an den Wänden waren. Ich habe die untersuchen lassen, und die Experten haben exakt den Farbton bestimmen können, mit dem dann hier alles tapeziert wurde. Carey, Sie haben ja Ihre schöne Suite. Und Sie, George, bekommen das Herrenzimmer. Das hatte Daddy einmal für seine Geschäftsfreunde einrichten lassen, damit die sich wohlfühlen, wenn sie bei uns übernachtet haben.«

George öffnet statt einer Antwort umständlich das nächste Schreiben. Er überlässt es offensichtlich lieber Karen oder Margaret, Isobel darüber in Kenntnis zu setzen, dass sie alle nur eine Nacht im Hotel verbringen werden, bevor sie wieder abreisen.

Margaret ist es, die sich dieser Aufgabe stellt. »Isobel, wir können nicht lange bleiben. Und wir wohnen nicht hier, sondern im Hotel.«

»Aber warum? Ich habe hier alles herrichten lassen.«

»Das glaube ich dir gern. Aber ich fühle mich im Hotel wohler. Isobel, ich will nicht zurück in die Vergangenheit. Ich lebe in der Gegenwart.«

»Aber in deinen Büchern geht es doch auch oft um Geschichten, die viel früher spielen. Das mag ich doch so an ihnen.«

»Das ist Fantasie, Isobel. Das ist etwas anderes.« Margaret erkennt, dass Isobel nicht versteht, warum sie nicht bleiben will.

»Wir sollten uns als Erstes um alles Geschäftliche kümmern«, schlägt sie vor, um sie abzulenken. »George kann dich von der Abhängigkeit von den Anwälten in den USA befreien. Ich halte das für einen ganz wichtigen Schritt.«

»Aber das sind Daddys Anwälte, das kann ich doch nicht einfach machen.«

»Doch, das kannst du sehr wohl. Du bist die Erbin des Forster-Vermögens und du hast in der Hand, von wem du dich vertreten lassen willst.«

»Einfach so?«

Margaret ist sich immer noch nicht im Klaren darüber, ob Isobel Forster tatsächlich so naiv ist oder ob sie eine Show abzieht und sich so weltfremd und unbedarft gibt.

Sie braucht dringend die Unterstützung eines Gesprächspartners, der in der Realität zu Hause ist, und fragt George: »Wird sie von den Anwälten bedrängt?«

George nickt. »Sie wollen die alleinige Kontrolle über alles. Besitztümer, Aktien, Liegenschaften, Vermögen jeder Art. Es ist nichts Ungewöhnliches, dass Anwälte in die Zukunft denken. Doch der Druck, der von allen diesen Kanzleien ausgeübt wird, ist schlicht unmoralisch.«

»Also können wir alle Anwälte mit einer Verfügung Isobels von ihren Aufgaben entbinden«, zieht Margaret dankbar ein Fazit. »Sie kann Sie mit ihrer Vertretung beauftragen und gleichzeitig von Ihnen ein Testament aufsetzen lassen.«

»Wow, Sie gehen aber energisch vor! Aber im Prinzip haben Sie recht. So kann man Ihre Tante aus den Klauen befreien.«

Isobel schaut zwischen ihnen hin und her. »Aber du bekommst doch alles, Margaret. Du bist meine Erbin! Du sollst nicht nur Einzelnes kriegen, sondern alles.«

Margaret versucht, die Ruhe zu bewahren. »Ja, das habe ich verstanden. Ich will aber nichts von dir erben.«

Zu ihrem Schrecken erkennt sie, dass sich die Augen der alten Frau mit Tränen füllen.

»Doch, du bist Claires Kind«, schluchzt sie. »Du gehörst zu mir, weil ich Claires kleine Schwester bin. Ich habe keinen anderen Erben. Nur dich!«

George erkennt anscheinend Margarets Unbehagen und versucht, sich in Isobels Gedankenwelt zu versetzen. »Miss Forster ...«

»Isobel, bitte!«

»Gut, Isobel, wir können es doch so im Sinne von Margaret machen. Ich setze Ihr Testament auf, in dem Ihrer Nichte alles, wie Sie sagen, vererbt wird. Dann ist auch wirklich alles in deren Hand, so wie Sie es wollen! Was sie dann daraus macht, liegt in ihrem Ermessen. Sie aber haben alles an Ihre Erbin, die Nichte, übergeben.«

»Du willst doch nichts verkaufen, nicht wahr, Margaret? Du willst doch auch, dass alles so bleibt, wie es war.«

Margaret begreift, dass es keinen Sinn ergibt, Isobel in die Gegenwart zu zerren. Den Versuch zu unternehmen, ihr auszureden, sie als Erbin einzusetzen und stattdessen Stiftungen einzurichten.

»Das ist eine wirklich gute Idee von George«, befindet Isobel jetzt zufrieden. »Da hat Carey ... äh, Karen, einen vernünftigen Mann mitgebracht.«

Keiner von ihnen hat bisher auch nur einen Schluck Kaffee zu sich genommen, was Isobel wohl erst jetzt bemerkt: »Wollt ihr etwas anderes haben? Ein Glas Champagner?«

»Wasser wäre schön«, antwortet Margaret, die langsam begreift, dass Isobel sicher nicht verrückt ist, aber auf einem emotionalen Stand zurückgelassen worden ist, der aus ihr ein ewiges Kind hat werden lassen, das niemals aus der Abhängigkeit entlassen worden ist.

Isobel ruft nach Heather, der es sichtlich schwerfällt, die Situation zu akzeptieren. Drei Besucher, für die sich Isobel Forster so zurechtgemacht hat, wie sie sie wahrscheinlich seit Jahrzehnten nicht gesehen hat.

Während Heather ein großes Tablett mit Wasserkaraffen und Gläsern hereinbringt, schaut sie aus den Augenwinkeln auf Karen.

Margaret kann deren Blick deuten, denn Karen wird offensichtlich von Heather als der Eindringling verdammt, der das ganze Konstrukt erst aufgeweicht hat und jetzt zerstören wird.

Isobel nutzt den Moment und sagt zu Karen: »Sie haben mir doch versprochen, dass wir mit George das Foto finden, das ich so schrecklich vermisse. Die Vorlage für das Ölgemälde im Ballsaal. Das letzte Foto von Claire und mir vor ihrer Hochzeit!«

Margaret greift nach ihrer Handtasche, nimmt ihr Portemonnaie heraus, öffnet ein Nebenfach, zieht etwas daraus hervor und hält es Isobel entgegen. »Meinst du dieses Foto hier?«

New York, Plaza Hotel, 1. August 1978

Claire ist müde, furchtbar müde. Auf ihrem Nachttisch steht das Wasserglas, daneben liegen leere Blister. Hat sie die Tabletten alle genommen? Alle? Die Augen fallen ihr zu und sie hört wie aus weiter Ferne: »Claire, Claire, wo bist du?«

Wer ruft da? Ach, ihre kleine Schwester. Isobel, ich habe dich betrogen! Liebe mich nicht so sehr! Ich habe deine Liebe nicht verdient.

Claire will ihr das zurufen, doch in ihrem Kopf verschwimmen die Bilder. Gesichter überlagern sich und sie versucht angestrengt, den einzelnen Gestalten Namen zuzuordnen.

Wer ist Stanley? Der Duke? Wer ist die Frau? Oh ja, Emma! Immer wieder Emma! Frank? Wie ist noch mal sein Nachname? Tubbs natürlich. Sie hat ihn immer Tubby genannt. Er hat so schön Klavier gespielt. Erst in den Bars, dann bei ihr. Doch was ist das? Sein Gesicht scheint sich zu bewegen. Hin und her, her und hin. Ihr wird ganz schwindlig. Warum reißt er seine Augen so schreckgeweitet auf? Er scheint Angst zu haben. Aber warum? Doch nicht vor ihr! Sie liebt ihn doch!

Ein schwaches Lächeln umspielt ihre trockenen Lippen. Sie hat Durst, großen Durst, aber das Glas ist leer und ihre Hand ist so schwer.

Sie hält etwas in der Hand, das tonnenschwer zu sein scheint. Dann schaut sie darauf. Es gehört Isobel. Wo hat sie das mitgenommen? In der Schweiz? Aber warum ist sie in der Schweiz? Und was ist das überhaupt für ein Baby?

Dann senkt sich die Nacht über sie und sie gleitet im Dunkeln immer tiefer, bis sie nichts mehr fühlt, bedauert oder schmerzt.

Sie bekommt nicht mehr mit, dass man die Tür ihrer Suite aufbricht, der Manager hektisch telefoniert, dass Sanitäter hereinstürmen.

Claire Eliza Forster, Ex-Duchess of Douglas-Drummond, ist tot.

Ihr Gesicht ist glatt, ohne Zeichen des Kummers, Alkoholmissbrauchs und Verbitterung. Sie sieht aus wie eine ganz junge Frau.

»Sie ist eine Schönheit«, stellt einer der Sanitäter bewundernd fest und sein Kollege nickt, während er Spritzen, Beatmungsgerät und Wiederbelebungsinstrumente einpackt, die sie nicht gebraucht haben.

»Guck mal, ist sie das?«

Beide schauen auf ein Foto, das die Verstorbene im Moment ihres Todes fest umklammert gehalten hat. Es zeigt zwei junge Frauen in ihren hellen, duftigen Satinkleidern. Die eine Person ist erkennbar die Jüngere. Das Kindliche in ihrem Gesicht wird noch durch eine große Schleife betont, mit der ihre langen Haare gebändigt werden. Die Ältere, eine Schönheit mit großen tiefblauen Augen im fein geschnittenen Gesicht, steht hinter ihr und hat einen Arm auf die Schulter der Jüngeren gelegt.

»Ja, das ist sie! Eine Beauty«, flüstert sein Kollege andächtig, dann zieht er langsam ein Laken über die Tote.

»Meine Herren«, beschwört sie der Manager. »Jemand hat nicht dichtgehalten. Draußen warten Horden von Paparazzi. Bringen Sie sie zum Hinterausgang raus!«

St. Moritz, 2022

Isobel bricht in lauten Jubel aus. »Das ist es! Das ist das Foto! Wie kommt es, dass du das in der Tasche hast? Das kann doch gar nicht sein. Das war immer in einem meiner Alben, die ich dir noch zeigen will. Ich habe mich so erschrocken, als ich gesehen habe, dass es nicht mehr da ist. Es war verschwunden. Wieso hast du es?«

Margaret überlegt, wie viel sie Isobel zumuten kann. Wenn sie ihr sagt, dass ihre Schwester Claire dieses Foto in der Hand gehalten hat, als sie gestorben ist, wäre dies wohl eine zu große Emotion, die sie nicht verkraften würde.

Also besinnt sie sich einer Wahrheit, die nicht gelogen ist: »Dieses Foto habe ich im Nachlass deiner Mutter gefunden. Vielleicht hat sie es ja einmal aus dem Album herausgenommen. Es gefiel mir so gut, dass ich es immer bei mir trage. Du siehst darauf so glücklich aus.«

»Ich bin nicht wichtig! Claire ist darauf so wunderschön. Und Daddy hat dafür gesorgt, dass ein Ölgemälde danach gemalt wurde. Ich habe das hier im Ballsaal hängen, wollen wir uns das angucken?« Schon drückt sie sich aus ihrem Sessel und will Margaret an einer Hand hochziehen.

George schaut auf.

»Nein«, wehrt Margaret den Enthusiasmus Isobels ab und zwingt sie energisch, sich wieder zu setzen.

»Ich will das Foto rasch ins Album einkleben. Da, wo es hingehört«, kündigt Isobel an, doch Margaret widerspricht: »Das machst du alles später. Jetzt müssen wir planen, wie es weitergeht.«

»Was meinst du?«, will Isobel wissen, deren Perücke während ihres Jubels ein wenig verrutscht ist, was sie zu korrigieren sucht, indem sie das Konstrukt ein Stück nach oben schiebt.

Damit bietet sie einen fatalen Anblick und Margaret erkennt einige vereinzelte dünne Haarbüschel, die herausschauen. Deren Färbung ist eine Melange aus Braun und Grau und sie begreift, dass es nicht nur eine Marotte Isobels ist, wie sie aus Karens Erzählungen während des Flugs weiß, sich Perücken überzustülpen.

Ein Blick zu Karen zeigt ihr, dass sie ähnlich empfindet. Ihr krampft sich das Herz zusammen, so sehr berührt sie dieses traurig-komische Bild. Margaret rückt auf ihrem Sessel nach vorne, um Isobel dazu zu bringen, ihr aufmerksam zuzuhören.

»Isobel, wir müssen uns über die Zukunft unterhalten.«

»Das ist deine«, erwidert Isobel. »Jetzt ist doch der junge Mann da, der sich um alles kümmert. Mein Erbe, das du bekommst. Alles! Das steht ja jetzt endlich fest! Und du kannst deine Zukunft planen und mein Leben ist hier. Du wirst mich doch immer besuchen, nicht wahr?«

»Nein, das werde ich nicht.«

Isobel starrt Margaret entsetzt an. »Aber du bist meine Nichte! Und ich bin deine Tante! Wir haben doch nur noch uns. Sonst sind alle tot.« Bei der letzten Feststellung zittert ihre Unterlippe.

»Das ist richtig«, bestätigt Margaret. »Wir sind die Einzigen der Forster-Familie, die noch leben. Sonst sind alle gestorben.

Aber das heißt nicht, dass wir uns hier wiedersehen. Sondern du kommst mit mir.«

Jetzt hat sie nicht nur Isobels, sondern auch Georges und Karens volle Aufmerksamkeit.

»Wie stellst du dir das vor?«, fragt Isobel ungläubig. »Was wird dann aus meinem Haus?«

»Das geben wir in die Verantwortung der Direktion des Hotels The Golden Mountain. Sie können entscheiden, ob sie es im Ganzen an Leute mit einem Antiquitätentick vermieten oder verkaufen wollen. Oder besser noch alles umbauen in einzelne Suiten. Auf jeden Fall wird es eine neunte Etage.«

Margaret kann Karens Verblüffung nachvollziehen, so wie sie George ansieht. Es wäre ein neues Kapitel rund um ein verborgenes Stockwerk.

»Aber das geht nicht«, protestiert Isobel. »Das ist alles so, wie Daddy und Mummy es gewollt haben.«

»Isobel, die beiden sind schon lange tot. Wir können in Ruhe überlegen, was wir mit den Möbeln machen. Dir gehört das Hotel, aber jetzt wirst du es mir vererben. Ich kümmere mich darum. Mach dir da jetzt mal nicht zu viele Gedanken. Das klären wir ein anderes Mal.«

»Was ist mit der Bibliothek? Meinen Büchern? Meinen Fotoalben?«

»Wir schauen, was wir gebrauchen können, und den Rest stellen wir in einem Storage unter. Da habe ich ein sehr großes neues Abteil.«

»Was ist das?«

»Eine Art Lagerhaus für Dinge, die man nicht täglich braucht.«

»Wo soll ich denn wohnen?«

»Bei mir«, lautet Margarets schlichte Antwort. Sie hat ihren Entschluss inzwischen gefasst.

Sie weiß, dass es für sie selbst die einschneidendste Veränderung bringen wird seit ihrer Flucht als Teenager aus Claires Leben.

»Wo ist das denn?«, will Isobel wissen.

»In Carmel-by-the-Sea in Kalifornien. Dort habe ich ein Haus, in dem du deine eigene Wohnung beziehst.«

Isobel schaut Hilfe suchend zu Karen. »Carey, haben Sie das gewusst? Dass ich weggehen soll.«

»Nein«, gibt Karen zu. »Aber ich halte es für eine wirklich gute Idee.«

»Was ist mit meinem Kino? Carey, Sie kennen doch mein Kino.«

»Davon habe ich gehört«, schaltet sich Margaret ein. »Ich habe einen großen Keller, in dem wir dir eine Art Kino einrichten werden.«

»Da kann ich dann Claires Filme sehen?«

Margaret bemerkt, wie Karen zwischen ihr und Isobel hin und her blickt. »Da können wir vor allem schöne Spielfilme anschauen und natürlich deine geliebten Soaps.«

Karen wundert sich wahrscheinlich, wie Margaret darauf kommt, denn direkt hat Karen ihr nicht von Isobels Soap-Besessenheit berichtet. Doch Margaret hat sich an Claires ironische Spitzfindigkeiten erinnert, die sich um Isobels TV-Leidenschaft gedreht haben: »Sie wird nie erwachsen. Sie ist ein ewiges Kind, das in einer Scheinwelt lebt.«

Wenn Margaret Isobel jetzt betrachtet, muss sie Claire widerwillig zugestehen, dass sie recht behalten hat.

Aber dass Isobel nie erwachsen geworden ist, hat vor allem an ihrer Mutter Meredith gelegen, die sie unerbittlich ins Abseits gedrängt hat.

Den Plan, am nächsten Tag St. Moritz wieder zu verlassen, hat Margaret sehr schnell verworfen. Karen und George stimmen sofort zu, länger zu bleiben, und »La Klassen« hat umgehend für eine Verlängerung ihrer Reservierung gesorgt.

Doch jetzt steht allen der schwierigste Teil ihrer gemeinsamen Reise bevor. Seit Tagen begleiten Margaret und Karen Isobel durch die Räumlichkeiten und versuchen, ihr bei dem Schritt zu helfen, ihr Haus auf dem Hotel zu verlassen.

»Das ist mein Elternhaus«, sagt Isobel immer wieder unter Tränen. »Ich kann nicht gehen!«

»Isobel«, versucht es Karen. »Sie werden mit Ihrer Nichte gehen, das ist das Wichtigste.«

»Den Sessel da muss ich mitnehmen«, teilt Isobel aufgeregt mit. »Auf dem hat Claire immer gesessen, wenn sie sich geschminkt hat. Schau, Margaret, hier ist noch die Puderdose deiner Mutter. Und die Quaste habe ich auch aus New York aus ihrem Boudoir mitgenommen.«

Margaret hat bei ihrem Entschluss, Isobel zu sich zu nehmen, nicht daran gedacht, dass es für Isobel der Abschied aus ihrem Elternhaus sein würde. Sie ist dort nie aus freiem Entschluss ausgezogen.

Sie selbst hat sich nicht vorstellen können, wie brachial eine solche Entscheidung auf Isobel wirkt, die in dem Vakuum der Erinnerung lebt. In einer eingefrorenen Vergangenheit, bei der sie doch sicherlich manchmal denken muss, ihr Daddy, ihre Mummy oder ihre geliebte Schwester Claire könnte jeden Moment aus einem Zimmer treten und über den breiten Korridor auf sie zukommen. Wie hat sie das nur ausgehalten?

Außerdem ist Isobel vor ihrem obskuren Entschluss, das berühmte New Yorker Palais ihrer Eltern in großen Teilen auf dem Dach eines Luxushotels wieder auferstehen zu lassen, jahrzehntelang mit ihrer Mummy von einem Forster-Besitztum zum nächsten gereist. Dort ist sie auf vertraute Dienstboten getroffen, hat Meredith auf ihren Shopping-Touren begleitet, ihrer

Suche nach exquisiten Antiquitäten, Geschirr und Gemälden durch die Galerien und Geschäfte.

Sie hat Meredith die Auswahl ihrer Kleidung überlassen, die noch nicht einmal darauf geachtet hat, dass die Größen von Kostümen oder Kleidern die passenden gewesen sind. Oder dass ihre Tochter bei einem Pferderennen in Kentucky einen Schirm über sich selbst hält, um nicht völlig durchnässt zu werden, denkt sie mit einem Gefühl tiefen Mitleids in Erinnerung an das Foto aus einem der Kartons. Meredith hat es sicher nicht verwahrt, um die Erinnerung an einen gemeinsamen Moment von Mutter und Tochter festzuhalten, sondern um sich selbst als Mittelpunkt der Szenerie zu betrachten.

»Schau«, wird sie von Isobel aus ihren Gedanken gerissen. »Das ist das Parfum, das Elizabeth Arden nur für Claire gemixt hat. Das gibt es nur einmal auf der Welt und ich habe heimlich eine Flasche aus ihrem Schrank genommen. Ich habe es nie benutzt. Der Duft gehört Claire.«

Sie hält es triumphierend hoch, dreht es hin und her. Dabei gleitet es aus ihren Händen und der Glasflakon zerschellt auf dem Marmorboden.

»Nein, nein, das darf nicht sein«, jammert Isobel, die sich sofort bückt, um die Scherben aufzuheben.

»Isobel, lass das«, warnt Margaret, doch die greift wie von Sinnen in die Splitter und ihre Hand ist im Nu blutdurchtränkt.

Das in all den Jahrzehnten hermetisch verschlossene Parfum verbreitet einen durchdringenden Geruch, doch sein Aroma ist zerstört, denn die Ingredienzien sind schal geworden während der langen Zeit der Lagerung.

Jetzt schlägt Karen Alarm und ruft sofort bei der immer anwesenden ärztlichen Vertretung des Hotels an und innerhalb kürzester Zeit ist ein junger Arzt da, der sich um Isobels Hand kümmert.

Seine sichtbare Verblüffung angesichts des völlig unbekannten Aufbaus, in dem er sich befindet, erinnert Margaret an den Moment, als Karen ihr von ihrem ersten heimlichen Besuch in der neunten Etage erzählt hat und wie sie sich selbst gefragt hat, wo sie gelandet ist.

»Sie haben Glück, gnädige Frau«, lautet seine Diagnose. »Wir müssen nicht nähen. Aber ich werde um die rechte Hand einen Verband anlegen müssen und Sie brauchen eine Tetanusspritze.«

»Keine Spritzen, nein«, wehrt Isobel mit solch einer Wucht ab, dass Margaret sich darauf keinen Reim machen kann.

Doch Karen flüstert ihr zu: »In der Klinik in St. Moritz, in der sie als junges Mädchen war, hat man sie permanent sediert. Daraus resultiert ihre Angst.«

Doch Margaret hört nur mit einem Ohr hin, denn sie ist viel zu sehr damit beschäftigt, dafür zu sorgen, dass Isobel dieser Vorsichtsmaßnahme zustimmt.

Schließlich weiß der Arzt einen Ausweg und ordert eine Krankenschwester nach oben, die im The Golden Mountain einen Dauergast betreut, die seiner Patientin schließlich in einem Nebenraum die Injektion verabreichen kann.

Heather hat unterdessen die Scherben zusammengekehrt und die Parfumflüssigkeit weggewischt.

Doch der Geruch bleibt im Zimmer haften und Margaret glaubt zu ersticken.

So schlimm der Unfall auch ist, sie hofft, dass Isobel in ihrem Bemühen eingeschränkt ist, jeden Gegenstand zu berühren und nahezu bei allen Dingen zu verlangen, dass sie in Umzugskartons gepackt werden.

Karen ist ihr dabei eine unermüdliche Hilfe. Sie hat als Erstes den Rest ihrer eigenen Sachen, die sie in ihrer Suite zurückgelassen hat, verpackt. Und Margaret hofft, dass dies ein gutes Beispiel für Isobel sein würde.

Doch sie sieht schnell ein, dass Isobel völlig überfordert ist. »Schau«, sagt die jetzt. »Dieses Foto hier zeigt Claire und ihren Mann bei einem Opernbesuch. Sieht sie nicht schick aus? Das ist ein Kleid, das für sie angefertigt wurde. Ich will alle Fotos in den goldenen Rahmen mitnehmen.«

Für Margaret ist es eine gespenstische Tortur, mit Isobel durch alle Räume zu gehen. Als Heranwachsende ist sie zwar nicht oft im New Yorker Palais gewesen, aber die Genauigkeit, mit der ein Duplikat erschaffen worden ist, ist beklemmend.

Im von ihr genannten Herrenzimmer liegt eine Packung der Zigaretten, die Thomas James Forster III geraucht hat, daneben sein goldenes Feuerzeug mit seinem Monogramm.

Auf dem wuchtigen Schreibtisch steht in einem Halter sein Füller, daneben eine Schale, in der er wahllos Krimskrams aufbewahrt hat. Als sich Margaret darüberbeugt, sieht sie einen alten, noch eingewickelten Kaugummi, der steinhart ist, als sie ihn berührt, Büroklammern, ein Schild mit seinem Namen darauf, das er sich sicher bei einem Pferderennen angesteckt hat, denn es ist mit einer Rüsche in den Farben der amerikanischen Flagge umwickelt. Unter der Schale ragt ein Stück Papier hervor, auf dem er mit seinem Füller geschrieben hat: »Ring für Princess. Nicht vergessen!!!« Die drei Ausrufezeichen haben seinen Plan unterstrichen, den Kauf auf gar keinen Fall zu vergessen.

Margaret schrickt zusammen, als Isobel, die lautlos neben sie getreten ist, flüstert: »Das hat er vor ihrem Geburtstag notiert. Ich habe es aus seinem Arbeitszimmer mitgenommen, als ich hier eingezogen bin. Sein richtiges Arbeitszimmer ist noch viel größer, aber ich dachte mir, auch etwas kleiner ist es so, dass er sich sicher freuen würde, es zu sehen.«

Ein Schauer zieht über Margarets Rücken. Die Szenerie, jetzt noch verstärkt durch Isobels Erklärung, ist gespenstig und sie will den Raum rasch verlassen, doch Isobel versperrt ihr den Weg.

»Komm, Margaret, jetzt schauen wir noch in Mummys Boudoir«, sagt sie, was Margaret sofort zu verhindern sucht: »Davon nehmen wir gar nichts mit. Deshalb müssen wir jetzt andere Zimmer durchschauen.«

Doch Isobel hat schon eine in der Wand versteckte Tür geöffnet, und auf Margaret stürzen Erinnerungsfetzen an die Frau ein, vor der sie sich immer gefürchtet hat, wenn sie sie getroffen hat.

»Schau mal«, fordert Isobel sie auf. »Diesen cremefarbenen Teppichboden zu finden, hat mich die meiste Zeit gekostet, ob du es glaubst oder nicht. Ich war schon so weit, ihn aus dem New Yorker Boudoir herausreißen zu lassen, aber dann habe ich mich wieder erinnert, wo sie ihn gekauft hat, und habe ihn aus Frankreich kommen lassen. Zieh mal deine Schuhe aus und geh barfuß darüber. Er ist so weich, dass man sich am liebsten darauflegen würde, nicht wahr?«

Margaret steht immer noch an der Türschwelle und kann sich nicht überwinden, einzutreten.

»Und hier ist das Negligé, das sie zuletzt so gern getragen hat«, verrät Isobel und nimmt ein hauchzartes Gebilde vom gemachten Bett hoch. Sie hält es Margaret hin, während sie auf sie zukommt, doch Margaret schlägt es ihr aus der Hand. Im selben Moment bereut sie die Heftigkeit ihrer Reaktion, denn Isobel starrt sie völlig verständnislos an.

»Isobel, all das werden wir nicht mitnehmen«, versucht sie, ihre Tante aus deren dubiosen Kosmos zu befreien.

»Wir haben keine Zeit mehr. Gleich müssen wir all die wichtigen Papiere unterzeichnen, die George aufgesetzt hat.«

»Aber ich kann doch nicht die persönlichen Dinge von Mummy und Daddy einfach hierlassen. Du willst doch alles umbauen lassen. Wie soll das gehen? Ich kann das nicht!«

Margaret blickt auf die bebende Gestalt in einem himmelblauen gesteppten Hausmantel mit einer blonden

Langhaarperücke, die sie mit einem beige-schwarzen Haarreifen aus Bast mit einem Knotendetail gekrönt hat.

Es ist ein ewig trauriger, lächerlicher Aufzug. Aber das Bizarre daran macht ihr wieder deutlich, dass sie viel zu forsch vorgeht und Isobel mehr Zeit geben muss, sich zu lösen.

»Lass uns doch schauen, wie weit Karen mit dem Packen ihrer Sachen ...«

»Du meinst Carey.«

»Natürlich, wie weit Carey ist mit dem Packen ihrer Sachen. Und ich glaube, George ist schon da, damit wir alles unterschreiben können.«

»Wollen wir das in Daddys Arbeitszimmer machen?«

»Ich finde, wir sollten das im großen Wohnbereich erledigen.«

»Aber vorher zeige ich dir mein Perückenzimmer. Die müssen alle mit.«

Margaret fügt sich, denn sie ist einfach erleichtert, Isobel abgelenkt zu haben. Allerdings liegt ihr noch der Einblick in Isobels Ankleidezimmer im Magen, in dem sie dreihundert gesteppte Hausmäntel in unterschiedlichsten Farben und einhundertzwanzig Pantoletten mit einem Puschel auf dem Steg betrachtet hat.

Als sie mit Isobel das Perückenzimmer betritt, gruselt sie sich vor den fünfzig Keramikköpfen, auf denen Margarets Sammlung aufgereiht ist. Im selben Moment wird ihr klar, dass sie Isobel nicht von all ihren ganz persönlichen Dingen, die sie angehäuft hat, trennen kann.

George ist es schließlich, der ihr einen Ausweg aus dem Dilemma aufzeigt, als Isobel einen Moment nicht im Wohnraum ist, in dem er auf dem langen Couchtisch alle nötigen Dokumente zur Nachlassregelung ausgebreitet hat.

»Gibt es nicht vielleicht ein Haus ganz in Ihrer Nähe, das zum Verkauf steht?«

Margaret ist verblüfft. Natürlich. Vor ihrer Abreise nach England ist ihr aufgefallen, dass am Rand des Nachbargrundstückes ein Schild »For Sale« aufgestellt worden ist. Es tut ihr leid, die Besitzer des großen Anwesens mit einer Pool-Landschaft zu verlieren. Sie sind angenehm, kümmern sich genau wie sie selbst nur um ihre eigenen Angelegenheiten und ihr Kontakt beschränkt sich auf einen gelegentlichen Small Talk über das Wetter.

Sofort schickt sie eine E-Mail an David und bittet ihn, sich umgehend in ihrem Namen um ein Vorkaufsrecht zu bemühen. Er würde sich sicher wundern, wozu sie ein zweites Haus besitzen wollte.

Es wäre eine ideale Lösung, denn es gibt einen schmalen Verbindungsweg zwischen den beiden Grundstücken, der jedoch von keinem bisher genutzt worden ist.

»Das wäre perfekt«, ergänzt Karen. »Dann könnten Heather und ›die Dresserin‹ sie wie bisher versorgen.«

»Welche ›Dresserin‹?«

»Ich habe sie so getauft, denn ich habe nie ihren Namen gehört. Sie ist eine Kosmetikerin, die als Sechzehnjährige von Ihrer Großmutter angestellt wurde, über all die Jahre blieb und jetzt hier auf dem Hotelgelände in einem der Mini-Chalets lebt. Sie kümmert sich um Isobels, nennen wir es mal, Garderobenauswahl und sie schminkt sie auch.«

Meredith, immer wieder Meredith, denkt Margaret genervt.

»Was ist mit Mummy?«, will Isobel wissen, die gerade wieder zurückkehrt.

»Isobel, ich werde ein Haus für dich in Carmel-by-the-Sea kaufen …«

»Nur für mich? Ich soll alleine leben?«

»Nein, eben nicht. Dann kannst du deine Heather und die Frau mitnehmen, die sich um deine Kleidung kümmert und …«

»Jenny!«, erfährt Karen schließlich doch noch deren Namen.

Isobel denkt nach, dann erhellt sich ihr Gesicht: »Dann kann ich also alles mitnehmen, brauche nichts zurücklassen und kann wieder die Innenräume des Palais aufbauen.«

Margaret schluckt. Mit dieser Beharrlichkeit hat sie nicht gerechnet. »Nein, auf keinen Fall. Isobel, wir werden dafür sorgen, dass du deine ganz persönlichen Sachen um dich hast, damit du dich wohlfühlst. Mehr wirst du nicht brauchen. Du wirst nichts vermissen.«

»Aber Claires und Mummys persönliche Dinge.«

»Die brauchen sie nicht mehr. Da kannst du jetzt beruhigt sein.«

Margaret bittet George, ihnen die Dokumente zu erläutern. Nachdem Isobel und sie alle im Beisein eines ortsansässigen Notars unterzeichnet haben, die Listen mit den für Amerika bestimmten Möbeln und Kisten dem beauftragten Umzugsunternehmen ausgehändigt worden sind, steht ihrer Abreise nichts mehr entgegen.

Außer Isobels letztem Versuch, ihren Auszug zu verhindern.

»Margaret, jetzt gehört doch alles dir! Warum fährst du nicht in dein Zuhause und ich bleibe hier in meinem? Wenn du keine Zeit hast, mich zu besuchen, dann können wir es doch so machen, dass ich dich hin und wieder besuche. Mein Zuhause ist hier!«

Margaret überlegt, ob sie zu einem letzten Mittel greifen muss, das sie nicht anwenden möchte.

Isobel einfach zu sagen, dass ihr das The Golden Mountain nicht mehr gehört, sondern ihr. Und dass sie die juristischen Mittel hat, sie einfach aus der Umklammerung ihrer Vergangenheit zu befreien, indem sie ihr kündigt.

Doch dieser brutale Schritt wird ihr abgenommen. Denn im selben Moment tauchen zwei Möbelpacker aus dem inzwischen leer geräumten Ballsaal auf. Sie tragen das große Ölgemälde, darauf die beiden Schwestern in ihren hellen, duftigen Satinkleidern, zum Aufzug und Isobel folgt ihnen, als würde eine unsichtbare Macht sie dazu zwingen.

Carmel-by-the-Sea, 2022

Margaret sitzt auf dem Gras ihres Grundstücks und lauscht den Wellen des Pazifiks. Um sie herum ist die Nacht tiefschwarz. Doch die Flammen, die aus der Eisentonne vor ihr lodern, spenden ihr genügend Helligkeit, jedes einzelne Schriftstück aus Merediths Nachlass noch einmal zu überfliegen, bevor sie es endgültig dem Feuer übergibt.

Die vielen Lichtquellen im Erdgeschoss ihres Hauses verleihen ihr zusätzliche Sicherheit, dass sie nichts übersieht.

Während sie Brief für Brief in die Flammen wirft, denkt sie daran, dass Isobel ihr ganzes einsames Leben auf dem Dach des Luxushotels vergeudet hat, um ja niemandem Einblick in die Geheimnisse der Forster-Familie zu geben.

Dabei ist die Wahrheit längst in der Welt. Sie sieht Karens Gesicht vor sich, als sie sich am Flughafen voneinander verabschieden. George hat sie noch ein letztes Mal vorgewarnt: »Sie müssen sich auf eine Prozesslawine einstellen. Die Anwaltskanzleien, die wir jetzt mit einem Schlag entmachtet haben, werden diesen Verlust ihres Geldsegens nicht hinnehmen.«

»Das ist mir klar«, hat Margaret versichert. »Aber Sie werden sich darum kümmern. Alle notwendigen Vollmachten haben Sie dafür.«

»Ja, ich denke, ich werde bis ins hohe Alter mit der Forster-Familie zu tun haben.«

Während sein und Karens Flug nach London bereits aufgerufen worden ist, hat er nachdenklich gemeint: »Es ist alles eine verrückte Wendung, auch in meinem Leben. Nicht nur, dass ich Karen getroffen habe, sondern die Tatsache, dass ich durch die Honorare für meine Tätigkeit für Sie unseren Familienplan werde umsetzen können. Die riesigen leer stehenden Stallungen auf unserem Besitz in Cottages umzubauen. Fast ist es wie eine Wiederholung aus der Zeit, als die Mitgift Ihrer Mutter Claire meinem Vater die Möglichkeit gab, das Schloss zu retten.«

Margaret hat genickt und darauf verzichtet, die Fehler in seinem Fazit zu korrigieren.

Es hat sie berührt, dass die junge Frau ihr zum Abschied noch einmal unbedingt hat bestätigen wollen, dass sie nur durch die Lektüre ihrer Bücher den Schritt hat wagen können, über sich hinauszuwachsen. »Nur weil ich so sein wollte wie Ihre Heldinnen. Einmal mutig! Einmal etwas wagen!«

Das hat Margaret dazu gebracht, sich vor dem Einstieg in den Flieger noch ein letztes Mal zu ihr umzudrehen: »Karen, Sie haben mein neues Buch ›Der geheime Schlüssel‹ gar nicht gelesen, stimmt's?«

»Nein, dazu bin ich noch nicht gekommen. Das ist mir das erste Mal passiert.«

»Wenn Sie es getan hätten, wäre der Inhalt ein Kompass für Sie gewesen.«

Karen hat sie verständnislos angeschaut.

»Ich habe die Geschichte von zwei sehr unterschiedlichen Schwestern geschrieben, von denen die eine eine wunderschöne Frau ist, die mit einem Duke in England verheiratet wird. Es geht um eine ehrgeizige Mutter, die mit ihren Intrigen das Leben beider Töchter zerstört.«

Sie hat als Amanda Clark zwar nicht die ganze Wahrheit über die Familie Forster enthüllt, doch Karen würde sich bei der anstehenden Lektüre mit Sicherheit auch die wenigen weißen Flecken im Buch zusammenreimen.

Margret erinnert sich noch sehr genau an den ungläubigen Blick der jungen Frau, die sich angeschickt hat, Hand in Hand mit dem Douglas-Drummond-Nachkommen zum Gate nach London zu rennen. Und damit in Richtung ihrer gemeinsamen Zukunft.

Als sie gerade dabei ist, den dritten und letzten Karton zu sich heranzuziehen, klingelt ihr Handy. Sie ist froh über die Unterbrechung, als sie sieht, wer sie anruft. »Karen, wie geht es Ihnen? Und George?«

»Uns geht es gut!«

»Und was macht Ella?«

Karen lacht. »Sie hätten dabei sein sollen, als Ella uns begrüßt hat. Ich bin fast umgekippt, so stürmisch war der Empfang. Übrigens, die Hundesitterin, Dowager Duchess Pamela, lässt Sie herzlich grüßen. Sie hat sich so gefreut, dass Sie sich an sie erinnert haben. Sie hat mich gleich gefragt, ob Sie immer noch die langen dunklen Haare haben wie der US-Star Katharine Ross, der Sie doch so ähnlich sahen.«

»Nun, die sind ja schon länger ab.«

»Ich habe ihr von Ihrem neuen schicken Bob vorge-schwärmt. Sie hofft, dass Sie sie bald besuchen werden. Ich habe ihr nicht erzählt, welche berühmte Schriftstellerin aus Ihnen geworden ist. Sie ist nämlich auch ein Fan von Amanda Clark.«

Margaret ist ihr dankbar, denn sie möchte wieder hinter ihrem Pseudonym verschwinden.

Karens Stimme klingt ganz aufgeregt, als sie sagt: »Aber ich möchte Ihnen noch etwas ganz anderes erzählen. George und ich, wir werden heiraten!«

Margaret lächelt bei dieser Neuigkeit. Sie hatte längst auf diese Nachricht gewartet. »Wunderbar! Wann?«

»In sechs Wochen und heute sind die Einladungen rausgegangen.«

»Und wo?«

»Erst wollten wir ganz ohne Aufsehen in London auf dem Standesamt heiraten. Und Ella sollte uns die Ringe bringen. Denn George hat es sehr gut eingefädelt, als er mir seinen Antrag gemacht hat. Wir waren bei unserem Lieblings-Italiener und plötzlich hat George unter den Tisch gegriffen und leise mit Ella gesprochen, die daraufhin ihren Kopf auf meine Beine gelegt hat. Dann hab ich ein weißes Seidenband an ihrem Hals gesehen, an dem ein unglaublich schöner Diamantring hing. Es ist der Verlobungsring seiner Mutter, an der er doch so gehangen hat. Und jetzt trage ich ihn an meinem Finger.«

»Das ist aber eine wirklich schöne Idee von George. Darf ich die benutzen für eines meiner nächsten Bücher?«

»Unbedingt«, befindet Karen lachend. »Als wir dann mit seinen Geschwistern über unseren Plan, in London zu heiraten, gesprochen haben, da war vielleicht was los. Sie haben uns bestürmt, uns in der Schlosskapelle ganz hochfeierlich das Jawort zu geben. Natürlich mit unfassbar vielen Gästen. Ich bin, ehrlich gesagt, furchtbar aufgeregt.«

»Aber doch auch sehr glücklich!«, vermutet Margaret.

»Ich kann mein Glück überhaupt nicht fassen. Und ich bin ja immer noch der Meinung, hätte ich nicht so viele Romane gelesen, vor allem die von Ihnen, wäre ich nie auf die Idee gekommen, in einem Luxushotel meine Stellung zu riskieren, um herauszufinden, was sich oben auf dem Hotel verbirgt.

Das war mein Schritt in mein zukünftiges Leben. Werden Sie kommen?«

»Auf jeden Fall. Das lass ich mir nicht entgehen. Ich wusste gar nicht, dass meine Bücher der Auslöser für das persönliche Glück einer Leserin sein können.«

»Ich bin sicher nicht die Einzige. Ich möchte gern von Ihnen wissen, ob ich Isobel auch eine Einladung schicken sollte.«

»Nein«, entscheidet Margaret. »Schon die Reise zu mir war für sie eine wahnsinnig anstrengende Erfahrung. Sie hat sich hier eingelebt und ich denke, wir ersparen ihr eine neue Strapaze.« Doch sie spürt, dass Karen etwas auf dem Herzen hat, und fragt ins Blaue: »Karen, Sie haben mein Buch inzwischen gelesen, nicht wahr?«

»Ja, und auch deshalb rufe ich an. Ist das wahr?«

»Ja!«, bestätigt Margaret.

»Es tut mir so leid. Ich bin erst gar nicht darüber hinweggekommen. Hätte ich es doch früher gelesen. So wie sonst. Aber mein eigenes Leben war in solche Turbulenzen geraten ...«

»Karen, machen Sie sich nicht so viele Gedanken. Sie sollten einfach nur glücklich sein mit George und Ella.«

Es vergehen einige Minuten, ehe Karen vorsichtig fragt: »Hat Isobel es mittlerweile auch gelesen?«

»Ja.«

»Und hat sie ...?«

»Nein, sie hat keinen Zusammenhang hergestellt. Sie hat nur gesagt: ›Wie traurig!‹«

Karen scheint erleichtert, als sie wissen will: »Wie geht es denn Ihrer neuen Nachbarin sonst?«

»Isobel hat sich eingelebt und ich bin George unendlich dankbar für seine Idee mit dem Nachbarhaus.«

»Schaut sie immer noch die Filme ihrer Schwester an?«

Margaret seufzt. »Davon werde ich sie nie abbringen können. Und auch nicht von den Versuchen, ihr Elternhaus wieder aufleben zu lassen.«

»In dem neuen Haus?«

»Ja, über Heather gibt sie den Gärtnern immer Anweisung, einige Möbel aus dem Storage-Lager zu holen, damit sie wieder ein ganz bestimmtes Boudoir oder ein Arbeitszimmer nachgestalten kann. Was sie aber nicht weiß: Ich habe längst mit den Männern gesprochen und ihnen strikt verboten, solche Wünsche zu erfüllen. Sie sagen dann immer: ›Gewiss, gnädige Frau, sobald wir Zeit haben!‹«

Beide müssen lachen.

Dann fragt Karen: »Und Sie werden ihr nichts sagen?«, und meint nicht die Verabredung mit den Gärtnern.

»Nein, Karen, niemals!«

Nach Beendigung des Gesprächs greift sie in den noch übrig gebliebenen Karton.

Immer schneller wirft sie Briefe, Fotos, Notizen in die Tonne, wo der Inhalt unter lautem Zischen Funken sprühen lässt. Bis sie schließlich nur noch ein Tagebuch und den dick wattierten Umschlag mit Merediths Initialen auf der Rückseite in den Händen hält.

Das Tagebuch ist das letzte von Claire, das der Manager des Plaza-Hotels Meredith zusammen mit dem Foto, das Claire in der Stunde ihres Todes in der Hand gehalten hat, zugeschickt hat. Meredith hat beides achtlos im Karton verstaut.

Margaret betrachtet noch einmal die beiden Abdrücke, die auf einer der letzten Seiten zu sehen sind.

Offenbar hatte Claire sie nach dem Öffnen des Tagebuchs mit einem Glas beschwert. Zwei braune Abdrücke zeugen davon, dass dieses wohl mit Whiskey gefüllt war, und sie hat ein wenig von dem Alkohol verschüttet. Als Margaret jetzt mit dem Finger darüberfährt, fühlt es sich immer noch klebrig an.

Margaret muss sich zwingen, den Eintrag, den Claire drei Tage vor ihrem Tod geschrieben hat, ein letztes Mal zu lesen:

Jetzt bin ich allein und niemand kann mir mehr sagen, ich dürfe kein Tagebuch führen. Dabei ist es heute so, dass ich gar nichts mehr habe, das sich lohnen würde, hineinzuschreiben. Eigentlich nur, dass ich, wie immer in den letzten Nächten, nicht schlafen konnte. Es ist entsetzlich, wenn ich sogar zu betrunken bin, um meine Schlafpillen zu finden.

Wenn ich mich im Bett herumwälze oder in meiner Suite herumirre, quälen mich immer Erinnerungen und mir fällt jeder Satz ein, den ich früher von Meredith gehört habe. Meredith, meine Mutter. Eine Mutter geradewegs aus der Hölle! Immer und immer wieder überlege ich, was mein Mann, der hochwohlgeborene Duke, alles gelesen hat, nachdem er seine Angestellten dazu aufgefordert hat, meinen Sekretär aufzubrechen.

Was ihn in die Lage brachte, sich ganz einfach von mir, seiner unbrauchbaren Duchess, zu trennen.

Weil ich mich ausgeliefert habe durch meine intimsten Geständnisse. Sicher, er konnte mir einfach unterstellen, dass ich ihn betrogen habe. Aber wer tat das nicht in der feinen Gesellschaft? Ich war mir immer sicher, dass Kinder von der verfluchten Emma, Duchess of Glayton-Sinclair, seine sind, und nicht die von ihrem betrogenen Ehemann.

Aber in der feinen Aristokratie gibt es ein ungeschriebenes Gesetz: Alles ist möglich, wer mit wem, ist egal, aber es darf unter gar keinen Umständen ein Skandal daraus werden. Ich weiß heute sehr genau, was ich zuletzt hineingeschrieben habe.

Ich sehe mich noch, wie ich von meinem Bett aus meiner Mutter zusah, wie sie die letzte Tüte von den vielen, die sie mitgebracht hatte, öffnete. Ich hatte mich schon die ganze Zeit gewundert, was darin war, denn auf der Tüte war kein Logo aufgedruckt. Ein Detail, das meiner Mutter immer sehr wichtig war, damit jeder sah, in welchen Designer-Läden sie einkaufte. Sie schien extrem prall gefüllt und ich fürchtete schon, sie hätte mir wieder einen neuen Pelzmantel gekauft.

Doch dann zog sie einen Gegenstand heraus, der mit Stoff überzogen war und an dem zwei Bänder hingen.

»Hier«, hörte ich sie. »Los, bind dir das um! Und dann probierst du jedes der Umstandskleider, die ich dir gekauft habe.«

Ich verstand kein Wort. »Was ist das?«, wollte ich wissen.

»Los, fass mal an«, verlangte sie, nahm meine Hand und drückte sie in das Gewebe, das unter dem Druck nachgab. »Das, meine liebe Tochter, ist ein künstlicher Schwangerschaftsbauch, den ich aus einem Theaterfundus habe besorgen lassen. Den tragen Schauspielerinnen, die Schwangere auf der Bühne oder im Film darstellen sollen, damit man ihnen die Darbietung glaubt. Und du wirst jetzt die wichtigste Rolle deines Lebens spielen, hast du mich verstanden?«

Ich war wie vor den Kopf geschlagen, robbte in meinem Himmelbett bis an die Rückenlehne zurück und zog meine angewinkelten Beine unter meinen Körper.

»Mummy Darling, das tue ich nicht!«, rief ich ihr zu.

»Ach ja?«, erwiderte sie und warf mir wütend den künstlichen Bauch auf meinen Schoß. »Wie willst du dann zeigen, dass du schwanger bist? Kannst du mir das mal erklären?«

Ich richtete mich auf, um gewappnet zu sein. »Das wird mir niemand glauben. Wenn Stanley ...«

»Dein sauberer Gatte rührt dich doch gar nicht mehr an, wie du mir geschrieben hast. Er wird dich also nicht mehr nackt zu Gesicht bekommen. Eure letzte Zusammenkunft ist aber noch nicht so lange her, sodass eine Schwangerschaft nicht ausgeschlossen ist.«

Ich schlug meine Hände vor das Gesicht. »Mummy Darling, ich kann doch nichts dafür.«

»Du bist eine wahre Enttäuschung. Da dachte ich, ich hätte alles so arrangiert, dass du eine vollkommene Schönheit bist. Was glaubst du wohl, warum ich deine Nase von meinem Schönheitschirurgen habe verändern lassen? Hast du wirklich geglaubt, dass ich meine damals vierzehnjährige Tochter unters Messer lege, nur weil du angeblich so schlecht atmen kannst. Nein, du hattest eine ähnlich dicke Nase wie deine Schwester Isobel und bei dir wollte ich es nicht drauf ankommen lassen. Du solltest in jeder Hinsicht perfekt sein. Aber dass du jetzt

mit einem kleinen Problem vom Arzt kommst, darauf konnte ich nicht vorbereitet sein. Von meiner Seite der Familie hast du es jedenfalls nicht geerbt.«

Sie war so ungerecht und kalt. Ich versuchte, mich zu verteidigen: »Ich kann nichts dafür, dass Doktor Humphrey meint, dass ich ...«

»Sprich das nicht aus«, warnte sie mich. »Das ist überhaupt nicht wichtig. Jetzt ist erst einmal angesagt, dass du dich hin und wieder mit Bauch in teuren, fantastischen Umstandskleidern zeigst, deine große neue Handtasche vor deinen Bauch hältst wie die Fürstin Gracia Patricia von Monaco. Ansonsten werde ich erklären lassen, dass du unter einer enormen Schwangerschaftsübelkeit leidest, und da du mir doch gerade gesagt hast, dir wäre schlecht, passt es doch zusammen. Dann wirkst du glaubwürdig und verschwindest aus dem Blickwinkel der Öffentlichkeit.«

»Mummy, mir ist schlecht bei dem Gedanken, was du vorhast«, hatte ich ihr gesagt. Aber sie pochte auf ihren Plan.

»Was heißt, was ich vorhabe? Es geht hier um dich und deine Zukunft. Du hängst dadrin, ich bin nur diejenige, die die richtigen Pläne hat. Und du hast nichts anderes zu tun, als deine Rolle als wunderschöne glückliche werdende Mutter zu spielen.«

Ich krümmte mich förmlich unter dem Stakkato an Forderungen, mit denen sie mich überzog.

»Was wird Doktor Humphrey sagen?«, fragte ich bang.

»*Das, was ich ihm aufgeschrieben habe*«, gab sie ungerührt von sich. »*Dass du dich wegen deiner zarten Konstitution in eine teure, noble Klinik begeben musst, um dich umsorgen zu lassen.*«

»*Wie hast du ihn dazu gebracht?*«, wollte ich wissen, habe jedoch im selben Moment erkannt, dass es besser gewesen wäre, gar nicht erst zu fragen.

Äußerst selbstzufrieden hat sie mir berichtet, dass sie einen Privatdetektiv beauftragt hatte, den Arzt unter die Lupe zu nehmen, und als der ihr Fotos von einem Schäferstündchen des prominenten Mediziners mit seiner Sprechstundenhelferin vorlegte, war ihr klar, wie sie ihn dazu bringen konnte, an dem von ihr geschmiedeten Komplott teilzunehmen.

»*Sie brauchen meinen sauberen Schwiegersohn nur zu überzeugen, sie ziehen zu lassen. Mehr nicht*«, hatte sie ihm aufgetragen.

»*Und ihre Schwierigkeiten …?*«

»*Das haben Sie heute das letzte Mal ausgesprochen. Mehr müssen Sie nicht wissen.*«

Ich war in mich zusammengesunken bei dieser Beschreibung und sagte ihr: »*Ich kann ihm nicht mehr in die Augen schauen.*«

»*Brauchst du auch nicht, er wird die Einladungen zu Jagden nicht mehr annehmen, dann kommt er gar nicht in die Verlegenheit, mit deinem sauberen Herrn Duke parlieren zu müssen.*«

Ich erinnere mich sehr genau, wie sie das Wort parlieren dabei in die Länge zog, wie sie es immer tat, wenn sie sich über die adelige Elite des Landes lustig machen wollte.

Ich habe mich so für sie geschämt, denn ich wusste sehr genau, dass sie nichts mehr herbeigesehnt hat, als von genau dieser Gesellschaft aufgenommen zu werden.

Dann zog sie mich an meinem Arm rabiat aus dem Bett: »Und jetzt hör auf, dich zu zieren! Steh auf und zeig, wie das aussieht. Du kannst ja nicht ewig nur mit einem breiten Schal, der vor dir her baumelt, die Leute davon überzeugen, dass du guter Hoffnung bist, den ach so wichtigen Erben auf die Welt zu bringen.«

»Und wenn …?«, wollte ich einen letzten Versuch wagen, meine Mutter von ihrem schrecklichen Plan abzubringen.

Doch sie würgte mich sofort ab, indem sie befand: »Es ist egal, was es ist. Du verschaffst dir Zeit, verstehst du das endlich? Du bist die Duchess! Und du bleibst die Duchess! Nur das zählt.«

Schließlich stand ich vor dem Spiegel und sie versuchte, mir den künstlichen Bauch umzuschnallen.

Dann gab sie auf und verkündete: »Die Bänder müssen enger gemacht werden. Endlich bist du so dünn, wie ich dich immer haben wollte, und jetzt ist es zu nichts nütze.«

Ich drehte mich um und fragte mit zitternder Stimme: »Wo ist Isobel?«

»Sie ist da, wo sie sein muss«, lautete ihre Antwort.

»In St. Moritz?«

»Natürlich, du Schaf, ich habe sie längst in die Klinik gebracht.«

Mir wurde damals heiß und kalt, als mir klar wurde, dass sie ihren Plan wirklich durchziehen wollte. »Mummy Darling«, versuchte ich, ihr zu schmeicheln, damit sie nicht länger so hart mit mir umsprang. »Wie geht es da weiter?«

»Ich habe dem Oberarzt der Privatklinik, Doktor Martinez, ein Haus gekauft«, hörte ich meine Mutter unerbittlich sagen. »Ein großes Haus, das kannst du mir glauben. Das Gute bei ihm ist, dass er nicht nur gierig ist, sondern auch eine Tochter hat, Gloria, die habe ich schon kennengelernt. Die ist sechzehn Jahre alt, Schwesternschülerin, und die hat sich sofort mit Isobel angefreundet. Sie wird alles tun, was ihr Vater verlangt, deshalb muss ich mir da keine Sorgen machen. Und wie gesagt, das Haus, das ich ihm überschrieben habe, ist so groß, dass er keine Nachforderungen stellen wird.«

»Mummy Darling, ich werde ihr nie wieder in die Augen sehen können.«

»Wem?«

»Isobel.«

»Das brauchst du auch nicht. Du hast sie doch in der Zeit seit deiner Hochzeit auch nicht gesehen.«

Ich weinte, als ich ihr sagte: »Ich werde sie doch in der Klinik treffen müssen.«

»Dann behältst du deine Nerven, bist freundlich, that's it! Sie vergöttert dich! Weißt du eigentlich, dass sie Alben angelegt hat, die voll mit Fotos von dir sind? Von ihr sind keine

*Schwierigkeiten zu erwarten. Da kannst du
sicher sein. Sie wird einfach nichts mitkriegen.«*

*Ich hatte noch einen allerletzten Versuch
unternommen, aus diesem sich anbahnenden
Albtraum zu entfliehen. »Weiß Pa von deinem
Plan?«*

*»Natürlich nicht. Er weiß ja noch nicht
einmal, dass Isobel schwanger ist. Männer!«*

*Wenn ich doch nur die Zeit zurückdrehen
könnte. Wenn ich doch nur alles ungeschehen
machen könnte. Ich hatte keinen Mut, gegen
Meredith aufzubegehren. Es erschien damals
undenkbar, meiner Mutter zu sagen, sie soll sich
zum Teufel scheren, so wie ich es viele Jahre später
gemacht habe. Aber viel zu spät, und selbst dann
kam ich nicht ganz los von ihr.*

*Ich war verdammt, ständig vor ihr zu fliehen,
sonst tauchte sie plötzlich auf, immer Isobel im
Schlepptau. Und wann immer ich in deren Augen
sah, wünschte ich mich selbst zum Teufel.*

*Und manchmal träume ich von Stella,
meiner Zofe in Wolston Manor. Sie war die letzte
Person, mit der ich mich offen austauschen konnte,
als ich endlich aus meinem Kleinmädchentraum
aufwachte, in dem ich geglaubt hatte, ein schöner
Duke kommt daher, verliebt sich in mich,
heiratet mich in der glamourösesten Hochzeit des
Jahrzehnts und wir leben glücklich bis ans Ende
unserer Tage.*

*Als ich endlich begriffen hatte, welche Rolle
Emma in seinem Leben wirklich einnahm und
dass mir nur eine Nebenrolle zugedacht war, die
naive Erbin, die ein Vermögen ins Schloss bringt,*

konnte ich mich bei ihr ausweinen. Sie tröstete mich, war immer für mich da, versuchte, mich wenigstens stundenweise auf andere Gedanken zu bringen.

Aber auch sie wurde zu einer Person, die ich täuschen musste.

Ich höre noch heute ihre Stimme: »Geht es Ihnen gut, Mylady?«

Ich musste schließlich verhindern, dass sie meine Tränen sah, erfand immer neue Ausreden, warum ich mich selbst ohne ihre Hilfe an- und auszog, und ließ sie nur in meine Nähe, wenn ich den falschen Bauch unter der Kleidung versteckt hatte.

Ich fand es schrecklich, sie so zu täuschen, aber sie war nur voller Verständnis und glaubte wohl, es wäre mir peinlich, mich in meinem Zustand zu zeigen.

Es war eine furchtbare Zeit bis zu meiner Abreise, denn sie kam immer strahlend zu mir und berichtete, dass alles perfekt vorbereitet ist. Mit einer Kinderschwester, die die Nachtwache am Bett des kostbaren Säuglings übernimmt, den beiden Kinderschwestern, die sich tagsüber um das Wohl des neugeborenen Kindes kümmern, auch die Räume für die zwei Gouvernanten, die später die Erziehung übernehmen sollten, seien fertig ausgestattet, Bäder mit den passenden Kinderbadewannen frisch gestrichen, Säuglingskleidung in weißen kostbaren Stoffen seien in Hülle und Fülle längst in die vielen Schränke im Kindertrakt einsortiert worden. Schließlich berichtete sie mir aufgeregt, welcher

Fotograf bereits den Auftrag bekommen hatte, Fotos von der Taufe zu machen.

Am letzten Tag vor meiner Abreise schaute sie mir zu, wie ich mein Tagebuch, das mein Schicksal in England besiegeln sollte, zuschlug, es in die linke Schublade schob, die ich mit dem goldenen Schlüssel zusperrte und ihn in meine Handtasche steckte.

»Warum die Tränen?«, wollte sie wissen, aber ich bin ihr die Antwort schuldig geblieben.

»Wissen Sie eigentlich, wie schön Sie sind, Mylady?«, fragte sie mich zum tausendsten Mal.

Oh nein, dachte ich, das meinst nur du. Das Produkt, das meine Mutter an der Oberfläche geformt hat, ist nicht makellos.

»Es sind die Hormone«, befand Stella verständnisvoll, als sie einen Arm tröstend um meine Schultern legte.

Ich habe in diesem Moment mein Gesicht an der gestärkten Schürze meiner Zofe versteckt und hemmungslos geschluchzt.

So wie ich es auch jetzt tue. Aber es ist niemand mehr da, der mich tröstet. Wenn doch nur diese eine Nacht nicht gewesen wäre, als Frank in meine Villa kam, um sich zu verabschieden. Er wollte mich verlassen, mich, oh, jetzt habe ich Whiskey verschüttet. Ich muss wohl doch schon etwas mehr getrunken haben als sonst um diese Zeit. Wo war ich gerade? In der Nacht, als mein Gewehr losging. Ich habe den Polizisten gesagt, dass ich Angst vor einem Einbrecher hatte. Ich hatte Angst, aber nicht vor einem Einbrecher, und jetzt …

Hier endet der letzte Eintrag, an dessen Verlauf Margaret ablesen kann, wie viel Claire schon getrunken hat. Erst ist sie klar in ihren Beschreibungen gewesen und dann ist sie langsam abgedriftet und hat in ihrer Niederschrift nur das weinerliche Selbstmitleid einer Frau kurz vor dem frühen Ende ihres Lebens hinterlassen.

Das letzte Wort hat sie nicht mehr exakt schreiben können, die Buchstaben sind nur ein Gekrakel, das am unteren Ende des Blattes abbricht. Offenbar ist ihr der Füller entglitten. Die dabei verspritzte Tinte hat sich mit dem Whiskey vermischt und einen Fleck für die Ewigkeit hinterlassen.

Margaret klappt das Buch zu, lässt auch das vergoldete Schloss einrasten, dann übergibt sie es dem Feuer.

Sie steht kurz auf und lässt den salzigen Dunst aus der Gischt der Wellen ihr Gesicht kühlen, ehe sie bereit ist, auch das allerletzte Dokument aus Merediths Postsendungen herauszunehmen.

Wenn dieses in den Flammen verglüht, ist, so hofft sie, auch das letzte Bindeglied zu ihrer Großmutter verschwunden.

Sie betrachtet den wattierten Umschlag in seiner Übergröße. Selbst in ihren Korrespondenzen hat sich Meredith von der Standard-Post anderer Menschen abheben wollen. Der Umfang sollte Reichtum, Macht und Einfluss symbolisieren. Auf dem cremefarbenen Umschlag steht der Name, den sie für Margaret vorgesehen gehabt hat. »Lady Margaret of Douglas-Drummond«, »Adresse unbekannt«.

Wie hat sie es nur geschafft, Margaret, die längst als Margaret Forster lebte, ehe sie ihre Autorenkarriere als Amanda Clark begonnen hatte, ausfindig machen zu lassen? Aber Margaret hat die Erklärung dafür schon gelesen, als sie vor zwei Jahren Merediths Hinterlassenschaften geöffnet hat.

Das Briefpapier ist aus Bütten, jedes Blatt ist am oberen Rand in goldenen erhabenen Lettern pompös mit »Meredith Ann Forster« gekennzeichnet. Die Größe der Buchstaben nimmt so viel Platz ein, dass der geschriebene Inhalt auf so vielen Seiten hat untergebracht werden müssen, weswegen er fast nicht mehr in den Umschlag gepasst hätte.

Meredith hat unentwegt daran gefeilt, wie ihre Handschrift aussehen sollte, und so lange trainiert, bis sie mit weit ausholenden geschwungenen Bögen, unterbrochen von Schnörkeln, geglaubt hat, ihre gehobene Position an der Spitze der Gesellschaft deutlich zu machen.

In diesem letzten Brief hat sie auf jedwede Höflichkeitsformel verzichtet und begonnen mit:

Margaret, das, was jetzt folgt, ist für dich!

Ich bin krank und die verfluchten Ärzte, die nur an meinem Geld interessiert sind, sagen, dass ich nicht mehr lange leben werde. Das weiß ich selbst, dafür brauchen sie mir keine überteuerten Rechnungen zu schicken.

Aber sie haben mich darauf gebracht, dass es schon jetzt Zeit ist, dafür zu sorgen, dass du, Margaret, die Unterlagen zugeschickt bekommst, die ich gesammelt habe. Ich weiß nicht, wo du lebst, was du machst, ob du deinen Adelstitel, den ich vor amerikanischen Gerichten mit viel Geld für dich erstritten habe, endlich benutzt.

Da ich aber Verbindungen bis ganz nach oben habe, seien es Senatoren, Minister, ja, auch der Präsident, ich kenne sie alle, wird man dafür sorgen, dich ausfindig zu machen, ob du willst oder nicht. Thomas und ich haben uns durch unsere überaus großzügige Spendenbereitschaft so viel Ehren und Auszeichnungen verdient, dass man springt, wenn ich hopphopp sage!

Wenn ich nicht mehr bin, wird Isobel alles erben. Ich habe meine Zweifel, ob sie etwas Vernünftiges damit anfängt. Aber sie ist ja in guten Händen mit den hinterlassenen Anweisungen ihres Vaters, der vor allem für die besten Anwaltskanzleien des Landes gesorgt hat, weil sie ihm gehörten.

Was dich angeht, Margaret, du hast geglaubt, du könntest dich einfach auf und davon machen und dich von der Familie trennen. Das ist ein Irrglaube, was ich dir gerne selbst ins Gesicht gesagt hätte.

Aber du warst ja erst einmal untergetaucht. Hast du geheiratet? Lebst du unter dem Namen deines Mannes? Hast du Kinder?

Wenn ich ehrlich bin, ist mir das völlig gleichgültig. Was mir aber nicht gleichgültig ist, ist, dass du es gewagt hast, mich bei der Direktion des Internats für verhaltensauffällige Kinder, nichts anderes war das, wohin dich Claire abgeschoben hat, einfach hast abweisen lassen. Was glaubst du denn, wer du bist? Oder besser gesagt, wer du warst?

Margaret, eins musst du wissen. Die Vergangenheit holt jeden ein. Es sei denn, man ist so schlau wie ich und baut einen Sicherheitszaun aus vielem Geld um sich herum. Das schützt!

Aber du warst ja so unverschämt, niemals Geld von der Familie zu fordern. Wahrscheinlich bist du sogar auf der Straße gelandet. Wenn das der Fall sein sollte, dann wird halt nicht die Post, sondern die Polizei oder werden die Bundesbehörden auf deine Spur kommen. Und selbst wenn du alles verleugnest und dich hinter einem falschen Namen versteckst, wirst du die Schatten der Vergangenheit nicht los.

Ich denke, wenn du die drei Pakete von mir zugestellt bekommst, wirst du sie wahrscheinlich erst einmal gar nicht öffnen. Aber irgendwann kommt die Vergangenheit zu dir, ob du willst oder nicht. Deine Neugier wird zu groß sein, als dass du alles, was von mir kommt, einfach ignorieren kannst.

Und so sollst du auch von mir hören, wer du bist!

Du bist nicht das Kind von irgendeinem Seitensprung von Claire, nein, du bist das Kind von Isobel, die so dumm war, sich mit sechzehn Jahren schwängern zu lassen. Du kannst dir ja wohl vorstellen, was das zunächst einmal für ein großes Problem für mich war.

Sie selbst behauptet, sie wisse nicht, was ihr passiert ist. Ich glaube ihr kein Wort.

Doch für mich, die ich mich immer um alles kümmern muss, ergab sich eine großartige Möglichkeit, gleich zwei Probleme zu lösen. Claire hatte von ihrem idiotischen Arzt, Doktor Humphrey, in London die Diagnose bekommen, dass sie unfruchtbar ist. Also niemals die Möglichkeit hat, ein Kind zu bekommen.

Ich aber wollte, dass sie so lange wie nur irgend möglich eine Duchess bleibt.

Deshalb habe ich entschieden, dass du, Margaret, kaum hatte Isobel dich in der

Privatklinik in St. Moritz auf die Welt gebracht, mit Claire nach England reist. Als Tochter vom Duke und der Duchess.

Isobel hat man erklärt, sie habe einen Jungen geboren, der allerdings sofort verstorben sei. Sie faselte dann jahrelang immer von einem Max, wollte mit mir über das Geschehen in der Privatklinik in St. Moritz reden, was ich ihr über die Jahre aber abgewöhnt habe, einfach, weil ich es zu einem Tabuthema erklärt habe.

Dass Claire so dämlich war, alles, aber auch wirklich alles in ihrem verfluchten Tagebuch festzuhalten, hat dem arroganten Duke vor Gericht alle Vorteile eingebracht.

Claire meinte damals, man müsse ihm hoch anrechnen, dass er unseren Plan nicht öffentlich gemacht hat. Was für eine dumme Einlassung.

Er hat mich schachmatt gesetzt, das hat er, und ich konnte nichts anderes mehr unternehmen, außer Claire dazu zu bringen, ihn vor Gericht zu zerren und zur Rückzahlung der zweihundert Millionen Dollar Mitgift zu zwingen.

Aber auch das hat sie nicht geschafft.

Jetzt fehlt nur noch, dir zu schreiben, wer dein Vater ist!

Dein Vater ist ein Chauffeur, ja, Margaret, mit dieser Schmach musst du für immer leben!

Isobel kann sich ja angeblich an nichts erinnern, aber ich habe mich gleich gewundert, wie es sein kann, dass der Sohn armer italienischer Einwanderer einfach seinen

378

bequemen, sehr gut bezahlten Job bei uns in New York aufgibt, bloß weil er wegen eines angeblichen Trauerfalls in die Heimat Sizilien zurückkehren musste.

Das konnte er vielleicht noch Mary, unserer Köchin, weismachen, obwohl sogar die, da bin ich sicher, sich so ihre Gedanken gemacht hat. Der größte Beweis für mich war die zerrissene Rubinkette von Claire, die Isobel einfach getragen hatte bei dem Geburtstag dieser schrecklichen Esther.

Tony war ein erstklassiger Bodyguard, der hätte niemals zugelassen, dass jemand eine so wertvolle Kette am Hals von seinem Schützling zerstört. Nein, das konnte er nur selbst gewesen sein. Aber dass er der Erzeuger war, hatte nach deiner Geburt auch etwas extrem Praktisches. Deine italienischen Gene haben dich immer dem Duke mit seinen braunen Augen und dem schwarzen Haar ähnlich aussehen lassen, und so meinte jeder, wirklich jeder, dass du sein Kind bist.

Wenn doch nur Claire nicht so dumm gewesen wäre, nicht auf mich zu hören.

Es hätte mir unglaublich viel Spaß gemacht, dich im Schloss aufwachsen zu sehen unter den Augen des arroganten Dukes, der sich nie hätte sicher sein können. Allerdings gab es da noch seine überaus praktisch veranlagte Geliebte Emma, die ihn erst darauf brachte, einmal nachzurechnen, wann er denn mit Claire überhaupt zusammen war.

Und jetzt lebe mit dieser Wahrheit, Margaret!

Vielleicht bereust du jetzt endlich, dass du mich in deinem »Internat« nicht hast sehen wollen. Dann hätte ich dir vielleicht gesagt, dass Isobel deine Mutter ist, und du hättest eine Beziehung zu ihr aufbauen können.

Wer weiß, vielleicht hätte es dir gutgetan. Aber du warst ja zu rebellisch, zu sicher, dass du alleine besser dran bist.

Ich habe mir jedenfalls nichts vorzuwerfen. Du hast die Wahrheit erfahren, lebe damit!

Viel Vergnügen dabei!

Deine Granny

Margaret steckt die schweren Blätter, die sich kaum falten lassen, ganz methodisch wieder in den Umschlag. Erst dann wirft sie das inhaltsschwere Dokument in die lodernden Flammen. Sie hat sich immer vorgestellt, dass ihr dieser Moment, in dem sie all das nachlässig zusammengestopfte Konvolut von Meredith verbrennen würde, ein Gefühl tiefer Genugtuung geben würde. Sie hat sich den dicken schwarzen Rauch, der in den Himmel steigt, vorgestellt und geglaubt, wenn der verschwunden wäre, könnte sie erleichtert aufatmen.

Doch die perfiden kaltschnäuzigen Beschreibungen haben sich tief in ihr Gedächtnis eingegraben, sodass sie den Text fast auswendig kennt.

Es bleibt ihr nichts als der Versuch, sich für einen Augenblick abzulenken, indem sie ganz methodisch die drei großen Kartons in kleinste Schnipsel reißt und sie zur unterstützenden Befeuerung dem Brief hinterherwirft.

Am nächsten Morgen kann sie es gar nicht erwarten, in die Eisentonne zu schauen, die mittlerweile erkaltet ist.

Doch als sie sich darüberbeugt, traut sie ihren Augen nicht. Einige Fetzen aus Merediths Brief haben den Flammen getrotzt. Wahrscheinlich hat der massive wattierte Umschlag sie geschützt.

Und so starrt sie angewidert auf die Reste: ... Isobel ... deine Mutter ... Wahrheit ... Vergnügen ... Granny

Sie greift nach ihnen und erst in diesem Moment zerfällt das angekohlte Papier endlich zu Asche.

EPILOG

Margaret steht in ihrer Küche und schaut auf die Terrasse, auf der Isobel regungslos in einem Korbsessel sitzt und auf das glitzernde Wasser schaut. Sie ist heute über den schmalen Verbindungsweg zwischen den benachbarten Grundstücken herübergekommen. In einem roséfarbenen gesteppten Hausmantel und an den Füßen ihre farblich passenden Pantoletten mit dem Puschel auf dem Steg. Auf ihrem Kopf trägt sie dieses Mal die blonde Perücke mit den unzähligen kleinen Löckchen. Die einzelnen Haarsträhnchen bewegen sich im kräftigen Wind, der vom Pazifik her weht, wie umhertänzelnde kleine Irrlichter.

Margaret schiebt die Tür zur Seite, tritt auf die Holzdielen und reicht ihr ein mit Eiswürfeln aufgefülltes Glas Wasser, dessen Rand sie mit einer dünnen Zitronenscheibe dekoriert hat.

Isobel dankt ihr mit einem Lächeln und sagt: »Wäre es nicht schön, wenn Claire jetzt hier wäre?«

»Ja«, antwortet Margaret. »Das wäre schön, Tante Isobel!«

Folge der Autorin auf Amazon

Wenn dir dieses Buch gefallen hat, folge Sibylle Weischenberg auf Amazon. Dann erhältst du eine Benachrichtigung, wenn die Autorin ihr nächstes Buch veröffentlicht. Um der Autorin zu folgen, gehe bitte folgendermaßen vor:

Desktop:

1) Suche auf Amazon.de oder in der Amazon App nach dem Namen der Autorin.
2) Klicke auf den Namen der Autorin, um auf die Autorenseite zu gelangen.
3) Klicke auf den »Folgen«-Button.

Smartphone und Tablet:

1) Suche auf Amazon.de oder in der Amazon App nach dem Namen der Autorin.
2) Klicke auf einen Titel der Autorin.
3) Klicke auf den Namen der Autorin, um auf die Autorenseite zu gelangen.
4) Klicke auf den »Folgen«-Button.

Kindle eReader und Kindle App:

Wenn du dieses Buch auf einem Kindle eReader oder in der Kindle App liest, wird dir automatisch angeboten, der Autorin zu folgen, nachdem du die letzte Seite des Buches gelesen hast.

Zeitfracht Medien GmbH
Ferdinand-Jühlke-Straße 7
99095 Erfurt, Deutschland
produktsicherheit@kolibri360.de

Druck:
CPI Druckdienstleistungen GmbH
im Auftrag der
Zeitfracht Medien GmbH
Ein Unternehmen der Zeitfracht - Gruppe
Ferdinand-Jühlke-Str. 7
99095 Erfurt